Jutta Profijt

Allein kann ja jeder

Roman

dtv

Ausführliche Informationen über
unsere Autoren und Bücher
www.dtv.de

Von Jutta Profijt
sind bei dtv außerdem erschienen:
Schmutzengel (21206)
Blogging Queen (21306)
Möhrchenprinz (21471)

Originalausgabe 2015
2. Auflage 2015
© 2015 dtv Verlagsgesellschaft mbH & Co. KG, München
Umschlagkonzept: Balk & Brumshagen
Umschlagillustration: Markus Roost
Satz: Fotosatz Amann, Memmingen
Gesetzt aus der DTL Documenta 9,75/13˙
Druck und Bindung: CPI, Ebner & Spiegel, Ulm
Gedruckt auf säurefreiem, chlorfrei gebleichtem Papier
Printed in Germany · ISBN 978-3-423-26060-2

Prolog

»Mutter, was willst du hier?«, fragte Ellen verwundert und schaute auf das halb offen stehende Gartentor, hinter dem sich ein fast zugewucherter Weg durch einen verwilderten, parkähnlichen Garten auf eine alte Villa zuschlängelte.

»Wohnen«, sagte Rosa lapidar, während sie sich ebenso streckte wie Ellen. Nein, dachte Ellen, nicht ebenso. Ihre einundsiebzigjährige Mutter Rosa praktizierte seit vierzig Jahren Yoga und das merkte man. Ihre Bewegungen waren fließend und wirkten, als wisse sie genau, in welche Richtung sie Arme und Schultern dehnen musste, um das optimale Resultat zu erzielen. Ellen war fünfundzwanzig Jahre jünger als ihre Mutter und kam sich trotzdem alt und steif neben ihr vor.

»Mutter, dieses Haus ist eine ...«

»Bevor du das Wort Ruine wieder in den Mund nimmst, sieh es dir erst mal an. Oder warst du bereits drin?«

»Natürlich nicht«, ereiferte sich Ellen. »Ich betrete keine fremden ...«

»Es ist nicht fremd, es gehört mir.«

Abermals hörte Ellen das Blut in ihren Ohren rauschen. Dieser Tag war zu viel. Die ganze Woche war grässlich gewesen. Sie hatte schlecht geschlafen, war immer früh aufgestanden, hatte ihr Arbeitspensum nicht geschafft, dann heute der Anruf ihrer Mutter, über den sie sich erst fürchterlich geärgert hatte, um dann trotzdem zwei Stunden lang unter Rosas chaotischer Anleitung Möbelstücke, Kleidung und Kartons in ein mehr als schrottreifes Auto zu packen.

»Was hast du geraucht?«, fragte Ellen.

»Leo hat bestätigt, dass der Notarvertrag rechtmäßig sei. Das heißt, dass ich einen Eigentumsanteil an der Immobilie besitze, die auf diesem Grundstück steht. Natürlich ist im Vertrag von einer neuen Immobilie die Rede, aber solange die nicht existiert, nehme ich eben, was da ist. Und davon gehört mir ein Anteil in Höhe meiner Investition.«

Ellen starrte ihre Mutter einen Moment sprachlos an, dann ging ihr ein Licht auf. »Du sprichst von diesem … Haus?«

»Das habe ich dir doch gerade erklärt«, sagte Rosa.

»Du willst dieses Haus besetzen?«

»Es wäre nicht das erste Mal«, sagte Rosa zufrieden.

»Mutter! Die wilden Siebziger sind vorbei.«

» Meine fangen gerade erst an.«

»Es stimmt also, was der Volksmund sagt«, murmelte Ellen fassungslos. »Je oller, je doller.«

»Was damals gut war, ist heute nicht falsch«, entgegnete Rosa.

»Gut?«, rief Ellen empört. »Das sehe ich anders.« Sie erinnerte sich nicht gern daran. Sie selbst war fünf oder sechs gewesen. Rosa hatte wegen eines Streits die WG, in der sie mit ihrer Tochter gelebt hatte, bei Nacht und Nebel verlassen und sich einer Hausbesetzergruppe angeschlossen. Rosa hatte versucht, Ellen diese Zeit als Abenteuerurlaub schmackhaft zu machen, aber tatsächlich war dieser Winter damals in einem Haus ohne Toiletten, warmes Wasser und Heizung eine einzige Zumutung gewesen.

»Mutter, du hast hier keinen Strom, kein Telefon …«

»Für ein Handy braucht man keinen Anschluss.«

»Du hast kein Handy, Mutter. Und selbst wenn – du bräuchtest eine Steckdose, um den Akku aufzuladen.«

Rosa stutzte. Ellen meinte bereits, einen Punkt für sich verbucht zu haben, als Rosa abwinkte. »Nun, das wird sich regeln lassen.«

Genau das hatte Ellen kürzlich auch gedacht. Vor ziemlich genau siebzehn Tagen, als Jens ihr die Hiobsbotschaft überbrachte. Und zwar telefonisch. Da hatte alles angefangen …

1

»Wir sind obdachlos?«

Ellen bemerkte selbst, dass ihre Stimme diesen schrillen Ton hatte, den Jens gar nicht leiden konnte. Allerdings waren die Vorlieben ihres Exmannes gerade ihr geringstes Problem.

»Werd jetzt bitte nicht hysterisch, Ellie.«

Sie hatte es immer schon gehasst, wenn er sie Ellie nannte. In diesem Moment kam ihr das gelegen, denn ihre aufsteigende Hysterie verwandelte sich in Wut – eiskalt wie ein guter Wodka. Der Vergleich gefiel ihr, den musste sie sich merken und im nächsten Roman verwenden.

»Wir haben eine Vereinbarung«, sagte Ellen schneidend. »Kim und ich bleiben hier wohnen, bis ...«

»Ich werde Vater.«

Ellens Finger krallten sich fester um den altmodischen Hörer, ein kalter Schweißfilm legte sich zwischen ihre Hand und das schwarze Bakelit, und plötzlich fühlte sich die liebevoll restaurierte Antiquität wie ein glitschiger Fisch an. Sie wechselte den Hörer in die andere Hand.

»Ich habe schon einen Interessenten für das Haus, aber sicherheitshalber auch eine Anzeige im Internet aufgegeben«, fuhr Jens fort. »Ich schicke dir den Link. Wenn du noch Änderungswünsche hast, kannst du mir die mailen.«

»Ach«, entfuhr es Ellen. Ein Geräusch, wie wenn aus einem bereits schlabberigen Luftballon mit einem letzten Pffft sämtliche Luft entweicht. So wollte sie aber nicht klingen, um gar keinen Preis, deshalb zwang sie die Wut zurück in ihre Stimme. »Ich fasse es nicht! Das nennt sich also Vaterliebe. Jetzt, da du ein neues Kind bekommst, setzt du das alte auf die Straße? Oder was glaubst du, wo wir wohnen werden, deine Tochter und ich?«

Jens schickte ein leises Seufzen durch den Hörer, dieses Geräusch des unschuldig gepeinigten, vom Schicksal geprüften, aber sein schweres Los duldsam ertragenden Ehegatten, als den er sich selbst gern darstellte. Ellen konnte vor ihrem geistigen Auge förmlich sehen, wie ihr Blutdruck in die Höhe schoss, ähnlich dem Zeiger beim Hau-den-Lukas.

»Bei deiner Mutter ist doch Platz satt.«

Dinggggggg!, hörte Ellen in Gedanken die Glocke der imaginären Jahrmarktattraktion läuten. Sie lachte rau. »Jetzt weiß ich, dass du mich wirklich hasst, sonst würdest du mir diese Folter nicht ernsthaft vorschlagen.«

»Wenn du kindisch wirst, lege ich auf«, erwiderte Jens und legte auf, ohne ihre Reaktion abzuwarten.

Ellen knallte den Hörer auf die Gabel und erwischte sich selbst bei dem Gedanken, dass diese Geste so viel befriedigender war als das Antippen des Hörersymbols auf einem Handy. Dann stellte sie sich vor, wie sie den Hörer wieder in die Hand nahm, die Nummer ihrer Mutter wählte und um Asyl bat. Sie griff nach dem Apparat, nahm ihn vom Tisch und warf ihn mit aller Kraft gegen die Wand.

Eine halbe Stunde später hatte Ellen das Telefon erst auseinandergenommen und dann sorgfältig wieder zusammengesetzt. Darin war sie inzwischen richtig gut. Nach erfolglosen Versuchen, ihre Seelenruhe und Ausgeglichenheit in Meditation, Mandala-Malen und Yoga zu finden, war sie eines Tages zufällig in einem Repair-Café gelandet und hatte so das Reparieren für sich entdeckt. Das entpuppte sich als äußerst effektiv und war auch noch ziemlich praktisch für eine frisch geschiedene Frau. Und auf jeden Fall billiger als ein Therapeut.

Während Ellen an dem unverwüstlichen Telefon herumbastelte, verebbte ihre Wut und ihr Verstand meldete sich zurück. Der Verkauf des gemeinsamen Hauses, den ihr Exmann beschlossen hatte, würde ihr nicht viel Geld bringen. Zunächst musste die Hypothek getilgt werden. Von der Summe, die danach übrig blieb, ging die Hälfte an Jens. Zwanzigtausend hätte sie im besten Fall zu erwarten. Falls Jens es sehr eilig hatte und auf das erstbeste Angebot einging, eher weniger.

Mit ihren Honoraren, dem Kindergeld und Unterhalt hatte sie ein Einkommen, mit dem Kim und sie gerade so über die Runden kamen. Auf jeden Fall zu wenig, um sich ein anderes Haus zu kaufen. Selbst für eine Eigentumswohnung würde es nicht reichen, jedenfalls für keine, die ihren Ansprüchen genügen könnte. Drei Zimmer waren das Minimum, vorausgesetzt, sie würde ihren Schreibtisch ins Schlafzimmer stellen. Dabei hasste sie es, neben dem Bett zu arbeiten, genauso wie sie es hasste, neben dem Schreibtisch zu schlafen. Aber vier Zimmer waren nun mal nicht drin, vermutlich auch kein Balkon, von einem Garten ganz zu schweigen. Jedenfalls nicht in akzeptabler Entfernung von Kims Schule.

Meine Romanheldin würde einen Ausweg finden, ging ihr durch den Kopf, während sie sich im Badezimmer kaltes Wasser ins ungeschminkte Gesicht warf und ihr Spiegelbild einer kritischen Betrachtung unterzog. In ihr kastanienbraunes schulterlanges Haar hatten sich bereits einzelne Silberfäden gemischt, die Fältchen um Augen und Mund waren deutlich erkennbar, und bestimmt hatte sie von ihren ein Meter siebzig Körpergröße bereits etliche Zentimeter eingebüßt, denn ihre Haltung war irgendwie schlaffer geworden und die Schultern deutlich nach vorn gesackt. Sie seufzte. Ein neuer Haarschnitt, eine Tönung, vernünftiges Make-up und regelmäßiger Sport waren das Mindeste, das sie in Angriff nehmen musste, wenn sie nicht bald zehn Jahre älter aussehen wollte, als sie wirklich war.

Jede Heldin der Heftchenromane, von denen Ellen alle zwei Wochen einen ablieferte, erlebte eine Situation wie die, in der ihre Schöpferin sich jetzt befand. Schicksalsschläge, Hoffnungslosigkeit, das Gefühl zu versagen, vor den Trümmern des eigenen Lebens zu stehen und keinen Ausweg zu finden. Aber der Ausweg offenbarte sich dann doch, die Hoffnung starb zuletzt und am Schluss wurde jede Geschichte von einem Happy End gekrönt. Im Heftchenroman. In der Realität leider nicht.

Aus diesem Grund würde ihr wohl nichts anderes übrig bleiben, als gleich zu Rosa, ihrer Mutter, die nicht Mutter genannt werden wollte, weil es sie alt mache, zu fahren und um Asyl zu bitten. Passenderweise war Rosa am Vorabend von einem dreitägigen Seminar aus Haltern am See zurückgekehrt. Lachyoga, wenn Ellen sich nicht täuschte. Das würde ihr allerdings auch nichts nützen, denn Ellen war bereit, ein komplettes Honorar darauf zu verwetten, dass ihrer Mutter angesichts der unerwarteten Neuigkeit das Lachen im Halse stecken bleiben würde.

* * *

»Zwei Stunden Physik, ich ertrage es nicht«, stöhnte Kim.

Jenny nickte. »Lass uns blaumachen«, schlug sie vor. »In der Ehrenrunde gibt es heute Schokokuchen.«

Kim zögerte. Die Verlockung des legendären Schokoladenkuchens stand gegen das Risiko, entdeckt zu werden, denn das unmittelbar neben der Schule gelegene Café Ehrenrunde wurde regelmäßig von Lehrern nach Schwänzern gefilzt. Sie war noch unentschlossen, als sie ein Kitzeln am Ohr spürte.

»Diese Physikstunde solltet ihr nicht verpassen, Mädels«, raunte Tarik so nah an Kims Ohr, dass ihr schwindelig wurde. Sie hatte ihn nicht kommen gehört. Als sie sich zu ihm umdrehte, war er schon weitergegangen.

Jenny riss die Augen auf. »Hast du was mit dem?«

Kim spürte, dass ihre Wangen glühten, und sie verfluchte ihre blasse Haut, auf der jeder hektische rote Fleck doppelt ins Auge fiel.

»Quatsch!«

Leider, fügte sie in Gedanken hinzu. Welches Mädchen hätte nicht gern etwas mit Tarik gehabt? Er war ein Jahr älter als der Rest der Klasse und sah fantastisch aus mit seinen blauschwarzen, lockigen Haaren, der milchkaffeebraunen Haut und den breiten Schultern. Der absolute Hingucker waren allerdings die grünen Augen mit den goldenen Sprenkeln.

»Dieser Psycho ist echt unheimlich«, seufzte Jenny.

Natürlich meinte sie nicht Tarik, sondern den Physiklehrer. Wie aufs Stichwort betrat Hans Seefeld das Klassenzimmer. Als er seine Tasche auf dem Pult abstellte, schlug der Gong zur dritten Stunde. Zehn Minuten später explodierte die Bombe.

Kim stand vorn am Lehrerpult und bemühte sich, den Versuchsaufbau nach den Anweisungen, die Seefeld an die Tafel gezeichnet hatte, hinzukriegen. Sie hasste es, so nah an Seefeld herankommen zu müssen, konnte aber gar nicht so genau sagen, warum. Er war nicht schmuddelig, wie der olle Mörring, der Geschichte unterrichtete und immer Flecken seines Frühstücks auf dem gelben Pullunder hatte. Er roch nicht unangenehm wie Frau Rosentreter, die wahre Biotope unter ihren Achseln züchtete und Deo offenbar für Teufelszeug hielt. Und er war nicht anzüglich wie der Typ, der im letzten Schuljahr vertretungsweise Mathe gegeben, dann aber von einem Tag auf den anderen die Schule wieder verlassen hatte. Seefeld war anders. Er war immer so ... steif. Er bewegte sich, als hätte er einen Stock verschluckt, sprach ausschließlich im Kommandoton und kannte keine Toleranz. Nicht bei der Pünktlichkeit, nicht bei den Hausaufgaben, nicht im Umgang miteinander. Er siezte die Schülerinnen und Schüler und redete sie mit Nachnamen an, obwohl das in der siebten Klasse eigentlich nicht üblich war. Kim hätte sich nicht gewundert, wenn plötzlich ein rotes Lämpchen an Seefelds Stirn aufgeleuchtet und einen niedrigen Batteriestatus angezeigt hätte. Sie unterdrückte ein Kichern, als sie sich Seefeld als Cyborg vorstellte, der gelegentlich ein Auge herausnahm, um es neu zu verdrahten. Er sollte auch mal seine soziale Programmierung updaten lassen, dachte Kim und überprüfte mit einem schnellen Blick, ob sie alles korrekt aufgebaut hatte. Schien okay zu sein.

Kim schaute zu Seefeld, der ihre Bemühungen reglos mit vor der Brust verschränkten Armen beobachtet hatte. Er schüttelte den Kopf und öffnete den Mund – dann brachte der Donnerknall die Welt zum Einsturz.

Kim spürte noch, wie ihr die Beine weggezogen wurden und sie zu Boden ging, aber sie spürte keinen Aufprall. Im nächsten Moment fand sie sich in embryonaler Schutzhaltung auf dem Boden liegend wieder. Seefeld stand in geduckter, sprungbereiter Haltung neben ihr und hielt den dreibeinigen Ständer des Erlenmeierkolbens wie eine Waffe in der rechten Hand.

Nach einer Zeit, die ihr unendlich erschien, regte sich der Lehrer, schaute zu ihr hinunter und bewegte die Lippen.

»Hä?«, fragte Kim, obwohl sie nicht sicher war, ob sie das Wort wirklich ausgesprochen hatte. Zumindest hatte sie nichts gehört. Da fiel ihr auf, dass sie gar nichts hörte.

Seefeld kniete jetzt neben ihr, drehte ihren Kopf leicht nach links und rechts, blickte ihr tief in die Augen, ließ einen Finger vor ihren Augen kreisen und nickte ihr zu. Dann verschwand er aus ihrem Gesichtsfeld. Kim rappelte sich auf und beobachtete Seefeld, der erst unter den Rolltisch sah, auf dem der Versuchsaufbau gestanden hatte, und dann halb unter das danebenstehende Pult kroch. Er hob etwas vom Boden auf und betrachtete es mit ausdruckslosem Gesicht. Kim meinte, einen zerfetzten Feuerwerkskörper zu erkennen, einen, wie ihn ihr Vater einmal an Sylvester gezündet hatte. Einmal und nie wieder. Diese Dinger wurden unter dem Namen Kanonenschlag verkauft.

* * *

Rosa drehte sich vor dem großen Spiegel, der in ihrem Schlafzimmer stand. Ein monumentales Stück in einem verschnörkelten silberfarbenen Rahmen mit kunstvoll imitierter Patina, das kaum unter die Dachschräge passte. Sie war zufrieden mit dem, was sie sah. Eine Einundsiebzigjährige hatte sie sich früher immer ganz anders vorgestellt: grauhaarig, mit Dragonerbusen, ausladendem Gesäß und schwabbeligen Oberschenkeln, über die sich Stretchhosen spannten, gekleidet in beige Übergangsjacken und mit bequemen Schnürschuhen.

So würde Rosa nicht einmal mit hundert aussehen. Ihr naturgelocktes Haar war immer noch mehr als schulterlang und mit Henna leuchtend rot gefärbt. Sie war vollschlank, aber nicht dick, und bevorzugte ausdrucksstarke farbenfreudige Kleidung. Heute gefiel sie sich ganz besonders gut, denn das Mitternachtsblau stand ihr hervorragend. Sie hatte den Eindruck, von innen heraus zu strahlen. Das Lachyoga-Seminar war wirklich inspirierend gewesen. Eigentlich fühlte sie sich immer gut, aber jetzt kam sie sich so lebendig wie schon lange nicht mehr vor. Wie schön, dass sie Robert gleich mit dieser kraftvollen Aura gegenübertreten konnte. Er würde ihr ein besonders herzliches Kompliment machen, auch wenn er nichts von Dingen wie Energiefluss, Aura oder solchem Kram, wie er es nannte, verstand. Dass er die aufregendste Übersiebzigjährige der ganzen Stadt an seiner Seite hatte, das kapierte er auch ohne den esoterischen Hintergrund.

Rosa verließ ihr Haus durch die Hintertür. Mangels Kapital hatte sie ihre Hälfte des Doppelhauses nie umgebaut. Der Flur lief immer noch von der Haustür geradewegs zur Hintertür, das links liegende Wohnzimmer besaß ein großes Fenster, aber keinen Ausgang zum Garten. Im Gegensatz dazu war die andere Doppelhaushälfte, in der Robert seit Mariannes Tod allein lebte, schon vor Jahren modernisiert worden. Der Flur war ins Wohnzimmer integriert, eine Glastür zur Terrasse eingebaut worden. Ein großzügiger, heller Raum war entstanden, um den Rosa ihre Nachbarn immer ein bisschen beneidet hatte.

Als Marianne starb, hatte Robert den Trennzaun zwischen den Rasenstücken abgerissen und die beiden kleinen Grundstücke zu einem großzügig wirkenden Garten mit einem Teich in der Mitte umgestaltet. Wenn Rosa und Robert nun verabredet waren, gingen sie stets durch den Garten. Kamen sie unangemeldet, klingelten sie jeweils vorn an der Haustür. So viel Privatsphäre musste sein. Oder besser: Hatte sein müssen.

Bald würde sich ihre Wohnsituation deutlich verbessern. Rosa lächelte, als sie auf Roberts Terrasse trat.

In dem Moment stieß sie mit dem Fuß gegen etwas, das dort nichts zu suchen hatte. Seltsam. Bei Robert lag nie etwas herum, über das man hätte stolpern können. Sie blickte nach unten und erkannte das Brecheisen, das Robert benutzt hatte, um die Tür des Gartenschuppens aufzubrechen, nachdem Rosa den Schlüssel in den Teich hatte fallen lassen. Unabsichtlich, natürlich. Sie bückte sich, um die gebogene Metallstange aufzuheben, aber im letzten Moment zog sie die Hand zurück. Nichts anfassen, dachte sie. Vor allem: Vorsichtig sein. Hier stimmte etwas nicht.

Sie ließ den Blick über die Terrasse zur Glastür schweifen und sah den Schaden sofort. Der Holzrahmen war gesplittert, das Schloss herausgebrochen. Die Scheibe hatte Sprünge, hielt aber noch zusammen. Zögernd warf Rosa einen Blick ins Wohnzimmer. Dort herrschte totale Unordnung, aber es war niemand zu sehen. Erst als sie weiter hinten ins Zimmer schaute, in Richtung des großen Mauerdurchbruchs, sah sie ihn. Sie stieß einen kurzen Schrei aus.

Robert lag am Fuß der Treppe, und mit dem ersten Blick auf die verrenkt daliegende Gestalt wusste Rosa: Er ist tot.

Sie wusste nicht, wie lange sie so unbeweglich vor der Terrassentür gestanden hatte, als sie plötzlich wieder zu sich kam. Sie griff nach der Türklinke, ließ sie aber im nächsten Moment los, als hätte sie sich die Hand verbrannt.

Fingerabdrücke!, schoss es ihr durch den Kopf.

Sie raffte den Saum ihres Kaftans, legte sich den Stoff um die rechte Hand und drückte die Klinke vorsichtig nieder. Mit zögernden, unsicheren Schritten betrat sie das Wohnzimmer und ging auf Robert zu. Seine Füße lagen seitlich verdreht auf der letzten Treppenstufe, der Körper bäuchlings auf dem Teppich. Der linke Arm sah seltsam verrenkt aus, der rechte lag unter dem Körper. Seine Augen standen offen. Rosa kniete sich hin und stupste ihn vorsichtig an. Leise, dann immer lauter rief sie seinen Namen. Zum Schluss schrie sie die zwei Silben wieder und wieder, bis sie nicht mehr konnte. Schließlich kauerte sie sich erschöpft auf den Boden und ließ ihren Tränen freien Lauf.

* * *

Fast hätte Ellen die Straßenbahnhaltestelle, an der sie aussteigen musste, verpasst. Im letzten Moment sprang sie auf, drängelte sich Richtung Tür und zwängte sich nach draußen. Auf dem Bahnsteig atmete sie mehrmals tief ein und aus. Genau wie die schlanke, biegsame, solariumgebräunte Yogalehrerin es ihr beigebracht hatte, bevor Ellen erfuhr, dass ihr eigener Mann die Vorturnerin vögelte. Den Rest des Kurses hatte Ellen danach nicht mehr absolviert. Vermutlich war das auch der Grund, warum sie nie den Zustand der totalen Entspannung erreichte.

Jens hatte schon immer ein Händchen dafür gehabt, den treusorgenden Gatten zu mimen, während er sie tatsächlich ausnutzte und hinterging. Aber was er sich jetzt geleistet hatte, war der Gipfel aller Unverschämtheiten. Ellens Gedanken kreisten unablässig um die drängende Wohnfrage, als sie in die Straße einbog, in der ihre Mutter wohnte. Die Sonne warf tanzende Schatten unter das Blätterdach der Platanen, weshalb ihr das zuckende Blaulicht erst wenige Meter vor ihrem Ziel auffiel. Polizei, Notarzt und Krankenwagen standen vor dem winzigen Haus, in dem Ellen viele Jahre ihres Lebens verbracht hatte – und nun wohl auch weitere würde verbringen müssen. Beunruhigt beschleunigte sie ihre Schritte.

»Ellen, woher weißt du es?«, hörte Ellen ihre Mutter rufen, noch bevor sie sie richtig. sah. »Wie lieb, dass du gleich gekommen bist.«

Rosa stand auf den Stufen vor ihrer Haustür und zog alle Blicke auf sich. Das rote Haar setzte einen bemerkenswerten Kontrast zum blauen Kaftan mit silberner Litze. Der großzügige Ausschnitt betonte den Ansatz ihres Busens, und die Ringe und Armreifen untermalten ihre durchdringende Stimme mit einem metallischen Klimpern, als sie die Hand in einer theatralischen Geste an den Hals führte.

Was immer hier passiert ist, wird gerade zur Nebensache degradiert, dachte Ellen mit dem üblichen Gefühl des Fremdschämens, das sich zuverlässig seit sechsundvierzig Jahren einstellte, wenn sie ihre Mutter bei einem ihrer Auftritte erlebte. Ellen schluckte und trat zur Seite, um einen Leichenwagen passieren zu lassen, der in die Einfahrt rollte.

»Robert ist tot.« Mit diesen Worten sank Rosa auf die Stufen und wurde ohnmächtig.

»Den Arzt her, schnell!«, rief einer der Polizisten, die vor der Tür herumstanden und rauchten.

Robert tot? Ellen blieb wie angewurzelt stehen. Hatte sie das gerade richtig verstanden? Tot …, hallte es in ihrem Kopf nach. Das kann nicht sein, dachte sie. Robert war kerngesund, hatte immer Idealgewicht, bewegte sich viel, kannte keine Exzesse beim Essen oder Trinken. Im Gegensatz zu Rosa.

»Mutter?«, murmelte Ellen und erwachte aus ihrer Erstarrung. Sie nahm die Stufen zügig. Nein, das hier sah nicht aus, als spielte Rosa die Drama-Queen. Ihre Wangen waren unter dem Rouge tatsächlich blass und eingefallen, der Puls hektisch. Ellen überließ ihren Platz dem Notarzt.

»Es geht schon wieder«, hauchte Rosa, während sie sich streckte. Zittriger als gewohnt, fand Ellen.

»Danke, junger Mann.«

Nur einen winzigen Moment verlor Rosa angesichts der Spritze, die der Arzt aus seiner Tasche nahm, die Fassung, dann schob sie seine Hand mit dem Instrument energisch von sich und rappelte sich auf.

Ellen spürte, wie sich ihr Magen hob. Sie rannte durch die offen stehende Haustür, schaffte es bis ins Gäste-WC und würgte ihr Frühstück wieder hoch.

2

»Nein, ich habe weder etwas gehört noch gesehen«, erklärte Rosa eine halbe Stunde später. Sie war immer noch blass und bewegte sich mit einer ungewohnten Steifheit, die Ellen an eine Marionette erinnerte. Ihr Make-up hatte sie inzwischen erneuert und saß nun dem Kommissar, dessen Namen Ellen nicht verstanden hatte, in ihrem Wohnzimmer gegenüber.

»Ich bin gestern Abend von einem dreitägigen Seminar wiedergekommen. Weil ich wusste, dass Robert ins Konzert wollte, habe ich mich nicht bei ihm gemeldet. Aber wir waren für heute um zwölf verabredet. Robert hatte mich zum Frühstück eingeladen.« Rosa atmete tief durch und hielt sich eine Hand vor den Mund.

Ellen sah den fragenden Blick des Kommissars, der offensichtlich nicht gleich eine Verbindung zwischen der genannten Uhrzeit und dem Wort »Frühstück« herstellen konnte. Sie verkniff sich ein bitteres Grinsen. Früher hatte sie nie sicher sein können, dass ihre Mutter schon aufgestanden war, wenn Ellen aus der Schule kam. Sie stellte das Tablett mit dem Kaffee und den Tassen auf dem Couchtisch ab. Dann setzte sie sich in den freien Sessel.

»Sie sind um zwölf Uhr hinübergegangen?«, fragte der Kommissar nach einem Blick zur Uhr.

Rosa nickte huldvoll.

»Ihr Anruf bei der Polizei ist um halb zwei eingegangen.«

»Ich habe nicht auf die Uhr geschaut.«

»Eineinhalb Stunden«, murmelte der Polizist irritiert. »Was haben Sie neunzig Minuten lang gemacht, nachdem Sie die Leiche entdeckt hatten?«

Rosa senkte die Stimme, als sie bedeutungsschwer sagte: »Ich habe Abschied genommen.«

Der Stift des Kommissars schwebte über seinem Notizblock, er schaute auf das Papier, aber er notierte nichts. Ellen wurde sich wieder einmal bewusst, wie Rosa auf fremde Menschen wirkte: ziemlich neben der Spur. Und dieser Eindruck war, jedenfalls was ihre eigene Einschätzung anging, absolut korrekt.

»Sie sind also um zwölf Uhr durch den Garten zu Ihrem Nachbarn gegangen. Bitte beschreiben Sie mir genau, was Sie gesehen und vor allem auch, was Sie gemacht haben«, sagte der Kommissar und nahm dankend eine Tasse Kaffee entgegen, die Ellen ihm reichte.

Sie musterte ihn unauffällig. Er war sicherlich noch keine vierzig (schade eigentlich), hatte mittelblondes lockiges Haar, das dringend einen Schnitt benötigte, trug eine modische Jeans, ein hellblaues Kapuzenshirt mit Aufdruck und knöchelhohe Lederschuhe. Seine Jacke aus dunkelblauem grobem Stoff lag neben ihm auf der Sessellehne. Hanf, erkannte Ellen an dem dezent aufgestickten handförmigen Blatt. Ein Ökobulle, dessen Kleidung auch einem Mittzwanziger gut gestanden hätte.

»Wissen Sie, junger Mann, was immer Sie fragen und was immer ich Ihnen sagen kann, wird Robert nicht wieder lebendig machen. Also lassen wir doch diese lästigen Detailfragen und akzeptieren einfach den Verlust. Erst wenn wir aufhören, Fragen nach dem Wie oder – schlimmer noch – nach dem Warum zu stellen, können wir unser Schicksal annehmen. Und nur dann können wir in Frieden mit uns selbst und unserer Umwelt leben.«

Der Kommissar blickte hilfesuchend zu Ellen, aber die zuckte nur die Schultern. Sie hörte solche Weisheiten seit über vierzig Jahren. Und mindestens ebenso lange ärgerte sie sich über das Desinteresse, das mit dieser Weltsicht einherging. Anteilnahme wegen Hänseleien in der Schule, Trost bei Enttäuschungen oder Einschreiten gegen Ungerechtigkeiten hatte Ellen sich immer umsonst von ihrer Mutter erhofft.

»Der Zustand der Wohnung lässt aber vermuten, dass der Tod Ihres Nachbarn kein Unfall war.«

Rosa reagierte nicht.

»Ich will damit sagen ...«

»Ich weiß, was Sie damit sagen wollen«, unterbrach sie ihn. »Robert ist ermordet worden.«

»Möglich. Genau das muss ich herausfinden. Und wenn es so war, wollen Sie doch sicher auch, dass der Mörder ...«

»Nein.« Rosa schüttelte den Kopf. »Wozu auch? Der Mörder wird seine Strafe bekommen, auf die eine oder andere Art. Mich interessiert das nicht. Ich habe mich von Robert verabschiedet und dieses Kapitel meines Lebens abgeschlossen. Alles Weitere würde nur verhindern, dass die Wunde des Verlustes sich schließt.«

Die Türklingel enthob den Polizisten einer Antwort.

»Leo«, sagten Rosa und der Ökobulle gleichzeitig, als Ellen den Gast hereinführte. Leo Dietjes war zwar vier Jahre jünger als Rosa, sah aber üblicherweise zehn, heute eher zwanzig Jahre älter aus. Das lag nicht nur an seiner schwammigen Figur und der leicht gebeugten Haltung, sondern auch an seiner grau-braun-beigen Altherrenkleidung. Das Brillengestell, das er sich mitten auf die Stirn geschoben hatte, war, soweit Ellen sich erinnerte, seit Jahr und Tag dasselbe.

Ellen sparte sich eine Begrüßungsrunde, da Leo Dietjes offenbar allen Anwesenden bekannt war, und stellte stattdessen eine zusätzliche Tasse auf den Tisch.

»Herr Dietjes, was für eine Überraschung. Was führt Sie denn hierher?«, fragte der Ökobulle den Neuankömmling verwundert.

»Keine Sorge, Kollege Mittmann, mein Besuch ist privat«, entgegnete Leo, während er dem Ökobullen die Hand schüttelte. Mittmann hieß er also. Leicht zu merken.

»Sie sind zu jung, als dass Sie das Opfer noch kennengelernt hätten, aber er ist – war – einer von uns.«

Leo begrüßte Rosa fürsorglich, die ihm erst die rechte, dann die linke Wange für die obligatorischen Küsschen entgegenhielt, und ließ sich neben ihr auf das Sofa fallen.

»Der Tote ist Robert Tetz, KK 11, seit zwölf Jahren pensioniert. Robert und ich pflegten noch einen lockeren Kontakt, so habe ich auch Rosa, ich meine Frau Liedke, kennengelernt.«

Rosa erlaubte Leo, ihr die Hand zu tätscheln, was Ellen ein zynisches Grinsen entlockte. Sie beschrieb diese Geste gerne in ihren Heftromanen, aber im echten Leben hatte sie sie eigentlich noch nie beobachtet. Dann stutzte sie. Rosas Hände zitterten.

Auch Kommissar Mittmann hatte das offenbar beobachtet und warf Ellen einen fragenden Blick zu. Sie deutete ein Schulterzucken an und konnte ein Lächeln nicht unterdrücken. Der arme Kommissar würde sich noch öfter wundern, bis er Rosa die Ereignisse des heutigen Tages in einer verständlichen Form entlockt haben würde. Mittmann erwiderte Ellens Lächeln mit einem komplizenhaften Grinsen. Nett, schoss es Ellen durch den Kopf, der erste Lichtstrahl des Tages. Aber war es nicht reichlich pietätlos, wenige Meter neben der Leiche des lieben Nachbarn zu flirten?, meldete sich leise ihr schlechtes Gewissen.

Kollege Mittmann, wie Leo den Ökobullen konsequent nannte, brauchte exakt fünfundvierzig Minuten, um Rosa einen einigermaßen brauchbaren Bericht von ihrer Entdeckung der Leiche zu entlocken.

Schließlich beendete Rosa freundlich, aber bestimmt das Gespräch. »Wenn das dann alles war, würde ich gern ein bisschen meditieren. Ich muss jetzt zur Ruhe kommen, das verstehen Sie sicher.« Leo tätschelte Rosa tröstend den Rücken, Ellen tauschte einen weiteren Blick mit Kommissar Mittmann. Er steckte seinen Notizblock ein und stand auf.

»Sobald die Spurensicherung fertig ist, sollte jemand im Haus nachsehen, was genau fehlt. An wen können wir uns da wenden?«

Leos Hand verharrte auf Rosas Rücken. Er starrte sie fassungslos an. »Hast du Andrea etwa noch gar nicht benachrichtigt?«

Ellen hatte befürchtet, dass die unangenehme Aufgabe im Zweifelsfall an ihr hängenbleiben würde, aber zum Glück bestand Kommissar Mittmann darauf, der einzigen Tochter des Opfers die schlechte Nachricht persönlich zu überbringen. Erleichtert brachte Ellen den Kommissar zur Tür.

»Und wie geht es jetzt weiter?«, fragte sie leise und wusste selbst nicht so genau, ob sie die Ermittlung oder ihr eigenes Leben meinte.

Mittmann zog eine Visitenkarte aus der Brusttasche seiner Jacke und reichte sie ihr. »Für alle Fälle, Frau ...«

»Feldmann.« Sie straffte die Schultern. »Ellen Feldmann.« Im gleichen Moment fragte sie sich, ob sie den Namen ihres Exmannes wirklich behalten wollte.

* * *

»Nun, korrekt ist es eigentlich nicht ...«, murmelte Leo.

Kurz nach Mittmann war auch Ellen gegangen. Nur Leo war geblieben, um Rosa beizustehen. Dass sie keinen Beistand brauchte, glaubte er ihr auch nach ihrer dritten Beteuerung nicht, und so fand sie sich mit seiner Gegenwart ab. Leo redete ohne Unterbrechung, und gelegentlich hörte Rosa ein paar Sätze lang zu. Und plötzlich war ihr die Idee gekommen, die Leo nun infrage stellte, wenn auch nicht sehr überzeugend. »Korrekt ist es *eigentlich* nicht«, hatte er gesagt Ein klares Signal, dass sein Widerstand gebrochen war. Sicher fände er noch ein paar Einwände, aber letztlich würde er es tun.

»Du bist schließlich Polizist«, sagte sie, als sie aufstand. »Und für die Polizei gilt das Siegel ja wohl nicht.«

Sie ging denselben Weg durch den Garten wie vor ein paar Stunden, nun aber in dem Bewusstsein, was sie erwartete, nämlich der Schauplatz eines unnatürlichen Todes, entweder Unfall oder Verbrechen, aber zumindest ohne Leiche. Robert war abtransportiert worden, die Autopsie lief vermutlich schon, denn bei einem Mord, sofern es einer war, waren die ersten vierundzwanzig Stunden nach der Tat entscheidend. Hatte Robert ihr das erzählt? Oder Leo? Oder hatte sie die Erkenntnis aus dem Fernsehen? Eher unwahrscheinlich, da sie üblicherweise keine Krimis schaute. Im Grunde war es sowieso egal. Sie versuchte sich zu konzentrieren.

»Wir sollten auf jeden Fall vorsichtig sein«, flüsterte Leo. Er ging so dicht hinter ihr, dass sie seinen Atem in ihrem Nacken spüren konnte.

»Du kümmerst dich um das Siegel, damit hast du schließlich professionelle Erfahrung«, entschied Rosa.

Leo nickte.

Sie sah ihm an, wie unwohl er sich fühlte. Dabei war er es gewesen, der sie mit seinen wenig schmeichelhaften Bemerkungen über den jungen Kollegen Mittmann überhaupt erst auf die Idee gebracht hatte.

Einer dieser modernen jungen Männer sei er, hatte Leo über Mittmann gesagt. Er, Leo, habe ihn mit ausgebildet und sich oft darüber geärgert, dass die jungen Kollegen solche Softies seien. Verständnisvoll gegenüber allem und jedem, manchmal mehr Beichtvater als Kommissar. Sie traten höflich auf, baten um Auskünfte, wo sie hartnäckig hätten nachfragen sollen und lobten die Teamarbeit über alles, anstatt sich ihren Platz in der Hierarchie zu erkämpfen.

Rosa hatte ihr Pokerface gewahrt, obwohl es sie Mühe gekostet hatte, ein Lächeln zu unterdrücken. Der lässige Kommissar Mittmann war ihr sympathisch gewesen. Leo spielte jetzt zwar den harten Bullen alter Schule, war aber bis zur Pensionierung auf der Karriereleiter selber nicht viel höher gekommen als Mittmann heute schon stand.

Während Leo über die Eignung der jüngeren Kollegen im Allgemeinen und Mittmann im Besonderen schwadroniert hatte, war Rosa plötzlich dieses eine Dokument in Roberts Haus eingefallen. Ein Dokument, von dem sie auf keinen Fall wollte, dass es der Polizei in die Hände fiel, bevor sie selbst die Gelegenheit gehabt hatte, es zu lesen.

Sogar den pensionierten Leo rechnete sie in diesem Fall noch zur Polizei, Mittmann natürlich sowieso. Daher hatte sie eine Ausrede benutzt, um Leo zu diesem »Einbruch« zu überreden: Sie müsse sich die Stelle, an der Robert gelegen hatte, noch einmal ansehen, um wirklich realisieren zu können, dass er tot sei. Für ihre Seelenhygiene sei das unverzichtbar.

Wie erwartet hatte Leo bei dem Wort Seelenhygiene gezuckt und schnell genickt. Mit solchen Dingen befasste er sich lieber nicht intensiver.

In Roberts Wohnzimmer schwand Rosas Begeisterung für ihren eigenen Plan. Angesichts des Umrisses von Roberts Leiche am Fuß der Treppe musste sie mehrmals hart schlucken, um nicht in Tränen auszubrechen. Aber nachdem sie Leo erklärt hatte, dass sie keine Betreuung benötige, wollte sie sich diese Blöße nicht geben, sonst würde sie ihren selbst ernannten Witwentröster nie wieder los.

»Und was ist, wenn Andrea plötzlich hier auftaucht ...?«, flüsterte Leo.

Darüber hatte Rosa auch schon nachgedacht. Sie winkte ab. »Andrea wohnt in Köln. Selbst wenn Mittmann sie nach seinem Besuch hier sofort telefonisch verständigt hat, und selbst wenn sie sich umgehend auf den Weg machen kann, muss sie es erst mal nach Düsseldorf schaffen.«

»Nun, dann ... Was tun wir jetzt hier?«, fragte Leo.

Ich suche etwas, wovon du nichts wissen sollst, dachte Rosa.

Während seiner aktiven Zeit als Kriminalkommissar hatte Robert sich, genau wie alle Kollegen und Vorgesetzten, oft über massive Ermittlungsfehler aufgeregt, sie aber als systemimmanent hingenommen. Bis vor einem Jahr. Damals hatte Robert ihr erzählt, dass er auch viele Jahre nach seiner Pensionierung immer noch an einen ganz bestimmten Fall dachte, der aufgrund mehrerer eklatanter Fehler zu einer Katastrophe geführt hatte. Da ihm die Sache keine Ruhe ließ, hatte er beschlossen, den Fall für sich noch einmal aufzurollen und zu analysieren, um daraus konkrete Richtlinien für korrektes polizeiliches Vorgehen zu erarbeiten. Er hatte sich Zugang zum Archiv verschafft und meterweise Akten gesichtet, weil ihm »die Sache sonst für den Rest des Lebens als Stachel im Fleisch« säße, wie er sich ausgedrückt hatte. Jeden Mittwochnachmittag war er in dieser Angelegenheit unterwegs gewesen, jeweils einmal im Monat gar einen ganzen Tag. Rosa kannte keine Details über den Fall, aber sie wusste, dass zwei Kriminalkommissare in Roberts Untersuchungsbericht nicht gut wegkommen würden. Der eine war heute Polizeipräsident. Den anderen Namen hatte Robert ihr verschwiegen.

Bestimmt gab es bei der Polizei Leute, die kein Interesse an der Veröffentlichung dieses Berichts hätten. Was, wenn dieser Bericht im Laufe der polizeilichen Ermittlungen um Roberts Tod auftauchte – und dann klammheimlich entsorgt würde? Der Fall war Robert unglaublich wichtig gewesen, und er hatte viel Zeit und Arbeit investiert, um ähnliche Fehler für die Zukunft zu verhindern. Wenn es also so etwas wie ein Vermächtnis des Verstorbenen gab, dann war es dieser Bericht. Deshalb wollte Rosa die Papiere sicherstellen, den Bericht lesen und dann entscheiden, wie damit weiter zu verfahren sei.

Rosa bemühte sich, jegliche Anspannung aus ihrer Stimme herauszuhalten, als sie bemüht leichthin sagte: »Ich nehme Abschied, Leo. Du kannst auf der Terrasse warten, wenn es dir lieber ist. Hauptsache, du bringst nachher die Sache mit dem Siegel wieder in Ordnung.«

* * *

Kim schloss die Wohnungstür auf und schnupperte. Natürlich war es total uncool, zu Hause zu Mittag zu essen, während ihre Freundinnen sich in der Stadt in Cafés oder Dönerbuden trafen. Aber wenn es etwas gab, das Kim vorbehaltlos und uneingeschränkt an ihrer Mutter mochte, dann waren es deren Kochkünste. Ansonsten war Ellen, wie Kim ihre Mutter gegen deren ausdrücklichen Wunsch nannte, natürlich oberpeinlich. Eine Heftchenromanautorin! Gefühlsduselige Liebesgeschichten für unbefriedigte Frauen zu schreiben, war so dermaßen daneben.

Aber kochen konnte sie. Und Kim liebte nun mal die Gerichte ihrer Mutter mehr als die Pizzas und Döner und Baguettes, die ihre Freundinnen dauernd futterten. Abgesehen davon machte Ellens Essen nicht dick. Nicht allzu sehr, jedenfalls.
»Du bist spät dran«, rief ihre Mutter. »War irgendwas Besonderes?«
Wenn du wüsstest, dachte Kim. Nach der Explosion war die Polizei gekommen, da wegen gefährlicher Körperverletzung ermittelt wurde. Dann waren alle Schüler der Klasse von einem herbeigerufenen Arzt untersucht und zwei gleich ins Krankenhaus geschickt worden. Die anderen hatten versprechen müssen, sich innerhalb einer Woche von einem Hals-Nasen-Ohrenarzt ihres Vertrauens untersuchen zu lassen und eine entsprechende Bescheinigung vorzulegen. Und alle, die im Physikraum gewesen waren, als der Kracher explodierte, hatten vom Arzt ein absolutes Kopfhörerverbot bis zum ärztlichen Attest aufgebrummt bekommen. Das ging ja wohl gar nicht! Kim dachte nicht im Traum daran, ihrer Mutter von dem Vorfall zu berichten.

»Was gibt es denn?«, rief sie durch den Flur, während sie ihre Schuhe in die Ecke schleuderte und ihre Tasche fallen ließ.
»Nudeln mit Pesto«, rief ihre Ma zurück. »Wasch dir die Hände.«
Ja-ha, dachte Kim genervt, ich bin doch kein Baby mehr. In der Küche fiel Kims Blick gleich auf die Zeitung auf dem Küchentisch, die bei den Immobilienanzeigen aufgeschlagen war. In der Rubrik der Drei-Zimmer-Wohnungen waren mehrere Anzeigen rot angestrichen.
»Hey, was soll das?«, fragte Kim lauter als nötig.
Ellen fuhr herum, folgte Kims Blick und riss die Zeitung vom Tisch. »Setz dich erst mal«, forderte sie sie auf. Ihr Lächeln missglückte. »Das Essen ist fertig.«
Die Nudeln dufteten nach Basilikum und heißem Olivenöl, und Kim hatte Hunger, aber die Vorfreude auf eins ihrer Lieblingsgerichte war verflogen.

»Ma, was soll das?«, wiederholte Kim mit vollem Mund und ärgerte sich im selben Augenblick. Wenn sie ihre Mutter Ma nannte, wusste die gleich, dass Kim Sorgen hatte. Aber okay, dachte Kim, die Sache mit der Wohnung war tatsächlich beunruhigend.

Ellen legte ihr Besteck weg und lehnte sich zurück. Sie wartete, bis Kim ihre Nudeln gegessen hatte. »Dein Vater braucht Geld, weil seine …«, sie machte eine Pause, vermutlich, um ein Schimpfwort zu unterdrücken, dachte Kim. Ellen versuchte immer noch, in ihrer Gegenwart politisch megakorrekt zu sein, um ihr kein schlechtes Beispiel zu geben. Kinderkram!

»… weil seine neue Frau ein Kind erwartet«, fuhr Ellen fort. »Er verkauft dieses Haus. Ich kann nichts dagegen tun, weil ich selbst kein Geld habe, um ihn auszuzahlen.«

Kim glaubte, sich verhört zu haben. Erst letztes Wochenende hatte sie mit ihrem Dad in der Stadt beim Italiener gegessen, da hatte er noch kein Sterbenswörtchen davon gesagt, dass er Kohle für ein Baby brauchte.

»Aber Dad …«

»Dein Vater überlässt es lieber mir, dir die unangenehmen Dinge des Lebens mitzuteilen«, sagte Ellen.

»Und meine Mutter hat nichts Besseres zu tun, als über meinen Vater herzuziehen, wenn er nicht da ist«, blaffte Kim zurück.

»Und meine Tochter hält natürlich wie immer zu ihrem Vater! Einem Vater, der seine Familie erst betrügt, dann verlässt und sie zum Schluss auch noch auf die Straße setzt.«

Kim sprang auf. Sie spürte, dass ihre Lippen zitterten, ihre Fäuste sich ohne ihren Willen ballten, ihre Augen brannten und gleich überlaufen würden. »Ich …«

»Sag es nicht«, sagte Ellen genervt. »Ich weiß, dass alle Welt mich hasst, aber ich will es gerade einfach nicht hören, okay?«

Kim starrte ihre Mutter fassungslos an, dann drehte sie sich um, rannte in ihr Zimmer und knallte die Tür hinter sich zu.

* * *

Ellen holte noch einmal tief Luft und nahm das Telefon wieder zur Hand. Am Vortag hatte sie nicht angerufen, da war Andrea sicher nicht ansprechbar gewesen. Erst die Nachricht vom Tod ihres Vaters, dann vermutlich Termine bei der Polizei und beim Beerdigungsinstitut. Ellen hatte sich zurückgehalten. Aber nun wählte sie Andreas Handynummer, die Rosa ihr gegeben hatte. Es klingelte mehrmals, bis sich die bekannte tiefe Stimme meldete.

»Hallo?«

»Andrea? Hier ist Ellen. Ich wollte dir mein Beileid aussprechen und fragen, ob ich etwas für dich tun kann.«

Am anderen Ende war im Hintergrund lautes Geschrei zu vernehmen, dann hörte es sich an, als ob Geschirr zerbrechen würde.

»Andrea?«

Eine Tür knallte, dann war Andreas Stimme wieder zu hören.

»Entschuldigung, wer ist dran?«

Diese Stimme kannte ganz Deutschland. Sie war so ungewöhnlich tief für eine Frau, dass es keinen einzigen Bericht über Andrea Tetz gab, in dem die Stimmlage nicht erwähnt wurde. Sogar Experten waren dazu befragt worden, wie eine so schlanke Person von einem Meter neunundsechzig zu solch einer männlichen Stimme kam. Ellen wunderte sich immer etwas über das ganze Tamtam. Sie war die Stimme gewohnt. In Kinder- und Jugendtagen waren Andrea und sie wie Pech und Schwefel gewesen. Beste Freundinnen. Bis zu dem Tag, an dem Andrea beim Casting für ihre erste Fernsehrolle in einer Vorabendserie genommen worden war. Seitdem sahen sie sich nur alle Jubeljahre anlässlich einer Feier bei Robert, aber auch dann wurde Andrea immer von einer Vielzahl Bewunderer umlagert.

»Hier ist Ellen. Mein Beileid zum Tod deines Vaters.«

»Ellen! Das ist aber lieb von dir.«

Andrea klang überrascht, ihre Freude aber ehrlich. Ellen spürte, wie ihre Schultern sich entspannten. Ein Kondolenzanruf war grässlich, aber kaum hörte sie Andreas Stimme, war die alte Vertrautheit wieder da.

»Ich wollte fragen, ob ich etwas für dich tun kann.«

Andrea seufzte. »Ach, Ellen, du bist der erste Mensch, der das wirklich ernst meint. Außer Rosa natürlich.« Ihre Stimme klang müde, als sie fragte: »Woran hattest du denn gedacht?«

»Was auch immer ...« Ellen zögerte. Sie hatte sich noch keine konkrete Hilfe vorgestellt, und sie wusste auch nicht so genau, was Andrea jetzt am meisten benötigte. Aber dann hatte sie plötzlich eine Idee. »Ich dachte mir, da du ja in Köln wohnst und viel arbeitest, dass ich vielleicht hier vor Ort helfen könnte, wenn du Interessenten für das Haus deines Vaters hast. Ich nehme ja an, dass du es verkaufen oder vermieten willst. Du wirst wohl kaum selbst wieder zu Hause einziehen wollen, oder?«

Andrea antwortete nicht.

»Bist du noch dran?«

»Du weißt es wirklich nicht?«, fragte Andrea mit einem seltsamen Unterton, der ebenso gut amüsiert wie ungläubig hätte sein können.

Sofort verspürte Ellen einen Anflug von Gereiztheit. Offenbar gehörte sie zu den Menschen, die grundsätzlich alles als Letzte erfuhren. Aber sie riss sich zusammen, um Andrea nicht anzuschnauzen, sondern fragte nur: »Was denn?«

»Dass mein Vater sein Haus bereits verkauft hat? Er zieht in dieses neue Luxuswohnding in Kaiserswerth. Ich meine natürlich: er wollte dorthin ziehen.«

»Das ist ja seltsam«, murmelte Ellen. »Rosa hat mir gar nicht erzählt, dass Robert wegzieht. Ich hätte erwartet, dass sie darüber nicht sehr glücklich wäre ...«

Den folgenden Laut konnte Ellen nicht identifizieren. Es war ein Grollen oder Glucksen, vielleicht auch ein Knurren, entwickelte sich dann aber zu einem Geräusch, bei dem sich Ellens Nackenhaare aufstellten. Andrea lachte!

»Es ist wie früher, Ellen, alle wissen Bescheid, nur du hast wieder nichts mitbekommen. Deine Mutter und mein Vater haben beide ihre Häuser verkauft und sich eine gemeinsame Eigentumswohnung in Kaiserswerth zugelegt. Ab Ende des Monats wollten sie ...«

Den Rest bekam Ellen nicht mehr mit, denn in ihrem Kopf rauschte das Blut.

* * *

»Wann genau wolltest du es mir denn sagen?«, fragte Ellen.

Sie stand im Wohnzimmer ihrer Mutter und hatte den Regenmantel noch an. Der Nieselregen, der eine Woche schönsten Frühlingswetters abgelöst hatte, passte zu ihrer Stimmung.

»Warum führst du dich so zickig auf?«, fragte Rosa zurück. »Ich muss wohl meine Tochter nicht um Erlaubnis bitten, wenn ich umziehen möchte.«

Ellen hatte schon eine patzige Bemerkung auf der Zunge, als ihr auffiel, dass ihre Mutter schlecht aussah. Die Wimperntusche war verlaufen, der Lippenstift klumpte in den Mundwinkeln zusammen, und ihre Haut war fahl und faltig. Ellens Wut verflog.

»Ich hätte es einfach ganz gern von dir erfahren«, sagte sie müde.

»Mach uns einen Kaffee«, bat Rosa, »einen starken.«

»Robert hatte Probleme mit dem Rücken«, sagte Rosa zehn Minuten später, als sich Mutter und Tochter mit ihren Kaffeetassen gegenübersaßen. »Die Gartenarbeit, die ihm immer viel Spaß gemacht hat, wurde plötzlich zur Belastung.«

Ellen verkniff sich eine spitze Bemerkung, denn Robert hatte nicht nur seinen, sondern auch Rosas Garten gepflegt. Rosa nutzte ihren Teil der grünen Oase ausschließlich zum Entspannen.

»Irgendwann legte er einen Prospekt auf den Tisch und sagte: ›Sieh dir das an, vielleicht ist das etwas für uns.‹« Rosa trank einen Schluck Kaffee. »Es ist eins von diesen modernen Mehrgenerationen-Projekten mit Wohnungen für Familien, Singles und Senioren.«

Ellen hatte nie darüber nachgedacht, dass Rosa eines Tages nicht mehr in ihrem winzigen Haus wohnen könnte. Sie war so vital, dass sich der Gedanke an ein Altenheim sowieso verbot, aber auch in einer modernen Wohnung konnte sich Ellen ihre Mutter nicht vorstellen. Das in den Neunzehnhundertdreißigerjahren gebaute, verwinkelte Haus passte perfekt zur chaotischen Rosa. Errichtet zu einer Zeit, als es noch keine Zentralheizung gab, in den Fünfzigern auf damaligen Stand modernisiert und seitdem gelegentlich renoviert, war es alles, was Rosa sich je hatte leisten können. Während die Nachbarn ihre Firste und Traufen anhoben, die Dachflächen für Gauben öffneten und nach hinten hinaus große Wohnzimmer anbauten, blieb Rosas Haus klein und altmodisch. Immerhin war es ihr Haus, in dem sie tun und lassen konnte, was sie wollte. Als Miteigentümerin in einem modernen Wohnprojekt jedenfalls konnte Ellen sich ihre Mutter nicht vorstellen.

Und jetzt also eine Eigentumswohnung in Kaiserswerth, direkt am Rhein? Kaiserswerth, das Bonzenpflaster, so hatte Rosa es immer abfällig genannt. Da zählt nur, wie viel Kohle du auf dem Konto hast. Zum Kotzen. Rosas Worte. Und dort hatte sie hinziehen wollen?

»Robert liebt den Rhein«, sagte Rosa in Ellens Gedanken hinein.

Liebte, dachte Ellen, aber sie schwieg.

»Eigentlich sind die Wohnungen in den Häusern sehr teuer, aber es gab da diese kleine Drei-Zimmer-Wohnung, deren Schlafzimmer keinen Rheinblick hat. Diese Wohnung konnten wir aus den Erlösen unserer beider Häuser bezahlen. Wir wollten dort gemeinsam ein neues Leben beginnen.«

Ellen sagte lieber nichts. Mit Rosa zusammenzuleben, war sehr anstrengend, wie sie am eigenen Leib erfahren hatte. Robert hatte sicher gewusst, worauf er sich einließ.

»Und warum habt ihr das heimlich gemacht? Normalerweise bespricht man so eine Entscheidung doch mit der Familie …«

Rosa betrachtete Ellen mit einer hochgezogenen Augenbraue. Dieser spöttische Blick löste bei Ellen sofort das wohlbekannte Kribbeln unter den Fußsohlen aus. Natürlich. Das hatte ja wieder kommen müssen. Die alte Leier, die ihr ihr ganzes Leben lang nachhängen würde. Ihre heimliche Hochzeit mit Jens. Dabei war das etwas ganz anderes gewesen.

»Wirst du denn nun trotzdem dorthin ziehen?«, fragte Ellen in einem bemüht neutralen Tonfall.

Rosa sah sie an. »Was bleibt mir anderes übrig? Am einunddreißigsten muss ich hier raus sein.«

»Am einunddreißigsten Mai?«, fragte Ellen entsetzt und blickte sich im Wohnzimmer um. »Hast du überhaupt schon etwas gepackt ...?«

»Heute ist erst der zweite.«

»Eben«, sagte Ellen. »Das sind gerade mal vier Wochen!«

»Robert hat schon mit dem Aussortieren begonnen, er hat auch den Umzug organisiert und kümmert sich um die Dinge, die wir nicht mitnehmen wollen.« Rosa senkte den Kopf. »Er wollte sich darum kümmern, meine ich.«

Ellen dankte Robert einmal mehr im Stillen dafür, dass er so viel Ordnung in Rosas Leben gebracht hatte.

»Kannst du dir die große Wohnung denn allein überhaupt leisten?«

Rosa zuckte teilnahmslos die Schultern, während sie sich wieder umdrehte und in den Garten starrte.

* * *

Wie in einem schlechten Agentenfilm, dachte Ellen sechs Tage später. Sie stand auf dem Friedhof und hatte den Worten des Pastors gelauscht, aber dann hatte ein Lichtreflex ihre Aufmerksamkeit auf einen großen aufrecht stehenden Grabstein in der benachbarten Gräberreihe gezogen. Halb dahinter verborgen stand ein schmächtiger Mann mit einer gebogenen Nase, die viel zu groß für seinen kleinen Kopf war. Er hatte ein riesiges Teleobjektiv auf die Trauernden gerichtet. Sieben Gräber weiter stand noch ein Beobachter, und als Ellen sich umdrehte, entdeckte sie den Dritten. Was sollte das? Hatte Mittmann, der von einem Fremdverschulden ausging, aber mit der Tätersuche nicht recht vorangekommen war, tatsächlich Kollegen engagiert, die die

Trauergemeinde unter die Lupe nahmen, weil sie den Mörder darunter vermuteten? Lächerlich. Zumal die Hälfte der Menschen, die am Grab standen, aus Roberts Kollegenkreis stammten, also entweder noch amtierende oder ehemalige Kriminalbeamte waren. Aber warum ...? Und auf einmal wusste sie es: Das war wegen Andrea! Die Männer mit den Kameras waren keine Polizisten, sondern Paparazzi.

In diesem Moment hatte Rosa ihren großen Auftritt. Sie trug ein strahlend weißes knielanges Gewand über strahlend weißen weiten Hosen, einen schwarzen Hut mit Schleier und einen ganzen Arm voll roter Rosen, die sie schluchzend ins Grab warf. Weiß sei die Farbe der Trauer, hatte sie allen Ernstes erklärt. Im Buddhismus, in vielen Regionen der Welt und vor allem auch bei den Sorben, diesem Volk, das noch heute in der Lausitz lebte und woher Roberts Mutter stammte. Den schwarzen Hut mit Schleier hingegen hatte sie nicht erklärt, aber Ellen war sicher, dass sie den Grund für den Farbwechsel kannte: Ein schwarzer Schleier wirkte immer elegant, ein weißer Schleier ließ ältere Haut welk aussehen. Darum heiratet jung, wenn ihr weiße Schleier mögt, dachte Ellen und musste sich bemühen, ihre zynischen Gedanken nicht durch ein ebenso zynisches Grinsen zu verraten.

»Ich bin so froh, dass ich wenigstens euch habe«, sagte Andrea wenig später beim Beerdigungskaffee zu Ellen und Rosa. Andrea hatte ihren ebenfalls schwarzen Schleier abgelegt und das Makeup erneuert. Im Fernsehen sieht sie besser aus, dachte Ellen. Andrea war mit siebenundvierzig ein Jahr älter als Ellen und fünf Jahre älter als ihr aktueller Lebensgefährte, der kürzlich eine Rolle als Tatort-Kommissar ergattert hatte. Im letzten Interview allerdings, das Ellen in einer Frauenzeitschrift beim Friseur gelesen hatte, war Andreas Alter mit siebenunddreißig angegeben. Ellen nahm sich vor, im Auge zu behalten, wie viele Jahre diese Altersangabe wohl Bestand haben würde.

»Es ist so schrecklich, dass mein Vater, der Zeit seines Lebens gegen das Verbrechen gekämpft hat, nun selbst ermordet wurde.«

Rosa zog Andrea in ihre Arme. Beiden liefen Tränen über die Wangen. Ellen blickte unangenehm berührt zur Seite. Sie fühlte sich mal wieder ausgeschlossen. Ihre Freundin hatte sich mit ihrer Mutter schon immer besser verstanden als sie selbst. Als Kind fand Andrea das Chaos im Hause Liedke cool, während Ellen von der Schlampigkeit ihrer Mutter genervt war. Rosa verbummelte ständig wichtige Unterlagen der Schule, sodass Ellen einmal wegen einer fehlenden Unterschrift nicht ins Schullandheim hatte mitfahren können. Sie bekam keine Schulbrote mit, ging ohne Regenschutz aus dem Haus, selbst wenn für mittags Gewitter angesagt waren, und oft genug musste sie den Sportunterricht in ihren Straßenklamotten absolvieren, weil Rosa den Turnbeutel verlegt hatte. Später, auf dem Gymnasium, beneidete Andrea Ellen darum, dass Rosa anstandslos jede Entschuldigung unterschrieb, wenn Ellen mal keine Lust auf Schule hatte. Was selten vorkam. Andrea hätte von dieser Möglichkeit sicher häufiger Gebrauch gemacht. Außerdem war Rosas Arbeit als Theaterschauspielerin Andrea schillernd und aufregend erschienen – viel interessanter als die Polizeiarbeit ihres Vaters.

Natürlich hatten manche Freiheiten, die im Künstlerhaushalt alltäglich waren, Ellen gefallen. Aber jede Medaille hat eine Kehrseite, und so bekam Ellen zu Hause nur selten mal ein Mittagessen, musste schon mit zwölf ihre Klamotten selbst waschen und bügeln, und auch der Einkauf von Grundnahrungsmitteln wurde ihre Aufgabe, weil Rosa regelmäßig vergaß, dass ein Kind im Wachstum nicht von geraspelten Möhren mit Ringelblumenblüten und Brennnesselsuppe leben konnte.

»Ich habe Papa oft genug gesagt, dass er sich besser schützen muss, aber er wollte ja nichts von einer Alarmanlage hören.«

Rosa befreite sich aus der Umarmung und schob Andrea auf Armeslänge von sich. »Das stimmt nicht, Andrea. Er hatte extra diese starke Lampe mit dem Bewegungsmelder angebracht, er ließ nie ein Fenster offen, wenn er wegging, und er öffnete die Tür nur für Personen, die er kannte. An mangelnder Vorsicht hat es wirklich nicht gelegen.«

»Aber dann verstehe ich es noch weniger«, sagte Andrea zweifelnd. »Wenigstens von den Nachbarn muss doch jemand etwas bemerkt haben.«

Den letzten Teil des Satzes hatte sie deutlich lauter und über Ellens Schulter hinweg gesprochen, und als diese sich umdrehte, sah sie auch den Grund. Kommissar Mittmann kam mit lässigen Schritten auf sie zu.

»Gibt es Neuigkeiten?«, fragte Mittmann freundlich, bevor er Andrea, Rosa und Ellen die Hand gab. Sein Händedruck hätte auch gut zu einem Handwerker gepasst. Schon wieder ein Pluspunkt, dachte Ellen, die wenig so sehr hasste wie einen schlabberigen Händedruck.

»Wir haben uns gerade gefragt, ob die Nachbarn nichts bemerkt haben. Sie haben doch wohl alle befragt, oder?«

»Natürlich«, entgegnete Mittmann. »Aber leider ist ja der Garten von allen Seiten gut zugewachsen und die direkte Nachbarin, nämlich Frau Liedke, war zum fraglichen Zeitpunkt verreist.«

Rosa machte ein schnaubendes Geräusch.

»Wie sieht denn der Stand der Ermittlungen aus?«, fragte Ellen schnell.

»Wir gehen weiterhin von einem Einbruchdiebstahl aus. Das Opfer muss die Täter gestört haben. Das zerbrochene Fenster und der Zustand der Wohnung...«

»Fehlt denn viel?«, fragte Ellen.

»Vor allem jeder Hinweis«, mischte Leo sich ein, der plötzlich an Rosas Seite auftauchte und seinen Arm um ihre Schultern legte. Rosa ließ ihn gewähren. Ellen war sicher, dass Leo mehr als nur freundschaftliche Gefühle für Rosa hegte, konnte sich aber nicht vorstellen, dass Rosa sich nach Roberts Tod Leo zuwenden würde. Je eher Leo das kapierte, desto besser für ihn, dachte Ellen, aber sie würde sich sicherlich nicht einmischen.

»Es war kein Bargeld in der Wohnung, obwohl Papa eigentlich immer mindestens zweihundert Euro zu Hause hatte. Außerdem fehlte Mamas Schmuck und diverse kleinere Gegenstände, die sich leicht zu Geld machen lassen, wie der DVD-Recorder und der Laptop. Und der Safe war leer«, zählte Andrea auf.

»War denn der Safe aufgebrochen?«, fragte Ellen.

»Nein«, sagte Mittmann. »Aktuell gehen wir davon aus, dass der Safe offen war, als der Einbrecher kam. Herr Tetz hatte sich ungefähr zwölf Stunden vor dem Sturz in den Finger geschnitten und trug ein Pflaster. Von diesem Pflaster gibt es Abdrücke im Safe.«

»Was war denn im Safe?«, fragte Ellen. »Geld? Dokumente? Der Schmuck deiner Mutter?«

»Mamas Schmuck lag immer in der Kommode. Was mein Vater im Safe verwahrte, weiß ich nicht.«

»Mindestens vier Barren Gold à hundert Gramm«, sagte Rosa. »Und Papiere.«

»Was für Papiere?«, fragte Andrea.

Rosa zuckte die Schultern. »Das weiß ich leider nicht genau.«

Ellen starrte ihre Mutter an. »Aber den sonstigen Inhalt seines Safes, wie die Menge an Goldbarren, kennst du ziemlich gut!«

»Waffen?«, fragte Mittmann.

»Keine Waffen.« Rosa wandte sich an Ellen. »Ich kenne sogar die Kombination für die Safetür, meine Liebe. Erinnere dich: Wir wollten unser Leben gemeinsam verbringen.«

»Da sie die Kombination kennt, hätte auch Frau Liedke den Safe ausräumen können, nachdem sie Herrn Tetz' Leiche gefunden hat«, sagte Mittmann mit schiefem Grinsen. »Reine Theorie natürlich.«

Rosa tätschelte Andrea die Hand. »Der liebe Herr Kommissar darf gern mein Haus nach Gold, mein Konto nach ungeklärten Geldeingängen und mein Haus nach kompromittierenden Unterlagen filzen, wenn er das möchte.«

Mittmann nickte. »Schön, dass Sie das anbieten. Ich komme gegebenenfalls darauf zurück.«

* * *

Rosa stand neben Andrea, während die letzten Gäste sich verabschiedeten. Besonders die ehemaligen Kollegen nahm sie genau in Augenschein. War da jemand, der den Blick senkte, als er ihr die Hand gab? Oder jemand, der sich gar nicht verabschiedete? Was hatten die beiden pensionierten Kollegen da hinten in der Ecke miteinander zu tuscheln? Hatten sie von Roberts Archivarbeit gewusst und hofften nun, dass der Bericht nie auftauchte? Und ganz wichtig die Frage: Sollte Rosa Mittmann ins Vertrauen ziehen?

Bei ihrem »Erkundungsgang« in Roberts Haus hatte Rosa keinerlei Hinweis auf die Fallrekonstruktion gefunden, an der er gearbeitet hatte. Keinen Aktenordner in seinem Arbeitszimmer, kein Notizbuch. Der Laptop war weg, den konnte man nicht mehr untersuchen. Was sollte es also nützen, wenn sie Mittmann von dieser Sache erzählte? Wo sollte er suchen, um Roberts letzte Arbeit im Dienste der Verbrechensbekämpfung zu der verdienten Aufmerksamkeit zu verhelfen?

Er könnte im Archiv nachfragen, welche Akten Robert eingesehen hat, erklärte Rosas Gewissen. Es würde also schon helfen, Mittmann einen Tipp zu geben.

Aber was, wenn Mittmann bereits von dem Fall wusste und vom Polizeipräsidenten selbst angewiesen worden war, den Bericht zu vernichten? Oder was, wenn Robert nicht von einem Einbrecher zufällig getötet worden war, sondern von jemandem, der die Veröffentlichung der Fallanalyse verhindern wollte? Einem Kollegen? Oder ehemaligen Kollegen?

Rosa schüttelte den Kopf. Sie war zwar ihr Leben lang systemkritisch gewesen, aber paranoid war sie nicht. Ein Mordkomplott bei der Polizei zur Vertuschung von Fehlern, die vor fast zwanzig Jahren gemacht worden waren, war einfach lächerlich. Der Mord an Robert, sofern es einer war, hatte sicher andere Hintergründe. Die Kripo würde den Mörder finden, die Aufklärungsquote bei Gewaltverbrechen lag immerhin bei fast hundert Prozent. Und wenn nicht, wäre es Rosa im Grunde auch egal. Robert wurde nicht wieder lebendig, ob der Mörder nun ins Gefängnis ging oder nicht. Nur Roberts Vermächtnis fühlte sie sich verpflichtet. Eine Einstellung, die natürlich niemand teilte. Alle riefen nach dem Mörder, nach Strafe, nach Rache.

Sie seufzte.

»Gleich ist es ausgestanden«, raunte Andrea ihr zu.

Rosa nickte. Sie hatte sich immer noch nicht entschieden, ob sie Mittmann ins Vertrauen ziehen sollte oder nicht.

3

Kim nahm seufzend den Kopfhörer ab und legte ihn sich um den Hals. Warum machten die Erwachsenen nur immer so einen Aufstand darum, dass sie deren endöde Unterhaltungen mitbekam? Schlimm genug, dass sie ihren Samstagvormittag damit verbracht hatte, mit ihrer Ma Mietwohnungen anzusehen, die so gruselig waren, dass sie dort nicht tot in der Badewanne hätte liegen wollen. Abgesehen davon, dass die meisten Wohnungen gar keine Wanne hatten. Außerdem waren die Makler oder Vermieter nicht gerade happy, wenn Ellen sich als alleinerziehende Mutter outete und damit das Klischee des Vermieterschrecks schlechthin bediente.

Nach so viel Frust wäre Kim gern mit Jenny shoppen gegangen, aber stattdessen ging die Familienfolter weiter. Und so dackelte sie hier auf dem Rheindeich hinter Ellen und Rosa her, um Rosas neue Bude zu sehen. Bescheuert, denn sie würde sie ja noch früh und oft genug sehen, sobald Rosa erst umgezogen war. Aber Ellen machte sich Sorgen um Rosa und wollte sie an die frische Luft bringen. Deshalb der Trip an den Rhein.

Trip ist ein gutes Stichwort, dachte Kim, und musste grinsen. Sie hätte gern ihr eigenes Gesicht gesehen, als sie ihre einundsiebzigjährige Großmutter eben getroffen hatte. Rosa musste heute Morgen vor dem Kleiderschrank auf einem echt heftigen Trip gewesen sein, denn sie trug eine mintgrüne Samthose, eine Batiktunika in Flaschengrün und Gold und einen großen roten Hut. Kim war vom Kleidungsstil ihrer Oma einiges gewöhnt, aber dieser Aufzug war schon eine Zumutung besonderer Güte. Auch Rosas aufgekratztes Verhalten untermauerte Kims Verdacht eines

Betäubungsmittelmissbrauchs. Sie hätte zu gern mal einen Blick in Rosas Arzneischrank geworfen, aber der war immer abgeschlossen. Das einzige Anzeichen von Ordnung in der ansonsten psychedelischen Hippie-Höhle ihrer ausgeflippten Großmutter.

Mit Rosa allein wäre der Samstagnachmittag vermutlich ganz cool abgelaufen, dachte Kim. Sie verstand sich gut mit dieser Frau, die biologisch einwandfrei belegbar ihre Großmutter war, aber auch genau so gut ein Alien aus einer weit entfernten Galaxie hätte sein können. Sie war total cool und erlaubte Kim alles Mögliche, war aber gleichzeitig egoistisch und lehnte es ab, für andere Leute zurückzustecken. Dabei gab es auch keine familiäre Vorzugsbehandlung. Wollte Kim also bei Rosa alle Klamotten durchprobieren, bis in die Nacht aufbleiben oder ein ganzes Glas Nutella essen, war das kein Problem. Wollte sie aber einen Abend mit ihrer Oma verbringen, an dem Rosa etwas anderes vorhatte, stand sie vor verschlossener Tür. So etwas wäre bei ihrer Ma undenkbar gewesen, sie stellte ihre eigenen Bedürfnisse immer hinter Kims Wünschen zurück, aber dafür war Ellen eben auch überfürsorglich. Sogar zu ihrer eigenen Mutter. Deshalb latschten sie hier herum.

»Ist es nicht einfach himmlisch hier?« Rosa drehte sich mit ausgebreiteten Armen einmal um sich selbst und schlug beinahe einen Radfahrer von seinem Bike.

»Pass doch auf, Schabracke!«, brüllte der Mann, der in seinen hautengen, rosafarbenen Klamotten und dem schreiend bunten Helm aussah wie eine Mischung aus Superman und Prinzessin Lilifee. Kim lachte laut, wofür sie einen strafenden Blick ihrer Mutter erntete, aber sie hätte echt nicht sagen können, wer von den beiden Kontrahenten schriller aussah.

»Dort drüben ist es.«

Von der U-Bahn Haltestelle Klemensplatz waren sie durch die Ortsmitte flaniert, hatten am Markt Eis gegessen und waren auf dem Deich entlang Richtung Süden gegangen. Uralte Alleebäume spendeten eine Zeit lang Schatten, aber hinter der Fähre wurde die Landschaft offener. Kim achtete mehr auf eine Gruppe Jugendliche, die mit Bierkasten und Grill zum Wasser unterwegs waren, als auf ihre Mutter und Oma. Deshalb rempelte sie gegen Ellen, die endlich stehen geblieben war und mit Rosa auf eine Baustelle starrte, auf der zwei große, identische Gebäude nebeneinander auf die Wiese geklotzt worden waren. Zum Deich hin waren die Gebäude terrassiert, sodass jedes Stockwerk sonnige Balkone über die gesamte Frontbreite hatte.

»Das ist ja gar nicht am Rhein«, stellte Kim fest.

»Natürlich nicht«, entgegnete Rosa. »Die Bebauung beginnt üblicherweise hinter dem Deich und nicht davor.«

Kim schaute sich um. Vom Ufer bis zum Deich waren sicher zweihundert Meter Feld beziehungsweise Wiese und vom Deich bis zu den Häusern noch mal hundert. Immerhin lag der Baugrund so hoch, dass der Blick über die Deichkrone reichte.

»Ach, das ist ja sehr schön«, sagte Ellen mit übertriebenem Enthusiasmus.

Das klang ja nicht sehr überzeugend, dachte Kim. Ach, wäre Ellen doch so cool wie Rosa, dann wäre vieles einfacher. Aber dann müsste Ellen deutlich lockerer in Bezug auf den Umgang mit Drogen werden, auch den illegalen. Sie seufzte und beobachtete das Kommen und Gehen auf dem Gelände. Schon wieder rumpelte ein Auto über die Baustellenzufahrt auf den bereits fertig gepflasterten Parkplatz. Eine vierköpfige Familie stieg aus und strebte auf das linke Gebäude zu, der gut aussehende Typ mit schwarzer Lederjacke und Sonnenbrille aus dem nachfolgenden Porsche wandte sich nach rechts.

»Was ist denn da los?«, fragte Kim.

»Eine öffentliche Besichtigung?«, murmelte Ellen.

»Es soll einen Termin kurz vor Fertigstellung geben, an dem die Eigentümer ihre Wohnung zum ersten Mal besichtigen können. Aber dafür hätte ich eigentlich eine Einladung bekommen sollen«, sagte Rosa.

»Ist vielleicht in dem Chaos rund um Roberts Tod untergegangen«, erwiderte Ellen mit ihrer salbungsvollen Ich-habe-vollstes-Verständnis-für-dich-Stimme, die Kim hasste.

»Kommt, wir gehen mal rein«, rief Rosa und stürmte voraus.

Aus der Nähe wirkte das Gebäude eher wie ein Büroklotz in der Innenstadt mit Anwälten oder Steuerberatern als wie ein Wohnhaus. Sandsteinfassade mit Granit, Glas, Edelstahl. Kim konnte sich Rosa in dieser Umgebung schlecht vorstellen, aber Robert hätte schon hierher gepasst. Bei ihm war alles immer sauber und aufgeräumt gewesen.

»Was heißt hier, mein Name steht nicht auf Ihrer Liste?«

Kim hatte nicht zugehört, wie Rosa sich bei der Frau in dem grauen Kostüm mit dem Klemmbrett in der Armbeuge angemeldet hatte. Sie hörte Tim Bendzko, damit hatte sie wenigstens ein bisschen Abstand zu diesem Familiending, aber als Rosas Stimme immer lauter und ihre Bewegungen immer ausladender wurden, nahm sie doch den Kopfhörer ab. Das fiepende Geräusch im linken Ohr nervte in der plötzlich stilleren Umgebung.

»Ich habe die Wohnung 2A, das steht so in meinem Notarvertrag und in allen Unterlagen.«

Der Stift der Kostümtante flatterte wieder über dem Klemmbrett herum wie ein Schmetterling auf Koks, dann zuckte die Offizielle die Schultern.

»Bauphase II, Wohnung 2A, Rosa Liedke und Robert Tetz...«, wiederholte Oma.

»Bauphase II?«

Für einen Moment stand die Welt still, zumindest kam es Kim so vor. Der Stift verharrte schwebend in der Luft, die Klemmbrett-Tussi blieb mit aufgerissenen Augen wortlos stehen und Rosas Hand stockte mitten in der Bewegung. Selbst ihre Armreifen hingen still und klimperten nicht. Nur das Fiepen in Kims Ohr war noch da.

»Das hier ist Bauphase I. Bauphase II hat doch noch gar nicht begonnen.«

Ellen war die Erste, die aus der allgemeinen Schockstarre erwachte. »Da muss ein Missverständnis vorliegen. Ist denn der Geschäftsführer zu sprechen?«

Die Klemmbrett-Tussi schaute Ellen an, öffnete den Mund und brach in Tränen aus.

* * *

»Ich fasse also mal zusammen«, sagte Leo achtundvierzig Stunden später, nahm die Brille ab und blickte von seinen Notizen hoch. Ellen und Rosa saßen ihm in Rosas Wohnzimmer gegenüber. Rosa sah ein wenig ungehalten aus, aber keinesfalls fassungslos. Unangemessene Reaktionen waren allerdings Rosas Spezialität, dachte Ellen. Sie selbst jedenfalls hatte in der letzten halben Stunde ein Wechselbad der Gefühle durchlebt. Von Ungläubigkeit über aufkommende Hysterie bis hin zur aktuellen Gereiztheit, die sicher bald in einen ausgewachsenen Zynismus münden würde, war alles dabei gewesen. Spätestens bei Erreichen des letzten Gefühlszustandes ginge es ihr wieder besser, denn wenn sie zynisch sein konnte, hatte wenigstens die Verzweiflung keine Chance.

»Die Baugesellschaft MultiLiving GmbH ist spezialisiert auf Projekte für Mehrgenerationenhäuser. So sind auch im Kaiserstern, dem Projekt in Kaiserswerth, in dem Rosa und Robert die Wohnung gekauft haben, barrierefreie Apartments für Ältere mit familiengerechten Wohnungen sowie mit typischen Single-Lofts gemischt.«

»Das wissen wir längst«, murmelte Rosa unwillig.

Leo warf ihr einen irritierten Blick zu. »Die Bauphase I ist so gut wie abgeschlossen, Erstbezug ist Ende des Monats. Soweit völlig in Ordnung und seriös. Anders sieht es mit der Bauphase II aus. Diese Projektphase befindet sich noch im Planungsstadium, es gibt keinen einzigen festgelegten Termin, nicht für die Grundsteinlegung und natürlich erst recht nicht für die Fertigstellung. Das Grundstück für diese Projekterweiterung ist allerdings schon im Besitz der MultiLiving, was daran liegt, dass die Firma das gesamte Areal zwischen den beiden Deichzufahrten gekauft hat. Es ist groß genug für mehrere weitere Gebäude.«

»Was ist mit diesem Notarvertrag, den ich habe?«, sagte Rosa.

Leo zuckte die Schultern. »Im Grunde ist er gültig, nur sind eben alle Termine falsch. Baubeginn, Baufortschritt, Zahlungstermine, Erstbezug – alle Daten entsprechen denen der Bauphase I.«

»Wie hieß noch mal der Chef der MultiLiving? Irgendwas mit W… Wowereit?«, fragte Ellen.

Leo lächelte nicht einmal. »Ich habe es bisher nicht verifizieren können, aber ich glaube nicht, dass wir es mit Unfähigkeit zu tun haben.«

»Sondern mit dem Ehrgeiz unserer von Minderwertigkeitsgefühlen geplagten Landeshauptstadt, den bundesweit bekannten Erfolgsprojekten in Berlin-Brandenburg, Hamburg und Stuttgart nachzueifern?«, fragte Ellen.

»Dein Zynismus ist wirklich unangebracht!«, warf Rosa ungeduldig ein. »Wenn es kein Fehler war, ist es Betrug.«

»Was du natürlich messerscharf erkannt hast. Ich gehe also davon aus, dass die superschlaue Rosa noch kein Geld gezahlt hat für diese Wohnung, die es gar nicht gibt?«

Ellen fühlte sich zwar in ihrem Zynismus einigermaßen wohl, war aber trotzdem mit ihrer Reaktion unzufrieden. Seit über vierzig Jahren versuchte sie erfolglos, sich nicht von ihrer Mutter provozieren zu lassen. Aber Rosas zickiger Ton ging ihr auf den Nerv. Ellen jedenfalls hatte wohl von allen Beteiligten am wenigsten Schuld, immerhin hatte Rosa sie nicht einmal informiert, geschweige denn um ihre Meinung gebeten.

Rosa lachte rau. »Natürlich habe ich entsprechend dem Baufortschritt gezahlt. Neunzig Prozent des Gesamtpreises, immer ordentlich in Rechnung gestellt und pünktlich überwiesen.«

»Dann solltest du das sofort zurückfordern!«

»Das geht leider nicht so einfach«, schaltete Leo sich wieder ein. »Sobald der Betrag vom Konto abgebucht ist, ist das Geld weg. Rosa kann ihre Bank benachrichtigen und um Mithilfe bei der Rückforderung bitten, aber die Aussichten sind gering – zumal, wenn es sich um einen Betrug handelt. Das klären wir jedenfalls gleich, nicht wahr?«

Rosa nickte genervt.

Ellen wurde blass. »Du meinst, das Geld ist wirklich weg?«

»Zunächst sollten wir davon ausgehen.«

»Und der Geschäftsführer, dieser ...«

»Weiterscheid«, ergänzte Leo. »Ich habe ja nun keine dienstlichen Befugnisse mehr, daher konnte ich auch nur das tun, was jeder Privatmann kann: Bei MultiLiving anrufen und mir erklären lassen, dass Herr Weiterscheid leider zurzeit nicht verfügbar ist und man auch nicht weiß, wann er wiederkommt.«

»Mit anderen Worten: Der Kerl hat sich aus dem Staub gemacht«, sagte Rosa.

»Wie gut, dass Robert das nicht mehr erleben musste«, murmelte Ellen.

Einige Minuten vergingen in brütendem Schweigen, bis Leo sich räusperte.

»Rosa, du solltest Strafanzeige erstatten.«

»Das hilft mir nicht«, erwiderte Rosa unwirsch. »Ich bin ab dem nächsten Ersten obdachlos.«

Willkommen im Club, dachte Ellen, wenn auch ihr eigenes Schicksal noch nicht vollkommen besiegelt war.

»Ich werde bei dir wohnen müssen«, sagte Rosa in einem Tonfall, der sowohl ihre feste Absicht, bei Ellen einzuziehen, als auch ihren Unwillen, zu diesem Schritt gezwungen zu sein, bestens zum Ausdruck brachte.

Ellen bekämpfte ihren aufsteigenden Ärger und holte tief Luft. Sie hatte noch gar keine Gelegenheit gehabt, ihrer Mutter von ihren eigenen Wohnproblemen zu berichten, aber nun war sie froh, um nicht zu sagen schadenfroh, Rosa eine Absage erteilen zu können.

»Das geht nicht, Mutter.«

Rosa runzelte die Stirn, wie immer, wenn Ellen sie Mutter nannte. »Jens will unser Haus verkaufen. Das war der Grund meines Besuchs an dem Tag, als du Robert ...« Sie räusperte sich. »Ich hatte dich fragen wollen, ob Kim und ich bei dir wohnen können.«

»Das hat sich ja nun erledigt«, sagte Rosa knapp. »Es wird also andersherum laufen.«

Ellen schüttelte den Kopf. »Ich habe dir gerade erklärt, dass das nicht geht. Jens hat bereits ...«

Rosa schnaubte ärgerlich. »Dein Mann pfeift, und du machst Männchen.«

»Exmann«, korrigierte Ellen. »Und dieser Exmann hat bereits einen Käufer, der einen unglaublich guten Preis zahlen will.«

»Wenn du bei einem Verkauf nicht mit unterschreibst, kann er gar nichts machen.«

Es verblüffte Ellen immer wieder, wie gut Rosa sich mit Recht und Gesetz auskannte, wenn es zu ihrem Nutzen war und wie wenig sie sich darum scherte, wenn es sie in ihrer Entfaltung einschränkte.

»Es liegt durchaus in meinem Interesse, einen möglichst hohen Verkaufspreis zu erzielen, daher neige ich dazu ...«

»Dann muss der Käufer eben warten. Du kannst deine Geldgier auch ein paar Wochen später stillen.«

Geldgier, dachte Ellen. Sie war froh, ihrer Tochter ein sorgenfreies Leben bieten zu können, wenngleich die Definition von Sorge bei Ellen und Kim sich deutlich unterschied. Kim fand es gerade sehr besorgniserregend, dass sie keine Designerklamotten bekam. Nun würde sie in Zukunft nicht einmal mehr ein Zimmer in einem Haus mit Garten bewohnen, sondern ein Zimmerchen in einer kleinen Wohnung. Dafür vielleicht etwas näher in der Stadt. Von Gier, Luxus und den anderen kapitalistisch definierten Schimpfworten, die Rosa gern verwendete, war jedenfalls in ihrem Leben weit und breit nichts zu sehen.

»Nein«, sagte Ellen laut. »Der Käufer ist in derselben Situation wie wir, er muss zum Monatsende aus seiner Wohnung raus.«

»Dann wird es später einen anderen Käufer geben«, erklärte Rosa ungerührt. »Ich habe jedenfalls keine Lust, mir für die Übergangszeit eine winzige Wohnung zu suchen, in der sowieso kein Platz für meine Möbel ist ...«

Leo, der dem Schlagabtausch zwischen Ellen und Rosa mit

Unbehagen beiwohnte, hob die Hand. »Wenn ich etwas sagen dürfte?«

Rosa erteilte ihm mit einer großzügigen Geste die Erlaubnis.

»Nachdem der Geschäftsführer verschwunden ist und ich einen groß angelegten Betrug vermute, ist es unwahrscheinlich, dass du nur eine Übergangszeit überbrücken musst, Rosa. Ich hoffe, dass ich mich irre, aber ich befürchte, dass dein Geld weg ist und die Wohnung auch. Du wirst dir eine dauerhafte Lösung suchen müssen.«

* * *

»Was heißt hier, Sie sind nicht zuständig?«, fragte Leo eine Stunde später.

Rosa bemühte sich, ebenso empört zu schauen, um ihm den Rücken zu stärken, aber da sie nicht mit Herzblut bei der Sache war, ließ das Ergebnis vermutlich zu wünschen übrig. Sie seufzte.

»Die Anzeige wegen Betrugs haben wir bereits bei Ihren Kollegen aufgegeben. Jetzt geht es um die Frage, ob dieser Betrug etwas mit dem Mord an Robert zu tun hat!«

Kommissar Mittmann blickte hilfesuchend zu Rosa, aber sie zuckte die Schultern. Leos Auftritt war ihr nicht peinlich – um dieses Gefühl bei ihr hervorzurufen, mussten ganz andere Dinge passieren –, aber wohl fühlte sie sich trotzdem nicht. Dieses ganze Gewese um den Mörder nützte doch niemandem. Es lenkte nur die Aufmerksamkeit von Robert weg und ließ die Dinge in der Schwebe. Dabei brauchte es einen Schlussstrich, um mit Katastrophen fertig zu werden, sonst drehte man sich ständig im Kreis, die Gedanken wurden nicht frei, der Geist kam nicht zur Ruhe. Sie unterdrückte ein Seufzen. Sie hätte das Präsidium nach der Anzeige beim Betrugsdezernat doch lieber wie geplant direkt verlassen sollen. Dass Leo sich in die Mordermittlung einmischen wollte, war allein seine Sache, sie jedenfalls wollte nichts damit zu tun haben.

»Ich bin sicher, dass Robert diesen Betrug bereits entdeckt hatte.«

»Hat er Ihnen gegenüber eine derartige Bemerkung gemacht?«, fragte Mittmann Rosa.

»Er hat vor ungefähr zwei Wochen angekündigt, sich vergewissern zu wollen, dass mit dem Umzugstermin alles klar geht.«

»Danach hat er aber nie wieder etwas zu Ihnen gesagt?«

»Nein.«

Mittmann schaute immer noch unentschlossen von Leo zu Rosa und zurück.

Leo wurde ungeduldig. »Wenn Robert also bereits damals herausgefunden hat, dass er einem Betrug aufgesessen ist, hat er Weiterscheid sicher zur Rede gestellt. Und der hat Robert getötet und ist getürmt.«

»Und dieser Weiterscheid war noch mal ...«

Leo verdrehte die Augen. »Achim Weiterscheid ist der Geschäftsführer der MultiLiving GmbH, die das Bauprojekt Kaiserstern erstellt. Der Mann ist seit dem Mord an Robert auf der Flucht.«

Die Behauptung war gewagt. Niemand wusste, wann genau Weiterscheid verschwunden war. Eventuell hatte er bereits vor Roberts Tod das Weite gesucht. Leos Formulierung stellte eine kausale Verbindung her, wo vielleicht keine war, aber das herauszufinden war Mittmanns Aufgabe, also schwieg Rosa.

Mittmanns Schultern sackten einige Millimeter nach unten. Er war fast geschlagen und reif für das letzte Argument. »Haben Sie eigentlich in Roberts Haus die Akte mit den Unterlagen zu dem Wohnungskauf gefunden?«

Mittmann stutzte. »So läuft das nicht, Herr Dietjes, das wissen Sie doch! Wenn überhaupt, hätte die Tochter erklären müssen, dass etwas fehlt.«

Rosa wusste, dass Leo sich eher die Zunge abbeißen würde als zuzugeben, dass er unerlaubterweise in Roberts Haus gewesen war. Daher konnte er auch nicht sagen, dass die Unterlagen fehlten. Rosa erkannte seinen Zwiespalt, hatte aber kein Mitleid mit ihm. Warum musste er sich auch einmischen?

Mittmanns Schultern sackten noch eine Etage tiefer. »Gut.

Warten Sie bitte einen Moment, ich hole ein Aufnahmegerät und dann machen Sie eine offizielle Zeugenaussage im Mordfall Robert Tetz.«

Rosa spürte, wie die Anspannung im Raum nachließ, nachdem die beiden Männer ihre Reviergrenzen geklärt hatten.

Leos Stimme riss sie aus ihren Überlegungen. »Und wenn Sie schon dabei sind, überprüfen Sie doch auch die Mörder, die noch eine Rechnung mit Robert offen hatten.«

Mittmann, der mit dem Aufnahmegerät zum Tisch zurückgekehrt war und den Batteriestatus prüfte, stoppte mitten in der Bewegung.

»Von wem sprechen Sie?«

»Von den Mördern, die Robert hinter Gitter gebracht hat, natürlich. Einige von denen sind ja inzwischen wieder auf freiem Fuß, und ich erinnere mich, dass es mindestens zwei gab, die Robert Rache angedroht haben.«

Mittmann sah tatsächlich belustigt aus und warf einen schnellen Blick zu Rosa, die sich um einen unbeteiligten Gesichtsausdruck bemühte.

»Herr Kollege«, sagte Mittmann in diesem Tonfall, in dem man kleinen Kindern erklärte, dass sie Käfern nicht die Flügel ausreißen dürfen, »Sie wissen doch selbst, dass diese Rachedrohungen nie wahr gemacht werden. Das ist eine Erfindung von Krimiautoren. Ich bin sicher, Sie kennen aus Ihrer langjährigen Erfahrung keinen Fall, und mir ist ganz sicher keiner bekannt, der …«

»Dass es keinen bekannten Fall gibt, heißt vielleicht nur, dass die Kripo dem Mörder nicht auf die Spur kam, weil sie die Tat für einen Einbruchdiebstahl hielt«, warf Rosa ein. Nicht, dass sie selbst daran glaubte, aber den kleinen Spaß, Mittmann zu necken, hatte sie sich nicht verkneifen können. Leo warf ihr einen dankbaren Blick zu.

Mittmann blinzelte irritiert. »Sie können mir vertrauen, wenn ich Ihnen sage, dass wir unsere Arbeit machen.«

Typisch Staatsmacht, dachte Rosa, während sie belustigt registrierte, dass das lässige Erscheinungsbild des Kommissars in

Jeans und einem ausgebleichten T-Shirt so überhaupt nicht zu seinen Äußerungen passte. Früher hatten die Männer, die solche Sprüche klopften, wenigstens dunkle Anzüge und Krawatten getragen.

* * *

»Was für ein Rattenloch«, sagte Kim und spuckte auf die Straße. Sie wusste, dass ihre Ma das hasste.

»Du sollst nicht spucken«, sagte Ellen automatisch, aber ohne Überzeugung. Überhaupt war sie geistesabwesend, dabei hatte sie doch gerade wieder eins ihrer unsäglichen Heftchen an den Verlag geschickt. Normalerweise war sie an einem Abgabetag entspannt, so entspannt jedenfalls, wie sie überhaupt sein konnte, was nicht besonders viel war. Aber heute war sie gestresster als normal. Das war Kim ganz recht, denn sie hatte mit ihren eigenen Problemen genug zu tun. Die Schule machte Ärger, weil Kim die Bescheinigung des Hals-Nasen-Ohrenarztes noch nicht vorgelegt hatte. Auch ihre Mutter sei nie zu erreichen, hatte die Klassenlehrerin sich beschwert. Kein Wunder, denn Kim selbst hatte schon vor Monaten einen gefälschten Zettel im Sekretariat abgegeben, in dem ihre Mutter angeblich eine neue Telefonnummer mitteilte. Die Nummer war nicht vergeben. Jetzt hatte die Klassenlehrerin damit gedroht, Ellen anzuschreiben. Das war ein Problem, denn die Post konnte Kim nicht abfangen. Damit war der Stress vorprogrammiert.

Außerdem waren die Bullen noch mal in der Schule gewesen und hatten mit allen gesprochen, die bei dem Kanonenschlag dabei gewesen waren. Kim hatte nichts gesagt, was Tarik hätte belasten können.

Überhaupt Tarik ... Er war seitdem nicht mehr in der Schule gewesen. Hausarrest und Schulverbot, hatte Kim in Erfahrung gebracht. Sie kannte seine Handynummer nicht, konnte ihm also nicht berichten, was los war. Vermutlich bekam er die aktuellen Infos von seinen Kumpels, aber die wussten nicht, dass Kim zu ihm hielt.

»Wir haben noch eine auf der Liste«, sagte ihre Ma und strich sich eine Strähne aus der Stirn.

»Ich will keine beschissene Wohnung mehr sehen«, maulte Kim.

»Vielleicht ist ja diese ...«

»Na klar. Bisher waren alle Wohnungen absolut unterirdisch, aber die letzte auf der Liste wird super sein. Ein Wohnzimmer, dessen Fenster mal nicht auf die Mietskaserne gegenüber oder den Güterbahnhof geht, ein Kinderzimmer von mehr als sechs Quadratmetern, ein extra Arbeitszimmer für dich und natürlich ein Balkon nach Süden.«

»Nein, ein Balkon ...«, begann ihre Ma.

»War ein Scherz«, sagte Kim und kickte gegen eine leere Coladose, die scheppernd in ein geparktes Auto flog.

»Lass das«, sagte Ellen, aber selbst jetzt war sie nicht ganz bei der Sache, sonst hätte sie gleich einen Megastress gemacht.

»Wo wohnt denn Rosa demnächst?«, fragte Kim.

Ellens Bewegungen wurden plötzlich steif.

In Kims Kopf schrillten alle Alarmglocken gleichzeitig los.

»Ma?«, fragte sie schärfer als beabsichtigt.

»Wir finden entweder eine Wohnung, in der für deine Oma kein Platz ist, dann muss sie sich selbst eine Unterkunft suchen. Oder ...«

»Sag es nicht«, murmelte Kim. Sie mochte Rosa wirklich, aber mit ihr zusammen unter einem Dach zu wohnen, war die Hölle. Schon allein wegen der ständigen Streitereien zwischen Rosa und Ellen, aber auch, weil Rosa stundenlang das Bad blockierte, mitten in der Nacht lautstark indische Sitharmusik hörte, ihre Klamotten überall herumliegen ließ und den Kühlschrank leer futterte, ohne je selbst einkaufen zu gehen. Auch die Tatsache, dass Kim die Tür zu ihrem Zimmer abschließen musste, weil Rosa das Wort Privatsphäre nicht kannte, machte das Zusammenleben mit ihr stressig. Die Woche, in der der Rohrbruch von Rosas Abwasserkanal behoben worden war, gehörte jedenfalls zu den schlimmeren Erinnerungen in Kims jugendlichem Leben.

»Oder sie wird eine Zeit lang bei uns wohnen.«
Kim stöhnte. »Dann rufe ich das Jugendamt an und lasse mich ins Heim bringen.«
Ellen lachte grimmig. »Gute Idee. Vielleicht nehmen die mich auch gleich auf.«

* * *

Ellen nahm ihre Lieblingstasse aus dem Schrank, füllte sie mit Tee und trug sie ins Arbeitszimmer. Sie setzte sich an den Computer, dehnte die Finger und die Armmuskeln, lockerte die Schultern und tippte den Titel des neuen Romans auf die erste Seite des noch jungfräulich leeren Computerdokuments: *Die schönsten Rosen tragen Dornen – Wie viele Verletzungen kann die Liebe überstehen?*

Den Titel hatte der Verlag vorgegeben, nachdem Ellen ihre Idee skizziert hatte. Eine Liebesgeschichte um eine Landschaftsarchitektin. Mit viel Blütenduft und Frühlingsgefühlen. Den ersten Satz hatte sie eben schon in der Küche vorformuliert, daher tippte sie flüssig weiter.

Endlich wieder zu Hause, dachte Thomas zu Gerlingstein, als er seinen Sportwagen um die letzte Kurve lenkte und das elterliche Anwesen in Sicht kam. Die Monate in Singapur waren ihm lang geworden, aber seine Tätigkeit als Direktor der ersten asiatischen Filiale der Familienbank hatte ihm keine Zeit für einen Urlaub gelassen. Nun freute er sich auf zwei Wochen im heimatlichen Frühling, der Jahreszeit, die er zu Hause am meisten liebte. Doch dann runzelte er die Stirn. Um das Herrenhaus herum waren die Rasenflächen weggeschält und die großen Figurenbäume gerodet. Eine schlanke Frau in schmutzigen Jeans und wattierter Arbeitsjacke stand neben Thomas' Vater mitten im Dreck und deutete mit ausladenden Gesten über das Gelände. Auch das noch, dachte Thomas. Eine Baustelle statt der ersehnten Oase der Ruhe. Da hätte er auch gleich im hektischen Singapur bleiben können.

Diesen ersten Absatz hätte sie bereits gestern früh um acht Uhr schreiben müssen, denn zwei Wochen waren eine verdammt knappe Frist, wenn man nur halbtags an einem Roman arbeiten konnte. Aber die Wohnungssuche nahm mehr Zeit in Anspruch, als sie erwartet hatte, und so begann sie bereits mit Verspätung. Das war ein schlechter Start und Ellen war mürrisch. Nicht gut für die Autorin eines gefühlvollen Liebesromans, dachte sie. Die Entschuldigung, Gefühle könne man nicht steuern, klang selbst in ihren Ohren schal, aber trotzdem notierte sie den Satz. Vielleicht konnte sie ihn irgendwann als Titel verwenden. *Geliebter Feind – Gefühle kann man nicht steuern.* Klang doch gut. Dramatisch. Ellen nickte. Ihre Stimmung hatte sich schon gebessert.

Sie trank einen Schluck, verbrannte sich die Zunge und ärgerte sich über sich selbst. Warum machte sie überhaupt die Probleme ihrer Mutter zu ihren eigenen? Rosa war für sich selbst verantwortlich, holte niemals Ellens Rat ein und sollte daher auch mit allen ihren Sorgen gefälligst selbst fertig werden. Sie würde sich eine eigene Wohnung suchen müssen, aber schließlich hatte sie sich auch die Wohnung am Kaiserstern selbst ausgesucht. Obwohl ... Das stimmte ja nicht. Damals hatte sie die Entscheidung mit Robert getroffen und wohl auch ihm zuliebe. Unglaublich, dass Rosa ihre eigenen Wünsche zurückstellte, aber offenbar war es so gewesen, sonst hätte sie niemals Kaiserswerth gewählt. Aber nun war Rosa ganz allein. Ohne Robert, ohne Wohnung, ohne Geld. Ellen hatte Mitleid mit Rosa und das ärgerte sie fast noch mehr als die ständigen Forderungen ihrer Mutter. Den Forderungen konnte sie sich widersetzen, aber das Mitleid machte sie schwach. Genug philosophiert, dachte sie und tippte den nächsten Satz.

Mit steifen Gliedern stieg Thomas aus dem Auto, und streckte sich. Hubert, der seit Ewigkeiten den Fuhrpark der Familie pflegte, kam ihm lächelnd entgegen, um ihm mit dem Gepäck zu helfen.

»Willkommen daheim!«

»Danke, Hubert. Was ist denn hier los?«

Hubert seufzte leise, während er die zweite Reisetasche in die Hand nahm. »Ihr Herr Vater...«

Das Klingeln des Telefons riss sie aus ihrer Konzentration. Seit sie den Apparat an die Wand geworfen hatte, war der Klingelton mit einem metallisch scheppernden Geräusch durchsetzt, das an ihren Nerven zerrte. Mein Gott, dachte Ellen, hat sich denn jetzt die ganze Welt gegen mich verschworen?

»Feldmann«, bellte sie in den Hörer, der an einer Stelle einen Sprung hatte.

»Ich habe deine Nachricht abgehört.«

Jens. Wie üblich meldete er sich nicht mit seinem Namen.

»Dann weißt du ja Bescheid. Ich habe dem nichts hinzuzufügen«, sagte Ellen und legte auf. Nach den grässlichen Erfahrungen mit erschwinglichen Mietwohnungen hatte sie heute Morgen ihren Exmann darüber unterrichtet, dass sie keinesfalls die Absicht habe, einem Verkauf des gemeinsamen Hauses zuzustimmen.

Das Telefon klingelte wieder. Nach zweiundzwanzig scheppernden Klingeltönen riss Ellen den Hörer von der Gabel.

»Ich biete dir Geld.«

Ellen glaubte, sich verhört zu haben. »Du? Mir?«

Er lachte. »Aha, jetzt hörst du mir zu!«

»Wie viel?«

»Fünfzig.«

Ellen legte auf.

Die nächsten fünf Minuten starrte sie auf das Telefon und wartete darauf, dass es wieder klingelte. Vergeblich. Sie seufzte, stellte fest, dass die Tasse leer war und tippte ein weiteres Wort, als es an der Tür schellte. Sie öffnete nach dem dritten Klingeln. So ungeduldig war nur einer: Jens.

»Lass uns wie erwachsene Menschen miteinander reden«, sagte Jens, während er sich an ihr vorbeidrängelte. »Mein Gott, ist es hier aufgeräumt!«

Ellens Ordnungsfimmel hatte mehr als einmal für Streit gesorgt, aber sie hatte nicht vor, sich von ihrem Exmann provozieren zu lassen.

»Sag, was du sagen willst, und dann verschwinde. Ich hab zu tun.«

»Adel oder Arzt?«, fragte Jens mit diesem spöttischen Grinsen, das sie ihm oft genug am liebsten aus dem Gesicht geprügelt hätte. Gewaltfantasien hatte sie keine mehr, aber ihr Blutdruck stieg angesichts seiner herablassenden Art zuverlässig.

»Deine Zeit läuft«, brachte Ellen heraus.

»Der Interessent, der dieses Haus kaufen möchte, zahlt einen Preis, den wir am Markt niemals bekommen können.« Jens saß inzwischen auf dem Sofa, die langen Beine von sich gestreckt, die vom Krafttraining muskulösen Arme lässig auf die niedrige Rückenlehne gelegt. Eindeutiges Machogehabe, eindeutiger Besitzanspruch. Eindeutig zum Kotzen.

»Wie viel?«

»Darüber verhandeln wir noch. Aber ich biete dir fünfzigtausend Euro, wenn du innerhalb der nächsten acht Tage den verdammten Vertrag unterschreibst und bis zum Monatsende hier raus bist.«

»Wie soll ich in zwanzig Tagen eine neue Wohnung finden?«

Jens zuckte die Schultern.

Ellen unterdrückte den Impuls, ihn sofort vor die Tür zu setzen und zwang sich, den Tatsachen ins Auge zu sehen. Wenn sie sich weigerte, das Haus zu verkaufen, würde Jens ihr das Leben zur Hölle machen. Das konnte er gut, wie er bereits mehrfach bewiesen hatte. Er würde sicher gern auf einen alten Trick aus der Zeit der Scheidungsverhandlung zurückgreifen und seinen Teil der Hypothekenzahlungen einstellen. Die Bank würde den gesamten Betrag von ihr fordern, aber so viel Geld konnte sie nicht aufbringen. Auch die Unterhaltszahlungen für Kim hatte Jens bereits früher als Druckmittel genutzt. Und ganz sicher fand jemand wie ihr Exmann einen Käufer, der sich auf Nebenabreden neben dem notariellen Kaufvertrag einließe. Offiziell läge der Kaufpreis dann so niedrig, dass nur die Bank befriedigt wurde, während ein weiterer Betrag unter der Hand den Besitzer wechselte. Von diesem Geld würde Ellen keinen Cent sehen. Je mehr Jens sich über sie ärgerte, desto mehr Mühe würde er darauf verwenden, sie leer ausgehen zu lassen. Er saß also in jedem Fall am längeren Hebel. Sie hatte im Grunde überhaupt keine Wahl.

»Fünfzigtausend zusätzlich zu meinem Anteil?«

Jens verdrehte die Augen. »Ich biete dir fünfzigtausend, auch wenn dein Anteil korrekterweise eher bei zehn liegen würde.«

Zehn war definitiv gelogen, aber nun war Ellen immerhin klar, wie viel Jens ihr im Falle eines späteren Verkaufstermins maximal zugestehen würde. Mit Betonung auf maximal.

»Ich lege also von meinem Anteil noch ordentlich was für dich drauf.« Jens grinste jovial.

In Ellens Schläfen pochte die Wut, aber sie hatte sich so weit in der Gewalt, es sich nicht anmerken zu lassen. Stattdessen fragte sie lässig: »Warum?«

»Das geht dich nichts an.«

Aber Ellen ahnte, was der gute Jens im Schilde führte. Sie war lang genug mit ihm verheiratet gewesen. Herausfordernd schaute sie ihn an. »Du hast mal wieder Probleme mit dem Finanzamt und bietest mir Schweigegeld, richtig?«

Jens hatte seine überheblichste Miene aufgesetzt und winkte ab. »Du hast eine blühende Fantasie, aber das muss man bei deinem Job ja auch. Also: Ja oder nein?«

Ellen lachte laut. »Wie stellst du dir das vor? Wo soll ich denn in knapp drei Wochen eine neue Wohnung herbekommen? Für deine Tochter und mich?«

Jens zuckte die Schultern. »Du wolltest doch zu deiner Mutter ...«

»Du bist derjenige, der wollte, dass ich zu meiner Mutter ziehe«, korrigierte Ellen. »Leider ist meine Mutter selbst obdachlos.«

Sie erlaubte sich ein maliziöses Grinsen, als sie sah, wie Jens kurz die Fassung verlor, um dann aber schnell wieder den üblichen arroganten Blick des erfolgsverwöhnten Geschäftsmannes aufzusetzen. »Fünfzigtausend ist deutlich mehr, als dir zusteht.«

»Aber nicht genug für eine eigene Wohnung«, hielt Ellen dagegen.

»Mehr kann ich dir beim besten Willen nicht geben.«

»Wie bekomme ich das Geld?«, fragte Ellen.

»Deinen rechtmäßigen Anteil offiziell, den Rest in bar.«

Natürlich, dachte Ellen, genau wie erwartet. Absprachen, die nicht im Kaufvertrag standen, waren genau die Art ihres Mannes, Geschäfte zu machen. Auch ein ständiger Anlass für eheliche Streitigkeiten.

»Mein Angebot steht«, wiederholte Jens, während er aufstand. »Unterschrift bis nächste Woche Mittwoch, Auszug bis zum einunddreißigsten. Überleg es dir.«

»Sechzig«, hörte Ellen sich plötzlich sagen.

Jens stockte mitten in der Bewegung und starrte sie fassungslos an. »Wie bitte?«

Ha!, dachte Ellen. Damit, dass die kleine, dumme Ellen plötzlich selbst aktiv verhandelt, hat er nicht gerechnet. Ihr Herz klopfte bis zum Hals, aber sie war sicher, ihre Stimme im Griff zu haben, als sie sagte: »Wenn du das Angebot auf sechzig erhöhst, überlege ich es mir.«

Jens zögerte, nickte einmal kurz und verließ fluchtartig das Haus.

4

»Du weißt, dass mir das ganze Verwaltungsprozedere zu kompliziert ist«, sagte Rosa. Leo redete seit einigen Minuten auf sie ein, als halte er einen Vortrag vor Polizeischülern.

»Aber du solltest schon verstehen, wie sich die aktuelle Situation aus strafrechtlicher, steuerrechtlicher und wirtschaftlicher Sicht darstellt, damit du ...«

»Mir ist die Situation völlig klar, Leo. Weiterscheid hat mich betrogen und ist verschwunden.«

Leo schüttelte enttäuscht den Kopf. »So einfach ist es nicht.«

Rosa beendete die Diskussion mit einem energischen Klimpern ihrer Armreifen. Meine Güte, es war acht Uhr morgens! Um die Zeit schlief sie üblicherweise tief und fest. Leo wusste das, aber aus strategischen Gründen hatte er darauf bestanden, ihre Aktion zur frühestmöglichen Tageszeit durchzuziehen. Denn auch anderen Leuten erging es so wie Rosa: Zu dieser Stunde war man einfach noch nicht ganz auf der Höhe der geistigen Kraft. Und eine gewisse Benommenheit der Gegenseite war für ihre Aktion durchaus erwünscht.

»Mir reicht es zu wissen, dass die Leitende Staatsanwältin selbst vor Ort erscheinen kann. Nun lass uns diesen ganzen theoretischen Kram beenden, das verwirrt mich nur unnötig.«

Leo blickte unglücklich.

»Lass mich nur machen«, sagte Rosa und legte ihm eine Hand auf den Arm. »Immerhin habe ich das gelernt.«

Die Empfangsdame am polierten Holztresen in der marmornen Eingangshalle der MultiLiving GmbH sah ihr mit leicht müdem

Blick entgegen. Rosa knallte die Absätze mit den Stahlspitzen genüsslich auf den Boden, während sie sich der Frau zügig und mit unbewegtem Gesicht näherte. Nur nicht Lächeln, ermahnte sie sich.

»Guten Morgen. Sind die Kollegen schon vor Ort?«, fragte Rosa in kühlem Tonfall. Sie trug einen dunkelblauen Hosenanzug, den sie am Vortag in einer Düsseldorfer Edelboutique gekauft hatte, und im Laufe des Tages wieder zurückbringen würde – »Wissen Sie, die Farbe sieht im Tageslicht dann doch ganz anders aus als unter der schlechten Beleuchtung der Umkleidekabine.« Eine weiße Seidenbluse mit Perlenstickerei am Dekolleté und Pumps mit mittelhohem Absatz aus bordeauxfarbenem Wildleder ergänzten ihre Erscheinung. In der Hand trug sie die Aktentasche, die Leo ihr geliehen hatte. Den pinkfarbenen Nagellack hatte sie auf Leos Geheiß wieder entfernen müssen, und ihr Make-up war so dezent, dass sie sich fühlte wie eine graue Maus. Kein Wunder, dass die meisten Frauen sich so unterbuttern ließen. Der Anblick des eigenen, derart langweiligen Gesichts in einem Spiegel raubte ihnen sicherlich jegliche Energie und Leidenschaft.

»Kollegen?«, fragte die Empfangsdame verunsichert.

»Man sagte mir im Kommissariat, dass die Beweissicherung bereits begonnen hat«, sagte Rosa mit einem ungeduldigen Blick zur Uhr.

Natürlich war das Gegenteil der Fall gewesen. Leo hatte im Präsidium erfahren, dass in der Betrugsanzeige, die Rosa am Tag zuvor aufgegeben hatte, noch nichts geschehen war. Er hatte sich wahnsinnig darüber aufgeregt. Wann die Herren Kollegen denn wohl mit der Arbeit beginnen wollten, hatte er ausgerufen, nachdem er den Hörer aufgelegt hatte. Das sei ja wohl der Gipfel der Inkompetenz. In einem Betrugsfall sei mindestens genau so viel Eile vonnöten wie bei einer Mordermittlung, damit die Betroffenen keine Beweise verschwinden lassen konnten. Wenn es überhaupt eine Chance geben solle, das Geld zurückzubekommen, dann müsse die Polizei sofort tätig werden. Sofort!

Rosa hatte angesichts der unerwarteten Leidenschaft, die Leo bei diesen Verwaltungsfragen an den Tag legte, ein amüsiertes Grinsen unterdrücken müssen. Ob auch in Liebesdingen sein eher phlegmatisches Gemüt jemals so in Wallung geraten war? Rosa konnte es sich bei dem ewigen Junggesellen nicht vorstellen. Nun aber war ihm durch den Tod seines Freundes und seine eigene Hilflosigkeit offenbar die Seelenruhe abhandengekommen.

Rosa hatte nicht lange gezögert und Leos Unruhe geschickt für ihre Zwecke genutzt. Sie musste sich um ihr Geld kümmern. Die Lässigkeit, mit der sie finanziellen Fragen üblicherweise begegnete, hatte sie sich leisten können, solange sie ein Dach über dem Kopf gehabt hatte. Ohne Haus und ohne Geld sah die Sache schon anders aus. Und wenn die Kriminalpolizei nicht aus dem Quark kam, musste sie eben zur Selbsthilfe greifen und in Weiterscheids Büro nach einem Hinweis suchen, wie sie das verlorene Kapital wiederbeschaffen konnte. Obwohl Leo es normalerweise mit Recht und Gesetz sehr genau nahm, hatte er ihrem Plan zugestimmt. Deshalb saß er jetzt auf einer Parkbank im Hofgarten und wartete darauf, dass sie sich endlich meldete.

»Beweissicherung?«, fragte die Empfangsdame. »Was soll das heißen? Welche Beweise? Haben Sie Neuigkeiten über Herrn Weiterscheids Verbleib? Ihm ist doch nichts zugestoßen?«

Rosa zog ein laminiertes Kärtchen aus der Tasche, das sie im Copyshop hatte anfertigen lassen. Es sollte einen Polizeiausweis darstellen und war nach der Vorlage von Leos altem Ausweis schlecht und unbeholfen gefälscht. Jeder, der sich die Mühe machte, zweimal hinzusehen, hätte das sofort erkannt, daher wedelte Rosa nur kurz mit dem Ausweis vor der Nase der Frau herum, um ihn dann zügig wieder einzustecken.

Die Empfangsdame blickte von Rosa zu ihrem Telefon und wieder zurück, hob die Hände in Abwehrhaltung und sagte: »Tut mir leid, aber ich weiß von nichts.«

»Dann ist also noch niemand da?«, fragte Rosa nach.

Die Empfangsdame schüttelte den Kopf.

»Nun«, sagte Rosa ungeduldig und trommelte zweimal kurz

mit den farblosen Fingernägeln auf den Empfangstresen. »Dann gehe ich schon mal in Herrn Weiterscheids Büro und schaue mir die Unterlagen an. Wenn Sie mir netterweise den Weg zeigen und einen Kaffee bringen würden?«

Am devoten Nicken der überrumpelten Empfangsdame stellte Rosa fest, dass sie ihr schauspielerisches Können nicht verloren hatte.

»Danke, sehr freundlich«, sagte Rosa unkonzentriert, während die junge Frau, die den Kaffee gebracht hatte, das verwaiste Büro des Geschäftsführers schon wieder verließ.

Rosa entspannte sich etwas, als ihr Publikum weg war. Sie nahm das Handy, das Leo ihr gegeben hatte, und wählte die gespeicherte Nummer.

»Ich bin drin.«

»Gut. Jetzt suchst du alle Unterlagen, die sich auf die Bauphase II beziehen, außerdem Hinweise darauf, dass Weiterscheid und Robert kurz vor Roberts Tod Kontakt hatten. Möglichst mit Beleg, also Eintrag im Kalender, Telefonnotiz oder so etwas. Das fotografierst du, lässt es aber liegen.«

»Leo, das haben wir doch bereits alles besprochen ...«, entgegnete Rosa genervt. Sie interessierte sich eigentlich nur für ihr Geld, damit sie ein angemessenes Leben weiterleben konnte und nicht als Hartzerin in einem abgewohnten Ein-Zimmer-Apartment landete. Alles andere war ihr nicht so wichtig. Leo hingegen schien wirklich wieder in seine Rolle als Ermittler schlüpfen zu wollen. Inzwischen bereute Rosa, ihn auf die Spur gesetzt zu haben, aber sie brauchte Leos Hilfe schließlich für ihre eigenen Zwecke.

»Vielleicht kannst du außerdem feststellen, ob sonst noch jemand von Weiterscheid betrogen worden ist. Möglicherweise hast du ja Leidensgenossen, mit denen du dich verbünden kannst«, flüsterte Leo. Er hätte auch laut sprechen können, aber offenbar war er wegen der illegalen Aktion so nervös, dass er mitflüsterte.

Rosa verkniff sich die Bemerkung, dass sie kein Interesse an einer Solidarität der Dummen hatte.

»Ich kann den Tischkalender nicht finden ...«, murmelte Rosa und ließ ihren Blick über Weiterscheids Schreibtisch schweifen.

»Hat doch heute keiner mehr«, kam es aus dem Telefon. »Läuft jetzt alles digital, mit Terminplanern im Computer, im Handy ...«

»Mist«, sagte Rosa und nahm sich den Posteingangskorb vor. Den Computer brauchte sie nicht anzuschalten, davon verstand sie absolut nichts.

Rosa rief Weiterscheids Sekretärin, die über den Besuch einer Staatsanwältin mindestens so unglücklich, aber auch genau so leichtgläubig war wie die Empfangsdame, über die Kurzwahl des Telefons an. Die Mittfünfzigerin mit tiefen Ringen unter den Augen und sorgenvollem Blick steckte gleich darauf den Kopf durch die Tür.

»Ich hätte gern die gesamte Korrespondenz mit Robert Tetz. Auch Notizen über Anrufe oder Besuche in der letzten Zeit sowie alles, was Sie sonst noch finden können.«

Die Sekretärin nickte, zog den Kopf zurück und schloss leise die Tür hinter sich.

Während Rosa sich noch beglückwünschte, dass sie die herrischen Rollen immer besonders gemeistert hatte, zog sie die oberste Schreibtischschublade auf. Darin fand sie Mundspray, einen Touristenstadtplan von Zürich mit einer roten Filzstiftmarkierung in der Stadtmitte, ein Ladegerät für ein Handy, einen alten Lottoschein, drei Schokoriegel und ein Faltblatt des Schauspielhauses mit Aboterminen, von denen mehrere angekreuzt waren. Uninteressant, dachte sie und legte den Lottoschein sowie den Theaterflyer zurück, aber dann stutzte sie. Der Flyer war zwei Jahre alt, auf der Übersicht war die Inszenierung ›Tartuffe‹ von Molière eingekreist. Daneben befanden sich Dreiecke, Kreise und Rauten. Dieselben Formen fand Rosa auch bei anderen Stücken und deren Aufführungsdaten wieder. Sie hatte zwar keine Ahnung, was diese seltsamen Zeichnungen bedeuten sollten, aber dass sie etwas bedeuteten, war Rosa klar. ›Tartuffe‹ war ein Stück über einen Betrüger, der von gutgläubigen Menschen all ihr Hab und Gut ergaunerte, und die Zeichen sahen nicht aus wie Kritzeleien, die man während langweiliger Telefonate machte, sondern wie ein Code.

Einen Moment saß sie unschlüssig vor der offenen Schublade. Sollte sie darauf vertrauen, dass die Polizei die Wichtigkeit des Faltblattes erkannte – sofern es überhaupt eine solche besaß – und den Code knackte, oder sollte sie – wie immer im Leben – auf sich selbst vertrauen, das Papier einstecken und das Rätsel der geheimnisvollen Kritzeleien persönlich lösen? Und dann? Wäre das tatsächlich der Hinweis darauf, wo das unterschlagene Geld zu finden war? Der Stadtplan von Zürich legte den Verdacht nahe und auch die Tatsache, dass ein Betrüger sicher nicht so dämlich wäre, unterschlagene Gelder auf sein persönliches Girokonto zu überweisen.

»Hast du etwas gefunden?«, fragte Leo ungeduldig am Telefon.

Sie warf den Inhalt der Schublade in ihren Aktenkoffer, nur die Schokoriegel ließ sie liegen. »Moment noch …«, murmelte sie, um Leo ruhig zu stellen.

In der nächsten Schublade fand Rosa eine Zeichnung, die sich als Kopie eines Katasterauszugs herausstellte. Mit Plänen und Zeichnungen hatte Rosa so gut wie nie zu tun, aber anhand der diversen Beschriftungen erkannte sie, dass sie das Grundstück vor Augen hatte, auf dem der Kaiserstern entstand. Das Gelände war erstaunlich groß und bot Platz für mindestens drei weitere Gebäude von der Größe der bisher erstellten Häuser. Am äußersten rechten Rand des Grundstücks fand sie einen Eintrag, der sie überraschte.

»Hier sind Unterlagen zu dem Grundstück, auf dem das gesamte Projekt mit allen Bauphasen entstehen sollte«, informierte sie Leo. »Die alte Villa Zucker gehört auch dazu.«

»Laut Katasteramt soll sie für weitere Bauabschnitte abgerissen werden«, erwiderte Leo.

Rosa faltete die Zeichnung mühsam zusammen und blätterte dann in den Mappen, die sie in der untersten Schreibtischschublade gefunden hatte. In der dritten Mappe stieß sie auf einen Namen, den sie gut kannte. Es war ihrer.

»Hier hat er unsere Akten versteckt!«, rief sie aus und biss sich im selben Moment auf die Lippen. Mit einem Blick zur Tür vergewisserte sie sich, dass niemand ihren Ausruf belauscht hatte. »Der hat wirklich von Anfang an vorgehabt, uns um unser Geld zu betrügen, sonst hätte er doch unsere Akten mit den Kaufverträgen ganz offiziell im Aktenschrank gelagert.«

»Pst, nicht so laut!«, ermahnte Leo sie. »Schreib dir die Namen auf, aber lass die Akten bloß liegen, damit der Kollege, der den Betrug bearbeitet, sie findet. Sonst können die Geschädigten ihre Ansprüche später vielleicht nicht geltend machen.«

Rosa notierte die Namen und steckte den Zettel in ihren Koffer. Dann ging sie zum Aktenschrank und griff nach dem Ordner mit der Aufschrift »Notarverträge I«. Sie fand die Kaufverträge zur ersten Bauphase und blätterte bis zu einer Seite, auf der eine Kontonummer bei der Deutschen Bank genannt war. Interessant, denn in ihrem Vertrag war ein Konto bei der Raiffeisenkasse angegeben, an das sie ihre Zahlungen geschickt hatte. Weiterscheid hatte das Geld der Kunden für Bauphase II also von Anfang an auf ein spezielles Konto überweisen lassen, damit es in den Büchern der Firma gar nicht auftauchte. Sehr clever.

Rosa setzte eine strenge Miene auf, als es an der Tür klopfte. Die Sekretärin schlich mit gesenktem Kopf herein und hielt ihr ein Blatt eines altmodischen Notizblocks hin.

»In meinen eigenen Aufzeichnungen habe ich zwei Anrufe von jemandem namens Tetz gefunden, aber ansonsten gibt es nichts zu dem Namen in unseren Akten.«

Rosa griff nach dem Zettel, auf dem unter Roberts Namen zwei Daten und Uhrzeiten notiert waren, und steckte ihn in die Tasche ihres Jacketts.

»Danke. Ich bin hier fürs Erste fertig und melde mich, wenn ich weitere Fragen habe.«

* * *

»Sieh dir das an«, flüsterte Jenny und hielt Kim ihr Handy hin. Es dauerte einen Augenblick, bis Kim erkannte, was das Video auf youtube zeigte, aber dann hielt sie die Luft an. Da stand sie selbst, Kim Feldmann, vorn im Physiksaal an dem Rollwagen und baute eine Versuchsanordnung auf. Es war der Tag, an dem Tarik den Kanonenschlag gezündet hatte. Kim wartete mit gerunzelter Stirn auf den Moment des Knalls und zuckte zusammen, als das Ding explodierte – obwohl das Gerät stumm geschaltet war. Aber der Film wackelte, alle Köpfe zuckten und vorn neben dem Lehrerpult ging Kim zu Boden. Das war allerdings nicht das Schockierende an dem Filmchen, denn an all diese Details erinnerte sich Kim noch ganz genau. Schockierend war das Verhalten von Seefeld.

Kim starrte auf das Display.

»Nee, oder?«, murmelte sie.

»Ich hab auch dreimal hingeguckt, bis ich es geglaubt habe«, flüsterte Jenny.

Kim spielte den Film noch mal ab. Sie stand an dem Wagen, der aus einer Tischplatte und einem darunter liegenden Regalbrett bestand, und zum Transport von Versuchsmaterial aus dem Lagerraum ins Klassenzimmer benutzt wurde. Kim beendete den Versuchsaufbau, schaute zu Seefeld und im nächsten Moment ging der Knaller hoch. Eine Millisekunde später hechtete Seefeld zu ihr herüber, fasste mit dem rechten Arm um ihren Rücken, als wolle er sie auf die Arme nehmen, und ließ sie in einer einzigen, fließenden Bewegung zu Boden gleiten. Wie konnte das gehen?, fragte Kim sich, denn es sah so aus, als würde sie abgelegt wie ein Baby. Dann erinnerte sie sich an das Gefühl, wie ihr die Füße weggerissen wurden. Seefeld! Sie ließ den Film noch einmal ablaufen und konzentrierte ihre Aufmerksamkeit auf den Spalt zwischen der Tischfläche, auf der sie den Versuch aufbaute, und dem unteren Regalboden des Rollwagens. Dort verbarg sich die Wahrheit. Kim konnte erkennen, wie Seefeld gleichzeitig mit dem Griff um ihren Oberkörper seinen rechten Fuß um ihre Knöchel hakte und ihr die Füße unter dem Körper wegzog. Mit dem Arm um den Rücken und dem Fußhaken hielt er ihren Körper praktisch wie in einer Hängematte. Mit genau austariertem Schwung legte er Kim auf dem Boden ab. Dann kam Seefeld wieder hoch, griff nach dem Gestell des Erlenmeierkolbens und stellte sich wie ein sprungbereiter Ninja neben ihr auf.

Kim und Jenny hatten so gebannt auf das Display geschaut, dass sie Seefeld nicht hatten kommen hören. Er nahm Kim das Handy aus der Hand, blickte kurz auf das Display und stutzte. Er fing sich sofort wieder, nahm das Gerät mit nach vorn zu seinem Pult und legte es neben zwei weitere Handys, die er Mitschülern bereits abgenommen hatte. Jenny seufzte. Mit den Fingern zeigte sie eine Drei. Kim machte eine Geste des Mitgefühls. Wenn Seefeld ein Handy dreimal wegen unerlaubter Nutzung eingesammelt hatte, rückte er es nur einem Erziehungsberechtigten wieder heraus. Jennys Vater machte jedes Mal einen tierischen Aufstand und ließ Jenny mehrere Tage zappeln, bevor er sich bereit erklärte, das Handy abzuholen. Für diese Fälle besaß sie ein inoffizielles Zweithandy, von dem ihre Eltern nichts wussten.

»Frau Feldmann, bleiben Sie bitte noch einen Augenblick da.«

Kim verdrehte die Augen und bat Jenny, vor dem Klassenzimmer auf sie zu warten. Dann zockelte sie langsam nach vorn und blieb neben dem Lehrerpult stehen, an dem Seefeld seine Tasche gepackt hatte. Sie erwartete eine Standpauke wegen der Handynutzung und wünschte sich, sie hätte den Mut, Seefeld auf seine unglaubliche Reaktion anzusprechen. Immerhin hatte er dieses Kung-Fu-Ding abgeliefert wie einer der heldenhaften Kämpfer aus den japanischen Manga-Comics, die Jenny so liebte. Woher konnte der Typ, der aussah wie ein Buchhalter mit Besenstiel im Arsch, diesen asiatischen Nahkampfkram?

»Sie hören schlecht«, begann Seefeld, während er mit seinen hellen Augen emotionslos auf sie herabblickte. »Und Sie waren nicht beim Arzt. Was glauben Sie, dadurch zu gewinnen?«

Kim war verwirrt. Keine Standpauke wegen der Handynutzung im Unterricht?

»Wie kommen Sie auf die Idee, dass ich ...«

»Vermutlich haben Sie auch ein Störgeräusch im Ohr, richtig?«

Was ging das diesen Freak an? Warum quatschte er gerade sie an und nicht den Rest der Klasse?

»Ich vermute, dass sich das Problem mit ein bisschen Glück jetzt noch beheben lässt, sofern Sie auf die Kopfhörer verzichten und sich in Behandlung begeben. Ansonsten wird Ihr Gehör bleibenden Schaden nehmen. Ein Hörgerät ist nicht besonders attraktiv für ein junges Mädchen.«

Hörgerät? Kim spürte, dass sie blass wurde. »Sind Sie Arzt, oder was?«

»Nein, aber ich kenne mich damit aus.«

»Das kann Ihnen doch egal sein«, wehrte Kim ab. Dieses Gespräch war ihr peinlich, der Typ war ihr unheimlich und sie hatte keinen Bock, sich von ihm vorschreiben zu lassen, ob sie Musik hörte oder nicht.

»Ich fühle mich verantwortlich, weil Sie in meinem Unterricht verletzt wurden.«

»Verletzt? Quatsch. Ist doch nix passiert.«

»Eine Verletzung kann viele Formen haben. In Ihrem Fall ist es ein Hörschaden.«

Das Wort klang für Kim nach Altersheim. Sie stieß ein schnaubendes Lachen aus.

»Sie benehmen sich kindisch.«

Kim war verwirrt. Seefeld interessierte sich mehr für ihr Wohlergehen als die Klassenlehrerin, die zwar immer wieder wegen des fehlenden ärztlichen Attests nervte, das Ganze aber offenbar nur als Formalität betrachtete. Jedenfalls hatte sie Kim noch nie gefragt, wie es ihrem Gehör ging. Trotzdem machte die Klassenlehrerin einen auf mütterlich, während Seefeld sich benahm wie ein sprechender Eiszapfen. Eiskalt in seiner Stimme, seiner Körperhaltung und in seiner Kritik. Nervig in seiner Beharrlichkeit. Aber ernsthaft an ihrer Gesundheit interessiert. Und außerdem ein Kung-Fu Profi. Ab-ar-tig!

»Ich werde mich mit Ihrer Mutter in Verbindung setzen«, sagte Seefeld.

»Viel Glück«, erwiderte Kim spöttisch.

»Mit Glück hat das nichts zu tun.« Seefeld löste die verschränkten Arme und griff nach seiner Tasche. »Nutzen Sie Ihren Verstand und gehen Sie zum Arzt. Freiwillig. Sonst werde ich Sie persönlich dahin schleifen.«

Kim stand wie vom Donner gerührt am Pult, während Seefeld ihr zunickte und gemessenen Schrittes den Raum verließ. Hatte er ihr etwa gedroht? Was war der Typ nur für ein Irrer?

* * *

»Wo ist denn die alte Hexe aus Hänsel und Gretel hin?«, fragte Thomas, als er nur noch wenige Schritte von den beiden entfernt war. Sein Vater und die Frau drehten sich gleichzeitig um.

»Ihr Finger ist im Winter abgestorben und zuletzt zeigte auch ihr Umhang deutliche Lücken.«

Maximilian Baron zu Gerlingstein lächelte, während er sprach und umarmte seinen Sohn auf die übliche, rustikale Art. Dann zeigte er auf die Frau an seiner Seite. »Darf ich dir die Fee vorstellen, die die alte Hexe verjagt hat? Diplom-Landschaftsarchitektin Sandra Bienefeld.«

Ihr Teint war frisch, die Augen von einem dunklen Veilchenblau und ihre Zähne strahlend weiß, wie Thomas sehen konnte, als sie ihn anlachte. »Was ist das für ein Gerede von der bösen Hexe?«

Sie war fast so groß wie Thomas und hielt sich, im Gegensatz zu vielen anderen hochgewachsenen Frauen, sehr aufrecht. Athletisch war der Begriff, der Thomas in den Sinn kam.

»Einer von diesen Figurenbäumen sah für mich immer aus

wie die Hexe aus meinem illustrierten Märchenbuch«, erklärte Thomas bereitwillig. »Sie hat mir ziemliche Angst eingejagt als ich klein war.«

»Vor meinem Zimmerfenster stand eine Trauerweide, die in stürmischen Nächten ihre Zweige wie die Beine einer riesigen Spinne über die Scheibe jagte. Ich weiß also ungefähr, wie Sie sich gefühlt haben müssen«, entgegnete Frau Bienefeld. Sie strich sich mit einer nicht ganz sauberen Hand eine honigblonde Haarsträhne aus dem Gesicht und hinterließ einen dunklen Streifen an der Schläfe. »Aber die bösen Gestalten sind jetzt alle weg.«

»Heute hätte ich keine Angst mehr davor«, sagte Thomas.

»Ich habe Ihnen ja gesagt, dass Sie von meinem Sohn keine Begeisterung erwarten dürfen«, warf Baron zu Gerlingstein mit einem spöttischen Lächeln ein.

Sandra Bienefeld lachte leise. »Bisher ist ja noch nicht zu sehen, was anstelle der alten Hexe kommt. Wenn Ihr Sohn erst den neuen Park sieht, wird er sich wünschen, dass die Sonne vierundzwanzig Stunden am Tag scheint, damit er sich an diesem Anblick freuen kann.«

Ganz schön keck, dachte Thomas, aber er war nicht unangenehm berührt. Im Gegenteil. Erstaunt stellte er fest, dass das Selbstbewusstsein der jungen Gartenarchitektin ihm gut gefiel.

Ellen seufzte genervt, als es wiederholte Male an der Tür klingelte. Sie war mit ihrer Arbeit im Rückstand und hatte keine Zeit für weitere Störungen. Trotzdem stand sie auf. Schon durch das kleine Fenster in Augenhöhe erkannte sie Andrea und öffnete erfreut.

»Nur auf einen Sprung, und nur, wenn es dir zeitlich passt«, sagte Andrea zur Begrüßung entschuldigend. Sie war wie immer in gewollt lässigem Stil teuer gekleidet, sah aber blass aus und hatte Ringe unter den Augen. Ellen fragte sich, ob es der berufliche Stress war oder der Tod ihres Vaters, der Andrea so zusetzte.

Vielleicht auch eine Mischung aus beidem, denn im Fernsehen funktionieren zu müssen, während einem zum Heulen zumute war, musste besonders anstrengend sein.

»Es gibt Tage, an denen ich dich so glühend beneide«, sagte Ellen eine Viertelstunde später, während sie die Tassen auf den Tisch stellte. Ungefähr an dreihundertfünfundsechzig Tagen im Jahr, dachte sie, aber das zuzugeben, würde sie sich niemals trauen. Und es stimmte ja auch nicht, denn sobald sie an Kim dachte, war sie mit ihrem Leben versöhnt. Zumindest im Großen und Ganzen.

Andrea winkte mit einer beiläufigen Geste ab, bevor sie ihre schimmernden kastanienbraunen Locken hinters Ohr schob. Selbst diese einfache Handbewegung wirkte bei ihr weltgewandt und souverän, dachte Ellen. Nicht zuletzt wegen des mit Brillanten besetzten Platinrings, den Andrea am Mittelfinger der linken Hand trug.

»Wie geht es dir?«, fragte Ellen möglichst unverfänglich, aber ernsthaft interessiert. Wenn Andrea wollte, konnte sie mit einer Floskel darüber hinweggehen.

»Es war eine wahnsinnig stressige Zeit, aber jetzt habe ich ein paar Wochen Drehpause.« Andrea trank von ihrem Kaffee und verzog das Gesicht. »Heiß!«

Ellen sprang auf und holte ihr ein Glas Wasser.

»Erzähl mir, wie es Rosa geht.«

Ellen zuckte die Schultern. »Schlecht, glaube ich, aber du weißt, dass sie mir nicht viel über sich erzählt. Aktuell denke ich wieder oft an unsere Theorie der vertauschten Babys.«

Andrea lachte. Als Zehnjährige hatten sie Witze darüber gemacht, dass Andrea, die adoptierte Tochter, besser zu ihren Eltern passte als Ellen zu ihrer leiblichen Mutter Rosa. Aus dieser Erkenntnis hatten sie eine wilde Geschichte von vertauschten Säuglingen gestrickt, deren Höhepunkt ein Wiedersehen von Ellen mit ihren leiblichen Eltern war. Diese Eltern wären liebevoll, ordentlich und häuslich. Sie würden ihre Tochter nicht verwöhnen, daran lag Ellen nichts, aber sie würden sich um sie kümmern. Zum Elternsprechtag in die Schule gehen, Essen kochen, nasse Schuhe mit Zeitungspapier ausstopfen, eine Winterjacke kaufen, bevor es zu schneien begann, und solche Sachen. Einfache, alltägliche Dinge, die Ellen zu Hause vermisste.

»Rosa steckt dauernd mit Leo Dietjes zusammen. Er hat sich in den Kopf gesetzt, dass Mittmann seinen Job nicht korrekt erledigt und spielt sich Rosa gegenüber nun als so eine Art Retter auf, der die Wahrheit über Roberts Tod an den Tag bringen wird. Rosa selbst...«

»Ermuntert sie Leo denn?«

Ellen nickte seufzend. »Sie sagt zwar, dass ihr dieser ganze rechtsstaatliche Prozess von Überführung und Bestrafung des Mörders egal ist – und natürlich glaube ich ihr das sogar –, aber sie hat ein finanzielles Problem, wenn sie das Geld aus dem Wohnungsprojekt nicht wiederbekommt. Außerdem faselte sie letztens etwas von einer Art Vermächtnis, um das sie sich kümmern müsse, um Roberts Karma für die Seelenwanderung aufzupolieren...«

Andrea grinste, was eine Vielzahl kleiner Fältchen um ihre Augen entstehen ließ. »Du bist immer noch genau so biestig wie früher, wenn es um die spirituellen Überzeugungen deiner Mutter geht.«

»Sie hat sich diesen pseudoreligiösen Humbug nach sehr egoistischen Maßstäben selbst zusammengeschustert und zieht je nach Bedarf die Mir-ist-alles-egal-Karte oder die Wir-sind-alle-eine-einzige-Seele-Karte oder die Die-anderen-Seelen-können-mich-mal-Karte aus dem Stapel. Wenn ich das Wort Karma noch einmal höre, muss ich kotzen. Aber ihre Interessen sind gefährlich nahe an denen von Leo, und daher denke ich, dass die beiden sich gegenseitig in ihrem Wahn bestärken.«

Andrea schaute mitleidig.

»Das Blöde ist, dass Rosa diese Kindergartenspielchen treibt, anstatt sich ganz praktisch um die Frage zu kümmern, wo sie demnächst wohnen soll. Sie geht offenbar davon aus, dass sie hier bei uns einziehen kann, aber ich bekomme schon Pickel, wenn ich nur daran denke! Außerdem will Jens dieses Haus verkaufen und bietet mir einen Bonus, wenn ich bis Ende des Monats hier raus bin.«

Andrea lächelte. »Dann nimm doch das Angebot von Jens an und zieh aus.«

Ellen holte tief Luft. »Das habe ich.«

»Wie bitte?«, rief Andrea fassungslos. »Du lässt dich von deinem Ex auf die Straße setzen?«

Ellen schüttelte entschieden den Kopf. »Er kann mich nicht auf die Straße setzen. Wenn ich nicht unterschreibe, wird aus dem Verkauf erst mal nichts.«

»Aber …?«

Ellen dachte an den Moment, in dem sie plötzlich mehr Mut als Verstand bewiesen und mit Jens um das Geld gefeilscht hatte. Sie spürte wieder dieselbe Mischung aus unbändigem Stolz und trotziger Verzweiflung, aber Letzteres wollte sie auf keinen Fall zugeben. Sie straffte die Schultern. »Bei diesem Deal komme ich ziemlich gut weg. Zum ersten Mal in der traurigen Geschichte dieser Ehe.«

Andrea schaute fassungslos. »Und was ist mit Kim?«

»Was soll mit mir sein?«, fragte Kim, die plötzlich in der Tür stand.

Ellen zuckte zusammen. Sie hatte ihre Tochter nicht hereinkommen gehört und blickte jetzt gehetzt zur Uhr. Es war noch viel zu früh.

»Ist schon wieder eine Stunde ausgefallen?«, fragte Ellen.

Kim antwortete nicht, sondern setzte sich Andrea gegenüber und betrachtete sie mit großen Augen. »Mann, ich kann es nicht fassen, dass ich dich endlich mal für mich habe.«

Ellen und Andrea tauschten einen überraschten und leicht spöttischen Blick.

»Kannst du mich ins Fernsehen bringen?«

»Woher kommt denn dieser Wunsch so plötzlich?«, fragte Ellen.

Kim ignorierte sie und konzentrierte sich weiter auf Andrea. »Kannst du?«

»Nein«, sagte Ellen ebenso verblüfft wie spontan.

»Ich habe nicht dich gefragt, sondern Andrea«, sagte Kim genervt.

Andrea schüttelte den Kopf. »Tut mir leid, Kleine, aber wenn deine Mutter ...«

»Kleine?«, stammelte Kim und sprang auf. Der Stuhl, auf dem sie gesessen hatte, kippte um. »Verdammt, ich habe es satt, dass mich alle wie ein Baby behandeln!«

Ellen verfluchte wieder einmal die Natur, die sich etwas so Bescheuertes wie die Pubertät ausgedacht hatte und fragte sich, wie sie die nächsten Wochen überstehen sollte. Sie war mit ihrer Arbeit im Rückstand, hatte einen Umzug am Hals, aber noch keine Ahnung, wo sie wohnen sollte und außerdem eine mittel- und obdachlose Mutter. Sie zählte bis drei und atmete tief durch.

»Kim«, sagte Ellen beschwichtigend, »niemand ist ...«

»Natürlich, alle wollen nur mein Bestes. Leider interessiert es keine Sau, was ich eigentlich will!«

Ellen und Andrea blickten ratlos zur Tür, durch die Kim verschwand.

* * *

Nach dem Besuch bei MultiLiving hatte Rosa sich von Leo noch nach Hause begleiten lassen, ihn dann aber schnell verabschiedet. Sie wollte allein sein. Die Tatsache, dass die Sekretärin tatsächlich Notizen über Anrufe von Robert gefunden hatte, war zwar nicht unerwartet, aber trotzdem schockierend gewesen. Robert hatte also von der Unterschlagung des Geschäftsführers gewusst, warum sonst hätte er ihn kurz vor seinem Tod zwei Mal anrufen sollen?

Aber warum hatte er Rosa nichts davon gesagt? Sie seufzte, während sie den Karton mit der Aufschrift »Fotos« vom obersten Regalbrett im Wohnzimmer holte und einen fertig gedrehten Joint herausnahm. Sie kannte die Antwort auf diese Frage, denn während Rosa spontan und impulsiv war, war Robert ruhig und bedächtig gewesen. Er hatte immer erst dann über ein Thema gesprochen, wenn er sich vorher intensiv damit auseinandergesetzt hatte. Er war also dahintergekommen, dass die Wohnung in Kaiserswerth nicht existierte. Sicher hatte er sie über den Immobilienbetrug informieren wollen, sobald sie von ihrem Seminar zurück war. Vielleicht hätte er bis dahin sogar schon eine andere Wohnung in Aussicht gehabt, zuzutrauen wäre es ihm. Wenn er sich einmal in eine Sache verbissen hatte, konnte er wahnsinnig effizient sein.

Rosa zündete den Joint an und nahm einen tiefen Zug.

Sie akzeptierte Roberts Tod als Wendung des Schicksals und wäre nie auf den Gedanken gekommen, nach dem Warum zu fragen. Warum musste er so früh sterben? Warum war ihnen kein gemeinsamer Lebensabend gegönnt? Warum war sie ausgerechnet zu dem Zeitpunkt nicht da gewesen? All das führte zu nichts. Das Leben war nicht planbar, es folgte auch keinem göttlichen Ratschluss. Das Schicksal schlug zu und Schluss. Trotzdem spürte Rosa eine gewisse Unruhe, die mit der Art von Roberts Tod zu tun hatte. Hätte sie die Hand des Sterbenden halten können, wäre das Band, das sie so lange verbunden hatte, nicht so abrupt gerissen. Jetzt hatte sie den Eindruck, dass dieses Band ein loses Ende hatte, das sie ergreifen musste, damit Roberts Seele nicht von ihr wegdriftete. Sie zog wieder an dem Joint und konzentrierte sich auf ihre geistige Verbindung zu Robert. Sie versuchte, sich seine letzten Tage und Stunden vorzustellen.

In Gedanken noch ganz bei Roberts Zielstrebigkeit und Effizienz, fand Rosa es umso seltsamer, dass sie nichts über die Fallanalyse gefunden hatte, an der er so emsig gearbeitet hatte. Sie musste etwas übersehen haben. Vielleicht hatte er die Papiere in einem Ordner verwahrt, den er zur Tarnung mit einer falschen Beschriftung versehen hatte. So wie Rosa ihre wenigen Schmuckstücke in einer Schachtel Damenbinden aufbewahrte, um eventuelle Einbrecher zu verwirren.

Rosa beschloss, noch einmal nach nebenan zu gehen und jeden

Fetzen Papier in Roberts Arbeitszimmer umzudrehen. Kurz überlegte sie, Andrea anzurufen und um Erlaubnis zu bitten, aber dann fand sie den Gedanken lächerlich. Sie hatte mehr Zeit in Roberts Leben und in seinem Haus verbracht als dessen Tochter. Außerdem war sie diejenige, die den Ersatzschlüssel besaß.

Das Siegel der Kripo war inzwischen entfernt worden, und so fühlte Rosa sich völlig im Recht, als sie die Haustür aufschloss und einen Schritt in den dämmrigen Flur machte. Sie drückte die Tür sorgfältig hinter sich zu und setzte den Fuß auf die unterste Treppenstufe, als sie aus dem Augenwinkel eine Bewegung wahrnahm. Im nächsten Moment explodierte ein heftiger Schmerz an ihrem Hinterkopf. Sie versuchte sich am Treppengeländer festzuhalten, aber ihre letzte bewusste Wahrnehmung war der auf sie zurasende Fußboden. Dann spürte sie nichts mehr.

5

»Könnten Sie mir jetzt bitte erklären, warum Sie mich so kurzfristig in die Schule zitieren?«, fragte Ellen mit einer Mischung aus Ungeduld, Wut und Sorge.

Kim war kaum aus dem Haus gewesen, als dieser seltsame Anruf gekommen war. Vor acht Uhr morgens! Natürlich stand Ellen schon um halb sieben auf, machte Frühstück für Kim, sorgte dafür, dass sie einen Apfel oder – wenn es ganz gut lief – sogar ein Pausenbrot mitnahm. Das Telefon hatte sie also nicht geweckt. Trotzdem empfand sie einen Anruf vor acht Uhr als sehr störend. Und beängstigend. Um diese Zeit telefonierte man doch nur im absoluten Notfall!

Zunächst war Ellen das Herz auch erst mal in die Hose gerutscht, als ein Herr Seefeld von Kims Schule sich gemeldet und Ellen in die Schule bestellt hatte. Um halb neun solle sie sich im Sekretariat melden, und nein, am Telefon würde er keine weiteren Informationen geben. Seitdem hatte Ellen sich das Hirn zermartert auf der Suche nach einer Erklärung.

Den Namen Seefeld kannte sie natürlich. Kim hasste diesen Lehrer, das war ihr nicht verborgen geblieben. Nach dem Anruf mit der kryptischen Aufforderung im Kasernenhofton konnte Ellen Kims Abneigung verstehen.

Kim hatte ihn als „Psycho" bezeichnet. Der meistgehasste Lehrer der ganzen Schule. Er war als Quereinsteiger für die dramatisch unterbesetzten naturwissenschaftlichen Fächer ins Kollegium geholt worden. Welchen Beruf er vorher gehabt hatte, war offenbar ein sorgfältig gehütetes Geheimnis.

»Und Sie sind ...?«, sagte Seefeld leise.

»Wie viele Mütter haben Sie denn für halb neun hierher bestellt?«, fragte Ellen aufgebracht.

Seefeld starrte sie ungerührt aus seinen seltsam hellen Augen an.

»Ellen Feldmann, Kims Mutter«, lenkte Ellen mürrisch ein.

Seefeld hielt ein Notizbuch in der linken Hand und hatte die rechte in der Hosentasche. Er machte keine Anstalten, ihr die Hand zu reichen. Ellen war irritiert. Der Kerl war wirklich ein Psycho. Oder ein Leguan. Reglos und ruhig, aber nicht gelassen, sondern kalt. Ellen ertappte sich dabei, wie sie mit einem schnellen Blick die Haut an seinem Hals prüfte, ob sie menschlich war und nicht schuppig, wie bei einem Reptil. Bleib ruhig, Ellen, ermahnte sie sich.

Sie standen immer noch im Flur des Lehrertraktes. Seefeld wirkte durch seine aufrechte Haltung größer als die eins achtzig, auf die Ellen ihn schätzte. Auf der messerscharfen Falte seiner grauen Hose hätte man Schnittlauch schneiden können, das hellblaue Hemd war perfekt gebügelt, ohne Kniff auf dem Ärmel, und die Schuhe glänzten, als wäre er auf dem Weg ins Theater. Ellen kam sich mit ihrem nachlässigen Pferdeschwanz, der ungebügelten Bluse und den ausgebeulten Jeans plötzlich ungepflegt vor. Sie strich sich eine Haarsträhne hinters Ohr.

»Gibt es hier irgendwo einen Kaffee?«, fragte sie.

Seefeld zog die linke Augenbraue hoch, zögerte kurz und wies dann mit der Hand hinter Ellen. Dort standen zwei Stühle mit einem Bistrotisch in einer Nische. Daneben befand sich ein Kaffeeautomat, der außer Betrieb war, wie ein großes, handschriftliches Schild verkündete. Ellen seufzte. War nur heute nicht ihr Tag, oder wurde sie gerade auf breiter Front von einer Unglückswelle überrollt? Sie hatte den Eindruck, dass eher Letzteres der Fall war.

»Nehmen Sie Platz, Frau Feldmann.« Aus Seefelds Mund klang das wie ein Befehl, und Ellen kam der Aufforderung klaglos nach.

»War Kim inzwischen beim Ohrenarzt?«, eröffnete Seefeld das Gespräch.

Schulisches Desinteresse, naturwissenschaftliches Unverständnis, aggressives Verhalten im Unterricht, das waren im Groben die Themen, die Ellen erwartet hätte. Aber ... Ohrenarzt?

Seefeld nickte kurz und schlug das linke Bein über das rechte. »Ich sehe, Sie sind nicht informiert.« Er legte das Notizbuch auf sein Knie, öffnete es, zog einen Stift aus einer Lasche und blickte sie fragend an. »Ihre Telefonnummern, bitte. Alle, unter denen Sie erreichbar sind.«

»Sie haben mich doch angerufen unter der Nummer, die im Sekretariat hinterlegt ist«, sagte Ellen in spöttischem Tonfall. In Gegenwart dieses Mannes fühlte sie sich wieder wie eine Schülerin, die unschuldig eines Vergehens angeklagt wurde.

»Ihre Tochter hat dem Sekretariat eine neue Nummer mitgeteilt, die nicht existiert.«

»Aber Sie ...«

»Ich habe Ihre Telefonnummer recherchiert und notiert. Aber Sie haben sicher auch ein Mobiltelefon?«

Ellen musste ein Grinsen unterdrücken. Der Vater des jungen Freiherrn zu Gerlingstein, der in ihrem aktuellen Liebesroman die männliche Hauptrolle spielte, benutzte solch altmodische Wörter wie Mobiltelefon, Eisenbahn oder Backfisch. Dass sie jemals einem Lehrer ihrer Tochter gegenübersitzen würde, der genau so sprach, hätte sie nicht erwartet. »Nein, ich besitze kein Handy.«

Seefeld zog wieder die linke Augenbraue hoch und klappte das Notizbuch zu. »Ihre Tochter ist bei einem Vorfall im Klassenraum verletzt worden«, teilte er ihr ungerührt mit. »Ein Mitschüler hat in einer meiner Unterrichtsstunden einen Feuerwerkskörper gezündet, einen sogenannten Kanonenschlag. Das ist ...«

»Ich weiß, was ein Kanonenschlag ist«, unterbrach Ellen den Mann. »Was meinen Sie mit verletzt?«

»Alle Schüler sind notärztlich versorgt worden, müssen sich aber zusätzlich einer qualifizierten ärztlichen Untersuchung unterziehen und ein Attest über das Ergebnis beibringen.«

»Was meinen Sie mit verletzt?«, wiederholte Ellen etwas lauter.

»Ich vermute einen Hörschaden.«

Ellen starrte Seefeld an. Kim hatte ihr nichts davon erzählt. Oder hatte sie etwa nicht zugehört? Nein, das konnte nicht sein. Ellen gab sich die größte Mühe, nicht dieselben Fehler zu machen wie Rosa. Sie war fürsorglich, aufmerksam und ehrlich interessiert am Leben ihrer Tochter.

»Wann ist das passiert?«

»Donnerstag vor acht Tagen.«

An dem Tag, an dem Jens ihr eröffnet hatte, dass er das Haus verkaufen würde. Dem gleichen Tag, an dem Robert tot in seinem Haus gefunden worden war. Sie war gedanklich so beschäftigt gewesen, dass sie nicht bemerkt hatte … Aber was eigentlich? Offenbar hatte Kim ihr ja nichts erzählen wollen.

»Ein Hörschaden?«, murmelte Ellen.

»Richtig«, sagte Seefeld. »Alle anderen Schülerinnen und Schüler leiden auch darunter. Kim war vorn am Pult, also noch näher am Explosionsort als die anderen«, fuhr er in etwas behutsamerem Tonfall fort. »Es wäre ein Wunder, wenn bei knapp 200 Dezibel, die so ein Knall erzeugt, das Gehör nicht geschädigt würde. Allerdings besteht bei Jugendlichen meist eine verhältnismäßig gute Heilungschance.«

Diese Formulierung ließ Ellen entsetzt aufhorchen. Eine ›verhältnismäßig gute Heilungschance‹. Also keine absolut sichere, vollständige Heilung, sondern nur eine Chance. Sie nahm die Worte des Lehrers nur noch wie aus großer Entfernung wahr.

»Dafür müssten die Patienten allerdings gewisse Verhaltensregeln beachten, zum Beispiel ein rigoroses Kopfhörerverbot.«

Ellen sah Kim vor sich, die mindestens achtzig Prozent ihrer wachen Zeit mit Kopfhörern herumlief, und ihr wurde schwindelig.

»Gehen Sie mit Ihrer Tochter zum Arzt, Frau Feldmann. Und dann sorgen Sie dafür, dass sie tut, was er von ihr verlangt.« Seefeld erhob sich und nickte ihr zu. »Guten Tag.«

* * *

»Gib mir die Kopfhörer, sonst muss ich schreien«, sagte Kim vier Stunden später. Sie klang, als würde sie gleich in Tränen ausbrechen. Mal wutentbrannt, mal in Tränen aufgelöst, die ständigen Stimmungswechsel ihrer Tochter gingen Ellen zunehmend auf den Nerv.

»Nein.« Ellen fühlte sich, als sei ihr Kopf mit Watte ausgestopft. Sie hatte Kim aus dem Deutschunterricht geholt und dreieinhalb Stunden mit ihr im überfüllten Wartezimmer gesessen, weil sie ohne Termin in die Praxis gekommen waren. Kim hatte geschmollt und Ellen hatte sich mit Klatschblättchen abgelenkt, sich aber geärgert, dass sie nicht wenigstens ihren Laptop eingepackt hatte. In dreieinhalb Stunden hätte sie wenigstens ein halbes Kapitel geschafft!

Und dann war Kims Welt eingestürzt, als der Arzt ihr ein absolutes Kopfhörerverbot für die nächsten sechs Wochen erteilte.

»Sechs Wochen?«, hatte Kim geradezu hysterisch gekreischt.

»Ich weigere mich, zur Schule zu gehen ohne Kopfhörer«, sagte Kim jetzt.

»Für heute lohnt es sich sowieso nicht mehr.«

»Ich gehe so lange nicht, bis du mir meinen Kopfhörer wiedergibst!«

»Gut, dann bleibst du zu Hause«, erwiderte Ellen genervt. Inzwischen war sie von zehn Arbeitstagen, die sie für einen Roman hatte, bereits drei im Rückstand und hatte nicht den Schimmer einer Idee, wie sie das jemals wieder aufholen sollte.

Sie waren vor der Haustür angekommen, aber bevor Ellen nach ihrem Schlüssel suchte, legte sie ihrer Tochter die Hände auf die Schultern. Kims Lippen zitterten.

»Liebes, du willst doch nicht schwerhörig werden.«

»Aber, aber ...«, schluchzte Kim.

»Die anderen in der Klasse dürfen doch sicher auch keine Kopfhörer tragen«, fiel Ellen plötzlich ein.

»Na toll, sonst sagst du immer: Was die anderen tun oder lassen interessiert uns nicht.«

Eine Träne lief Kim über die Wange. Ellen drückte sie an sich und dachte, wie unglaublich groß ihre Kleine schon geworden und wie verletzlich sie trotzdem immer noch war. Das vergaß sie manchmal, weil Kim sich alle Mühe gab, stark, selbstständig und erwachsen zu wirken. Und weil das Kind oft genug einfach unerträglich war, fügte Ellen in Gedanken hinzu. Das Alter war schuld, die Hormone, aber natürlich auch die Scheidung ihrer Eltern und der bevorstehende Umzug.

Der Umzug, um Himmels willen, fiel Ellen in dem Moment ein. Sie stieß Kim von sich und schaute zur Uhr. Mist!

»Was ist denn jetzt los?«, maulte Kim.

»Ich habe den Termin für die Wohnungsbesichtigung verpasst.«

Kim schüttelte den Kopf. »War bestimmt sowieso Scheiße.«

»Das Wort will ich nicht hören«, sagte Ellen automatisch. Sie holte Luft. »Außerdem können wir nicht allzu wählerisch sein, denn irgendwo müssen wir ja wohnen.«

In dem Moment hörte sie die Schritte auf dem Plattenweg, der ums Haus herum nach hinten zur Terrasse führte. Von dort kam jemand. Von ihrem eigenen Grundstück. Ellen und Kim starrten sich an. Dann gingen sie langsam rückwärts, weg von der Haustür.

»Na endlich«, sagte Rosa, als sie um die Hausecke bog. Dann blickte sie überrascht auf die Flüchtenden. »Wo wollt ihr denn hin?«

Ellen stieß ein Geräusch aus, das wie eine Mischung aus Seufzen und Knurren klang. »Mutter!«, rief sie vorwurfsvoll. »Du hast uns zu Tode erschreckt.«

»Wärst du tot, könntest du mich nicht schon wieder mit deinen Vorwürfen überschütten«, sagte Rosa und wandte sich Kim zu, um ihr die üblichen Begrüßungsküsschen zu geben.

Kim stieß einen Schrei aus und Ellen zuckte wieder zusammen. »Was ist denn ...?«

Dann sah auch sie die Bescherung. Rosas linkes Auge war zugeschwollen und von einem dicken, schwarzvioletten Veilchen umgeben.

»Mit wem hast du dich denn geprügelt?«, fragte Ellen entgeistert.

»Bekomme ich jetzt endlich einen Kaffee?«

Das ist typisch, dachte Ellen, während sie die Kaffeemaschine anschaltete. Natürlich war Kim gleich in ihr Zimmer gerannt und hatte die Tür zugeknallt. Natürlich hatte Rosa ihr keine vernünftige Antwort auf die Frage nach der Herkunft ihres Veilchens gegeben, trotz mehrfacher Nachfragen. Und natürlich hatte Ellen sich gleich von ihrer Mutter in die Küche treiben lassen, als sei es ihre Schuld, dass Rosa so lang auf ihre Rückkehr gewartet hatte. Dabei waren sie nicht verabredet gewesen.

Apropos Verabredung. Die Wohnungsbesichtigung hatte sie verpasst, aber sie wollte sich wenigstens um einen neuen Termin bemühen. Sie ging in ihr Arbeitszimmer, wählte die Nummer, aber nur die Mobilbox sprang an. Ellen räusperte sich.

»Feldmann, bitte entschuldigen Sie, dass ich die Wohnungsbesichtigung heute Vormittag verpasst habe, aber ich musste mit meiner Tochter kurzfristig zum Arzt. Ich habe aber noch Interesse und würde mich über einen neuen Termin freuen.«

»Was tust du da?«, erklang Rosas Stimme in der Tür.

Ellen fuhr herum. »Ich kann es nicht leiden, wenn ich in meinem eigenen Haus belauscht werde.«

»Es ist nicht dein Haus, Herzchen. Wenn es das wäre, wärst du nicht auf der Suche nach einer stickigen, kleinen Mietwohnung.«

»Danke für die Richtigstellung.«

Ellen eilte zurück in die Küche, holte Kaffeebecher aus dem Schrank, stellte sie mit dem Kaffee, Zucker und Milch auf ein Tablett und ging ins Wohnzimmer, wo sie wie angewurzelt stehen blieb. Ein großer, dunkelgrüner Koffer stand neben dem Sofa.

»So wie es aussieht, wird uns dein Mann aber wohl noch eine Weile beherbergen müssen. Zumindest so lang, bis ich weiß, wie es bei mir nun weitergeht«, sagte Rosa lässig. »Mit dem restlichen Kram musst du mir allerdings helfen, das kann ich nicht alles allein hierherbringen.«

»Du musst überhaupt nichts hierherbringen, Mutter, weil du nicht hier wohnen wirst.« Ellen war stolz auf den sachlichen Tonfall, in dem sie den Satz hervorgebracht hatte.

»Ach, und wo dann, bitte schön?«

»Du wirst schon eine Möglichkeit finden.«

»So wie du?«, fragte Rosa spöttisch. »Das klang eben am Telefon nicht so, als wärst du sonderlich erfolgreich.«

»Ich habe eine Wohnung in Aussicht«, sagte Ellen und biss sich im selben Moment auf die Lippen, um nicht zu viel zu erzählen. Sie wollte das ganze leidige Thema nicht mit ihrer Mutter diskutieren und schon gar nichts sagen, was sie später in Erklärungsnot brachte. Und dieses Problem würde in dem Moment auftauchen, in dem sie das Wort Eigentumswohnung aussprach. Ach, und woher hast du das Geld?, würde Rosa spöttisch fragen, aber Ellen hatte keine Lust, ihr zu erklären, dass sie sich von Jens mit sechzigtausend Euro bestechen ließ. Selbst mit dem Geld würde es nicht für eine Wohnung in Düsseldorf reichen. Wie sie ihrer Tochter einen Umzug aufs Land klarmachen sollte, daran mochte Ellen im Moment lieber nicht denken.

»Du bist sehr egoistisch«, sagte Rosa spitz.

Ellen nickte mit einem zynischen Grinsen im Gesicht. »Damit kennst du dich ja aus.«

»Darüber reden wir noch, Herzchen. Jetzt jedenfalls brauche ich deine Hilfe in einer wichtigen Angelegenheit.«

»Nein«, sagte Ellen.

»Du weißt doch noch gar nicht, worum es geht.«

»Das ist mir egal. Ich bin drei Tage mit meiner Arbeit im Rückstand und muss meinen Abgabetermin einhalten. Was auch immer du von mir willst, die Antwort lautet: Nein.«

»Doch«, sagte Rosa. »Denn es dauert nur fünf Minuten.«

**

»Das ist keine sehr professionelle Vorgehensweise«, erklärte Leo zum wiederholten Mal.

Rosa verdrehte die Augen, sagte aber nichts. Leo hatte von

Haustür zu Haustür gehen wollen, um zu fragen, ob jemand Achim Weiterscheid bei Roberts Haus gesehen hatte. Das hätte doch die Kripo längst abgefragt, hatte Rosa geantwortet, aber Leo hatte ihr glaubhaft versichert, dass die Kripo nach Auffälligkeiten zum Zeitpunkt des Mordes gefragt hätte. Er aber wolle allgemein nach Auffälligkeiten in den letzten Tagen und konkret nach Achim Weiterscheid fragen. Das jedenfalls mache die Kripo vermutlich nicht, weil Weiterscheid nicht ernsthaft verdächtigt würde.

»Die Qualität der Frage bestimmt die Qualität der Antwort«, hatte Leo doziert.

Da Rosa mit Weiterscheid noch mehr als ein Hühnchen zu rupfen hatte, war sie einverstanden gewesen. Vielleicht konnte sie durch die Befragung etwas in Erfahrung bringen, das ihr bei der Wiederbeschaffung ihres Kapitals helfen konnte. Die Haustürbefragung allerdings hatte Rosa rundweg abgelehnt. Soweit kam es noch, dass sie stundenlang von Fußabtreter zu Fußabtreter latschte, um immer wieder dasselbe Sprüchlein aufzusagen. Stattdessen warfen sie jetzt Zettel in Briefkästen.

WER HAT DIESEN MANN GESEHEN?, stand auf dem Papier, das Rosa von Ellen hatte ausdrucken lassen. Darunter war ein Foto von Weiterscheid, das Leo aus dem Internet gezogen hatte, sowie die Bitte, alle ungewöhnlichen Ereignisse der letzten zehn Tage vor Roberts Tod zu melden – auch solche, in denen der abgebildete Mann keine Rolle spielte. Als Kontakt war Rosas Telefonnummer angegeben, obwohl sie sich zunächst vehement dagegen gewehrt hatte. Aber Leo hatte sie davon überzeugt, wie wichtig es war, dass die Leute bei jemandem anrufen konnten, den sie kannten. Also hatte Rosa dann doch zugestimmt, vielleicht auch, weil sie auf diese Art zeigen konnte, dass sie sich nicht einschüchtern ließ.

Dabei war sie kurz davor gewesen, klein beizugeben. Derjenige, der sie niedergeschlagen hatte, hatte ihr auch den Schlüssel zu Roberts Haus abgenommen und sie, ohnmächtig wie sie war, nach hinten in den Garten geschafft, wo sie später mit fürchterlichen Kopfschmerzen und Muskelkrämpfen zu sich gekommen war. Mehrere Blutergüsse und Schrammen an Hüften und Knie zeugten davon, dass ihr Gegner nicht zimperlich mit ihr umgesprungen war. Zitternd hatte sie eine Weile ganz still dagelegen und gelauscht, ob der Angreifer noch in der Nähe war. Erst als alles ruhig blieb, hatte sie sich mühsam nach Hause geschleppt, eine Kopfschmerztablette genommen und war sofort eingeschlafen.

Im hellen Licht des neuen Tages hatte ihre Angst dann endlich nachgelassen und ihre Sturheit die Oberhand gewonnen. Denn noch mehr als die körperlichen Schmerzen quälte Rosa die Tatsache, dass sie ihre Nachforschungen nach Roberts »Vermächtnis« in seinem Haus nicht wieder aufnehmen konnte. Aber noch war sie nicht bereit, das Ergebnis monatelanger Arbeit einfach so abzuschreiben. Das war sie Robert einfach schuldig.

»Und wegen des Veilchens da an deinem Auge …«, begann Leo schon zum dritten Mal.

Rosa seufzte. Natürlich roch ein alter Krimineller eine Ausrede schon zehn Kilometer gegen den Wind. Aber sie hatte einfach keine Lust, Leo von ihrem Besuch in Roberts Haus zu erzählen. »Leo, bitte verliere dich nicht in Nebensächlichkeiten, sondern konzentriere dich auf unsere Ermittlung«, sagte Rosa. Sie war schon während ihrer aktiven Zeit als Schauspielerin gut darin gewesen, die zur Rolle passende Sprache komplett zu verinnerlichen. Sie konnte reden wie eine Nonne, wie ein bulgarisches Zimmermädchen, eine Vorstandsvorsitzende, Bankberaterin oder Puffmutter. Jetzt griff sie zurück auf die Rolle einer Kommissarin in einer Krimikomödie aus den Achtzigerjahren. Die Worte kamen ihr immer noch sehr flüssig über die Lippen.

»Wir sollten gleich eine Checkliste erstellen, anhand derer wir die Zeugen befragen können, die sich auf unsere Zettel-Aktion hin melden. Die können wir dann abarbeiten, bevor wir auf die individuellen Aussagen eingehen.«

Leo warf ihr zwar einen missmutigen Seitenblick zu, nahm aber das Thema sofort auf. »Darüber habe ich mir natürlich schon ein paar Gedanken gemacht. Zunächst beginnt so ein Gespräch mit der Feststellung der Personalien ...«

Es funktionierte. Leo war wieder auf Spur gesetzt, und Rosa nickte in regelmäßigen Abständen, um Aufmerksamkeit zu signalisieren. In Wirklichkeit war sie bereits dabei, einen neuen, einen ganz anderen Plan zu schmieden. Dazu musste sie Leo allerdings erst mal loswerden. Ob ihr das heute noch gelingen würde, war jedoch mehr als fraglich.

* * *

»Der Typ ist ein Geist«, flüsterte Kim.

Jenny nickte. Sie hatte ihren Tablet-PC auf dem Schoß und versuchte, mehr über Seefeld zu erfahren. Kim hielt mit einem Blick Frau Stegmann-Biegelow im Blick, die französische Konjugationen an die Tafel schrieb. Oder Konjunktionen? Egal. Jedenfalls kritzelte die Lehrerin, wie immer vollständig in Schwarz gekleidet, mit schwarz gefärbtem Pagenschnitt und knallrotem Lippenstift, in ihrer eckigen Schrift fleißig vor sich hin, während die eine Hälfte der Klasse schlief und die andere sich mit privaten Dingen beschäftigte. Zum Beispiel mit Seefeld.

Im Gegensatz zu den anderen Lehrern, die auf Facebook aktiv waren, fehlte von Seefeld im Netz praktisch jede Spur. Er tauchte in keinem Telefonverzeichnis auf, es gab keine Bilder, die mit seinem Namen getagged waren und auch sonst keine Spur von ihm in Foren oder Gruppen. Selbst auf der Homepage der Schule, auf der von allen anderen Lehrern mindestens ein Foto zu finden war, blieb Seefeld unsichtbar. Über seinen früheren Beruf war nichts herauszufinden. Auf einmal stieß Jenny einen gedämpften Triumphschrei aus. Sie hatte auf ein Bild geklickt, das eine Frau und einen Mann zeigte und mit dem Stichwort Anna Seefeld markiert war. Das Foto war offensichtlich auf einem Ball aufgenommen, Anna Seefeld trug ein schulterfreies, rotes Abendkleid und Seefeld einen schwarzen Anzug mit Fliege.

Sprachlos starrten Kim und Jenny auf das Bild. Anna Seefeld war eine Schönheit, vermutlich zehn Jahre jünger als ihr Mann, und blickte mit einem offenen Lachen direkt in die Kamera. Ihre dunkelbraunen Locken waren zu einem voluminösen Kunstwerk hochgesteckt, sie war dramatisch geschminkt und trug eine Kette mit einem großen, spiralförmigen Anhänger aus gehämmertem Silber. Ihr Dekolleté war beeindruckend. Seefeld hatte seinen Arm um ihre Taille gelegt und schaute verkniffen.

»Wie kommt der Typ an so eine Frau?«, fragte Jenny nach einer Weile.

»Ist die ein Filmstar, oder was?«

Jenny gab den Namen Anna Seefeld in die Suchmaschine ein.

»Sie ist Opernsängerin.«

»Wow!«, sagte Kim. Sie konnte die Augen nicht von diesem Foto lassen. Die Frau war im Vergleich zum gängigen Schönheitsideal viel zu dick, der Busen riesig, die Hüften ausladend, die Schultern glatt und rund. Für Diätdrinks hätte sie höchstens als Vorher-Modell werben können. Aber die phänomenale Ausstrahlung der Frau war schon auf dem Internetfoto zu erkennen. Dagegen konnten solche Weiber wie die blöde Heidi doch glatt einpacken. Und diese Wahnsinnsfrau war mit einem Vollpsycho wie Seefeld verheiratet? Undenkbar!

»Jetzt wissen wir immer noch nicht, was er früher gemacht hat«, wisperte Jenny.

»Dann müssen wir eben die anderen Lehrer ein bisschen aushorchen«, sagte Kim. Je mehr sie über Seefeld erfuhr, desto mehr wuchs ihre Neugier. Nicht, dass er ihr sympathischer wurde, nein, sicher nicht. Aber er war so ... anders als alle anderen Männer, die Kim kannte. Sie ging in Gedanken die Vergleichsmodelle durch. Ihr Dad war ein gut aussehender Wichtigtuer, der ständig große Reden führte und wenig von dem wahrmachte, was er versprach. Außerdem hatte Kim den Eindruck, dass nicht alles, was er tat, legal war, auch wenn ihre Eltern immer versucht hatten, das vor Kim zu verbergen.

Die anderen Lehrer waren mehr oder weniger langweilig. Die

meisten wollten von den Schülern als Kumpel gesehen werden und merkten nicht, wie lächerlich sie sich machten. Andere wollten nur ihre Ruhe haben und umgingen jede Art von Konflikt, indem sie nachgaben. Das waren echte Opfer, die nur hofften, die Pension noch zu erleben. Immerhin machten sie wenig Stress, gaben gute Noten und waren deshalb akzeptabel.

Seefeld war total anders. Er schien nur ein einziges Ziel zu kennen, nämlich jedem einzelnen Schüler in der Klasse seinen Stoff beizubringen. Ausnahmslos jedem. Genau das war es ja, was Kim wahnsinnig machte. Sie hatte nicht nur keinen Bock auf Physik, sie hatte auch so was von überhaupt keinen Plan. Da wurde ständig über Sachen geredet, die man nicht sehen konnte. Formeln, die sie nicht kapierte, führten durch komplizierte Berechnungen zu Ergebnissen, von denen sie nicht wusste, was sie bedeuteten.

In anderen Fächern akzeptierten die Lehrer irgendwann, dass man weder Ahnung noch Ehrgeiz hatte, gaben eine vier, damit man nicht unnötig sitzen blieb, und ließen einen ansonsten in Ruhe. Aber nicht Seefeld. Er quälte Kim, Jenny und die anderen Loser ohne Unterlass. Es war kein Wunder gewesen, dass sie an dem Tag mit dem Kanonenschlag am Pult gestanden hatte. Dauernd musste sie nach vorn, damit sie sich nicht in der letzten Reihe verstecken konnte. Dabei wollte Kim seit einigen Monaten nur noch eins: Zum Fernsehen! Und zwar nicht als Topmodel, das sich von wichtigtuerischen Juroren anpöbeln lassen musste, sondern als Schauspielerin in eine Serie. Irgendeine Serie, die ihr über Jahre hinweg ein Einkommen sicherte, damit sie endlich nicht mehr jeden Cent umdrehen musste. Wozu brauchte sie da Physik?

Oder Französisch, dachte sie genervt und versuchte erfolglos, dem Blick der Stegmann-Biegelow auszuweichen.

»Konjugiert man courir mit avoir oder mit être?«, fragte die Lehrerin mit strengem Blick.

»Avoir«, flüsterte Jenny.

Kim antwortete mit einem zuckersüßen Lächeln und freute

sich über Frau Stegmann-Biegelows irritierten Gesichtsausdruck.

Und was Seefeld früher gemacht hat, finde ich auch noch heraus, nahm sie sich vor.

6

Nach einer Nacht, in der sie nur durch eine gehörige Menge Alkohol überhaupt Schlaf gefunden hatte, stand Rosa vor dem Spiegel im Badezimmer und betrachtete den Bluterguss, der ihr Gesicht entstellte.

Wer hatte sie nur in Roberts Haus niedergeschlagen? Wie war der Eindringling hereingekommen? Rosa konnte sich nicht erinnern, ob Roberts Haustürschlüssel nach seiner Ermordung noch am Schlüsselbrett hing. Oder hatte der Mörder den Schlüssel mitgenommen, um später wieder ins Haus zu gelangen? Aber um was zu tun? Was hatte der Eindringling – ob nun Roberts Mörder oder jemand anderer – dort zu suchen gehabt? Etwa dasselbe wie sie?

Rosa schmierte etwas Ringelblumensalbe auf den Bluterguss und nahm sich vor, Roberts Bericht zu suchen, bis das Veilchen verblasst war. Wenn sie bis dahin nichts gefunden hatte, dann war das eben Schicksal.

Eine Stunde später stand Rosa wieder auf dem Rheindeich und blickte auf den Kaiserstern. Die Arbeiten an den Außenanlagen waren seit ihrem letzten Besuch deutlich vorangeschritten. Rosa zuckte die Schultern. Was ging es sie noch an?

Viel interessanter war das, was sich am äußersten Rand des Kaiserstern-Grundstücks befand. Deshalb war sie heute hergekommen. Inmitten eines großen, mittlerweile verwilderten, von hohen Mauern umgebenen Parks stand eine alte Villa. An ihrem Giebel waren noch verblasste Lettern zu erkennen. VILLA ZUCKER stand dort. Die Fensterläden des alten Hauses waren geschlossen, die Wandfarbe blätterte ab, aber trotzdem war die frühere Pracht noch erkennbar.

Rosa kannte das Haus von ihren Spaziergängen mit Robert. Wie oft waren sie auf dem Deich entlanggegangen und hatten zu der Villa hinübergeblickt. Bis ins letzte Jahr hinein hatte die Besitzerin noch dort gelebt, eine kleine, gebeugte Frau, die trotz offensichtlicher Altersbeschwerden eine unglaubliche Würde ausstrahlte. Die Pension, die sie jahrzehntelang in dem Haus betrieben hatte, gab es schon lange nicht mehr, und der Garten war verwildert, aber das Haus hatte die Frau so gut es ging in Schuss gehalten. Regelmäßig wurde gelüftet, dann gaukelten die fröhlich im Wind flatternden Gardinen dem flüchtigen Betrachter geschäftiges Treiben vor. Eines Tages aber waren alle Fensterläden geschlossen und blieben es auch. Obwohl sie nie ein Wort mit der kleinen Dame gewechselt hatten, wusste Rosa, dass Robert das Verschwinden der »Frau Zucker«, wie er sie genannt hatte, als Verlust empfand. Und dieses Haus sollte in ihrem Leben nun plötzlich wieder eine Rolle spielen. Wenn das kein Schicksal war!

Als Rosa auf das Haus zusteuerte, schlugen ihre Gefühle Kapriolen. Sie war aufgeregt, sie hatte Angst, sie war neugierig, sie spürte Euphorie – alles auf einmal. Reiß dich zusammen, ermahnte sie sich. Sie blieb stehen und atmete tief durch. Ruhig und konzentriert sog sie die Luft ein und ließ sie wieder ausströmen. Gutes ein – Schlechtes aus. Immer wieder. Gleich fühlte sie sich besser. Die positiven Gefühle, die freudige Erregung hatten nun mehr Raum und konnten sich in Rosa ausbreiten, jeden Hohlraum füllen, jede Zelle ihres Körpers mit ihrem silbrigen Schimmer überziehen und den Geist erhellen. In Rosa fühlte sich auf einmal alles leichter und entspannter an.

Natürlich war sie sich darüber im Klaren, dass sie im Begriff stand, Hausfriedensbruch zu begehen. Andererseits hatte sie viel Geld für Wohnraum auf diesem Grundstück bezahlt. Im Grunde gehörte diese Villa damit ihr, zumindest ein erheblicher Teil davon. Und was einem gehörte, konnte man mit Fug und Recht in Augenschein nehmen.

Das Haus war zweifellos alt, in die Jahre gekommen, aber mit einer ganz eigenen Würde. Es war etwas Besonderes, auf gar keinen Fall konnte man ihm Mittelmäßigkeit vorwerfen. Es stand trotzig da, wo schon etwas anderes, Neues geplant war. Etwas, das sicher moderner, funktionaler und komfortabler, aber auch langweiliger werden würde. Dieses Haus ist mein Spiegelbild, dachte Rosa, individuell und unverwechselbar. Ich trage kein Beige, besitze keine Übergangsjacke und passe nicht in eine standardisierte Zweizimmerwohnung mit Haltegriff am Klo. Ich passe genau hierher. Beschwingt strebte sie auf das große, über zwei Meter hohe schmiedeeiserne Tor in der Mauer zu. Erst als sie näherkam, bemerkte sie, dass eine starke Kette das Tor verschloss. Gleich daneben aber stand eine kleine Fußgängerpforte einen Spalt breit offen. Und so trat Rosa, unbeachtet von sämtlichen Spaziergängern, Hundehaltern, Joggern, Radlern und Skatern auf dem etwa hundert Meter entfernten Deich, durch das Gatter und in den Schatten der Mauer.

Der ehemals schön gepflegte Park war vollkommen verwildert. Selbst der gepflasterte Fußweg, den die Besitzerin noch regelmäßig von dem seitlich hereinwuchernden Grünzeug freigeschnitten hatte, war nun von Zweigen und Gras überwuchert. Zum Glück waren keine dornigen Ranken darunter, sodass Rosa sich durch den Wildwuchs drängen konnte, bis sie ein paar Meter weiter auf die geschotterte Auffahrt gelangte. Diese führte geradewegs auf die breite Eingangstreppe der Villa zu. Mit weichen Knien stieg Rosa die zehn Stufen hinauf und schaute an der Fassade empor. Drei Stockwerke plus Dachgeschoss ragten vor ihr auf. Die Tür war versperrt. Natürlich, was hatte sie auch erwartet.

Zielstrebig ging Rosa um das Haus herum und fand an der Seite den Kellereingang, und an der rückwärtigen Hauswand eine Glastür in den Wintergarten, der bis auf zwei Scheiben intakt war. Sie probierte die Türklinke aus und erstarrte, als die Glastür des Wintergartens aufschwang. Rosa nahm all ihren Mut zusammen und trat über knirschende Glassplitter ein.

Die Tür vom Wintergarten zum Wohnzimmer war gewaltsam aufgehebelt und stand offen. Rosa schluckte. An die Möglichkeit, dass andere Menschen vor ihr auf die Idee gekommen waren, die alte Villa in Besitz zu nehmen, hatte sie bisher gar nicht gedacht. Obdachlose, gestrandete Mietnomaden, untergetauchte Kriminelle vielleicht? Angesichts der aufgehebelten Tür meinte sie gleich, ein Geräusch in den Tiefen des Hauses zu hören. Nicht einmal Pfefferspray hatte sie dabei. Sollte sie lieber abbrechen, sich besser ausrüsten und noch einmal wiederkommen? Aber hätte sie noch mal den Mut dazu? Vermutlich nicht. Also presste sie die Zähne aufeinander, die immer noch mehrheitlich ihre eigenen waren, und schob die Tür weit auf.

Im Haus roch es erstaunlich wenig muffig, obwohl sicher lange nicht gelüftet worden war. Vermutlich waren die Fenster so undicht, dass ein regelmäßiger Luftzug durch die Ritzen strich. Die trockene Luft mit ihrem leichten Geruch nach Staub und einer winzigen Spur von Lavendel nahm Rosa etwas von ihrer Beklemmung. Neugierig sah sie sich um.

Sogar Möbel standen noch herum, stellte Rosa verwundert fest. Tatsächlich sah das Wohnzimmer aus, als könne die Besitzerin jeden Moment vom Einkaufen zurückkehren. Mehrere Sofas mit abgewetztem Bezug, einige bequeme Sessel und sogar der Kronleuchter befanden sich an ihren Plätzen. Bei genauerem Hinsehen erkannte Rosa Risse in den Sitzbezügen, aber im Großen und Ganzen waren die Stücke gut erhalten und wären sicher eine schöne Summe wert gewesen.

Durch die geschlossenen Fensterläden fiel nur streifenweise Licht herein, aber da Rosa immerhin daran gedacht hatte, eine Taschenlampe mitzubringen, fand sie problemlos die erstaunlich große und moderne Küche mit einem Esstisch vermutlich für die Angestellten, ein Speisezimmer mit einem großen, ovalen Tisch, aber ohne Stühle, ein kleineres Zimmer mit Kamin und einer Anschlussdose für einen Fernseher, sowie ein Büro, in dem die alte Dame wohl die Verwaltungsarbeiten der Pension erledigt hatte. In den Fünfziger- und Sechzigerjahren sollte das Haus einmal sehr *en vogue* gewesen sein, hatte Robert irgendwann im Eiscafé in Kaiserswerth in Erfahrung gebracht, dessen Besitzerin sich gut an die alte Dame erinnerte. Eine sehr elegante Frau sei sie gewesen, distinguiert, gebildet und immer sehr freundlich, wenn sie sich gelegentlich ein Eis gönnte. Nie herablassend.

»So wie Sie«, hatte Robert entgegnet und die Signora damit zum Erröten gebracht.

Die Erinnerung an Roberts Vorliebe für die kalten Verführungen des Eiscafé Lido entlockte Rosa einen wehmütigen Seufzer, aber dann konzentrierte sie sich wieder auf das Hier und Jetzt. In den oberen Stockwerken fand sich alles, was altmodische Pensionsgäste von einem renommierten Haus am Rhein erwarten durften. Große Räume mit hohen Decken, in manchen Zimmern standen sogar noch Betten oder Kommoden, vereinzelt hingen Bilder oder Spiegel an der Wand. Jedes Zimmer besaß ein eigenes Bad. Ein geradezu unglaublicher Luxus damals, der zur Reputation des Hauses beigetragen hatte. Nach den Fliesen zu urteilen, stammten die Bäder aus den Sechzigerjahren, aber die Bodenplatten im Schachbrettmuster und die mintgrünen oder wasserblauen Wandfliesen waren, ebenso wie die Toiletten, Wannen und Waschbecken, tadellos in Ordnung. Nur der Geruch nach abgestandenem Wasser störte. Nichts, was ein bisschen Lüften nicht beheben könnte, dachte Rosa. Schimmel hatte sie jedenfalls noch keinen gesehen.

»Robert, was würde ich darum geben, dieses Abenteuer mit dir gemeinsam zu erleben«, murmelte sie leise. Dann lachte sie laut auf und schüttelte den Kopf. »Ach, nein, du hättest mich in dem Moment, in dem ich diese Schwelle überschreite, wegen Hausfriedensbruchs verhaftet und bei der nächsten Polizeidienststelle abgegeben.«

Noch ganz in Gedanken versunken verließ Rosa das Bad und ging in das Zimmer zurück, von dem sie annahm, dass es nach Westen zeigte. Von hier müsste man die Fähre sehen können, dachte sie, aber die Fensterläden zu öffnen, verkniff sie sich. Zum jetzigen Zeitpunkt wollte sie niemanden auf ihre Anwesenheit aufmerksam machen. Mit einem wehmütigen Lächeln auf dem Gesicht ging Rosa die Treppe hinunter.

Als sie auf dem letzten Absatz war, hörte sie Schritte im Erdgeschoss. Im ersten Moment war Rosa vor Schreck wie erstarrt. Sie stoppte mitten in der Bewegung, einen Fuß in der Luft. Dann stellte sie den Fuß vorsichtig ab und lauschte reglos. Da waren sie wieder, die Schritte. Rosa wäre gern einige Stufen hinuntergegangen, um einen besseren Überblick zu haben, aber das laute Knarren der Holztreppe würde ihre Anwesenheit verraten. Das wollte sie unbedingt vermeiden – zumindest bis sie selbst den Eindringling gesehen hatte.

Dazu sollte sie nicht gleich die Gelegenheit haben, denn wer auch immer unten im Haus unterwegs war, absolvierte praktisch denselben Rundgang wie Rosa zuvor. Sie nahm also an, dass auch diese Person zum ersten Mal hier war. War das gut oder schlecht?

Angestrengt starrte Rosa auf die Stelle, an der der Eindringling in ihr Blickfeld kommen musste. Ihre Nerven waren zum Zerreißen gespannt. Dann sah sie seine Schuhe. Nicht ganz neue, aber gut gepflegte Herrenschuhe aus braunem Leder. Zwei Schritte später konnte Rosa eine beigefarbene Baumwollhose erkennen, darüber einen hellblauen, leichten Pullover. Dann standen sie sich Auge in Auge gegenüber, und Rosa war sich nicht sicher, wer von beiden mehr erschrocken war. Sie, weil der Fremde ihr den Fluchtweg versperrte, oder er, weil Rosa mit ihrem Veilchen vermutlich zum Fürchten aussah.

»Was machen Sie hier?«, fragte Rosa scharf. Sie folgte der alten Regel, nach der derjenige, der zuerst spricht, im Recht ist.

»Und Sie?«, fragte der Mann zurück. Sein Tonfall war freundlich und ließ nicht erkennen, ob er tatsächlich das Recht hatte, hier zu sein, oder einfach nur genau so gute Nerven wie Rosa.

»Dieses Haus gehört mir«, sagte Rosa. Zumindest ein Teil davon, ergänzte sie in Gedanken.

»Interessant«, sagte der Fremde freundlich.

»Sie haben meine Frage noch nicht beantwortet.«

»Ich hätte das selbe gesagt wie Sie: Das Haus gehört mir.«

»Das können Sie sicher beweisen«, sagte Rosa kalt.

»Ebenso wie Sie, vermute ich.«

Eine Zeit lang maßen sie sich mit Blicken, dann lächelte der Fremde Rosa zu. »Lassen Sie uns doch noch einmal anfangen. Mein Name ist Konrad Schmitt und ich gehöre zu einer erlesenen Gruppe von Menschen, die offenbar vom Geschäftsführer der MultiLiving GmbH betrogen worden sind.«

»Rosa Liedke. Willkommen im Club.«

Rosa ging die restlichen Stufen hinunter und ergriff die Hand, die Schmitt ihr zur Begrüßung reichte. Sie bemerkte einen goldenen Siegelring mit einem blauen Stein am kleinen Finger seiner rechten Hand.

»Wie haben Sie davon erfahren?«, fragte er.

»Ich war zufällig hier, als der erste Besichtigungstermin für die echten Wohnungseigentümer stattfand und bekam eine Abfuhr, als ich meine Wohnung sehen wollte.«

»Dann haben Sie wohl die Anzeige erstattet, aufgrund derer das Betrugsdezernat die anderen Geprellten informiert hat?«

Rosa nickte.

Schmitt lächelte. »Dann bin ich Ihnen zu Dank verpflichtet.«

»Früher oder später hätten Sie es sowieso erfahren«, winkte Rosa ab.

»Das stimmt wohl. Aber wenn man seine Pläne so kurzfristig ändern und eine andere Wohnung suchen muss, dann kann jeder Tag zählen.«

»Brauchen Sie denn eine Wohnung?«

»Natürlich! Ich wollte ja Ende des Monats umziehen.«

Rosa nickte. »Und was gedenken Sie nun zu tun?«

Sein Lächeln kehrte zurück. »Wir haben doch wohl das Gleiche im Sinn, oder?«

* * *

»Ich möchte, dass du dir eine Wohnung mit mir ansiehst, Kim«, sagte Ellen beim Essen. »Wir haben morgen früh einen Termin.«

»Ich bin aber mit Jenny verabredet«, maulte Kim mit vollem Mund.

»Erstens: Sprich nicht mit vollem Mund«, entgegnete Ellen streng. »Und zweitens: Du wirst noch genug Zeit mit Jenny verbringen können, aber diese Sache mit der Wohnung eilt. Außerdem solltest du langsam anfangen, dein Zimmer auszumisten.«

Das entsetzte Gesicht von Kim hatte Ellen erwartet.

»Was meinst du mit ausmisten?«, fragte Kim misstrauisch.

»Aussortieren, was du nicht mehr brauchst. Alte Spielsachen, Anziehsachen, die du nicht mehr trägst, alte Bücher, …«

»Warum?«

Ellen zwang sich zu Ruhe und Sachlichkeit, auch wenn sie sich fragte, ob Kim sich absichtlich so begriffsstutzig stellte oder ob sie wirklich keine Ahnung hatte. »Wo auch immer wir in den nächsten zweieinhalb Wochen hinziehen werden, es wird auf jeden Fall kleiner sein.«

»Wie viel kleiner?«

Ellen zuckte die Schultern. Sie wollte nicht zu viel vorwegnehmen, sondern hoffte darauf, dass die Bilder im Internet hielten, was sie versprachen, nämlich eine märchenhaft schöne Wohnung. Es handelte sich um das ausgebaute Dachgeschoss eines alten Bauernhofes. Die Räume waren offen bis in die Dachspitze, die freiliegenden Eichenbalken waren auf eine rustikale Art modern und Kims Zimmer würde sogar einen kleinen Balkon haben. Das Problem war auch weniger die Wohnung selbst als vielmehr ihre Lage.

»Wir müssen um kurz nach acht los«, sagte Ellen beiläufig, »also sieh zu, dass du rechtzeitig fertig bist.«

Kim ließ die Gabel sinken. »Morgen ist Samstag! Wie kannst du einen Termin um acht Uhr für eine Wohnung machen?«

»Der Termin ist um neun, aber wir müssen ...«

»Wir brauchen eine Stunde bis dahin ...?«

Kims Stimme hatte einen gefährlich schrillen Tonfall angenommen. Jetzt war Vorsicht angesagt, sagte sich Ellen. Sie lächelte und zuckte betont lässig die Schultern. »Vermutlich nicht, aber ich will nicht noch einen Termin verpassen, deshalb gehen wir auf Nummer sicher.«

»Wo ist diese Wohnung?«

Ellen sah die Ablehnung in Kims Augen und ihre Zuversicht sank. Trotzdem kratzte sie den letzten Rest Optimismus zusammen und schaffte es, nicht allzu defensiv zu klingen, als sie sagte: »Schau sie dir erst mal an, okay?«

»Wo?« Auf Kims Stirn stand diese steile Falte, die mit dem winzigen Grübchen über der Nasenwurzel ein Ausrufezeichen bildete. Ein untrügliches Anzeichen für eine bevorstehende Explosion.

»In Kaarst.«

Kim warf ihre Gabel auf den noch halb vollen Teller und sprang auf. »Vergiss es«, schrie sie im Rausgehen, dann rannte sie die Treppe hoch und knallte die Tür zu ihrem Zimmer zu.

* * *

»Ich war lange selbst Unternehmer und dann als Berater im Ausland tätig, die letzten Jahre in Shanghai, Kuala Lumpur und Dubai«, erklärte Schmitt, während er vorsichtig den Riegel des Fensterladens losruckelte. »Ich habe lange überlegt, wo ich meinen Ruhestand verbringen möchte, und, ob Sie es glauben oder nicht, nach so vielen Jahren im Ausland zog es mich in die Heimat zurück.«

»Ach, Sie kommen aus Düsseldorf?«, fragte Rosa.

»Aus dem Rheinland. So, jetzt hat man eine Aussicht.« Schmitt stieß die Läden auf und klopfte sich den Schmutz von den Händen. »Wollen Sie dieses Zimmer haben?«

Rosa sah ihn prüfend an. »Sind Sie wirklich so wild entschlossen?«

»Sie nicht?«

Die Zeit dehnte sich, während sie einander betrachteten. Ein Geschäftsmann, der ein Haus besetzen will?, dachte Rosa. Laut sagte sie: »Es wird sicher nicht sehr komfortabel, ohne Strom und fließendes Wasser.«

»Ihnen macht es auch nichts aus, oder?«, wandte Schmitt ein.

»Bei mir ist das etwas anderes«, erklärte Rosa und straffte die Schultern. »Ich habe Erfahrung als Hausbesetzerin. Außerdem habe ich mein Haus verkauft und weiß nicht, wo ich hin soll.«

»Gleichfalls.«

Schmitt blickte ihr offen ins Gesicht, trotzdem wurde Rosa nicht schlau aus dem Mann. Ein Unternehmer, der in Singapur, Kuala Lumpur und Dubai gearbeitet hatte, sollte doch wohl über genügend Kapital verfügen, um eine Zeit lang im Hotel wohnen zu können? Zumindest so lange, bis er eine neue Wohnung gefunden hatte.

»Ich bin in einer emotionalen Ausnahmesituation und halte es für das Vernünftigste, etwas Unvernünftiges zu tun, um darüber hinwegzukommen«, sagte Rosa mit angriffslustig vorgerecktem Kinn.

Wenn sie erwartet hatte, dass Schmitt sich provozieren ließ, ihr mehr über seine Beweggründe zu verraten, sah sie sich getäuscht.

»Wenn ich Ihnen irgendwie helfen kann, lassen Sie es mich wissen«, sagte er stattdessen mit weicher Stimme. In seinem Tonfall klang echtes Mitgefühl. Es kam unerwartet und nahm Rosa den Atem. Sie wandte sich ab, schaute aus dem Fenster und atmete tief durch. Diese Trauerattacken werden noch öfter kommen, also gewöhn dich schon mal daran, ermahnte sie sich selbst. Mit dem Atem die schlechten Gefühle ausströmen lassen ... Rosa straffte die Schultern und drehte sich um.

»Also, welches Zimmer wollen Sie?«, fragte Schmitt.

»Erster Stock links«, sagte Rosa mit fester Stimme. »Das mit der Badewanne auf den Löwenfüßen.«

Schmitt lächelte zustimmend. »Ich werde mich um einige Dinge kümmern müssen. Leider steht ja nun das Wochenende vor der Tür, aber nächsten Dienstag müsste das Haus bezugsfertig sein.«

Rosa glaubte, sich verhört zu haben. »Bezugsfertig? Was ...?«

Schmitt steckte die Hände in die Hosentaschen und wippte auf den Fußballen. »Eine Hausbesetzung ist ja gut und schön, aber es muss doch nicht zwanghaft unkomfortabel sein. Strom und fließendes Wasser würden das Abenteuer doch etwas angenehmer gestalten, meinen Sie nicht?«

»Natürlich«, entgegnete Rosa unverbindlich. Sie fragte sich, ob Schmitt ein entlaufener Irrer war.

»Gut, dann kümmere ich mich darum. Wenn Sie allerdings schon mal ein bisschen aufräumen und sauber machen wollen, wäre sicher nichts dagegen einzuwenden.«

Rosa schnaubte unwillig durch die Nase. Aufräumen und Saubermachen hatten noch nie zu ihren bevorzugten Beschäftigungen gehört, und wenn sie so etwas in Angriff nehmen würde, dann sicherlich nur für ihr eigenes Reich.

* * *

Als Rosa wieder nach Hause kam, wusste sie immer noch nicht, was sie von Konrad Schmitt halten sollte. War der Mann ein Glücksfall oder ein Spinner? Sie schloss die Haustür sorgfältig ab, denn obwohl sie es sich nicht eingestehen wollte, fühlte sie sich unsicher. Robert war in seinen eigenen vier Wänden ermordet worden! Nur wenige Meter entfernt. Und sie selbst trug den Beweis für ein nicht gerade gewaltfreies Zusammentreffen mit einem unbekannten Angreifer in schillernden Farben im Gesicht. Diese Erfahrungen hatten ihr Weltbild verändert.

Wie hatte sie immer die Nase gerümpft über die Frauen ihres Alters, die sich durch sensationsgeile Berichte über Verbrechen in den Medien den Schneid abkaufen ließen. Aber plötzlich fühlte sie sich selbst bedroht. Grässlich, wie schnell so etwas ging, dachte Rosa, als sie unter die Dusche stieg, um mit dem Staub der alten Villa auch gleich ihre trüben Gedanken wegzuwaschen.

Nach dem Duschen prüfte Rosa mit einem schnellen Blick ihren Anrufbeantworter. Er blinkte hektisch. Offenbar zeigte der Aufruf, den Leo und sie in der Nachbarschaft verteilt hatten, bereits erste Erfolge. Sie setzte Kaffee auf, nahm die Tasse sowie Block und Stift mit zu dem Gerät und drückte das Knöpfchen.

»Ich habe ihn gesehen! Er trug einen weißen Anzug und stieg aus diesem Dings, das in meinem Garten gelandet ist. Erst konnten wir uns nicht verständigen, aber dann sprach er in die Engelstrompete und die übersetzte. Er ist ein feiner Mensch, was wollen Sie denn von ihm?«

Rosa runzelte die Stirn. Der Stift schwebte über dem Papier, aber er kam nicht zum Einsatz. Da hatte wohl jemand die Nase zu tief in die giftige Blüte der Engelstrompete gesteckt, dachte sie dann. Glück gehabt, dass die Frau überhaupt noch genug Hirn zum Telefonieren hatte, denn wenn man von diesem Gift zu viel einatmete, ging man leicht auf einen Trip ohne Wiederkehr.

Ein Trip, dachte Rosa, wäre jetzt genau das richtige. Aber sie beherrschte sich und verschob den Joint auf später. Erst einmal musste sie die Anrufe abhören. Vielleicht waren es ja nicht nur Irre.

»Den habe ich gesehen, in der Zeitung. Das ist doch dieser Typ, der Leute um ihre Wohnung betrogen hat.«

Aha, Rosas Geschichte hatte es also schon bis in die Zeitung geschafft.

»Ich habe ihn gesehen, und ich habe sogar ein Foto von ihm!«

Rosa notierte den Namen und die Rufnummer dieser Anruferin.

»Warum suchen Sie ihn denn? Haben Sie ihn an der Supermarktkasse getroffen und sich in ihn verliebt? Und jetzt stellen Sie fest, dass Sie Tag und Nacht an ihn denken, wissen aber weder seinen Namen noch sonst etwas über ihn? Ach, Sie Ärmste! Ich bete für Sie.«

»Ist das Ihr Ex? Ist er mit einer anderen auf und davon? Sieht ja wirklich verschlagen aus. Ich an Ihrer Stelle wäre froh, dass der Kerl endlich weg ist.«

»Ich kann Ihnen die Karten legen, darin finden wir sicher eine Antwort.«

»Ich habe Ihren Zettel gelesen und den Mann gesehen. Ich weiß nicht, ob Ort und Zeit für Sie von Interesse sind, weil es nicht in Düsseldorf war. Falls doch, rufen Sie mich an!«

Rosa seufzte. Sie hatte zwei Namen und Telefonnummern auf ihrem großen Block notiert und fragte sich, warum sie noch nie bemerkt hatte, wie viele Durchgeknallte in ihrer direkten Umgebung wohnten. Die meisten Nachbarn kannte sie nur vom Sehen, denn sie hielt nicht mit jedem beliebigen Mitmenschen einen Schwatz, nur weil sie zufällig in derselben Straße wohnten. Rosa fand die Themen, über die die meisten Menschen redeten, absolut lächerlich: Krankheiten, Wetter, Politikerschelte oder – besonders schlimm – das Fernsehprogramm. Was scherte es sie, welche Castingsau gerade über die Mattscheibe getrieben wurde oder wer welchen Bären, Echo, Bambi oder Oscar verliehen bekam? Die meisten Frauen im Fernsehen erinnerten viel zu sehr an ferngesteuerte Barbiepuppen, als dass Rosa sie hätte ernstnehmen können. Und bei den Männern sah die Sache nicht besser aus. Aber über all diese Leute wurde geredet und sich das Maul zerrissen und das tagaus, tagein an der Mülltonne, mit der Brötchentüte unter dem Arm oder dem Dackel an der Leine. Nein, das war nicht Rosas Welt. Und wie unüberwindbar der Graben zwischen ihren Mitmenschen und ihr war, hatte sie gerade wieder festgestellt.

Seufzend griff Rosa nach dem Telefon, um die zwei Frauen zurückzurufen, deren Anrufe zumindest halbwegs vernünftig klangen, als der Apparat klingelte. Sie hob ab.

»Er ist wieder draußen, um Himmels willen, an den haben wir ja überhaupt nicht gedacht«, rief eine Männerstimme aufgeregt.

Rosa hielt den Hörer vom Ohr weg und ärgerte sich, dass sie den Anruf entgegengenommen hatte. Vermutlich sollte sie, solange die Zettelaktion noch frisch war, eingehende Gespräche lieber erst auf den Anrufbeantworter laufen lassen. Sie hob zu einer Abfuhr an, als der Anrufer fragte: »Rosa, bist du noch dran?«

»Leo?«

»Entschuldige, aber ich bin wirklich entsetzt. Er wurde vorzeitig entlassen und ...«

»Leo, ich lege jetzt auf. Und du rufst wieder an, wenn du mir in ganzen Sätzen erklären kannst, was eigentlich los ist.« Rosa legte auf. Sie brauchte einen Wein und einen Joint, und zwar genau jetzt.

Leo hatte dreimal ohne Nachricht aufgelegt, wie sie auf dem Anrufbeantworter erkennen konnte, als sie endlich wieder gesprächsbereit war. Sie rief ihn zurück.

»Was war denn los? Ich wollte gerade zu dir, um nach dem Rechten zu sehen. Ich habe mir Sorgen gemacht!«

»Warum?«, fragte Rosa, ehrlich überrascht. Sie war inzwischen deutlich entspannter.

»Weil du nicht mehr ans Telefon gegangen bist. Ich dachte, da ist vielleicht jemand bei dir, der dich bedroht ...«

»Leo, warum hast du angerufen?«, fragte Rosa.

»Aber, du hast mich doch gerade ...«

»Ursprünglich, Leo. Nun konzentrier dich doch mal.« Lustig, dass ausgerechnet sie ihm das jetzt sagte. Rosa unterdrückte ein Kichern. Der Joint zeigte Wirkung.

Leo stieß die Luft so heftig aus, dass Rosa den Hörer kurz vom Ohr nehmen musste. »Gero König ist wieder auf freiem Fuß.«

»Aha. Und wer ...?«

»Rosa, du musst den Namen doch kennen! Er hat seinerzeit den Liebhaber seiner Frau abgeschlachtet und Robert hat ihn dafür in den Knast gebracht. König hat Robert im Gerichtssaal gedroht, dass er ihn umbringt, wenn er wieder draußen ist. Und das ist er. Also draußen. Seit einem Monat. Ich habe Mittmann informiert, aber du solltest darauf achten, dass du Fenster und Türen geschlossen hältst.«

»Was habe ich damit zu tun?«, fragte Rosa ehrlich erstaunt.

»Er hat nicht nur Robert bedroht, sondern auch geschworen, seine Familie umzubringen. Und dazu gehörst auch du.«

»Woher soll der Kerl das wissen?«

Leo druckste herum. »Ich habe mich, nachdem ich ihn zufällig auf der Straße getroffen und erkannt habe, im Knast über ihn erkundigt. Kurzer Dienstweg, ich kenne da jemanden in der JVA. Der erzählte mir, dass König offenbar eine Schwäche für deutsche Schauspielerinnen hat, und für zwei ganz besonders. Er hat seine Zellenwände mit Fotos von ihnen geradezu zugepflastert. Und weißt du, wie die heißen? Andrea Tetz und Rosa Liedke.«

7

Ellen konnte Kims Frust gut verstehen, denn auch sie selbst genoss es, am Wochenende ausschlafen zu können. Daran war allerdings momentan sowieso nicht zu denken, denn sie war mit ihrer Arbeit so weit im Rückstand, dass sie eigentlich Tag und Nacht hätte durcharbeiten müssen. Trotzdem war es etwas anderes, im heimischen Arbeitszimmer bei einer ordentlichen Tasse Kaffee langsam wach zu werden, als mit der S-Bahn aus der Stadt hinaus nach Kaarst zu fahren. Zum Umsteigen im Neusser Hauptbahnhof musste Ellen ihre Tochter wecken. Dann zog sie sie am Ärmel hinter sich her in die Bahn, die nach Kaarst fuhr. Und vom Bahnhof hatten sie noch gute fünfzehn Minuten Fußweg. Richtung Süden, stadtauswärts. Sie würde sich ein Fahrrad kaufen, beschloss Ellen.

Kim hatte seit dem Aufstehen kein einziges Wort gesprochen und zog einen Flunsch, als wäre sie auf dem Weg in den Knast.

»Du kannst weiter auf deine alte Schule gehen, wenn du möchtest«, sagte Ellen, obwohl sie sich eigentlich vorgenommen hatte, sich genau so blöd zu verhalten wie Kim. Aber dann wieder tat ihre Tochter ihr leid, denn sie wurde von einem Hormonstrudel beherrscht, der ihre Stimmung wie ein Papierschiffchen mal auf den Wellen tanzen ließ und mal in die Tiefe saugte. Als Mutter war es nun mal ihre Aufgabe, Kim durch diese grässliche Zeit zu lotsen. Also ergab sie sich in ihr Schicksal und kratzte den letzten Rest an Mitgefühl zusammen, den sie um diese Uhrzeit und in dieser Situation aufbringen konnte.

Kim machte ein Geräusch, das man bestenfalls als Ablehnung deuten konnte.

»Es gibt doch etliche Schüler, die pendeln«, fuhr Ellen fort. »Ist nicht sogar Jenny ...«

»Ein halbes Jahr lang. Und oft genug hat ihre Ma sie gebracht. Im Auto, falls dir das was sagt. Das sind so Dinger, die Leute von A nach B bringen ...«

Ellen blieb abrupt stehen. Ihr Geduldsfaden war gerissen. »Kim, ich verbitte mir diesen Ton. Ich weiß sehr wohl, was ein Auto ist, aber ich kann mir leider keins leisten.«

»Ja, weil du keinen richtigen Job hast«, schrie Kim. »Warum kannst du nicht was Vernünftiges arbeiten, wie andere Leute auch?«

»So wie Jennys Mutter vielleicht?«, fragte Ellen zurück. Lauter als gewollt. »Die hat noch nicht einmal eine Ausbildung, von einem Studium ganz zu schweigen. Ihr Mann hat ihr eine Galerie gekauft, die einmal die Woche geöffnet hat. Derselbe Gatte besorgt ihr drittklassige Möchtegernkünstler, die dort ihre Schmiereien ausstellen, und dann kauft der werte Herr Gemahl mit dem Geld seiner Firma diese Bilder zu völlig überzogenen Preisen und pflastert damit die Klos seiner Firma, damit seine Frau überhaupt etwas Umsatz macht.«

Sie waren stehen geblieben und standen sich wie zwei keifende Fischweiber gegenüber.

»Seit wann gehst du bei Jennys Dad aufs Klo?«, fragte Kim aggressiv.

»Ich kenne Leute, die dort arbeiten und nur noch mit Sonnenbrille pinkeln«, erwiderte Ellen ruhiger. »Und wenn du glaubst, dass ich mich von irgendjemandem auf eine derart plumpe Art und Weise aushalten lasse, dann hast du dich getäuscht.«

»Dann such dir halt einen Job, in dem man was verdient«, konterte Kim, allerdings deutlich kleinlauter, wie Ellen mit Genugtuung registrierte.

»Ich verdiene gut, Kim«, sagte sie mit ihrer Komm-lass-uns-wieder-Freunde-sein-Stimme. »Ich arbeite halbe Tage zu Hause, damit ich mit dir frühstücken und Mittag essen kann. Du bekommst ein anständiges Taschengeld«, Ellen hob die Hand, als

Kim etwas einwenden wollte, »und du kannst dir anständige Klamotten kaufen. Dass wir uns nicht mit Millionären vergleichen, versteht sich von selbst, aber in unserer Liga geht es uns gut.«

»Aber ich will nicht weg von der Schule, von meinen Freunden, von da, wo das Leben spielt. Wenn ich in diesem Kaff hier wohne, wie soll ich dann abends noch weggehen?« Kims Hände umfassten mit einer weiten Geste die sie umgebenden Einfamilienhäuser mit Bistrogardinen, Jägerzäunen und Warnschildern vor gefährlichen Hunden und beherzten Katzen. Ihre Augen liefen über.

Ellen wollte ihre Tochter in den Arm nehmen, aber Kim trat einen Schritt zurück und verschränkte die Arme vor der Brust. »Wenn ich mit dir hier in die Einöde ziehe, dann will ich, dass du mir hilfst, zum Fernsehen zu kommen.«

Ellen war verblüfft. »Das ist nicht dein Ernst!«

»Und ob. Ich will zum Fernsehen. Ich will raus aus diesem spießigen Vorstadtleben. Ich will Geld haben! Ich will in der Karibik drehen, wie Andrea! Und wenn du sie bittest, mich in diese Serie zu bringen ...«

»Stopp!«, rief Ellen. Die Situation überforderte sie, der Drang ihrer Tochter zum Fernsehen war ihr neu. Als Kim letztens in Andreas Beisein davon gesprochen hatte, hatte Ellen das noch für eine spontane Idee gehalten. Aber jetzt klang es, als habe Kim Rosas Abneigung gegen spießiges Vorstadtleben mit der Fixierung von Jenny auf die Finanzkraft ihrer Eltern und Andreas Ruhm in einen Topf geworfen und kräftig umgerührt. Und herausgekommen war ausgerechnet eine Karriere als Senkrechtstarterin beim Fernsehen. Ellen seufzte. Dann bemühte sie sich um einen sachlichen Ton und fragte: »Bist du dir sicher, dass Andrea dich in diese Serie bringen kann?«

»Sie ist doch der Star dort«, erwiderte Kim. »Und sie hat bestimmt Einfluss. Aber sie muss wissen, dass meine Mutter auch dafür ist, dass du mich unterstützt.«

Ellen wusste, dass ihre Tochter recht hatte. Andrea würde Kim nicht hinter Ellens Rücken zum Fernsehen bringen.

»Aber das Fernsehen ist auch nicht in Düsseldorf, sondern in Köln«, sagte Ellen lahm.

Kim sah sie nur genervt an.

»Komm, lass uns die Wohnung ansehen«, sagte Ellen mit einem Blick zur Uhr. »Über den Rest reden wir nachher.«

* * *

Die Wohnung war ein Traum, erklärte Ellen. Ein Albtraum, fand Kim. Das lag vor allen Dingen an dem Gestank von den Ziegen, die die Eigentümerin in einem Gehege neben dem Haus hielt. Ziegen! Die Viecher verseuchten die Luft in einem Ausmaß, das Kim an Chemiewaffen denken ließ.

»Aber das ist doch ein ganz natürlicher Duft, nicht wie diese schrecklichen Abgase in der Stadt«, sagte die Hauseigentümerin in geblümter Kittelschürze. Kim kam sich vor wie im Bauerntheater. Gegeben wurde ein derber Schwank, die Lacher gingen auf ihre Kosten. In diesem Stück würde es kein Happy End geben, das war klar.

»Ich will nicht in der Ziegenscheiße wohnen«, maulte Kim.

Ihre Mutter warf ihr einen Blick zu, der Kim zusammenzucken ließ. Die Kittelschürze lächelte nachsichtig.

»Ach, die Kinder haben heute gar keinen Bezug mehr zur Natur.«

Natur stellte Kim sich anders vor. Palmen am Strand oder Giraffen in der Steppe. Wenn es nicht so weit weg sein sollte käme Vogelgezwitscher in Betracht statt Ziegengemecker. Blütenduft statt Tiergestank. Mit einem Teich inmitten einer Sommerwiese. Ohne dicke, fette, schwarze Fliegen. Und auf jeden Fall ohne Ziegen.

»Aber dein Reich ist doch wirklich schön groß und hell«, sagte Ellen mit diesem gewollt begeisterten Blick, als könne sie die Qualität des Zimmers herbeireden. »Und einen Balkon hast du auch.«

Kim schnaubte. Was sollte sie mit einem Balkon über einem Stall voll stinkender Ziegenscheiße? Außerdem ging der Blick auf eine Wiese mit einem Wäldchen am Horizont. Wie in einer postapokalyptischen, postzivilisatorischen Welt, in der die Menschen sich wieder von gesammelten Beeren und selbst angebauten Rüben ernähren mussten. Und von Ziegen.

Ihr Handy klingelte. Kim wandte sich ab, ließ ihre Mutter mit der Kittelschürze über den Übergabetermin und solchen Kram reden, und las die SMS von Jenny. WO BIST DU???
KAARST, antwortete sie.
FEINDLICHES AUSLAND, urteilte Jenny.

Ja, das trifft es wohl, dachte Kim und schwor sich, nie im Leben hierherzuziehen. Eher würde sie in Düsseldorf unter der Brücke schlafen als in diesem Raubtierstall am Arsch der Welt.

* * *

Rosa blickte sich zufrieden um. Das Zimmer, das sie sich ausgesucht hatte, sah gut aus. Die lächerlich romantische, mit hellrosa Blütenranken bedruckte Tapete war zwar verschossen und an einigen Nahtstellen lose, aber weitgehend von anhaftenden Spinnweben befreit, ebenso wie die Zimmerdecke und die Lampe. Das war nur möglich gewesen, weil Rosa im Abstellraum eine Art Deckenfeger gefunden hatte. Mit dem normalen Besen wäre sie gar nicht so hoch gekommen.

Die Bilder hatte sie abgenommen, sie waren nun wirklich nicht ihr Geschmack gewesen. Natürlich waren dunkle Schmutzränder zurückgeblieben, aber die würde Rosa einfach mit ihren eigenen Bildern überdecken. An Möbeln hatten nur eine kleine Kommode und ein Biedermeierstuhl in dem Raum gestanden, die Rosa aber nicht mochte und deshalb nach nebenan getragen hatte. Die Bodendielen hatte sie gefegt. Feucht wischen konnte sie nicht, da noch kein Wasser aus der Leitung kam. Das würde Herr Schmitt arrangieren, hatte er gesagt, wenn sie auch keine Ahnung hatte, wie. Aber als Unternehmer von Welt würde der Mann wissen, welche Strippen er ziehen musste, um solche Dinge zu regeln. Es sei denn, er kam wirklich geradewegs aus der Klapse.

Den zusammengefegten Dreck hatte Rosa einfach ins Nebenzimmer geschoben. Darum könnte man sich später kümmern. Wie war das damals in den Siebzigern bei der Hausbesetzung eigentlich alles gegangen? Ohne Wasser, ohne Müllabfuhr? Sie konnte sich nicht erinnern. Vermutlich hatten sich andere Mitbesetzer um diese praktischen Dinge gekümmert. Praktische Dinge waren nicht so sehr Rosas Sache. Sie streckte ihren lahmen Rücken, drehte sich um und erstarrte.

In der Tür stand ein Mann.

Er sah nicht aus wie ein Penner, sondern trug saubere, ordentliche Kleidung. Hose mit Bügelfalten in Dunkelblau, blauer Blouson. Ordnungsamt? Aber dann hätte er doch schon längst etwas gesagt.

»Was tun Sie hier?«, fragte Rosa scharf.

Der Mann reagierte nicht. Er blickte sie mit ausdruckslosen Augen und einer leicht hochgezogenen Augenbraue reglos an.

Rosas Nackenhaare stellten sich auf. »Sie haben hier nichts zu suchen!«

Sie musste dafür sorgen, dass das Haus verschlossen wurde. Oder besser: sie würde Schmitt damit beauftragen, das als Allererstes zu erledigen.

Der Fremde mit den seltsamen Augen drehte sich wortlos um und stieg die Treppe hoch. Rosa sah ihm mit einer Mischung aus Wut und Unruhe hinterher. Dies war ihr Haus, sie hatte gerade erst eine Menge Arbeit hineingesteckt und sich den Besitz damit praktisch noch mehr verdient, und sie würde sich nicht von einem dahergelaufenen Psycho vertreiben lassen.

»He, Sie!«, rief sie ihm hinterher. »Kommen Sie sofort herunter und verlassen Sie das Haus!«

Der Mann tat, als hätte er nichts gehört. Rosa hörte, wie er im ersten Stock herumwanderte und dann weiter unter das Dach stieg. Dort oben verloren sich seine Schritte. Rosa überlegte, ihm nachzugehen, aber dann lächelte sie grimmig. Das war nicht notwendig, sie würde ihn abfangen, wenn er wieder herunterkam.

Sie ging wieder in ihr Zimmer und plante die Einrichtung. Das Bett dort an die Wand, die Kommode und die Kleiderstange gegenüber, daneben der Sekretär, den sie vor etlichen Jahren vom Sperrmüll gerettet hatte. Den gemütlichen Sessel mit dem kleinen Bistrotisch würde sie auch noch unterbringen, aber mehr passte nicht in den Raum. Zufrieden mit ihrer Planung drehte sie sich um und erschrak erneut.

Der Mann stand einen Meter hinter ihr. Wie hatte er es geschafft, die Treppen ohne einen einzigen Laut herunterzukommen, während bei ihr die Stufen unter jedem Schritt knarrten?

»Rosa Liedke«, stellte der Mann fest. Seine Stimme war leise und trocken wie Löschpapier.

Rosas Herz blieb stehen. War das der Mörder, von dem Leo gesprochen hatte? Hatte er sie schon gefunden?

Stopp!, dachte Rosa, mach dich nicht verrückt. Die schlimmsten Katastrophen sind die eingebildeten. Sie reckte das Kinn nach vorn, atmete aus und ließ die Schultern fallen. Das Chi, die Lebensenergie, die ihr vor Schreck in den Kehlkopf gestiegen war, sank langsam wieder in ihre Mitte und kam zur Ruhe. Noch einen Atemzug, um die Verbindung der Fußsohlen zum Boden wiederherzustellen, und schon fühlte Rosa ihre Kraft und Sicherheit zurückkehren.

Mach dich nicht selbst zum Opfer, hatte Robert immer gesagt. Und das hieß: Keine Angst zeigen. »Was wollen Sie von mir?«

»Nichts«, erklärte die leise Stimme. Der Mann bewegte die Lippen nur minimal. »Wie ich sehe, sind Sie dabei, sich einzurichten.«

Gib niemals freiwillig Informationen preis, lautete eine weitere Regel. Sie hielt sich daran und schwieg.

»Mein Beileid.«

Das wiederum entsprach keinem Muster, von dem Robert jemals gesprochen hätte. Wie reagierte man auf die Kondolenzbezeugung eines Mörders? Rosa wurde unsicher.

»Ich gehöre zu den betrogenen Investoren und werde in diesem Haus Quartier beziehen, um damit meinen Anspruch geltend zu machen. Ich nehme das Zimmer nebenan. Lassen Sie sich nicht stören.«

»Moment mal«, warf Rosa ein, als der Mann sich umdrehte. »Sie können hier nicht einfach so ankommen und ...«

»Ach.«

Diese eine hingehauchte Silbe enthielt so viel kalte Gleichgültigkeit, so viel Desinteresse an ihr und ihrer Person, dass sie Rosa auf die Palme brachte. Gut so! Mit Wut im Bauch fühlte sie sich dem Kerl längst nicht mehr so unterlegen.

»Ich war als Erste hier und habe das Haus beschlagnahmt. Wenn Sie ...«

»Deshalb lasse ich Ihnen das Zimmer, das Sie sich ausgesucht haben und verlange auch nicht, dass Sie den Müll, den Sie gerade nach nebenan gebracht haben, entsorgen«, unterbrach er sie. »Damit sind Ihre Vorrechte ausgeschöpft.«

Rosa starrte ihn mit offenem Mund an. So unverschämt war sie schon lange nicht mehr abserviert worden.

Der Mann drehte sich um und ging zur gegenüberliegenden Zimmertür.

Rosa spürte, wie ihre Starre nachließ und die Wut wiederkehrte. »Hey, vielleicht verraten Sie mir wenigstens Ihren Namen?«, rief sie.

»Seefeld«, erwiderte er, ohne sich umzudrehen. »Hans Seefeld.«

* * *

»Und was haben Sie nun genau gesehen?«, fragte Leo die Frau, die auf Rosas Anrufbeantworter behauptet hatte, ein Foto von Achim Weiterscheid vor Roberts Haus gemacht zu haben.

»Ich habe den Mann gesehen, also den, den Sie suchen. Ich sage ja immer, dass die Kriminalität selbst vor unserer Straße nicht Halt macht. Es ist ja auch in den letzten Jahren immer wieder eingebrochen worden ...«

Eleonore Guber, »Oder kurz: Leo«, wie sie sich mit einem koketten Lächeln bei Leo angebiedert hatte, schaute ihren Namensvetter erwartungsvoll an. Ihre Augen strahlten hinter den blau getönten Brillengläsern, die spätestens seit Mitte der Neunziger unmodern waren. Rosa schätzte sie auf Ende fünzig. Sie war übergewichtig und mit Stretchhosen, hellrosa Pullover und beigen Hausschuhen bequem gekleidet. Den Lippenstift allerdings hatte sie ganz bestimmt für Leo aufgelegt. Es war offensichtlich, dass er seit längerer Zeit der erste Mann war, der sich in diesem Haus aufhielt, und genau so benahm sich Frau Guber auch.

Leo nickte. »Kommen wir doch zurück zu dem Mann, den Sie gesehen haben. Sie sagten, dass Sie ein Foto von ihm haben?«

»Ach, das ist mir ziemlich peinlich, aber das habe ich ungewollt gelöscht. Ich hatte es ja auch ungewollt gemacht, wissen Sie, mein Sohn hat mir dieses moderne Telefon geschenkt, damit ich nicht so schutzlos bin, aber ich komme einfach nicht damit zurecht. Eigentlich hatte ich nämlich meinen Sohn anrufen wollen, weil ich den Schlüssel nicht fand. Dann hörte ich, dass bei Herrn Tetz jemand war, und weil er doch bei der Polizei war, dachte ich, dass er mir vielleicht helfen könnte. Also bin ich schnell rübergegangen. Das war eine Enttäuschung, sage ich Ihnen, weil es ja nicht der Herr Tetz ...«

»Wann genau war das?«

Frau Guber schaute von Leo zu Rosa und wieder zurück. »Tja, da muss ich mal nachdenken. Vielleicht so vor etwa einer ...«, sie machte eine Pause, »nein, eher vor zwei Wochen.«

Leo notierte sich etwas, und Frau Guber schaute triumphierend zu Rosa.

Die Einrichtung der Nachbarin, die acht Häuser neben Rosa wohnte, entsprach dem Äußeren der Frau. Bieder, langweilig, fantasielos. Auf dem Sideboard standen Fotos von ihren Kindern und ein Foto von der ganzen Familie, aber kein einzelnes Foto des Ehemanns und auch kein Hochzeitsfoto der beiden. Der Gatte war also nicht geliebt verschieden, sondern abgehauen, folgerte Rosa. Nun lebte die Verlassene allein in einem Museum glücklicherer Zeiten.

»Wo genau haben Sie ihn gesehen?«, fragte Leo.

»Na, bei dem Haus von dem Herrn Tetz, Gott hab ihn selig.«

Frau Guber schlug das Kreuzzeichen und blickte Rosa mit schwimmenden Augen an. »Es ist ja so schrecklich, wenn man im Alter noch mal jemanden findet und dann ...« Sie zog ein benutztes Papiertaschentuch aus der Hosentasche und schnäuzte geräuschvoll hinein. Dann hielt sie das zerknüllte Tuch in der Hand, während sie Rosas Arm tätschelte. Rosa wich zurück.

»Stand er davor? Ist er hineingegangen oder kam er heraus?«, fragte Leo.

»Ich weiß es nicht so genau ...«

Frau Gubers Blick huschte wieder zwischen Leo und Rosa hin und her. »Er kam die Treppe herunter. Aber ob er aus dem Haus kam oder unverrichteter Dinge geklingelt hat, kann ich nicht sagen.«

Sie beobachtete mit Genugtuung, dass Leo fleißig mitschrieb.

Rosa stand auf und ging zur Tür. »Danke, Frau Guber, das war sehr freundlich von Ihnen.«

Als sie sich umschaute, um zu sehen, ob Leo ihr folgte, begegnete sie seinem fassungslosen Blick. Sie zuckte die Schultern und ging allein nach Hause.

»Das war extrem unhöflich«, sagte Leo wenig später, als er in Rosas Küche den Kaffee aufsetzte. Sein Kaffee wurde meist zu dünn, aber Rosa beschwerte sich nicht. Ihr war es lieber, dünnen Kaffee zu trinken, als für Leo das Hausmütterchen zu spielen. Das könnte ihn bloß auf falsche Ideen bringen.

»Das war nicht unhöflich, sondern schwachsinnig«, entgegnete Rosa, während sie sich einen Joint wünschte. Das Glas Wein nach ihrer Rückkehr hatte ausgereicht, um den Ärger über die Nachbarin zu ertränken, aber um Leos Ermittlergerede und seine wohlmeinende Sorge zu ertragen, war schon etwas mehr nötig.

»Gut, dass du es einsiehst«, sagte Leo zufrieden.

»Ich meinte nicht mein Benehmen, sondern ihr Märchen.«

»Hat sie dich mit ihrer Beileidsbekundung so aus der Bahn geworfen?« Leos Stimme war leise und mitleidig.

»Du hast mich immer noch nicht verstanden«, sagte Rosa in

schnippischem Tonfall. »Das Gespräch war unsinnig, ihr Mitleid galt ihr selbst und deshalb hatte ich keine Lust, weitere Zeit meines Lebens in diesem Horrorkabinett enttäuschter Spießbürgerlichkeit zu verbringen.«

»Wie meinst du das?« Er schaltete die Kaffeemaschine ein und setzte sich Rosa gegenüber. Seine Tränensäcke waren dicker und die Falten tiefer geworden in den letzten Wochen. Auch er hatte einen Freund verloren, dachte Rosa. Nur wollte Leo, dass sie sich gegenseitig trösteten, während Rosa bei dieser Vorstellung das blanke Entsetzen befiel. Sie seufzte.

»Die Frau könnte Karriere als Wahrsagerin auf dem Jahrmarkt machen«, entgegnete sie müde. »Sie hat mit ihren vagen Antworten im Nebel herumgestochert und in dem Moment, wo deine Reaktion ihr zeigte, was du hören wolltest, hat sie dir genau das gegeben.«

Leo runzelte die Stirn. »Aber warum sollte sie ...«

»Was glaubst du, wann dieser Frau das letzte Mal jemand interessiert zugehört hat?«

Leo schwieg wie ein ertappter Schuljunge. Mein Gott, dachte Rosa, wie hatte dieser Mann als Kommissar arbeiten können? Oder hatte er den Scharfblick erst im Alter verloren?

»Du hast recht«, sagte Leo. »Ich wollte so sehr, dass sie uns einen Hinweis gibt, der uns weiterhilft, dass ich nicht kritisch genug war.«

Rosa gähnte herzhaft. »Die andere wird auch nicht besser sein«, nuschelte sie.

»Was ist los mit dir?«, fragte Leo und tätschelte ihre Hand.

»Ich bin völlig fertig. Habe mich total verausgabt beim ...« Rosa brach ab. Sie hatte Leo bisher nichts von ihrer Hausbesetzung erzählt und wollte das Thema heute Abend auch nicht mehr anschneiden, denn er wäre mit jedem Molekül seiner rechtschaffenen Existenz dagegen und würde versuchen, sie zur Vernunft zu bringen. Dabei war Vernunft das Einzige, was ihr definitiv nicht fehlte. Was ihr hingegen fehlte, war die Kraft, diese Diskussion jetzt zu bestreiten.

»Lass uns ein bisschen fernsehen«, schlug Leo vor, während die Kaffeemaschine mit lautem Blubbern anzeigte, dass der Kaffee fertig war.

Das Fernsehprogramm war das Letzte, was Rosa interessierte, aber sie nahm den Vorschlag dankbar an. Wenn Leo einen dieser unsäglichen Tatort-Krimis schauen konnte, würde er sie wenigstens nicht weiter mit Fragen nach dem Grund für ihre Erschöpfung quälen.

8

Das Sonntagsfrühstück nahm Ellen allein um acht Uhr in der Küche ein. Am Vortag hatte sie Kim noch von einem Leben auf dem Land zu überzeugen versucht, aber angesichts eines pubertären Tobsuchtsanfalls, in dessen Verlauf auch Ellen die Beherrschung verloren hatte, hatte sie das Thema später fallen gelassen. Kim war mit einer großen Tasche über der Schulter verschwunden und hatte ihre Mutter informiert, dass sie das restliche Wochenende bei Jenny verbringen würde. Vielleicht musste Kim eine Nacht darüber schlafen, um einzusehen, dass es in Düsseldorf keine bezahlbare Wohnung für sie gab.

Früher wurde ich gefragt, ob meine Tochter auswärts nächtigen dürfe, heute werde ich immerhin noch informiert, dachte Ellen bei der zweiten Tasse Tee. Irgendwann wird auch das aufhören.

Nach dem Frühstück setzte Ellen sich wieder an den Schreibtisch. Sie war inzwischen beim ersten großen Wendepunkt des Romans angekommen und verzog zynisch grinsend das Gesicht. Wie im echten Leben, dachte sie. Konflikte, wohin man schaut. Dann versank sie vollständig in ihrer Geschichte.

Hatte Sandra ihn hintergangen? Alle Anzeichen sprachen dafür. Thomas zu Gerlingstein war außer sich vor Wut. Sandra hatte sich den Auftrag für die Neugestaltung des Parks erschlichen! Sie war nicht die, für die sie sich ausgab, hatte erst seinen Vater um den Finger gewickelt, um den Auftrag zu erhalten und dann ihn mit kalter Berechnung verführt. Aber wozu? Damit er sie unter seinesgleichen weiterempfahl? War das ihre Masche? Sich als Diplom-Landschaftsarchitektin auszugeben, bis sie einen reichen Junggesellen gefunden hatte, der sie heiratete?

»Thomas, mein Junge!« Die Baronin trat hinter ihren Sohn und legte ihm eine Hand auf die Schulter. »Es tut mir so leid. Wir alle hatten uns deinen Urlaub hier wohl anders vorgestellt.«

Thomas erhob sich von der steinernen Bank und ließ einen letzten Blick über die neu gestaltete Parkfläche schweifen. Das Ergebnis war von so überwältigender Schönheit, dass es ihm schier das Herz zerriss. Aus dem strengen, dunklen Grün der Formsträucher war ein buntes Paradies geworden. Die Obstbäume blühten in voller Pracht und überall summten Bienen. Veilchen, Vergissmeinnicht und Narzissen buhlten um die Aufmerksamkeit des Betrachters und erst auf den zweiten Blick fiel auf, dass der dunkelblau schimmernde Gartenteich kein Teich war, sondern ein Rondell von Traubenhyazinthen. Die darin ›schwimmende‹ Holzente war ein augenzwinkernder Beweis für Sandras Humor. Gequält wandte Thomas den Blick ab.

Vier Stunden später hatte Ellen Hunger. Kurz überfiel sie der Ärger über ihre Tochter, die nicht einmal geruht, ihr zu sagen, wann sie nach Hause käme und ob sie dann mit ihrer Mutter gemeinsam essen wollte, aber dann zwang sie sich, die ungewohnte Freiheit zu genießen. War doch auch mal schön, dass sie sich nicht nach Kim richten musste.

Sie kochte Nudeln mit Bärlauchpesto und gerösteten Erdnüssen, eins der wenigen Gerichte, die Kim nicht mochte. Vielleicht sollte ich mir dazu ein Glas Weißwein gönnen, dachte Ellen in dem Moment, in dem das Telefon klingelte. Sie hätte das Klingeln gern ignoriert, aber vielleicht war es ja wichtig.

»Ich brauche deine Hilfe«, erklärte Rosa ohne Einleitung.

Ellen erwog kurz, den Hörer einfach wieder aufzulegen, aber dann besann sie sich darauf, dass sie in dieser Familie die Vernünftige war. Ruhig sagte sie: »Mutter, es tut mir leid, ich habe keine Zeit.«

»Ich kann mein Bett schlecht allein in den Wagen packen.«

Ellen schwieg entsetzt.

»Robert kann mir ja nicht mehr helfen.«

Ellen wusste, dass Rosa den Hinweis auf Robert absichtlich einsetzte, um an ihr Mitleid zu appellieren. Nicht mit mir, dachte sie. »Hast du es denn schon versucht? Manche Geister können ja Stühle rücken, warum also nicht auch Betten?«

»Wenn deine Leserinnen doch nur wüssten, dass die Autorin ihrer süßlichen Kitschromane ein zynisches, zänkisches, verbittertes Weib ist.«

»Wenn meine Leserinnen wüssten, dass meine eigene Mutter schlimmer ist als die grässlichste je von mir erfundene Intrigantin, würden sie mir jede Woche den Kaufpreis des Heftchens direkt überweisen, damit ich fortan sorglos auf einer Insel unter Palmen leben könnte.«

»Die Insulaner würden einen Kontrollfreak wie dich nach einer Woche ertränken.«

Ellen legte auf.

Das Telefon klingelte erneut. Zwei oder drei Minuten schaffte Ellen es, das Geräusch zu ignorieren, aber dann beugte sie sich der Erkenntnis, dass bei einem Dickkopf-Wettbewerb auf jeden Fall Rosa gewinnen würde.

»Ich stehe dir nicht auf Abruf zur Verfügung.«

»Hätte ich mich anmelden müssen? Im Sekretariat? Um dann zu erfahren, dass die künftige Literaturnobelpreisträgerin leider Wichtigeres zu tun hat, als ihrer Mutter beim Umzug zu helfen?«

Ellen beschloss, ihrer Mutter dieses eine letzte Mal zu helfen und sich danach von ihr loszusagen. Endgültig. Sie spürte ein Gefühl der Befreiung bei diesem Gedanken, auch wenn im Hinterkopf bereits eine lästige Stimme darauf hinwies, dass sie das schon mindestens zehnmal geplant, aber nie in die Tat umgesetzt hatte. Aber dieses Mal, dachte sie. Dies ist definitiv der letzte Ge-

fallen, den ich meiner Mutter tue, danach rede ich nie wieder ein Wort mit ihr.«
»Und wohin geht der Umzug?«
»Das siehst du ja dann.«

Der gemietete Kastenwagen stand rückwärts in Rosas Einfahrt. Ellen zwängte sich daran vorbei und betrat das Haus durch die offene Eingangstür.
»Mutter?«
Lautes Hämmern drang aus Rosas Schlafzimmer.
Ellen fand ihre Mutter inmitten der mehr oder weniger zerlegten Einrichtung. Das Bett war auseinandergenommen und lehnte in vier Teilen an der Wand, die Kommode sah ohne ihre Schubladen wie ein skelettierter Schädel aus, und die Kleiderstange stand leer in einem Berg aus Müllsäcken, aus denen Zipfel von Textilien hingen.
»Na endlich«, sagte Rosa, bevor Ellen ein Wort über das Bild verlieren konnte, das sich ihr bot. »Ich habe schon gedacht, du kommst gar nicht mehr.«

Zwei Stunden später bog Ellen mit dem voll beladenen Wagen in die Straße, die parallel zum Rheindeich in Kaiserswerth verlief. Von dieser Straße gingen die Zufahrten zum Deich ab, an der nördlichsten Zufahrt lagen die zwei neuen Gebäude des Kaisersterns.
»Was wollen wir denn schon wieder hier?«, fragte Ellen verwirrt. »Du wolltest mir doch deine neue Wohnung zeigen.«
»Genau. Fahr weiter, wir nehmen den nächsten Weg zum Rhein.«
»Aber da ist nichts«, sagte Ellen. »Außer dieser Ruine.«
»Bieg hier ab.«
Ellen setzte den Blinker und kurbelte mit schmerzenden Armen am schwergängigen Lenkrad. Vorsichtig bog sie in die schmale Straße mit den ausgebrochenen Asphalträndern, an deren Ende rot-weiße Pfosten die Durchfahrt zum Deich verwehrten. Eine

etwa zwei Meter hohe Mauer zur Rechten wurde nach einigen Metern von einem noch höheren schmiedeeisernen Tor durchbrochen.

»Hier kannst du parken«, wies Rosa Ellen an.

Langsam wurde Ellen sauer. »Du hast mich zum Umzug bestellt, nicht zum Spazierengehen. Ich habe wirklich keine Zeit ...«

»Reg dich ab und steig aus. Der Weg bis zum Haus ist ziemlich lang, aber immerhin gibt es eine Schubkarre.«

Ellen parkte den Wagen dicht neben der Mauer und stieg stöhnend aus. Ihr Rücken war jetzt schon lahm und über ihre Arme und Schultern wollte sie gar nicht erst nachdenken. Sie würde vor lauter Muskelkater in den nächsten Tagen kaum schreiben können.

»Mutter, was willst du hier?«, fragte Ellen verwundert und schaute auf das halb offen stehende Gartentor, hinter dem sich ein fast zugewucherter Weg durch einen verwilderten, parkähnlichen Garten auf eine alte Villa zuschlängelte.

»Wohnen«, sagte Rosa lapidar, während sie sich ebenso streckte wie Ellen. Nein, dachte Ellen, nicht ebenso. Ihre einundsiebzigjährige Mutter Rosa praktizierte seit vierzig Jahren Yoga und das merkte man. Ihre Bewegungen waren fließend und wirkten, als wisse sie genau, in welche Richtung sie Arme und Schultern dehnen musste, um das optimale Resultat zu erzielen. Ellen war fünfundzwanzig Jahre jünger als ihre Mutter und kam sich trotzdem alt und steif neben ihr vor.

»Mutter, dieses Haus ist eine ...«

»Bevor du das Wort Ruine wieder in den Mund nimmst, sieh es dir erst mal an. Oder warst du bereits drin?«

»Natürlich nicht«, eiferte sich Ellen. »Ich betrete keine fremden ...«

»Es ist nicht fremd, es gehört mir.«

Abermals hörte Ellen das Blut in ihren Ohren rauschen. Dieser Tag war zu viel. Die ganze Woche war grässlich gewesen. Sie hatte schlecht geschlafen, war immer früh aufgestanden, hatte ihr Arbeitspensum nicht geschafft, dann heute der Anruf ihrer Mutter, über den sie sich erst fürchterlich geärgert hatte, um dann trotzdem zwei Stunden lang unter Rosas chaotischer Anleitung Möbelstücke, Kleidung und Kartons in ein mehr als schrottreifes Auto zu packen.

»Was hast du geraucht?«, fragte Ellen.

»Leo hat bestätigt, dass der Notarvertrag rechtmäßig sei. Das heißt, dass ich einen Eigentumsanteil an der Immobilie besitze, die auf diesem Grundstück steht. Natürlich ist im Vertrag von einer neuen Immobilie die Rede, aber solange die nicht existiert, nehme ich eben, was da ist. Und davon gehört mir ein Anteil in Höhe meiner Investition.«

Ellen starrte ihre Mutter einen Moment sprachlos an, dann ging ihr ein Licht auf. »Du sprichst von diesem ... Haus?«

»Das habe ich dir doch gerade erklärt«, sagte Rosa.

»Du willst dieses Haus besetzen?«

»Es wäre nicht das erste Mal«, sagte Rosa zufrieden.

»Mutter! Die wilden Siebziger sind vorbei.«

»Meine fangen gerade erst an.«

»Es stimmt also, was der Volksmund sagt«, murmelte Ellen fassungslos. »Je oller, je doller.«

»Was damals gut war, ist heute nicht falsch«, entgegnete Rosa.

»Gut?«, rief Ellen empört. »Das sehe ich anders.« Sie erinnerte sich nicht gern daran. Sie selbst war fünf oder sechs gewesen. Rosa hatte wegen eines Streits die WG, in der sie mit ihrer Tochter gelebt hatte, bei Nacht und Nebel verlassen und sich einer Hausbesetzergruppe angeschlossen. Rosa hatte versucht, Ellen diese Zeit als Abenteuerurlaub schmackhaft zu machen, aber tatsächlich war dieser Winter damals in einem Haus ohne Toiletten, warmes Wasser und Heizung eine einzige Zumutung gewesen.

»Mutter, du hast hier keinen Strom, kein Telefon ...«

»Für ein Handy braucht man keinen Anschluss.«

»Du hast kein Handy, Mutter. Und selbst wenn – du bräuchtest eine Steckdose, um den Akku aufzuladen.«

Rosa stutzte. Ellen meinte bereits, einen Punkt für sich verbucht zu haben, als Rosa abwinkte. »Nun, das wird sich regeln lassen.«

Ellen wusste nicht, ob sie lachen oder weinen sollte. Sie hob abwehrend die Hände und wandte sich zum Wagen, noch unsicher, ob sie abladen oder einfach wieder fahren sollte.

»Jetzt führ dich nicht so auf«, herrschte Rosa sie plötzlich an. Der Stimmungsumschwung kam überraschend. So wütend hatte Ellen ihre Mutter schon lange nicht mehr erlebt. »Du wolltest mich auch nicht aufnehmen. Und ich bin leider gerade nicht in der Lage, mir ein Hotelzimmer zu leisten. Also, wenn du einen besseren Vorschlag hast, darfst du ihn mir jetzt verraten.«

Ellen starrte Rosa wortlos an und kämpfte das aufkeimende Schuldgefühl nieder. Rosa war sehr gut in der Lage, für sich selbst zu sorgen, sie musste sich also nicht vorwerfen, ihre Mutter nicht bei sich aufgenommen zu haben. Zumal sie selbst zu viel verloren hätte, wenn sie nicht auf Jens' Vorschlag eingegangen wäre.

»Wie würde wohl eine Mietwohnung aussehen, die ich mir von meiner Rente leisten kann?«, fragte Rosa plötzlich mit müder Stimme.

Ellen brauchte nicht lang zu überlegen. Rosa hatte zwar immer gearbeitet, aber meist als Schauspielerin, die von einem Stück zum nächsten engagiert wurde und ihre mageren Gagen mit Aushilfsjobs in Buchhandlungen oder Esoterikshops aufbesserte.

»Mein Geld liegt hier«, sagte Rosa, wies auf die Villa und straffte die Schultern. »Und ich habe nicht vor, es jemand anderem zu überlassen.«

»Du hast noch nicht einmal feucht gewischt?«, fragte Ellen nach einem ersten Rundgang durch das Haus. Sie war hin und her gerissen zwischen Begeisterung und Entsetzen. Die doppelflügeligen Türen mit Einsätzen aus geschliffenem Glas, die Holztreppe mit einem Geländer aus Schmiedeeisen und einem Handlauf aus Walnussholz, die Kronleuchter und die mosaikartig verlegten Steinfliesen im Eingang machten Ellen sprachlos vor Bewunderung. Das hatte Stil, musste sie anerkennen, hier war noch individuell und für die Ewigkeit gebaut worden. Funktionalität und

Schönheit hatten Seite an Seite Pate gestanden bei Planung und Bau dieses herrschaftlichen Anwesens. Zum ersten Mal seit Ellen Kitschromane schrieb, kam sie sich vor, als sei sie selbst in einem gelandet. Natürlich war dies nicht mit einem der Adelssitze ihrer Hauptfiguren zu vergleichen, aber oft genug hatte sie Nebenfiguren ein solches Haus angedichtet. Die Hölzer von jahrzehntelanger Benutzung so blank poliert, wie es eine Maschine niemals herstellen könnte. Patina an Messingbeschlägen, Stuckverzierungen an den Decken, die tatsächlich noch aus Stuck bestanden und nicht aus Styropor, wie man es heute in Blatt- oder Rosettenform im Baumarkt kaufen konnte.

Auf der anderen Seite war der Verfall überall zu erkennen. Die Türklinken waren lose, in den Kronleuchtern fehlten nicht nur Glühbirnen, sondern etliche Glasscheiben und Prismen, die Fenster schlossen nicht dicht und die Teppiche und Sisalbrücken waren abgewetzt und löchrig. Von der kaputten Glasscheibe des Wintergartens und der Tatsache, dass das Haus noch nicht einmal abschließbar war, ganz zu schweigen.

»Wasser gibt es erst am Dienstag«, erwiderte Rosa. »Aber den Sondertarif für das Mietauto habe ich nur für heute bekommen.«

Ellen wunderte sich über gar nichts mehr. »Und jetzt sollen wir hier vor den Augen der Spaziergänger auf dem Rheindeich dieses Haus widerrechtlich besetzen? Geht es nicht noch ein bisschen auffälliger?«, fragte sie.

»Warum sollte ich mich verstecken? Das Haus gehört mir. Und wenn Herr Weiterscheid etwas dagegen hat, darf er sich gern bei mir melden.«

Ellen wusste, wann eine Diskussion mit ihrer Mutter keinen Sinn hatte – nämlich eigentlich nie – , daher seufzte sie nur und gab sich geschlagen. Sollte jemand kommen und Ärger machen, würde sie alle Schuld von sich weisen und einen anklagenden Finger auf Rosa richten.

* * *

Die Staatsmacht ließ sich tatsächlich blicken, wenn auch anders als erwartet. Als Rosa und Ellen den Mietwagen wieder in Rosas Einfahrt fuhren, saß Kommissar Mittmann auf den Stufen zu Rosas Haus. Er sah noch ein bisschen lässiger aus als normal, aber schließlich war Sonntag, wie Ellen plötzlich klar wurde. Wenn der Kommissar sonntags erschien, musste es einen triftigen Grund dafür geben – der vermutlich nicht positiv war. Sie würgte den Motor ab und sprang aus dem Wagen.

»Was ist passiert?«, rief sie ihm entgegen, bevor er sich von der Stufe erhoben und den Hosenboden abgeklopft hatte.

»Guten Tag, Frau Feldmann. Frau Liedke.«

»Nun sagen Sie schon!«, drängte Ellen.

»Es gibt eigentlich nicht viel Neues, außer einer Anzeige gegen Ihre Mutter wegen Betrugs, Hausfriedensbruchs und diverser weiterer Kleinigkeiten, die ab Montag offiziell zu Ärger führen werden.«

Rosa war ebenfalls aus dem Wagen gestiegen, nickte Mittmann kurz zu und ging an ihm vorbei ins Haus. Er schaute ihr irritiert hinterher.

»Mutter!«, rief Ellen. Es war ihr peinlich, dass Rosa Mittmann so unfreundlich abservierte, obwohl sie wusste, dass es nicht ihre Schuld war. Wie sie es hasste, dass Rosa sie immer wieder in Verlegenheit brachte!

»Ich habe es gehört, aber es interessiert mich nicht«, rief Rosa aus dem dunklen Flur. »Wenn es etwas Wichtiges gibt, wird mir das sicher schriftlich zugestellt.«

Mittmann sah Ellen kopfschüttelnd an. »War Ihre Mutter schon immer so?«

Ellen seufzte. »Die letzten sechsundvierzig Jahre auf jeden Fall. Davor kannte ich sie noch nicht.«

»Sie scheinen nicht sehr nach ihr zu kommen.«

»Das ist das schönste Kompliment, das ich seit Langem bekommen habe.«

Mittmann lächelte, was sein jungenhaftes Aussehen noch mehr zur Geltung brachte. Ellen wurde es auf einmal ganz warm ums Herz und sie verspürte den unbändigen Wunsch, den Rest des Tages mit diesem Mann zu verbringen. Sie könnten Eis essen, am Rheinufer sitzen oder spazieren gehen ... Mein Gott, was bilde ich mir eigentlich ein?, ermahnte sie sich. Der Mann war bestimmt zehn Jahre jünger als sie, außerdem sah sie gerade ganz besonders entsetzlich aus, in ihren ausgeleierten Klamotten, verschwitzt, ungeschminkt. Sie räusperte sich verlegen.

»Und Sie sind sonntags hier vorbeigekommen, um ...?«

Mittmann blickte auf seine Schuhe. »Ich wollte Ihrer Mutter ins Gewissen reden. Sie behindert unsere Ermittlungen, wenn sie sich in das Büro der MultiLiving GmbH einschleicht und so tut, als wäre sie die leitende Staatsanwältin.«

Ellen glaubte, sich verhört zu haben.

»Sie ist mit einem offenbar lächerlich schlecht gefälschten Polizeiausweis, dessen Vorlage vermutlich von Leo Dietjes stammt, in Weiterscheids Büro eingedrungen und hat sich dort eine halbe Stunde aufgehalten. Das allein ist schon ärgerlich genug, aber nun fragen sich die Kollegen vom Betrugsdezernat natürlich, ob Ihre Mutter dort unter Umständen auch Unterlagen manipuliert hat.«

»Ich begreife das alles nicht«, murmelte Ellen, der es angesichts dieser Vorwürfe die Sprache verschlagen hatte. Wie konnte Leo sie darin nur unterstützen? Aber sie kannte die Antwort. Leo machte Männchen, sobald Rosa pfiff. »Ich weiß nicht, was ich dazu sagen soll ... Sind Sie denn in Roberts Mordfall schon weitergekommen?«, fragte sie schnell, um das Thema zu wechseln.

»Wir arbeiten jetzt eng mit den Kollegen vom Betrug zusammen, da inzwischen so gut wie sicher ist, dass Robert Tetz schon in der Woche vor seinem Tod von den Unstimmigkeiten beim Bau des Kaisersterns erfahren hat. Oder zumindest etwas ahnte. Er hat Kontakt zu Weiterscheid aufgenommen.«

»Das heißt, dass Sie Weiterscheid für einen Verdächtigen halten?«

»Wir würden zumindest gern mit ihm reden.«

»Aber was hätte es Weiterscheid genutzt, Robert umzubringen, wo er doch Ende des Monats sowieso aufgeflogen wäre?«

Mittmann zuckte die Schultern. »Wenn Weiterscheid seine Flucht geplant hatte, durfte vorher nichts bekannt werden. Sobald er auf den Bahamas oder in Südamerika oder sonst wo in Sicherheit ist, kann ihm egal sein, was hier passiert. Insofern kann der Mord an Robert Tetz ihm einfach ein paar Tage Zeit für seinen Abgang verschafft haben.«

»Glauben Sie denn, dass er geflohen ist?«

»Wir haben eine Abfrage aller Flugdaten veranlasst, aber wenn er nicht von deutschem Boden aus gestartet ist, kann es eine ganze Weile dauern, bis wir etwas wissen.«

Rosa tauchte mit einem Karton in der Tür auf und stieß Ellen unsanft beiseite. »Wir wollen heute noch fertig werden.«

Ellen verdrehte die Augen.

»Wohin ziehen Sie denn?«, fragte Mittmann.

Rosa fuhr herum und starrte Ellen an, während sie in betont lässigem Tonfall sagte: »Ach, es ist nur eine Übergangslösung, daher kann ich leider auch nicht viel mitnehmen. Am besten erreichen Sie mich über Leo Dietjes.« Sie lächelte halb entschuldigend, halb verbindlich und stellte den Karton in den Wagen. »Können wir jetzt weitermachen?«, fragte sie und zog Ellen am Arm mit sich ins Haus.

»Danke für Ihre Mühe«, rief Ellen noch über die Schulter, während sie sich widerstandslos führen ließ. »Ich weiß das wirklich sehr zu schätzen.«

Rosa warf die Haustür ins Schloss und schaute Ellen spöttisch an. »Nanu, erst führst du dich auf wie eine verknallte Zehnjährige und jetzt konntest du gar nicht schnell genug von dem netten Kommissar wegkommen.«

Ellen funkelte ihre Mutter wütend an. »Du hast dich als Staatsanwältin ausgegeben und die Ermittlungen behindert, jetzt gehst du auch noch unter die Hausbesetzer. Und die Dumme bin wieder ich. Ich sitze zwischen allen Stühlen, will dir gegenüber loyal sein und Mittmann eigentlich nicht anlügen. Warum musst du mich immer in solche grässlichen Situationen bringen?«

»Nun nimm dich mal nicht so wichtig«, winkte Rosa ab. »Du tust ja gerade so, als trügest du die Verantwortung für die ganze Welt auf deinen Schultern.«

»Die Verantwortung für die ganze Welt würde ich locker stemmen, vielleicht sollte ich mich als nächste Generalsekretärin bei der UNO bewerben. Aber die Verantwortung für dich zu übernehmen, bringt mich an den Rand eines Nervenzusammenbruchs«, entgegnete Ellen wütend.

»Verpetz mich doch, wenn du dich dann besser fühlst«, sagte Rosa und stieg die Treppen hoch.

Ellen drehte sich um und riss die Haustür auf.

»Aber vorher fährst du mich noch mal zur Villa«, rief Rosa von oben.

»Fahr doch selbst«, brüllte Ellen. »Ich habe endgültig die Nase voll von deiner Rücksichtslosigkeit.«

Mit Tränen der Wut in den Augen stürmte Ellen die drei Stufen hinunter – und rannte ungebremst in Mittmann hinein, der dort noch immer herumstand. Beide stolperten und konnten sich nur deshalb wieder fangen, weil sie sich aneinander festhielten.

»Ist das eine Anmache oder Gewalt gegen einen Polizeibeamten?«, fragte Mittmann nach einer Schrecksekunde. Seine Arme hielten Ellen fest umschlungen, seine Augen blitzten. Ob spöttisch oder erfreut konnte Ellen nicht erkennen. Sie befreite sich hektisch aus der Umklammerung – das Wort Umarmung wollte sie lieber nicht denken – und stammelte eine Entschuldigung.

»Also, was genau wollten Sie nun petzen?«, fragte Mittmann immer noch lächelnd.

Ellen spürte, dass sie rot wurde. »Sie haben gelauscht.«

»Das war gar nicht nötig. Der Lautstärke, in der Sie mit Ihrer Mutter kommunizieren, hat die Haustür nichts entgegenzusetzen.«

Na super, dachte Ellen. Sie hasste sich selbst dafür, dass sie sich immer noch von ihrer Mutter provozieren ließ. Und vor Publikum verlor sie besonders ungern die Beherrschung.

»Also? Ein Geständnis erleichtert das Gewissen.«

Mittmann lächelte zwar immer noch, aber seine Augen blickten konzentriert.

»Zwischen Müttern und Töchtern geht es praktisch immer um Nichtigkeiten, die für Außenstehende uninteressant sind«, sagte Ellen.

Das Zucken der Augenbraue war so kurz, dass Ellen sich nicht sicher war, es tatsächlich gesehen zu haben. Aber ziemlich sicher hatte sie eine leichte Entspannung in Mittmanns Haltung festgestellt.

»Sie wissen, wie Sie mich erreichen«, sagte Mittmann, drehte sich um und schlenderte davon. »Ich bin immer für Sie da«, meinte Ellen noch zu hören, aber ganz sicher war sie nicht.

9

»Herr Alechin, kommen Sie bitte nach vorn.«
Kim verdrehte die Augen. Kein anderer Lehrer war vor den Schülern im Klassenzimmer. Kein anderer Lehrer schloss mit dem Gongschlag die Tür. Kein anderer Lehrer war so absolut abartig wie Seefeld.
Tarik blieb sitzen. Es war ein reines Wunder, dass er überhaupt schon da war. Kim hatte eben versucht, Blickkontakt zu ihm herzustellen, aber er war von seinen Freunden umringt und hatte sie nicht bemerkt. Jetzt drehte Kim sich zu ihm um und beobachtete, wie er sich nach Seefelds Aufforderung noch lässiger auf seinen Stuhl lümmelte.
»Herr Alechin, ich warte.«
»Was soll ich da?«, fragte Tarik.
»Das erkläre ich Ihnen, sobald Sie hier vorne bei mir sind.«
Tariks selbstsicheres Lächeln bröckelte leicht, aber er stand noch immer nicht auf.
»Herr Alechin, Sie sind heute zum ersten Mal wieder in der Schule, nachdem Sie wegen fahrlässiger Körperverletzung Hausverbot hatten. Wir können das Hausverbot gern wieder in Kraft setzen.«
Tarik zuckte zusammen. Jenny hatte Kim erklärt, dass das Jugendamt jetzt wöchentlich bei der Schule nachfragte, wie Tarik sich verhielt. Von den Antworten hing unter anderem ab, welche Strafe die Staatsanwaltschaft bei dem Prozess fordern würde, denn zwei Eltern hatten ihn wegen fahrlässiger Körperverletzung angezeigt. Sie wusste all diese Details von ihrem Vater, der im Elternbeirat saß. Langsam stand Tarik auf und ging nach vorn.

»Ich möchte, dass Sie Ihre Klassenkameraden um Entschuldigung bitten für die Verletzungen, die Sie ihnen zugefügt haben.«

Kim blieb die Luft weg, auch Jenny neben ihr japste leise. »Davon hat mein Dad nichts gesagt«, flüsterte Jenny.

»Das ist garantiert auf Seefelds Mist gewachsen«, murmelte Kim.

Tarik starrte Seefeld entgeistert an.

»Nun?«, hakte Seefeld nach.

»Ist doch alles easy«, brummte Ketchup, der eigentlich Kevin hieß, den Namen aber peinlich fand.

»Nein, es ist nicht easy«, sagte Sabine. »Ich finde es ziemlich daneben, dass ich keine Musik hören darf, und das hat Tarik mir eingebrockt.«

»Zicke«, murmelte Kim.

»Frau Feldmann, möchten Sie dazu etwas sagen?«, fragte Seefeld.

Jenny stieß Kim so fest in die Seite, dass Kim leise stöhnte. Dann straffte Kim die Schultern. »Ich fand die Aktion ziemlich cool.«

Tarik blickte ihr geradewegs in die Augen und zwinkerte ihr zu. Kim war froh, dass sie saß, denn ihr wurde ganz schwindelig.

»Was genau fanden Sie daran cool?«, fragte Seefeld mit unbewegter Miene nach. Er hätte auch ein Roboter sein können, der auf ein Stichwort eine programmierte Frage abschoss.

Kim wurde rot. Sie hasste es, im Mittelpunkt von Seefelds Aufmerksamkeit zu stehen. Sie hasste es, wenn sie etwas sagen sollte, aber der Hals wie zugeschnürt war. Und sie hasste sich selbst dafür, dass sie sich in diese Situation gebracht hatte. Andererseits hatte Tarik sie noch nie so aufmerksam angesehen wie jetzt, also war es die Sache wohl wert.

»Alles«, flüsterte sie mit heiserer Stimme.

Seefeld und Tarik starrten sie an, und sie wünschte sich, mit einem Fingerschnippen aus dem Klassenzimmer verschwinden zu können.

»Sie vermissen Ihre Kopfhörer nicht? Das Pfeifen im Ohr geht Ihnen nicht auf die Nerven?«, fragte Seefeld.

Kim senkte den Blick auf ihre Hände.

»Herr Alechin, ich warte auf Ihre Entschuldigung.«

Tariks Gesichtsausdruck wechselte von spöttisch zu verächtlich, und er murmelte: »Hey, Leute, sorry für die kleine Bombe.«

Niemand erwiderte etwas.

»Er kommt«, raunte Jenny.

Kim spürte, wie ihr das Herz bis zum Hals schlug. »Hierher?«, flüsterte sie.

»Direkt auf dich zu.«

Kim hatte Jenny überredet, nach der Physikstunde auf Tarik zu warten. Natürlich konnte sie ihn nicht wissen lassen, dass sie auf ihn wartete, daher stand sie mit Jenny auf dem Schulhof und tat so, als schaue sie etwas auf Jennys Handy an. Dabei wandte Kim der Schule den Rücken zu, während Jenny die Tür im Blick hatte.

»Hey, das war cool«, erklang plötzlich Tariks Stimme neben Kim.

Sie tat so, als könne sie sich nur mit Mühe von Jennys Smartphone losreißen, und wandte langsam den Kopf. »Hi, Tarik.« Oh, Mist. Nicht sehr einfallsreich.

»Bleib mir treu, kleine Gazelle.«

Er zwinkerte ihr zu und schlenderte lässig davon.

Kim ließ sich gegen Jenny sinken. »Kleine Gazelle?«

»Ist voll der Kosename bei denen«, sagte Jenny. »Glaube ich jedenfalls.«

Am Schultor drehte Tarik sich um und kam zurück. Kim hielt die Luft an.

»Hey, hast du was mit dem Typen da zu tun?«

Tarik zeigte auf einen Mann, der eine Baseballkappe trug und etwas Großes, Schwarzes unter seine Jacke steckte. Mit gesenktem Kopf ging er eilig davon.

»Nein, wieso?«

»Weil der voll die Fotos von dir gemacht hat.«

* * *

»Was heißt hier, die Wohnung ist nicht mehr zu verkaufen?«, fragte Ellen entgeistert.

»Tut mir leid, aber mein Sohn möchte sie nun doch selbst haben.« Die Stimme der geblümten Kittelschürze drang leicht schnarrend aus dem Hörer des alten Telefons, nachdem Ellen das Gerät auseinandergenommen hatte, um das Scheppern aus dem Klingelton zu entfernen. Vom Regen in die Traufe, dachte sie. Aber vollkommen nebensächlich angesichts der Nachricht aus Kaarst.

»Haben Sie nicht gesagt, dass er in Nürnberg wohnt?«

»Er vermietet sie Ihnen, wenn Sie wollen.«

Wollte sie eigentlich nicht. Allerdings hatte sie keine Alternative in der Hinterhand, und die Zeit arbeitete gegen sie. »Was soll sie kosten?«

»Achthundert plus Nebenkosten.«

Ellen zuckte zusammen. Das war mehr, als sie monatlich für die Hypothek aufbringen musste. Außerdem brachten ihr zwanzig Jahre Hypothekentilgung wenigstens einen Vermögenswert, während zwanzig Jahre Mietzahlungen kein Eigentum schufen. Das Geld war einfach weg.

»Das geht nicht«, stammelte sie. »Ich …«

»Tut mir leid, aber da kann ich Ihnen jetzt auch nicht mehr helfen.«

Ellen legte den Hörer auf und hatte das dringende Verlangen, das Telefon wieder auseinanderzunehmen. Leider fehlte ihr dafür die Zeit. Sie war nach wie vor massiv im Schreib-Rückstand, und das Projekt Wohnungssuche hatte sich gerade wieder an die Spitze ihrer To-Do-Liste gesetzt. Therapeutisches Reparieren fiel also erst mal aus.

Aber wo um alles in der Welt sollte sie noch nach einer Wohnung suchen, die innerhalb der nächsten zwölf Tage bezugsfertig wäre? Den Düsseldorfer Markt hatte sie abgegrast und nichts gefunden, was akzeptabel und bezahlbar gewesen wäre. In den Außenbezirken waren die meisten Wohnungen nur für Autofahrer interessant oder auch zu teuer. Und noch weiter weg als Kaarst ... allein der Vorschlag würde einen sofortigen Nervenzusammenbruch ihrer Tochter heraufbeschwören.

Letztlich musste sich Ellen eingestehen, dass ihr die Kraft fehlte, sich mit dem Thema jetzt weiter zu beschäftigen. Jens würde dem Interessenten absagen müssen. Dann bekäme Ellen zwar weniger Geld, aber vielleicht hätte sie in den nächsten Monaten die Möglichkeit, eine vernünftige Wohnung zu einem bezahlbaren Preis zu finden. Sie brauchte einfach etwas mehr Zeit. Entschlossen griff Ellen wieder zum Telefon und wählte Jens' Nummer. Sie erreichte nur seine Mailbox, hinterließ ihre Nachricht auf Band und verschränkte dann die Arme auf der Tischplatte. Ihr Kopf sank von ganz allein darauf.

»Ellen? Ma? Was ist los?«

Ellen kam langsam zu sich und wollte den Kopf heben, aber ein heftiger Schmerz durchzuckte ihren Nacken.

»Was ist mit dir? Bist du krank?«

Kims Stimme klang panisch, daher zwang Ellen ein Lächeln auf ihre Lippen und richtete sich sehr, sehr vorsichtig auf. »Alles prima, Kleines, ich bin wohl kurz eingenickt.«

»Ma, da war ein Spanner, der Fotos von mir gemacht hat!«

Mit einem Schlag war Ellen wach. »Wer? Wo?«

»Vor der Schule. Ich habe ihn selbst nicht gesehen, aber Tarik ...«

»Wer ist denn Tarik?«

Kim wurde rot.

Auch das noch, dachte Ellen. Kim war sowieso ein hormonverseuchtes Nervenbündel. Das würde sicher nicht besser, wenn sie sich jetzt auch noch verliebte.

»Jetzt mal ganz ruhig und von vorn.«

Kim erzählte die ganze Geschichte von Anfang an, aber Ellen war danach auch nicht viel schlauer als vorher.

»Ist der Mann dir gefolgt?«

»Nein.«
»Sicher?«
»Ja.«
»Er weiß also nicht, wo du wohnst?«
Kim verdrehte die Augen.
»Und er hat nicht vielleicht Jenny fotografiert?«
Kim zuckte die Schultern.
Ellen massierte sich die Schläfen und überlegte fieberhaft, was als Nächstes zu tun wäre.
»Okay, lass uns etwas essen – und dann müssen wir uns leider wieder darüber unterhalten, wo wir demnächst wohnen wollen.«
»Ich dachte, wir nehmen die Bude in Kaarst?«, fragte Kim überrascht.
»Die Wohnung ist leider nicht mehr zu haben.«
»Die erste gute Nachricht des Tages«, sagte Kim und sprang übermütig auf. »Komm, ich helf dir kochen!«

* * *

Rosa hatte unruhig geschlafen und wachte auf, weil das Licht in ihrem Zimmer anging. Sie schrak hoch. Die Tür war verrammelt, ein Stuhl war mit der Lehne unter die Klinke geklemmt, auf der nur leicht gekippten Sitzfläche stand ein Glas. Es stand tatsächlich noch da, war nicht heruntergefallen und hatte also keinen Einbrecher angekündigt. Soweit alles in Ordnung. Aber wieso war das Licht an?

Rosa tappte zum Schalter neben der Tür und löschte das Licht. Dunkel. Dann schaltete sie es wieder an. Hell. Oder eher schummrig. Die Lampe hing hoch oben an der Decke und Rosa hatte sie noch nicht richtig abgestaubt. Der Staub darauf begann zu riechen, deshalb schaltete Rosa die Lampe wieder aus. Dann hörte sie die Schritte auf der Treppe. Im nächsten Moment klopfte es an ihrer Tür.

»Hallo? Frau Liedke? Ich bin's, Konrad Schmitt!«
»Wie spät ist es?«, rief Rosa durch die geschlossene Tür.

»Halb sieben. Entschuldigung, ich wollte Sie nicht erschrecken.«

»Woher wissen Sie überhaupt, dass ich hier bin?«

»Ich habe das Licht unter Ihrer Tür an- und ausgehen sehen.«

»Und was machen Sie um diese Zeit hier?«

»Feststellen, ob wir Wasser und Strom haben, damit ich mein Zimmer herrichten kann.«

»Wecken Sie mich gegen zehn mit Kaffee«, sagte Rosa, tappte zurück zum Bett und war im nächsten Moment eingeschlafen. Dieses Mal schlief sie tief und fest, bis ein festes Klopfen und der Duft von frischem Kaffee sie zum zweiten Mal weckten. Sie fühlte sich ausgeschlafen und freute sich aufs Frühstück – und fließendes Wasser.

»Was haben Sie noch organisiert?«, fragte Rosa, nachdem sie einige Schlucke von dem hervorragenden Kaffee getrunken hatte.

Konrad Schmitt trug eine graue Hose, ein blaues Hemd und Turnschuhe. Rosa fiel auf, dass ihm die Hose viel zu weit war, das Hemd an den Kragenecken fadenscheinig aussah und auch die Turnschuhe schon bessere Zeiten gesehen hatten. Rosa hätte von einem Unternehmer andere Arbeitsklamotten erwartet, aber irgendwie machte diese Garderobe von aufgetragenen Sachen ihn ihr auch sympathisch. Besser, als wenn er in nagelneuer Arbeitslatzhose und Sicherheitsschuhen hier angekommen wäre.

Sie saßen in der Küche an dem Holztisch und Schmitt deutete auf die Kücheneinrichtung. »Ich habe die Küche in Schuss gebracht, den Kühlschrank in Betrieb genommen, Kaffee, Zucker, Milch und Croissants besorgt und Kaffee gekocht. Mehr habe ich in den drei Stunden seit unserem letzten Gespräch leider nicht geschafft.«

»Das ist ja schon mal was«, sagte Rosa, riss eine Ecke von dem buttrigen Croissant ab und steckte sie sich in den Mund. »Köstlich!«

Konrad Schmitt freute sich sichtlich.

»Außerdem war ich gestern bei MultiLiving.«

Rosa hob die Augenbrauen.

»Und ich war erfolgreich.«

»Inwiefern?«, fragte Rosa mit vollem Mund. Es war offensichtlich, dass Schmitt sich bitten lassen wollte. Nun, als Dank für das Frühstück würde sie ihm den Gefallen tun, aber zur Gewohnheit wollte sie diese Art der Gesprächsführung nicht werden lassen.

»Ich habe Weiterscheids Verhältnis kennengelernt.«

»Sein was?«

Schmitt machte ein Gesicht wie ein Lottospieler mit sechs Richtigen. »Seine Geliebte. Er hat ein Verhältnis mit Beate Tersteegen.«

Noch eine Frage, aber dann muss Schluss sein mit dem Bauchpinseln der männlichen Eitelkeit. »Wer ist das?«

»Die Buchhalterin der Firma.«

»Aha«, sagte Rosa. Sie hatte zwar nicht viel Ahnung von der Unternehmensorganisation, aber wenn ein Geschäftsführer einen groß angelegten Betrug plante, war eine enge Verbindung zur Buchhaltung sicher nicht von Nachteil.

»Ich sehe, Sie haben die strategische Bedeutung der Partnerwahl verstanden«, sagte Schmitt.

»Weiß sie, wo er ist?«

»Immer langsam mit den jungen Pferden«, sagte Schmitt lächelnd mit abwehrend erhobenen Händen. »Ich bin schon sehr stolz darauf, bei diesem Besuch überhaupt die richtige Dame gefunden und auch noch kennengelernt zu haben. Aber natürlich ist die Frau verwirrt, verärgert, verunsichert, da muss man mit Feingefühl vorgehen, wenn man etwas erfahren will.«

»Und mit diesem Feingefühl kennen Sie sich aus?«

Schmitt lächelte schweigend.

»Dann seien Sie so feinfühlig, wie es sein muss, aber besorgen Sie mir mein Geld«, sagte Rosa.

»Das ist der Plan«, erwiderte Schmitt. »Noch Kaffee?«

* * *

»Weiterscheids Auto ist gefunden worden«, sagte Leo, dann verstummte er abrupt und blickte sich ungläubig um. »Was ist denn hier los?«

»Ich habe mein Haus verkauft, schon vergessen?«, entgegnete Rosa. Sie stand im Wohnzimmer ihres alten Hauses inmitten eines unglaublichen Durcheinanders von Kartons und Müllsäcken, und hatte längst den Überblick verloren. Nachdem sie mit Ellen am Sonntag die Einrichtung ihres Zimmers in die Villa geschafft hatte, war sie sicher gewesen, das Schlimmste überstanden zu haben. Das stellte sich gerade als grandiose Fehleinschätzung heraus.

»Äh, ja.«

»Du kannst mir gern helfen, Leo. Alles, was einen roten Punkt hat, will ich behalten. Der Rest bleibt hier.«

»Und dann?«

»Wird ein Entrümpelungsunternehmen den Kram abholen.«

Leo schaute sich aufmerksam um. Auf dem kleinen Sofa prangte ein roter Punkt, auf dem Tisch nicht. Beistelltisch aus Indien rot, Regal ohne Markierung. Neben den Möbeln standen etliche Kartons, davon zwei mit rotem Punkt.

»Du trennst dich von all diesen Sachen?« Leo holte einen Kerzenleuchter aus einem der Kartons ohne Aufkleber und eine Tischdecke mit passenden Servietten aus einem Plastiksack. Er ließ die Brille, die er auf der Stirn trug, vor die Augen rutschen und begutachtete den Kerzenleuchter interessiert.

»Du darfst dir aussuchen, was du möchtest. Du weißt, ich hänge nicht an bürgerlichen Besitztümern.«

»Und die Möbel?«

»Das Bett ist schon drüben, der Rest wird eingelagert.«

»Ellen hat keinen Platz in ihrem Keller, um die Sachen übergangsweise aufzubewahren?«

Rosa stutzte. Dann atmete sie erleichtert auf. Sie konnte die Szene, die Leo ihr mit Sicherheit wegen ihrer neuen Wohnung machen würde, noch ein wenig aufschieben.

»Ach, die Schlepperei treppauf und treppab. Bei der Lagerfirma ist alles ebenerdig«, murmelte sie. Leo sah aus, als wolle er in die Logistikplanung einsteigen, daher beschloss Rosa, ihn lieber wieder auf sein Lieblingsthema, die Ermittlungen rund um Roberts Tod, zurückzubringen. »Was ist nun mit Weiterscheids Auto?«

»Es wurde am Rhein gefunden, in Zons.«

Rosa gab es auf, den Überblick über die Kartons gewinnen zu wollen. Sie ließ sich in den Sessel fallen und legte die Füße hoch. Leo nahm auf dem Sofa mit dem roten Punkt Platz, nicht ohne vorher die Hosenbeine leicht anzuheben, damit die Bügelfalte straff blieb. Rosa hob eine Augenbraue; inmitten all der Unordnung wirkte diese Geste absolut lächerlich.

»Nicht am Flughafen?«

Leo schüttelte den Kopf.

»Und was bedeutet das?«

»Er könnte mit einem Leihwagen auf der Flucht sein. Oder er hat sich von einem Taxi zum Flughafen bringen lassen. Vielleicht ist er auch mit einem Komplizen getürmt, wobei aus seinem näheren Umfeld niemand fehlt.«

Auch seine Geliebte ist noch hier, dachte Rosa. Sie war jetzt schon gespannt, welche weiteren Details Schmitt heute Abend zu erzählen wüsste.

»Das ist ja alles sehr seltsam«, murmelte Rosa. Sie war auf einmal so schrecklich müde. Dann sank ihr Kopf auf die Brust. Vielleicht hätte ich auf den letzten Joint doch verzichten sollen, dachte sie noch, bevor sie einschlief.

* * *

Seltsam, dachte Ellen, als sie wieder auf die Straße trat. Die Sekretärin ihres Scheidungsanwaltes hatte sie doch angerufen und in die Kanzlei bestellt, um eine Gesetzesänderung mit ihr zu besprechen, die die gemeinsame Sorgerechtsvereinbarung zwischen Jens und ihr betraf. Ellen war beunruhigt gewesen und gleich in die Stadt gefahren, aber die Sekretärin hatte sie nur verständnislos angesehen.

Schön, dass es offenbar kein Problem gab, aber ärgerlich, dass sie schon wieder Arbeitszeit verloren hatte. Ellen beschloss, die ganze Angelegenheit für einen Fehler zu halten und war in Gedanken bereits wieder bei der Arbeit, als sie in ihre Straße einbog.

Sie bemerkte den Umzugswagen erst, als sie direkt davor stand. Er parkte in ihrer Einfahrt.

»Hey, was tun Sie hier?«, rief Ellen dem schwitzenden Mann zu, der einen großen und offenbar schweren Karton in den Wagen trug.

»Aus dem Weg!«, presste der Mann hervor und rempelte Ellen zur Seite.

Sie warf einen Blick in den Wagen und traute ihren Augen nicht, als sie ihre komplette Wohnzimmereinrichtung darin entdeckte.

»Was geht hier vor ...?«, murmelte sie verstört.

»Ach, da ist die Dame ja.«

Der Spott troff nur so aus Jens' Stimme. Ellen wirbelte herum.

»Du!«, kreischte Ellen.

»Glaubst du wirklich, dass ich mich wie ein Affe an der Leine herumführen lasse? Hü, hott, hin, her ... auf diese Art macht man keine Geschäfte mit mir.«

Nur mit Mühe und unter mehrmaligem tiefem Ein- und Ausatmen gelang es Ellen, ihre Fäuste bei sich zu behalten. »Wie kannst du es wagen!«

Jens sah so wütend aus, wie Ellen ihn noch nie erlebt hatte. »Und du glaubst, du kannst mir mit einem lässigen Spruch auf meiner Mailbox eine Absage erteilen und den Deal meines Lebens vermasseln? Gut, wenn du dich nicht an deine Zusagen gebunden fühlst, fühle ich mich an meine auch nicht gebunden. Die Kohle kannst du dir abschminken.«

In diesem Moment sah Ellen ihren Exmann plötzlich wie zum ersten Mal. Und was sie sah, gefiel ihr überhaupt nicht. Der Mann, der da vor ihr stand, war trotz seiner sportlichen Figur und seines ebenmäßigen Gesichts mit dem dunklen, welligen Haar nicht gut aussehend. Ihm fehlte etwas Entscheidendes, das man nicht kaufen und sich nicht im Fitnessstudio antrainieren konnte. Ihm fehlte menschliche Wärme. Er ersetzte sie wahlweise durch Spott, Arroganz oder Herablassung. Dieser Mann war ihr vollkommen fremd geworden. Sein Zauber war endgültig verflogen. Ellen atmete auf.

»Dann zeig ich dich an«, sagte sie plötzlich ganz ruhig.

Jens lachte. »Was willst du mir denn vorwerfen? Du hast doch von meinen Geschäften keine Ahnung.«

Ellen lächelte. »Da hast du glücklicherweise recht. Aber es werden Leute kommen, die Ahnung haben, und die drehen jeden Cent um, der jemals durch deine Finger gegangen ist.«

Er lachte sie mit einem hässlichen, selbstsicheren Ausdruck im Gesicht aus. »Das machst du nicht, Ellie, denn dann bekommst du nie wieder Unterhalt von mir.«

»Ich bekomme sowieso nichts. Es ist deine Tochter, die Unterhalt bekommt.«

»Und ohne meine Zahlungen könnt ihr zwei nicht einmal satt werden, von allen anderen Dingen ganz zu schweigen.«

»Das werden wir ja sehen.«

Die Selbstsicherheit verschwand flackernd aus Jens' Blick. »Das glaube ich nicht.«

Ellen trat einen Schritt auf ihn zu und blickte ihm seelenruhig ins Gesicht. Über seinem linken Auge zuckte ein Tic. »Sechzig Riesen oder eine Anzeige beim …« Sie überlegte schnell und sagte das Erstbeste, was ihr einfiel: »… Finanzamt, beim Zoll und beim Betrugsdezernat.« Sie hielt demonstrativ die Hand auf.

Jens wurde blass. Dass sie das noch erleben durfte! Eine Weile starrten sie sich schweigend an, dann räusperte sich ihr Exmann.

»Erstens ziehe ich dir die Kosten für den Umzug und die Monatsmiete für den Lagerraum ab, und zweitens bekommst du das Geld nur, wenn du heute auszieht.«

»Sieht so aus, als wäre ich bereits ausgezogen«, entgegnete Ellen spöttisch mit einem Blick zu dem Mann, der gerade ihren Schreibtischstuhl an ihr vorbeitrug.

»Ich habe das Geld nicht bei mir.«

»Du hast genau vierundzwanzig Stunden Zeit.«

»Und wo findet die Übergabe statt?«

»Ich rufe dich an und nenne dir den Treffpunkt. Und wenn du eine Minute zu spät bist oder ein Euro fehlt, kannst du deinen Nachwuchs durch schwedische Gardinen aufwachsen sehen.«

Jens überreichte Ellen den Schlüssel des Lagerraums, den er für sie gemietet hatte, und ließ sie mit den Leuten des Umzugsunternehmens allein. Die nächste Stunde verbrachte sie damit, den Schreibtischstuhl wieder aus dem Umzugswagen zu holen und die wichtigsten Dinge aus ihrem Arbeitszimmer und aus Kims Reich zu retten. Sie sammelte alles im bereits leer geräumten Wohnzimmer, wobei ihre Euphorie erst langsam und dann immer schneller verflog. Sie fragte sich, wie sie so völlig bescheuert hatte sein können, sich auf Jens' Spielchen einzulassen. Sie hatte ihrer Wut und ihrer Erleichterung darüber, dass ihr Exmann keine Macht mehr über sie hatte, nachgegeben und sich an seiner Hilflosigkeit ergötzt, in die ihn die unerwartete Umkehrung der Verhältnisse gestürzt hatte. Kindisch, trotzig und vollkommen hirnlos war das gewesen, denn jetzt stand sie auf der Straße – und ihre Tochter ebenso. Hatte sie vor einigen Stunden noch gedacht, der Arbeitsrückstand sei ihr drängendstes Problem, hatte sie es durch ihr eigenes Verhalten geschafft, dieses Problem mit einem Handstreich zu einer Kleinigkeit zu degradieren, die gegen die akute Obdachlosigkeit regelrecht niedlich wirkte.

Kurz vor Kims Schulschluss machte Ellen sich auf den Weg zur Schule. Sie wollte ihre Tochter vorsichtig darauf vorbereiten, dass sie ab sofort kein Zuhause mehr hatte. Was würde Kim dazu sagen? Vielleicht konnte sie ein paar Nächte bei Jenny bleiben, bis Ellen sich etwas sortiert hätte? Oder die beiden suchten sich ein preiswertes Hotel, in dem sie ein paar Tage zur Ruhe kommen konnten? Aber was dann? Ellen spürte, wie ihr schwindelig wurde. Sie ließ sich auf einen der Betonpoller sinken, die motorisierte Eltern davon abhalten sollten, auf dem Bürgersteig vor der Schule auf ihre Sprösslinge zu warten.

In dem Moment sah sie ihn.

Der Mann hatte sich hinter dem Kastenwagen eines Dachdeckerbetriebs versteckt und beobachtete das Schulgelände durch das Teleobjektiv seines Fotoapparates. Sofort war Ellen wieder hellwach. Sie erhob sich schnell, überquerte die Straße, um aus dem Blickfeld des Spanners zu kommen, und flüchtete sich in einen Hauseingang. Warum hatte sie nur kein Handy? Jetzt hätte sie eins dieser modernen Dinger brauchen können, um ein Foto von dem Mann zu machen. Zwar trug er eine Baseballmütze und hatte den Kragen seiner Jeansjacke hochgeschlagen, aber sein Profil war durchaus markant. Aus einem recht kleinen Kopf stach eine hakenförmige Nase hervor. Zusammen mit den wulstigen Augenbrauen und dem kahlen Nacken erinnerte der Mann sie an einen Geier. Er war eher klein, Ellen schätzte ihn auf höchstens eins fünfundsechzig, und schmächtig. Nur gelegentlich nahm er den Apparat herunter, rieb sich die Augen und streckte sich, wobei er sich an dem Kastenwagen abstützte. In dem Moment, in dem Kim und Jenny durch die Tür traten, riss er die Kamera wieder hoch und schoss ganze Serien von Fotos.

»Verpiss dich, du Spanner«, hörte Ellen im selben Moment, in dem eine Hand nach dem Objektiv griff. Ein groß gewachsener Jugendlicher mit dunkler Haut und schwarzen lockigen Haaren hatte sich von der anderen Seite genähert und versetzte dem Mann einen so kräftigen Stoß gegen die Schulter, dass der taumelte. »Die Kleine steht unter meinem Schutz!«

Auch Ellen hatte ihr Versteck verlassen und befand sich plötzlich Aug in Aug mit dem Fotografen. Er erschrak bei ihrem Anblick sichtlich, zog seine Mütze noch tiefer ins Gesicht, und wandte sich ab. Mit einem schnellen Ausfallschritt stürzte er dann auf den schlaksigen Jungen zu, entriss ihm die Kamera und sprintete davon. Der Jugendliche nahm die Verfolgung auf, wurde aber durch die Hose, die ihm in den Kniekehlen hing, behindert. Nach wenigen Metern gab er auf.

»Wen genau beschützt du denn?«, fragte Ellen, als sie am Schultor mit dem Jungen zusammentraf. Aus der Nähe erkannte sie, dass seine Augen nicht, wie erwartet, dunkelbraun oder schwarz waren, was zu der olivfarbenen Haut und den schwarzen Haaren gepasst hätte, sondern grün. Betörend, dachte Ellen und spürte, dass sie errötete. Dieses Wort sollte eine Mittvierzigerin nicht im Zusammenhang mit den Augen eines Schulkameraden ihrer Tochter denken.

»Und wer sind Sie?«, fragte er zurück.

»Ich bin Ellen Feldmann, die Mutter von ...«

»Kim«, sagte der Junge. »Genau um die geht es. Der Typ fotografiert sie. Ich habe gerade eben ihr Bild auf dem Display gesehen.« Er ließ die Schultern hängen. »Scheiße, dass der Alte mir das Ding wieder abgegriffen hat.«

»Ja, Scheiße«, echote Ellen. Bisher hatte sie sich strikt geweigert zu glauben, dass ihre eigene Tochter Ziel eines Spanners oder Stalkers sein könnte und sich eingeredet, Jenny sei das Objekt des Interesses. Immerhin war ihr Vater derjenige mit den Millionen auf dem Konto. Sie hatte, als Kim ihr von dem Mann erzählte, automatisch an eine Erpressung gedacht.

Wenn aber nun doch nicht Jenny gemeint war, sondern Kim, stellte sich die Frage: Warum, um alles in der Welt, sollte jemand sich für Kim interessieren? Zu erpressen jedenfalls gab es bei ihr definitiv nichts. Sie hatte ja noch nicht einmal mehr ein Zuhause.

»Ellen, was machst du denn hier?«, hörte Ellen plötzlich die Stimme ihrer Tochter. Wie aus dem Nichts war sie aufgetaucht und stand jetzt neben dem Jungen, in dessen Hand ein schwarzer Gurt baumelte.

»Ich wollte dir auf die sanfte Tour beibringen, dass dein Vater gerade unser Haus von einer Spedition ausräumen lässt, und stelle dabei fest, dass wir nicht nur obdachlos sind, sondern ein dubioser Kerl Fotos von meiner Tochter macht, die wiederum einen Freund hat, von dem ich nichts weiß«, sagte Ellen schärfer als beabsichtigt.

Kim starrte sie mit offenem Mund an. Langsam füllten ihre Augen sich mit Tränen.

»Ist nicht wahr, oder?«, murmelte der Junge.

»Wie heißt du?«, fragte Ellen.

»Tarik.«

»Vielen Dank für deine Hilfe, Tarik. Lass uns jetzt bitte allein.« Zögernd drehte der Junge sich um, kam aber noch mal zurück und hielt Ellen den Gurt hin. »Von der Kamera. Vielleicht sind da ja Fingerabdrücke drauf.«

Ellen nahm den Gurt entgegen und sah den Jungen auffordernd an, der seinerseits Kim unsicher anschaute.

»Äh, danke sehr«, stammelte Kim. »Wir sehen uns morgen, ja?«

Tarik nickte, warf Ellen noch einen abschätzenden Blick zu und schlurfte zu einer Gruppe von Jungen in seinem Alter, die offenbar auf ihn gewartet hatten. Sie alle trugen Kopfhörer und hörten so laut Musik, dass die Beats bis an Ellens Ohren drangen. Einer von ihnen spielte mit einem Butterflymesser herum.

* * *

»Das ist ja schön, dass Sie bei mir vorbeischauen, Frau Feldmann«, sagte Mittmann. »Ich hatte schon versucht, Sie zu erreichen.«

In Kims Ohren klang er nicht sehr erfreut. Vielleicht lag das aber auch daran, dass Kim todmüde war und am liebsten auf der Stelle ein Nickerchen gehalten hätte. Das ging ihr immer so, wenn sie mittags zu viel und zu schwer aß. Da sie ja kein Zuhause mehr hatten, war sie mit ihrer Ma in der Stadt etwas essen gegangen. Kim hatte eine ganze Portion Lasagne verdrückt. Mit extra Käse. Und diese bleierne Müdigkeit hatte sie jetzt davon. Sie unterdrückte ein Gähnen.

»Da ist ein Mann, der meine Tochter fotografiert.« Ellen fiel ohne große Begrüßungsworte gleich mit der Tür ins Haus.

Mittmanns Augenbrauen schnellten nach oben. »Wer?«

»Wenn ich das wüsste, wäre ich nicht hier, Herr Kommissar.« Ellens Stimme war eine einzige Kampfansage und Kim war froh, dass dieses Mal ausnahmsweise nicht sie das Ziel dieser verbalen Ballerei war.

Mittmann lehnte sich in seinem Stuhl zurück und seufzte. »Ich habe eine ganz normale Frage gestellt, Frau Feldmann. Und Sie hätten eine ganz normale Antwort geben können: Wie etwa: Ein Fremder, der so und so aussieht, oder: Der Typ, der gegenüber der Schule im dritten Stock wohnt. Oder ...«

»Ja, ich hab's kapiert«, sagte Ellen und setzte sich ungefragt auf den Besucherstuhl. Kim ließ sich auf den Hocker in der Zimmerecke fallen und lehnte den Kopf an den Aktenschrank.

»Also noch mal: Wer fotografiert Kim?«

»Ein Mann, ungefähr einen Meter fünfundsechzig groß, schmächtig, mit einem Kopf wie ein Geier. Oder ein Adler, jedenfalls klein und schmal mit einer gebogenen Nase. Ich habe Kim von der Schule abgeholt, und da habe ich gesehen, wie er sich hinter einem Kastenwagen versteckte und ein Foto nach dem anderen machte.«

Ellen hielt Mittmann den Gurt des Fotoapparates entgegen. Mittmann zeigte auf den Tisch. »Aha. Neueste Fototechnologie? Man kommt jetzt ohne Kamera aus?«

Ellen ließ den Gurt auf den Tisch fallen.

»Wer hat das Ding schon angefasst?«

Ellen seufzte. »Mist! Tarik hat ihn angefasst, ich auch ...« Sie drehte sich zu Kim. Kim schüttelte den Kopf.

»Immerhin nicht die ganze Klasse«, sagte Mittmann spöttisch.

»Wer ist Tarik?«

»Kims Klassenkamerad.«

»Und wer genau hat den Gurt gestohlen? Dieser Tarik oder Sie?«

»Was heißt hier gestohlen?«, schnappte Ellen. »Ich würde es Sicherstellung von Beweismaterial nennen.«

Mittmann hatte inzwischen eine Plastiktüte aus der Schublade geholt und den Gurt hineingesteckt.

»Haben Sie den Mann auch bei sich zu Hause bemerkt? Oder nur an der Schule?«

»Nur an der Schule«, murmelte Kim. Die Vorstellung, dass jemand durch ihr Zimmerfenster Fotos von ihr machte, während sie sich an- oder auszog, verursachte ihr spontanes Bauchweh.

»Gut.« Mittmann wandte sich wieder an Ellen. »Apropos Zuhause: Wissen Sie, wie ich Ihre Mutter erreichen kann?«

Ellen zuckte die Schultern. »Warum?«

Kim horchte auf. Solche ausweichenden Rückfragen waren eigentlich nicht Ellens Art.

»Wissen Sie es oder wissen Sie es nicht?«

»Wenn es Neuigkeiten gibt, können Sie sie auch mir sagen.«

Das wurde ja immer besser! Kim saß jetzt kerzengerade auf ihrem Hocker.

»Ich muss Ihre Mutter dringend sprechen.«

»Ich richte es ihr aus.«

Mittmann schüttelte den Kopf. »Sie wissen, dass es in Deutschland ein Meldegesetz gibt? Ihre Mutter ist allerdings, wie ich mich selbst überzeugen konnte, nicht mehr an der gemeldeten Adresse wohnhaft.«

Kim glaubte, sich verhört zu haben. Ihre Müdigkeit war jetzt komplett verflogen.

»Und Sie selbst waren dabei, als sie mir sagte, ich könne sie über Leo Dietjes erreichen.«

Wann war das denn gewesen?, fragte sich Kim. Und wieso Leo? Rosa wohnte doch nicht etwa bei dem Langeweiler?

»Äh, kann sein, dass ich das nicht ganz mitbekommen habe«, sagte Ellen. Sie hielt sich sehr aufrecht, was, wie Kim wusste, ein Zeichen höchster Anspannung war. War die Haltung ihrer Mutter vorbildlich, log sie wie gedruckt. Kim fragte sich bloß, warum.

»Üblicherweise geht ein Umzug mit einer Ummeldung einher. Ich nehme jetzt mal im Zweifel für die Abgetauchte an, dass sie die Meldebehörde aus Zeitmangel noch nicht informiert hat, dies aber innerhalb der nächsten vierundzwanzig Stunden nachholt. Ich muss sie allerdings heute noch sprechen. Da Sie ihr beim Umzug geholfen haben, gehe ich davon aus, dass Sie auch Kenntnis davon haben, wo sie abgeblieben ist. Ich bitte Sie daher, mir das jetzt mitzuteilen.«

Kim blickte von Mittmann, auf dessen Stirn eine steile Falte erschienen war, zu ihrer Mutter. Ellen schaute trotzig auf ihre verschränkten Hände.

»Sie finden heraus, wer dieser Kerl ist, der meine Tochter bespitzelt, ja?«, fragte Ellen nach einer Weile.

Mittmann schwieg.

»Soll ich meiner Mutter nun etwas ausrichten oder nicht?«

»Schicken Sie sie her. Und sagen Sie ihr, dass sie vorsichtshalber ihre Zahnbürste mitbringen soll.«

10

Das Haus war bis auf die Dinge, die Ellen im Wohnzimmer gesammelt hatte, vollständig leer. Gemeinsam gingen Kim und Ellen durch jedes Zimmer.

»Hier ist nicht mal mehr Klopapier«, flüsterte Kim beim Blick ins Bad.

»Reine Schikane deines Vaters«, entgegnete Ellen mit einem Kloß im Hals. Ihr wurde plötzlich klar, dass das Kapitel ihres Lebens, das sie in diesem Haus verbracht hatte, endgültig vorüber war. Aber das war in Ordnung, wie sie zu ihrer eigenen Verblüffung feststellte. Leider gab es da diesen einen kleinen Schönheitsfehler: Sie hatte keine Ahnung, wie es nun weitergehen würde.

»Also, in welches Hotel willst du?«, fragte Ellen übertrieben fröhlich. »Oder möchtest du doch lieber bei Jenny schlafen? Falls ihren Eltern das recht ist, versteht sich.«

Kim zögerte ungewöhnlich lang, kam dann zu Ellen und legte sich den Arm ihrer Mutter um die Taille. Ellen zog ihre Tochter an sich und umarmte sie fest. Sie spürte Kims Tränen an ihrem Hals.

»Keine Angst, Mäuschen, wir kommen nicht unter die Räder. Wir ziehen nur um.«

Kim brach in Tränen aus. Ellen wiegte sie beruhigend hin und her, und nach ein paar Minuten versiegte der salzige Strom.

»Wo wohnt denn Oma jetzt?«, nuschelte Kim an Ellens Hals.

»Auf dem Grundstück, wo Omas Wohnung hätte gebaut werden sollen, steht eine alte verlassene Villa. Deine Oma bildet sich ein, dass diese Villa ihr gehört.«

Kim richtete sich auf und blickte Ellen ungläubig an. »Sie wohnt in einer verlassenen Villa?«

Ellen nickte.

»Kann man das denn? Ich meine ... ist das ein richtiges Haus oder eine Ruine?«

»Das Wort Ruine solltest du in Rosas Gegenwart lieber nicht in den Mund nehmen«, sagte Ellen mit beißendem Spott. »Das Haus hat ein Dach und Fenster, aber ob man wirklich von wohnen sprechen kann ...«

»Nachbarn?«, fragte Kim.

»Keine innerhalb von hundert Metern Umkreis.«

»Eine Villa«, wiederholte Kim leise. »So wie bei Jennys Eltern? Riesige Zimmer, wo man Musik hören kann, ohne gleich jemanden zu stören.«

»Nein«, sagte Ellen energisch. »Nicht wie bei Jenny. Es ist ein dreckiges, verkommenes altes Haus, das deine Oma widerrechtlich besetzen will.«

»Geil«, sagte Kim. Ihre Augen strahlten. »Lass uns nachsehen, ob da noch Platz für uns ist!«

* * *

Kim stand in dem riesigen Raum und drehte sich um ihre eigene Achse. Ihre Erschöpfung nach diesem Wahnsinnstag war auf einmal wie weggeblasen. Das war ja so viel cooler als ihr bisheriges Zimmer. Und doppelt so groß. Und in einer Villa, die diesen Namen verdiente. Und mit einem eigenen Bad, in dem sie zwar in der Wanne duschen musste, aber in was für einer! Das Ding war an einer Seite höher als an der anderen und viel breiter als die Wassersparwanne, die sie von zu Hause kannte. Und es gab sogar heißes Wasser! Zugegeben, aus dem Ausguss kam ein Gestank, als steckte eine tote Ratte im Rohr, aber das würde sich geben, sobald alles mit Abflussfrei behandelt war, hatte Rosa gesagt. In ihrem Bad jedenfalls stank nichts mehr.

In Kims neuem Zimmer standen nur ein wackeliger Tisch und ein Sessel, aus dem die Polsterung herausquoll. Sie würde also ihre eigenen Möbel hier aufbauen und überlegte bereits, wo das Bett hin sollte, der Schrank, der Schreibtisch ... Wunderbar!

»Ich nehme das Dachgeschoss«, erklärte Kim, als sie nach ihrem Rundgang durch das ganze Haus wieder in der Küche ankam.

Ellen und Rosa saßen am Küchentisch und tranken Kaffee. Rosa konnte sich vor Müdigkeit kaum aufrecht halten, strahlte aber über das ganze Gesicht.

»Du nimmst überhaupt nichts, weil wir hier nicht einziehen werden«, erklärte Ellen zum wiederholten Mal.

»Du musst ja nicht«, sagte Kim und ließ sich neben Rosa auf den Stuhl fallen. Sie griff nach Rosas Becher und trank einen Schluck. »Igitt, da ist ja gar kein Zucker drin!«

Rosa zuckte die Schultern. »Ich habe ihn nicht gefunden.«

Kim nickte eifrig. »Das Zimmer unterm Dach ist das einzige dort. Ich störe also niemanden, wenn ich Musik höre. Außerdem hat es Fenster auf drei Seiten.«

»Wir werden hier nicht wohnen«, wiederholte Ellen.

»Wo denn dann?«, fragte Kim trotzig.

Ihre Mutter schwieg.

»Ihr solltet euch schnell entscheiden, denn inzwischen sind wir Anteilseigner schon zu dritt hier. Wenn noch mehr Interessenten kommen, haben die natürlich Vorrang vor euch.«

Kim stockte der Atem. Sie interessierte sich nicht für diesen Anlegerkram, sie wollte hier wohnen! In einer kriminellen WG, deren Chefin ihre Oma war. Die coolste Oma überhaupt auf der Welt. Meistens ziemlich durchgeknallt und unberechenbar, wahnsinnig anstrengend, aber eben auch ganz anders als alle anderen Erwachsenen. Sie ermahnte sie nie wegen irgendwelcher Kleinigkeiten, behandelte sie nicht wie ein Kleinkind und blieb auch noch entspannt, wenn Kim aus Versehen eine Glasvase inklusive Wasser und Blumen herunterwarf.

Ellen runzelte die Stirn. »Danke, Mutter, dass du mich darauf hinweist, dass wir hier nur geduldet sind.«

»Bisher nicht einmal das«, entgegnete Rosa. »Wir müssten die anderen beiden Mitbewohner erst fragen, ob sie Nichteigentümer aufnehmen wollen. Sofern du dich überhaupt dafür entscheidest, hier zu wohnen.«

Das einzig nervende war der ständige Zoff mit Ellen, aber da müsste Kim in Zukunft eben einfach weghören. Ach ja, Rosa kannte auch keine Privatsphäre, fiel Kim wieder ein. Sie öffnete auch in fremden Häusern alle Schränke, schlug alle Bücher auf – sogar Kims Tagebuch hatte sie mal gefunden und gelesen, zum Glück hatte nichts Interessantes dringestanden – und borgte sich alles mit derselben Selbstverständlichkeit, mit der sie auch ihre Sachen verlieh. Nur dass Rosa oft vergaß, die Leihgaben zurückzubringen. Kim nahm sich vor, die Tür ihres Zimmers abzuschließen, sobald sie oben wohnte.

»Mir ist egal, was Ellen macht, aber ich will hier wohnen. Bitte, Rosa, sag Ja!«

Rosa lächelte Kim an. »Von mir aus ist das kein Problem, aber wir müssen, wie gesagt, die anderen fragen.«

»Du lebst hier mit zwei wildfremden Menschen zusammen?«, fragte Ellen, als sei ihr diese Tatsache erst jetzt wirklich bewusst geworden. Kim unterdrückte ein Stöhnen. Ihre Ma hatte während ihres Studiums auch in einer WG gewohnt. Was stellte sie sich also jetzt wegen Rosa so an?

»Jeder ist ein Fremder, bis man ihn kennenlernt«, sagte Rosa.

Ellen winkte ärgerlich ab. »Wer sind die beiden? Kann man die Zimmer eigentlich abschließen? Sonst kommt es sowieso nicht in Frage.«

Rosa schüttelte den Kopf. »Du scheinst mir wirklich nicht WG-tauglich zu sein, meine Liebe.«

»Ich schon«, warf Kim ein.

»Ein gewisses Grundvertrauen braucht man schon, um sich in Gesellschaft...«

»Ach, wie nett, wen haben wir denn da zu Besuch?«, fragte eine Stimme von der Tür her.

Kim und Ellen drehten gleichzeitig den Kopf. Kim wusste nicht, was ihre Mutter dachte, aber sie fühlte sich beim Anblick des Mannes in einen dieser grässlichen Fernsehfilme versetzt, in denen ältere Herrschaften einen zweiten oder dritten Frühling erlebten. Er hatte das schüttere Haar von einer Kopfseite zur anderen gekämmt, trug ein dunkelblaues Jackett mit einem goldgesticktem Emblem auf der Brusttasche und machte ein Gesicht wie ein Stadtrat auf Wahlkampftour.

»Darf ich vorstellen«, sagte Rosa, ohne sich dem Neuankömmling zuzuwenden. »Meine Tochter Ellen Feldmann und ihre Tochter Kim.«

»Du hast eine Enkelin!«, rief der Mann, den Kim auf mindestens siebzig schätzte. »Wie reizend!«

Der Gruftie schüttelte Kim enthusiastisch die Hand und nahm dann Ellens ausgestreckte Rechte. »Sehr erfreut«, murmelte er und führte Ellens Handrücken an seine Lippen. Oder zumindest fast. Einige Millimeter freier Raum blieben zwischen Ellens Hand und seinem Mund. Kim starrte ihn fassungslos an.

»Freut mich«, presste Ellen hervor.

»Die beiden wollen hier wohnen«, murmelte Rosa. »Hättest du was dagegen?«

»Aber überhaupt nicht, wie schön, dass wir auch jüngere Mitbewohner bekommen, und eine Familie zu haben ist das Beste, was einem passieren kann. Ich bin wirklich entzückt«, sprudelte es aus dem Mann hervor, und Kim musste sich auf die Lippen beißen, um nicht laut loszulachen.

»Das ist sehr freundlich«, sagte Ellen aufgeräumt. »Und Sie sind ...?«

Sein Lächeln verschwand und machte einem feierlichen Ausdruck Platz. Er verneigte sich mit der rechten Hand auf dem Herz. »Schmitt, mit zwei t und nicht Helmut, sondern Konrad.«

Ellen lächelte. Gegen ihren Willen, wie Kim erkannte, aber das war ein gutes Zeichen. Der kauzige Typ hatte eins mit Sicherheit bewiesen: Die Mitbewohner waren vermutlich einiges – von ausgefallen bis schrullig –, aber gefährlich waren sie nicht. Zumindest dieser hier nicht.

Da ertönte von der Tür plötzlich eine andere Männerstimme. »Mich kennen Sie ja schon, und wenn ich in dieser Abstimmung auch eine Stimme habe, dann werde ich sie nicht gegen Ihren Einzug abgeben.«

Kim saß atemlos und starr auf ihrem Stuhl. Diese Stimme kannte sie. Die Stimme und noch mehr die Sprechweise dieses Mannes, der ihr Pickel bescherte, wenn sie den Namen nur hörte, und Blitzherpes, sobald sie ihn sah. Seefeld. Hans Seefeld. Physiklehrer und geheimer Ninja-Fighter. Und derjenige, der gerade das Paradies ihres neuen Zuhauses mit einem einzigen Satz in eine Hölle verwandelt hatte.

* * *

»Sie haben was?«, fragte Rosa. Sie hatte den Kommissar sehr gut verstanden, konnte aber trotzdem nicht glauben, was er ihr da gerade erzählt hatte.

»Wir haben einen Lippenstift von Ihnen im Wagen von Achim Weiterscheid gefunden«, wiederholte Mittmann.

Dabei hatte das Gespräch relativ entspannt begonnen. Mittmann hatte sie nach ihrer aktuellen Adresse gefragt, und sie hatte ihm ungerührt die Anschrift ihres Gynäkologen genannt. Ein Handy besitze sie nicht, hatte sie ihm erklärt, aber sie werde sich sicher demnächst eins anschaffen. Und ihm dann selbstverständlich gern die Nummer mitteilen.

»Was genau haben Sie mit Weiterscheid besprochen?«, fragte Mittmann. »Und wann?«

»Ich habe mit dem Mann überhaupt nur zweimal gesprochen«, sagte Rosa. »Das war anlässlich meines Interesses an der Wohnung und später beim Notar.«

»Sicher. Und wie erklären Sie sich dann, dass Ihr Lippenstift in seinem Auto gefunden wurde?«

»Das erkläre ich gar nicht, und zwar weder Ihnen noch mir. Ich war nie in diesem Auto.«

Rosa machte eine Pause und zwang sich zur Ruhe. Sie dachte an ihre Yogaübungen, atmete langsam ein und aus und spürte, dass sie sich beruhigte. Innere Ruhe und ein klarer Geist sind das A und O einer guten Ermittlung, hatte Robert immer gesagt. Ruhig bleiben, keine Emotionen zulassen, den Verstand einschalten und jedes Detail beachten. Nur durch eiskalte Analyse käme man der

Wahrheit auf die Spur. Nun interessierte sie zwar die Mordermittlung an sich nicht besonders, aber wenn sie selbst plötzlich im Mittelpunkt einer solchen polizeilichen Untersuchung stand, sah die Sache etwas anders aus.

Es gab eigentlich nur eine Erklärung. Jemand versuchte, Rosa zu belasten. Jemand, der irgendwie an einen von Rosas diversen Lippenstiften gekommen war. Das war kein Kunststück, denn ihre Lippenstifte lagen überall im Haus verteilt herum. Sogar zu Robert hatte sich mal einer verirrt. Sehr zu dessen Missfallen. Jemand hatte einen dieser Lippenstifte in das Auto des Mannes gelegt, der nach aktuellem Ermittlungsstand als Roberts Mörder in Frage kam. Aber wer? Vielleicht jemand, der nach Robert nun auch sie kaltstellen wollte. Und warum? Befürchtete dieser jemand, dass sie etwas über Roberts Archivrecherche wusste? Aber was hatte dieser jemand dann mit Weiterscheid zu tun? Sie stellte wieder einmal fest, dass sie sich nicht für kriminalistische Überlegungen eignete.

»Woher wissen Sie eigentlich, dass es mein Lippenstift ist?«, fragte Rosa.

»Sie haben uns eine DNA-Probe gegeben, als wir in Herrn Tetz' Haus nach Spuren gesucht haben, erinnern Sie sich nicht?«

Rosa erinnerte sich dunkel, dass die Spurensicherung sie um Fingerabdrücke und eine Speichelprobe gebeten hatte, um sie mit den Spuren im Haus des Opfers abgleichen zu können.

»Die sollten Sie nutzen, um die Spuren im Haus meines Lebensgefährten zu sichern, nicht, um sie in die nationale oder internationale Verbrecherkartei aufzunehmen«, sagte sie.

»Sie haben also etwas zu verbergen«, sagte Mittmann.

»Diese Masche zog bei mir schon in den Siebzigern nicht, junger Mann«, entgegnete Rosa kalt. »Und sie ist etwas billig, wenn ich das so sagen darf. Robert ist seit drei Wochen tot, seit zwei Wochen beerdigt und Sie haben keinerlei Spur zu seinem Mörder, ist es nicht so? Und jetzt fällt Ihnen aus heiterem Himmel ein schickes Indiz in den Schoß, weil es offenbar jemand sehr zielgenau dorthin geworfen hat, und Sie stürzen sich darauf, weil Sie sonst nichts haben.«

»Ich muss Sie bitten, die Stadt nicht zu verlassen und für uns jederzeit erreichbar zu bleiben.«

»Sie glauben doch nicht ernsthaft, dass ich etwas mit Weiterscheids Verschwinden zu tun habe?«, fragte Rosa amüsiert.

Der nette Herr Mittmann gab sich redliche Mühe, ernst dreinzuschauen, und Rosa musste ihm widerwillig zugestehen, dass es ihm ganz gut gelang. Trotz Hanfshirt und Lockenkopf.

* * *

»Er ... wohnt bei euch?«, fragte Jenny.

Kim blickte sich hektisch um. »Pssst, nicht so laut!« Ein Schulhof hatte viele Ohren. Jenny schlug die Hand vor den Mund, vorsichtig, um den Lippenstift nicht zu verwischen. Ihre Ma erlaubte ihr nun offiziell, sich zu schminken, und seitdem übertrieb sie es ein bisschen, dachte Kim, als sie in Jennys schwarz und blau umrandete, weit aufgerissene Augen blickte.

»Seefeld wohnt bei deiner Ma und dir?«, flüsterte Jenny.

»Quatsch. Er wohnt in diesem Haus, in dem auch meine Oma und wir wohnen.«

»Mit deiner Oma?«

Kim seufzte. Sie hatte Jenny erklärt, wie diese Sache zusammenhing, aber offenbar waren die Verwicklungen zu kompliziert für ihre beste Freundin. Sie erklärte es noch mal.

»Aber warum hockt Seefeld in einem besetzten Haus?«, fragte Jenny nach einer Weile.

Aha, immerhin das hatte sie kapiert. »Das ist ja genau die Frage«, sagte Kim ungeduldig.

»Seine Frau hat ihn rausgeschmissen«, vermutete Jenny. »Die einzig logische Erklärung.«

Kim zuckte die Schultern. Natürlich hatte sie auch schon daran gedacht, aber eigentlich konnte sie sich Seefeld nicht als einen Mann vorstellen, der sich von seiner Frau auf die Straße setzen ließ.

»Meine Damen«, erklang hinter Kim die Stimme, die ihr eine Gänsehaut über den Rücken jagte. Sie drehte sich um und fand sich Aug in Auge mit Seefeld wieder.

»Kennen Sie diesen Mann?«, fragte Seefeld und hielt sein Handy so, dass Kim und Jenny das Foto auf dem Display betrachten konnten.

Kim wurde blass. Dieses Gesicht mit der Adlernase hätte sie unter Tausenden wiedererkannt. »Nein«, stammelte sie. »Der stalkt mich.«

Seefeld runzelte die Stirn.

»Echt, jetzt!«

Das Stirnrunzeln wurde intensiver, Kim wurde rot. »Wir waren deshalb schon bei der Polizei, meine Ma und ich. Bei Kommissar Mittmann.«

Jenny beobachtete das Gespräch mit offenem Mund, was Seefeld völlig ungerührt ließ. Seine volle Aufmerksamkeit richtete sich auf Kim. »Und was hat die Polizei über ihn herausgefunden?«

Kim zuckte die Schultern.

Jetzt erst blickte Seefeld Jenny an, die gleich verschreckt einen Schritt nach hinten machte. »Holt Ihre Mutter Sie wieder ab?«

Jenny nickte verschüchtert.

»Dann bringen Sie Kim nach Hause. Ich möchte nicht, dass sie allein mit der Bahn fährt.«

Kim wurde sauer. »Hey, Sie haben mir gar nichts zu ...«

»Damit ist nicht zu spaßen«, sagte Seefeld und drehte sich um. »Und versuchen Sie nicht, mich anzulügen. Das haben schon ganz andere Kaliber verbockt.«

Jenny und Kim blickten ihm fassungslos hinterher.

* * *

»Wie haben Sie mich gefunden?«, fragte Ellen.

»Ich bin bei der Kripo«, sagte Mittmann spöttisch. »Ich finde Dinge heraus.«

»Ich wohne noch keine vierundzwanzig Stunden hier und Sie haben mich schon aufgestöbert?«

»Ich wollte Sie gestern Abend noch informieren, aber als ich zu Ihrem Haus kam, sah ich Sie gerade in einem verkehrsuntauglichen Kastenwagen wegfahren. Da bin ich Ihnen gefolgt.«

»Und dann haben Sie Ihre wichtigen Neuigkeiten doch für sich behalten?«

»Ich wollte erst die Sachlage prüfen. Auch Sie haben sich nicht umgemeldet, und dieses Haus ist widerrechtlich besetzt, richtig?«

Ellen zuckte müde die Schultern. Mittmann ließ seinen Blick durch die Küche schweifen. »Gemütlich.«

Seine Süffisanz war begründet. Die Küche sah aus, als hätte ein Kochkurs für Dreijährige stattgefunden, der wegen eines Feueralarms mittendrin unterbrochen worden war. Auf jeder horizontalen Fläche lag oder stand etwas, das mehr oder weniger entfernt etwas mit Lebensmitteln oder deren Zubereitung zu tun hatte. Dabei gab es Ecken, die ordentlicher aussahen als andere. Ein Bereich war so penibel arrangiert, als habe man die Abstände zwischen Teedose, Müslidose, Knäckebrot, Essig, Öl und Gewürzregal mit dem Lineal bemessen. Seefelds Ecke. Am Schlimmsten sah Rosas Ecke aus, wobei sie auch für alles andere verantwortlich war, was auf Schränken und Ablageflächen herumlag. Ein Schneidebrett mit Brotmesser inmitten eines ganzen Haufens von Krümeln, diverse Schüsseln und Schalen mit oder ohne Inhalt, Kochbücher, ein Netz Möhren, Utensilien vom Schneebesen über Suppenkellen bis zum Kartoffelstampfer. Ein Kartoffelstampfer! Als hätte Rosa jemals selbst Kartoffeln gestampft. Vermutlich brauchte sie ihn für Quarkmasken mit Ei oder Gurke oder für sonstige Kosmetikartikel, die sie seit vierzig Jahren konsequent selbst herstellte. Allerdings musste Ellen anerkennen, dass Rosa immer noch eine schöne und sehr glatte Haut hatte.

Die Unordnung ging Ellen extrem auf die Nerven, aber sie hatte bisher weder Zeit noch Kraft gefunden, sich darüber weitere Gedanken zu machen. Überhaupt war sie froh, dass sie am Vorabend noch spontan mit Rosas Hilfe den schrottreifen Kastenwagen hatte mieten und wenigstens ihre und Kims Matratzen, das Bettzeug und ein paar Klamotten in die Villa hatte bringen können. Am Morgen dann hatte sie mit Hilfe von Konrad den kümmerlichen Rest hergeschafft und aufgebaut. Geschrieben hatte sie keine Zeile, gegessen nur ein paar Brötchen, und entsprechend fühlte sie sich nun. Sie war mit ihrer Arbeit eine ganze Woche im Rückstand und hatte ihre Lektorin um Aufschub gebeten. Auf eine Woche Karenz hatten sie sich geeinigt, also müsste Ellen ab sofort jede wache Minute schreiben, wenn sie diese Frist einhalten wollte. Leider glaubte sie selbst nicht daran, dass es ihr gelingen könnte.

»Wir waren in einer Zwangslage ...«, murmelte sie als Antwort auf Mittmanns Bemerkung.

»... gegen die man gesetzlich vorgehen kann«, vervollständigte er.

Ellen seufzte. Ja, sie hatte sich selbst in diese Lage gebracht, aber sie hatte knapp sechzigtausend Euro auf dem Konto, die vorher nicht da gewesen waren. Und dieses Wissen verursachte ihr auch jetzt wieder, als sie daran dachte, ein warmes Gefühl im Bauch.

»Der Mann, dessen Kameragurt Sie mir gestern gebracht haben, heißt Gero König. Sagt Ihnen der Name etwas?«

Das war erst gestern gewesen? Unfassbar. Ellen schüttelte langsam den Kopf.

»Er hat wegen Mordes im Gefängnis gesessen.«

»Wegen Mordes?«, fragte Ellen. Dass Mittmann einen korrekten Genitiv benutzt hatte, nahm sie nur am Rande wahr. Die Erschütterung darüber, dass ein Mörder hinter ihrer Tochter her war, unterdrückte jeden weiteren Gedanken an Grammatik und Männer, die diese noch beherrschten. »Hat er ein Mädchen ...«

»Den Liebhaber seiner Frau. Der soll ein Kind missbraucht haben, was allerdings nie bewiesen werden konnte.«

»Mein Gott«, stammelte Ellen.

»Wo ist Kim jetzt?«, fragte Mittmann.

»In der Schule«, erwiderte Ellen mit einem Blick zur Uhr. »Beziehungsweise auf dem Weg zurück.«

»Rufen Sie sie an und sagen Sie ihr, dass sie ein Taxi nehmen soll. Ich möchte kein Risiko ...«

»Sie müsste längst hier sein«, meldete sich eine Stimme von der Tür her.

Ellen zuckte so heftig zusammen, dass sie fast das Gleichgewicht verlor. »Müssen Sie sich eigentlich immer so anschleichen?«, herrschte sie Seefeld an.

»Und Sie sind ...?«, fragte Mittmann.

»Hans Seefeld. Kims Lehrer.«

Mittmann blickte mit zwei hochgezogenen Augenbrauen zu Ellen, die aber schwieg. Natürlich war es absolut unbegreiflich, dass ausgerechnet Kims Lehrer in dieser völlig durchgeknallten WG gelandet war, aber sie konnte ja nun auch nichts daran ändern.

»Ich habe kein Handy«, sagte sie mit versagender Stimme.

Mittmann hielt ihr sein Telefon hin. Mit zitternden Fingern wählte sie Kims Handynummer und fühlte, wie ihr ein Gewicht von der Schulter fiel, als Kim sich meldete.

»Wo bist du?«, fragte Ellen.

»Bei Jenny. Ihre Ma hatte keine Zeit, mich nach Hause zu fahren. Ich nehme die Bahn um ...«

»Keinesfalls«, unterbrach Ellen ihre Tochter. »Du nimmst ein Taxi, und zwar sofort.«

»Hat der Psycho dich verrückt gemacht?«, fragte Kim nach einem genervten Seufzer.

»Taxi! Jetzt!«

Ellen drückte auf das Hörersymbol und gab Mittmann das Handy zurück. »Danke«, murmelte sie und warf beiden Männern je einen kurzen Blick zu.

»Bitte«, sagte Mittmann, während er das Telefon einsteckte.

Seefeld nickte nur und verschwand genau so lautlos, wie er gekommen war.

11

Kim lag auf ihrem Bett und ärgerte sich. Ihre Mutter war völlig übergeschnappt wegen dieses Kerls mit der Adlernase. Sie dürfe nicht mehr allein das Haus verlassen, hatte Ellen ihr erklärt. Musik hören durfte sie auch nicht, jedenfalls nicht über Kopfhörer. Da bei dem überstürzten Umzug ihre Lautsprecher nicht mit in die Villa gekommen waren, sondern vermutlich in diesem Lagerhaus unter zigtausend anderen Sachen vergraben lagen, musste sie sich mit dem scheppernden Sound des Handys zufrieden geben, der es aber natürlich nicht schaffte, sie so von der Umwelt abzuschirmen, so einen Akustik-Kokon um sie zu weben, wie es die Kopfhörer konnten.

Sie war also doppelt bestraft. Außerdem gab es im Haus keinen Internetanschluss. Facebook, Whatsapp und alle anderen digitalen Welten funktionierten nur auf dem Handy, dessen Empfang sehr zu wünschen übrig ließ. Alle ihre Freunde waren gerade im Freibad und amüsierten sich, nur sie selbst hatte Hausarrest wegen eines Irren, der hinter ihr her war. Also schmollte sie in ihrem Zimmer still vor sich hin.

Still ist relativ, dachte Kim, denn um sie herum war einiges los. In der Etage unter ihr hörte Herr Schmitt Schlager in Discolautstärke. Schlager! Sobald irgendwo im Haus einer die Klospülung betätigte, gurgelte und brummte es in den Rohren, dass man meinte, sie würden platzen und ihren Inhalt durch die Zimmer sprühen.

Solche Geräusche hatte die Heizung in Rosas altem Haus gemacht. Kim setzte sich auf. Die Heizung hatte sie auf eine Idee gebracht: Sie hatte den Keller des Hauses noch gar nicht untersucht! Uninteressant sei der, so lange es keine Probleme mit der Haustechnik gebe, hatte ihre Mutter ihr erklärt, die natürlich schon unten gewesen war. Vermutlich in der Hoffnung auf eine schön eingerichtete Werkstatt, dachte Kim verächtlich. Wer freiwillig an alten Dingen herumbastelte, hatte sicher selbst ein paar Schrauben locker.

Eine Kellerinspektion war ganz bestimmt besser als die Langeweile auf dem Bett.

Im Erdgeschoss unten rechts gab es eine alte schwere Holztür mit einer riesigen, schmiedeeisernen Klinke, die den Abgang zum Keller verschloss. Kim öffnete die Tür und unterdrückte ein Niesen. Der muffige Geruch, der von unten heraufdrang, war wenig einladend. Trotzdem fingerte sie nach dem Lichtschalter und stutzte. Ihre Finger hatten etwas ertastet, das sich nicht wie ein Schalter anfühlte. In dem dämmrigen Licht des Kellerabgangs erkannte Kim eine schwarze Dose mit einem kleinen Knebel. Das Material war dasselbe komische Plastikzeug, aus dem das alte Telefon bestand, das Ellen so liebte. Bakelit. Der Knebel erinnerte sie entfernt an die Drehschalter der Kaugummiautomaten, die in Holland am Strand gestanden hatten, als sie noch klein war. Eine ganze Batterie dieser mit bunten Kugeln gefüllten Dinger hatte es dort gegeben, und Kim war jeden Tag mit ihrem Dad dorthin gepilgert und hatte Kaugummi gezogen. Wenn man Glück hatte, kam manchmal noch ein Plastikring mit heraus.

Kim musste lächeln bei diesen längst vergessen geglaubten Erinnerungen. Sie drehte an dem Schalter und einige schwache Glühbirnen erhellten die Kellertreppe mehr schlecht als recht, auf jeden Fall aber gut genug, um vorsichtig die ungleich hohen Stufen hinunterzusteigen.

Im Keller war es kalt. Nicht einfach nur kühl, sondern richtig kalt. Kim bekam sofort Gänsehaut auf den Armen. Das Licht war gelblich matt, überall zuckten nun Schatten über die Wände. Blieb Kim stehen, verharrten auch die Schatten. Es war unheimlich. Sie hätte eine Taschenlampe mitbringen sollen. Aber gab es überhaupt eine im Haus? Die Taschenlampe, die früher im Wohnzimmerschrank gelegen hatte, steckte jetzt in einem Karton in dem Lagerraum, den ihr Dad gemietet hatte. Der Verräter!

Kims Augen gewöhnten sich langsam an das Halbdunkel und nahmen nun Einzelheiten wahr. In dem Kellerraum zur Straße raus stand ein riesiger Tank. Für Öl vermutlich. Ansonsten war der Raum leer, Spinnweben hatten ein fast undurchdringliches Dickicht um das stählerne Ungetüm gewoben. Kim schüttelte sich. Sie hasste Spinnen! Im nächsten Kellerraum stand ein monströser Heizungskessel, daneben ein Heißwasserspeicher und im übernächsten lehnten zwei auseinandergebaute Bettgestelle an der Wand. Ziemlich kleine Gestelle. Kinderbetten? Auf der gegenüberliegenden Seite des Raums gab es weiteres Gerümpel. Lampenfüße ohne Schirm, ein Garderobenständer, an dem mehrere Mantelhaken verbogen oder abgebrochen waren, ein großer, leerer, aufrecht stehender Holzkasten mit Fensterfront, in dem vermutlich einmal eine Uhr gehangen hatte.

Der nächste Raum enthielt eine Kartoffelkiste und Regale für Vorräte, die allerdings bis auf eine völlig verbeulte Konservendose leer waren. Das Etikett der Dose war vermodert oder von Mäusen abgefressen, jedenfalls hingen nur noch ein paar Fetzen herunter.

Und dann hörte Kim die Schritte. Leise, kaum hörbare Schritte, die aus der entgegengesetzten Seite des Kellers kamen. Von der Treppe aus gesehen links herum, nicht rechts, wohin Kim gegangen war.

Sie spitzte die Ohren und lauschte erneut. Nichts. Völlige Stille. Sie musste sich getäuscht haben. Trotzdem war ihr unheimlich zumute. Sie schlich zurück zur Treppe und wollte schon hinauflaufen, als sie einen Duft wahrnahm, den sie im Keller nicht erwartet hätte: Kaffee.

Kim schaute sich um, auf der Suche nach einem Gegenstand, der ihr zur Verteidigung dienen könnte. Sie entdeckte ein Gestell mit Werkzeugen, die man üblicherweise neben einem Kamin aufstellt. Einen Haken, einen Besen, eine kleine Schaufel mit langem Stiel. Sie griff nach dem Haken, wog ihn in der Hand und schlich so leise sie konnte in den linken Teil des Kellers.

Nichts. Sie inspizierte jeden Quadratzentimeter, aber sie fand nichts. Ein großer Kellerraum mit glattem Boden hatte wohl mal als Waschküche gedient, jedenfalls gab es dort ein Waschbecken und mehrere Wasseranschlüsse sowie einen Abfluss im Boden. Der dahinter liegende Kellerraum war kleiner, jedoch total vollgestellt. Der meiste Platz wurde durch deckenhohe Regale eingenommen, in denen Kisten und Kartons voller Weihnachtsdeko, Kerzenleuchtern, Gartenlampions und ähnlichem Kram standen. Besen, Schrubber, Staubwedel und lange Stangen, deren Zweck Kim sich nicht erklären konnte, standen in einem großen Holzzuber. Ein paar alte Autoreifen, ein kaputtes Spielzeugpferd und weiterer Krimskrams lag im Weg herum. Nichts von Wert, vermutlich noch nicht einmal irgendetwas von Interesse, sonst hätten die Besitzer der Villa die Sachen längst herausgeholt. Der Kaffeeduft kam eindeutig von hier, aber die Quelle war nicht auszumachen.

Kim spürte auf einmal einen Luftzug und empfand die Temperatur hier noch kälter als im restlichen Keller. Das Fenster, das direkt unter der niedrigen Decke lag und fast kein Licht hereinließ, hatte keine Scheiben, sondern nur ein Lochblech. Offenbar mochten auch Spinnen keinen Durchzug, denn das Blech war einigermaßen sauber. Eigentlich war es sogar sehr sauber. Viel zu sauber, dachte Kim, wenn man den Rest des Kellers bedachte. Überhaupt war weder hier noch nebenan in der ehemaligen Waschküche der sonst überall herumliegende Staub zu finden. Sehr seltsam.

Und dann hörte Kim das Geräusch im Fensterschacht. Sie erinnerte sich, mehrere dieser mit Gittern gesicherten Schächte rund um das Haus gesehen zu haben. Nur an der Seite, wo Sträucher dicht an dicht an der Hauswand standen, hatte sie keine erkennen können. Vermutlich lag dieser hier unter solch einem Strauch, sonst hätte es, dank des draußen herrschenden Sonnenscheins, heller sein müssen. Trotzdem hatte Kim den Eindruck, dass sich im Lichtschacht hinter dem Blech gerade etwas bewegt hatte. War da ein Schatten? Kim beschloss, lieber von außen nach dem Schacht zu suchen und hineinzusehen, als sie ein eigenartiges leises Geräusch hörte. Eine Art Prusten. Kim erstarrte. Das Geräusch wiederholte sich. Kim packte ihren Eisenhaken etwas fester, holte Luft, stieg auf die Kiste unter dem Fenster und riss es auf.

Sie sah in zwei riesige schwarze Pupillen in einem blutroten Augapfel. Drum herum war ebenfalls nur Schwarz. Ein Zischen wie von einer Schlange ließ Kim zurückfahren. Ihr Fuß tappte ins Leere, sie fiel von der Kiste und landete unsanft mit dem Kopf auf dem Boden. Dann wurde es schwarz um sie herum.

»*Putain!*«, war das erste Wort, das Kim hörte, als sie langsam wieder zu sich kam. Ihr Gesicht war nass, einige Tropfen rannen ihr ins Ohr, was unangenehm kitzelte. Sie setzte sich ruckartig auf oder versuchte es zumindest, denn auf halber Höhe stieß ihr Kopf gegen einen anderen und sie sackte zurück auf den Boden. Ein Schmerzenslaut, gefolgt von einem inbrünstigen »*Merde!*« folgte dem Zusammenstoß, dann spürte Kim Hände an ihrem Gesicht. Sie öffnete die Augen und sah – Augen. Riesige schwarze Augen in einem von krausem Haar umrahmten, tiefschwarzen Gesicht. Das Weiß der Augäpfel war rot geädert, die Wimpern verklebt, Rotz lief aus der breiten Nase. Das Schwarz war kein Dreck, sondern echt, dachte Kim. Viel dunkler als Tariks Hautfarbe, die Nase breiter, das Haar lockiger. Sie rollte sich von dem Fremden weg und kam mühsam auf alle viere, um sich dann langsam aufzurichten. Er hockte im Schneidersitz auf dem Boden und starrte sie an – bis ein Niesreiz ihn schüttelte. Das Niesen ging in ein Husten über. Schwere Erkältung, diagnostizierte Kim. In dem Zustand war er nicht gefährlich, höchstens ansteckend.

Was sagte man in so einer Situation?, überlegte Kim. Ihr Schädel pochte und sie fühlte eine Beule am Hinterkopf schwellen, aber wenigstens blutete sie nicht. Der Typ beobachtete sie reglos.

»Sprichst du Deutsch?«, fragte Kim.

»Bist du Rassist?«, fuhr er sie an. Er sprach mit französischem Akzent.
Kim zuckte zusammen. »Ich meine, weil du auf Französisch fluchst.«
Er schwieg.
»Wie heißt du?«
»Und du?«
»Kim.«
Er starrte sie wortlos an. Kim kam sich selten dämlich vor. Dieses Gespräch lief nicht so, wie es sollte. Nicht mal entschuldigt hatte der Kerl sich. Er schien außerdem kein Interesse an einer näheren Bekanntschaft zu haben. Ganz im Gegensatz zu Kim, die sich nicht vorstellen konnte, einfach wieder in ihr Zimmer zu gehen und die Begegnung zu vergessen. Viel eher kam sie sich vor wie Robinson Crusoe, der plötzlich, nach langer Einsamkeit, auf einen Menschen trifft. Als sie das Buch für die Schule gelesen hatte, war ihr die Situation lächerlich vorgekommen, aber jetzt ...
»Wenn du mir deinen Namen nicht sagst, muss ich dich Freitag nennen.«
Er hustete – entrüstet, wie es Kim schien.
»Keine gute Idee? Lieber was Französisches?«
Das folgende Niesen fasste sie als Zustimmung auf.
»Okay, dann nenne ich dich Mardi.«
»Mardi heißt Dienstag«, krächzte er.
»Aber es ist leichter auszusprechen als *Vendredi*.«
Er lachte bitter. »Der Weg des geringsten Widerstands. Na super!«
Kim spürte, dass sie rot wurde. Der Kerl war ganz schön überheblich. Und beleidigend.
»Nenn mich, wie du willst. Ich verschwinde sowieso.«
»Was machst du überhaupt hier?«
Er stemmte sich hoch, ließ sich aber gleich wieder entkräftet auf den Boden fallen, als ein weiterer Hustenanfall ihn schüttelte.

Kim war unsicher, was sie jetzt tun sollte und schaute sich um, als könne sie in dem Kellerraum eine Antwort finden. Der Lichtschacht, dessen Lochblechfenster offen stand, war so eng, dass Mardi gerade hindurchpasste. Vermutlich war das sein Zugang zum Keller, denn seit Konrad die Haustür mit einem richtigen Schloss versehen hatte, war der Weg durch das Haus nicht mehr möglich. Im Lichtschacht, der offenbar auch als Versteck diente, wenn jemand den Keller betrat, entdeckte Kim einen Kaffeebecher mit Sprung. Sie nahm die Tasse, roch daran und rümpfte die Nase. Instantkaffee, viel zu dünn. Roch eklig. Die Brühe war höchstens lauwarm. Mardi streckte die Hand aus, sie reichte ihm den Becher. Er legte die Hände darum, als wolle er sich wärmen. Ihm musste kalt sein. Logisch, der ganze Keller war eiskalt.

»Wie kochst du das Wasser?«

»Gar nicht. Ich nehme das Leitungswasser, aber es ist nicht sehr heiß.«

»Igitt«, murmelte Kim.

Im untersten Brett in dem Regal am Fenster entdeckte Kim einen Karton. Sie hob den Deckel vorsichtig an und sah einen hastig hineingestopften Schlafsack und ein Buch auf Französisch. Sie ließ den Deckel wieder zufallen.

»Deine Sachen?«

Mardi nickte.

»Hast du kein Zuhause?«

Keine Antwort.

Wie alt er wohl sein mochte, fragte sich Kim. So alt wie sie selbst? Oder sogar älter? Vierzehn oder fünfzehn? Schwer zu sagen. Auf jeden Fall war er klapperdürr, seine Klamotten waren viel zu dünn für diese Kellertemperatur, und er war richtig schlimm krank. Wenn der Karton alle seine Habseligkeiten enthielt, besaß er praktisch nichts. Kim schauderte. Sie war sauer gewesen, weil sie nur zwölf Umzugskartons mit hierher hatte bringen dürfen. Mardi besaß einen einzigen Karton, und der war halb so groß wie einer von ihren zwölf.

»Ich besorge dir heißen Tee und Hustensaft«, sagte Kim.

Mardi schüttelte den Kopf. »Lass mich in Ruhe.«

Kim schnappte nach Luft. »He, ich will dir helfen.«

»Ich verstecke mich, okay? Ein Versteck ist nur dann gut, wenn es niemand kennt. Ich haue also sowieso gleich ab.«

Das hätte Kim egal sein können, war es aber nicht. Obwohl sie den Typen nicht kannte und er sie bisher wirklich sehr unfreundlich behandelt hatte, wollte sie nicht, dass er verschwand. Sie hätte sich Sorgen um ihn gemacht.

»Dazu bist du viel zu krank.«

»Als ob du verwöhntes Weichei eine Ahnung hättest.«

Langsam wurde Kim sauer. »Also gut.« Sie wandte sich zum Gehen. »Verschwinde, bevor du hier im Keller verreckst. Tote fangen an zu stinken.«

Mardi wollte eine Erwiderung geben, brachte aber kein Wort heraus, weil er hustete, bis er keine Luft mehr bekam. Kim zögerte. Vielleicht hatte er eine Lungenentzündung und würde wirklich hier sterben? Er war zwar ein Blödmann, aber das wollte sie dann doch nicht. Außerdem hatte er ihre Neugier geweckt.

»Du wartest jetzt, bis ich mit heißem Tee zurück bin, vorher gehst du nirgendwo hin.«

Er schüttelte zwischen zwei Hustenkrämpfen den Kopf.

»Keine Widerrede.« Kim nahm den Schlafsack aus dem Karton und legte ihn Mardi um die Schultern. Sie spürte, dass er zitterte.

»Du holst dir den Tod. Bleib hier, ich bin gleich wieder zurück.«

Zuerst achtete Kim darauf, auf der Kellertreppe kein Geräusch zu machen, aber dann schimpfte sie sich selbst eine Idiotin. Was war denn schon dabei? Sie wohnte hier und hatte den Keller inspiziert, da musste sie nicht leise sein. Nur wer etwas zu verbergen hatte, vermied Aufmerksamkeit. Also pfiff sie vor sich hin, während sie die Kellertür versperrte, den Schlüssel abzog und in ihre Hosentasche steckte. Dann ging sie in die Küche, warf den Wasserkocher an und suchte nach einer Kanne. Eine alte Blechkanne, wie sie sie aus Jugendherbergen kannte, stand im hintersten Winkel eines Schranks. Teebeutel fand sie auf der Anrichte, der

Auswahl nach zu urteilen stammten die meisten Päckchen von Rosa. Kim konnte sich nicht zwischen Harmonietee, Ingwer-Zimt, Klarer-Geist-Tee und Abendtraum entscheiden und warf kurz entschlossen alle vier Beutel in die Kanne. Dann suchte sie nach Keksen und packte zwei Äpfel, eine Banane, einen Joghurt, zwei Scheiben Brot und ein Stück Käse in eine Baumwolltasche. Mit der Kanne und der Tasche schlich sie ins Treppenhaus, lauschte und schloss die Kellertür auf. Als sie keine verdächtigen Geräusche hörte, huschte sie die Treppe hinunter.

Mardi war weg.

Kim öffnete das Fenster des Lichtschachtes, niemand da. Sie schaute in den Karton. Seine Sachen waren weg. Mist! Sie ließ die Vorräte auf dem Boden stehen und raste die Treppe hinauf, zur Haustür und hinaus. An der Hauswand entlang umrundete sie das Gebäude und fand Mardi unter dem Gebüsch an der rechten Hausseite. Er hockte dort neben einem großen Müllsack, in dem sich seine wenigen Besitztümer befanden.

»Ich muss nur warten, bis es dunkel ist«, flüsterte er mit heiserer Stimme. »Hau ab, sonst wird jemand aufmerksam.«

»Du gehst jetzt sofort wieder in den Keller«, zischte Kim. »Dort gibt es heißen Tee und Obst und Kekse, Brot und Käse. Los!«

Sie schob Mardi in Richtung Hauswand. Er unterdrückte ein Husten, indem er in seine schmutzige Hand biss. Kim griff nach dem Müllbeutel, aber Mardi hielt ihn fest umklammert.

»Niemand hat gesehen, dass ich im Keller war. Meine Ma arbeitet, Schmittchen bekommt sowieso nix mit, Seefeld ist gar nicht zu Hause und meine Oma ... Keine Ahnung, was die gerade anstellt. Sie wäre jedenfalls keine Gefahr. Also nun mach kein Theater!«

Mardi holte japsend Luft und blickte Kim mit tränenden Augen an.

»Du brauchst Essen, Trinken, Ruhe. Wenn du gesund bist, kannst du immer noch abhauen.«

Zitternd rutschte Mardi zur Hauswand und dann beobachtete Kim fasziniert, wie er schlangemenschengleich durch den schmalen Lichtschacht verschwand. Der Müllbeutel stand noch einen

Moment an der Hauswand, dann gab es einen Ruck und er versank im Schacht. Eine schwarze Hand tastete aus dem Schacht hoch und zog das Abdeckgitter in Position, wo es mit einem leisen Klirren liegen blieb. Nichts deutete darauf hin, dass hier gerade jemand ins Haus eingestiegen war.

* * *

»Wann kommt denn Ihre Tochter aus der Schule?«
Die Frage traf Ellen unvorbereitet und sie erschrak. Schmitt stand in der Küche und räumte auf. Sehr erfreulich! Trotzdem musste Ellen sich zusammennehmen, um ihm keine patzige Antwort zu geben. Sie war gestresst, hatte weder Zeit noch Lust für Geplauder und hatte sich noch nicht daran gewöhnt, anderen Menschen zu begegnen, sobald sie ihr eigenes Zimmer verließ. Sie musste mit fremden, unordentlichen Leuten die Küche teilen. Ausgerechnet die Küche, ihr früher so heiß geliebter Rückzugsort! Und das Wohnzimmer, wobei es eigentlich keines gab, das diesen Namen verdiente. Der Salon, wie Rosa das Wohnzimmer nannte, war noch immer nicht eingerichtet. Allerdings war auch dort schon jemand mit Besen und Wischwasser durchgegangen. Schmitt vermutlich.

»Um halb drei«, sagte Ellen bemüht höflich. »Ich muss noch einkaufen gehen und kochen, außerdem arbeite ich, wollte mir nur schnell einen Kaffee machen, also lassen Sie sich nicht stören.«

Schmitts Lächeln verlor bei dieser Abfuhr deutlich an Spannkraft, aber dann strahlte er plötzlich wieder. »Wissen Sie was? Ich koche! Ich koche gern! Was essen Sie beide denn am liebsten?«

Ellen stand immer noch mit hängenden Armen mitten in der Küche und konnte sich nicht entscheiden, was sie zuerst tun sollte: Kaffee aufsetzen, Schmitt dankbar um den Hals fallen oder sein Angebot ablehnen – immerhin wusste man ja nicht, ob er wirklich kochen konnte. Aufgewärmte Ravioli jedenfalls oder ein Mikrowellengericht aus der Plastikschale waren sicher nicht nach Kims Geschmack. Und nach Ellens auch nicht.

»Wie wäre es mit Penne all'arrabiata? Ich habe alle Zutaten da:

frische Tomaten, Knoblauch, Oliven, sogar frische Chilis habe ich gestern mitgebracht. Das reicht locker für drei.«

»Für vier, bitte«, sagte Rosa hinter Ellen. »Was stehst du hier herum, ich denke, du hast so viel zu tun?«

»Sie wollten einen Kaffee?«, fragte Schmitt Ellen. »Ich mache welchen.«

Er rückte einen Stuhl für Ellen zurecht und drückte sie mit sanfter Gewalt darauf. »Sie brauchen eine Pause, also gönnen Sie sich eine.«

Rosa, die jetzt ein Croissant aus einer Tüte auf der Anrichte nahm und eine Ecke abriss, war offensichtlich gerade erst aufgestanden. Um halb zwölf. Ellen lockerte ihre verspannten Nackenmuskeln. Rosas Schlafrhythmus hatte sein Gutes, immerhin hatte Ellen dadurch vormittags ihre Ruhe, denn Seefeld und Kim waren in der Schule und Schmitt ging einkaufen oder putzte das Haus und bemühte sich, es allen Bewohnern recht zu machen.

Konrad Schmitt war ihr ein Rätsel. Ein weltgewandter Unternehmer, der seine hausfraulichen Qualitäten entdeckt hatte. Egal, dachte Ellen und sah ihm zu, wie er die Kaffeemaschine einschaltete. Hauptsache, er machte sich nützlich.

»Ich hätte gern einen Milchkaffee«, sagte Rosa.

Als ob sie im Café säße, dachte Ellen genervt.

»Haben Sie inzwischen etwas aus dieser Frau Tersteegen herausbekommen?«

Schmitt holte einen Topf aus dem Schrank, goss Milch hinein und stellte den Gasherd an. Seine Handgriffe zeigten, dass er genau wusste, wo sich alles befand.

»Wer ist Frau Tersteegen?«, fragte Ellen.

»Weiterscheids Geliebte«, murmelte Rosa, während sie weitere Stückchen vom Croissant riss und sich in den Mund steckte.

»Ja, habe ich. Sie ist verständlicherweise sehr unglücklich und braucht dringend eine Schulter, an die sie sich lehnen kann.«

Tja, die bräuchte ich auch, dachte Ellen.

»Sie hat Weiterscheid geholfen, allerdings ohne sich dessen bewusst zu sein. Er hat sie ausgehorcht, um herauszufinden, wie er die Teilzahlungsrechnungen ausfertigen muss, damit auch die Hypothekenabteilungen der Banken sie akzeptieren und die Beträge überweisen. Außerdem hat er von ihr erfahren, dass es dieses alte Geschäftskonto noch gibt, über das nur Weiterscheid und ein ehemaliger, bereits pensionierter Prokurist verfügungsberechtigt waren. Auf dieses Konto hat er uns alle zahlen lassen. Dann hat er das Konto leer geräumt und ist mit dem Geld auf und davon.«

»Wie viel?«, fragte Ellen, die gegen ihren Willen zuhörte. Eigentlich hatte sie mit ihren eigenen Problemen genug am Hals. Aber die Ablenkung tat ihr gut.

»Eins Komma acht Millionen«, sagte Schmitt, während er einen großen Becher Kaffee vor Ellen stellte. »Milch? Zucker?«

Ellen lächelte ihn an. »Ich würde jetzt sagen, Sie seien wie eine Mutter zu mir, nur war meine Mutter leider nie so.«

Rosa schnaubte durch die Nase, während sie den Rest des Croissants in die Schüssel tunkte, die Schmitt vor ihr abgestellt hatte.

»Ich nehme etwas Milch, bitte.«

»Warme?«, fragte Schmitt eifrig.

»Nein, danke. Ich würde mir nur die Zunge verbrennen.«

»Aber weiß sie denn etwas darüber, wo Weiterscheid abgeblieben ist?«, fragte Rosa.

»Ich denke nicht. Sie ist wirklich zutiefst enttäuscht und gekränkt. Wenn sie etwas Konkretes wüsste, hätte sie es mir gesagt.«

»Schade«, sagte Rosa und schlürfte geräuschvoll von ihrem Milchkaffee. »Sie ist also ein dummes Mäuschen, das sich hat benutzen lassen.«

Ellen und Schmitt zuckten angesichts der Herablassung in Rosas Stimme zusammen.

»Gleichwohl denke ich, dass sie eventuell eine Vermutung hat, die sie mir aber noch nicht verraten möchte. Ich treffe sie heute Nachmittag und hoffe, mehr zu erfahren.«

»Petri Heil«, murmelte Rosa und erhob sich. »Ich gehe spazieren. Zum Essen bin ich aber wieder da.«

* * *

Rosa ging zum Deich. Wenn sie geglaubt hatte, das Zusammenleben mit anderen Menschen könne ihre Trauer über Roberts Tod lindern, hatte sie sich geirrt. Es war sogar schlimmer als allein. Ständig ertappte sie sich bei dem Gedanken, wie schön es wäre, zusammen mit Robert in dieser seltsamen WG zu leben. Robert hätte sich gut mit Schmitt verstanden. Vermutlich sogar mit Seefeld, diesem seltsamen, verschlossenen, verstockten Mann, von dem sich Rosa nicht erklären konnte, warum er in die Villa gezogen war. Er machte nicht den Eindruck, als suche er die Nähe zu anderen Menschen. Im Gegenteil. Er war wortkarg und markierte sein Revier mit einer Penetranz, die an eine Zwangsneurose denken ließ. Er hatte sogar ein Vorhängeschloss für den Küchenschrank besorgt, in dem er neuerdings seine Lebensmittel aufbewahrte. Wer ein Müsli vor dem Zugriff der Mitbewohner in Sicherheit brachte, hatte doch nicht alle Tassen im Schrank, dachte Rosa. Und so lecker war das Zeug gar nicht gewesen.

Sie hatte unterdessen die Kaiserpfalz erreicht und blickte sich um. Sie war mit Leo verabredet, der ihr auch schon aus dem Hof vor dem Turm zuwinkte. Angesichts der hochsommerlichen Temperaturen hatte er sich zu einer modischen Extravaganz hinreißen lassen und trug eine hellblaue Hose mit einem zitronengelben Hemd. Wer auch immer ihn bei dieser Auswahl beraten hatte, war sicher stark farbenblind, dachte Rosa. Ihr war natürlich bewusst, dass Leo das alles machte, um ihr zu gefallen. Sie unterdrückte ein Seufzen. Leo Dietjes war ein einsamer Mann, hilfsbereit und zuverlässig und verdiente eine Begleiterin an seiner Seite, die zu ihm passte. Damit schied Rosa aus, denn sie war weder häuslich noch zuverlässig oder konservativ. Wenn sie Glück hatte, würde Leo selbst zu dieser Erkenntnis gelangen, bevor er ihr einen expliziten Antrag machte.

Rosa winkte zurück und überquerte den Rasen der historisch bedeutsamen Stätte. Begeisterung allerdings konnte sie nicht aufbringen für die zerstörten Zollfesten toter Kaiser. Machtgeile Männer und ihre großkotzigen Hinterlassenschaften waren einfach nicht ihr Ding.

»Wie geht es dir?«, fragte Leo. »Hast du dich eingelebt bei Ellen und Kim?«

Dieses Thema wollte Rosa keinesfalls vertiefen, daher nickte sie nur unverbindlich und ließ sich von Leo auf die Wangen küssen.

»Hier, damit du endlich erreichbar bist.« Leo gab Rosa ein Mobiltelefon. Es war weiß, ließ sich aufklappen und hatte riesige Tasten.

»Ein Seniorentelefon?«, fragte Rosa schockiert. Ihre Anwandlung von Mitgefühl für den einsamen Mann in dem Paradiesvogeloutfit verpuffte blitzartig. »Leo, das nehme ich dir übel.«

Sie klappte das Gerät geräuschvoll zu und gab es ihm zurück, als sei es ein zappelndes Insekt, das sich anschickte, in ihren Ärmel zu kriechen.

»Es ist doch nur ...«, begann Leo.

»Es ist eine Beleidigung. Ich werde dieses Gerät nicht mehr anfassen.«

Leo ließ sowohl die Mundwinkel als auch die Schultern sinken und steckte das Telefon wieder ein. »Das ist nicht sehr klug«, sagte er. »Du brauchst ein Telefon ...«

»Besorg mir eins von diesen Dingern, mit denen man auch fotografieren kann«, sagte Rosa. »Und wischen. Ich will wischen, wie alle anderen Leute auch. Ich bin doch nicht senil!«

Rosa ließ Leo Zeit, seine Fassung wiederzugewinnen. Sie wusste, dass er sich wieder einkriegen und ihr das gewünschte Smartphone besorgen würde. Immerhin war es sein Wunsch, dass sie erreichbar war.

»Du hattest mir doch die Liste mit den Anrufern gezeigt, die auf unseren Aufruf reagiert haben«, sagte Leo nach einer Weile.

Na bitte, dachte Rosa, alles wieder in Ordnung. »Was ist damit?«, fragte sie.

»War da nicht noch ein Hinweis, dem wir bisher nicht nachgegangen sind?«

Rosa brummte unwillig. Auf weitere grässliche Gespräche bei alleinstehenden Schabracken hatte sie eigentlich keine Lust.

»Wir sollten jede Chance nutzen«, sagte Leo, als spräche er mit einem kranken Kind. »Dann können wir das Thema abhaken.«

»Diese Nummer hatte nicht einmal unsere Vorwahl«, sagte Rosa. »Also kann diese Frau Weiterscheid auch nicht bei Robert gesehen haben.«

»Vielleicht haben die beiden sich irgendwo anders getroffen«, schlug Leo vor.

Rosa winkte ab und schaute durch eine der Fensteröffnungen auf den Rhein hinunter. »Weißt du eigentlich, womit Robert sich im letzten Jahr immer mittwochs beschäftigt hat?«, fragte sie schließlich. Sie hatte sich lange überlegt, ob sie Leo überhaupt darauf ansprechen sollte. Jetzt hatte sie die Frage spontan gestellt.

»Er wollte die Ermittlungsarbeit verbessern und hat zu diesem Zweck einen alten Fall aus dem Archiv analysiert, der alles andere als optimal abgelaufen ist«, sagte Leo nach einem Moment der Überlegung.

»Welchen Fall?«

»Ich weiß es nicht. Warum?«

Rosa zuckte die Schultern. »Nur so.«

»Was ist nun mit dem letzten Hinweis?«, bohrte Leo nach.

»Sobald ich einigermaßen eingerichtet bin, kann ich mich wieder um die Irren kümmern«, entgegnete Rosa mit einem Blick zur Uhr. »Jetzt habe ich einen wichtigen Termin.«

Die Aussicht auf ein gutes Mittagessen in Gesellschaft lockte sie mehr, als sie für möglich gehalten hätte. Und wenn sie sich beeilte, blieb vorher gerade noch genug Zeit für einen entspannenden Vormittagsjoint.

12

Um acht Uhr abends schaute Ellen auf die Uhr und beschloss, endlich Feierabend zu machen. Sie hatte eine Menge geschafft, viel mehr, als sie für möglich gehalten hätte. Schmitts Nudelgericht hatte hervorragend geschmeckt, auch Kim hatte ihn wieder und wieder gelobt und sich sogar ein kleines Schüsselchen aufgehoben, das sie später essen wollte. Kalte Nudeln waren, als sie etwa sieben oder acht war, eins ihrer Leibgerichte gewesen. Ellen lächelte bei der Erinnerung daran. Was Kim wohl trieb? Sie hatte sich den ganzen Nachmittag allein beschäftigt, war im Haus herumgestreunt und hatte offenbar später Schmitt beim Kuchenbacken geholfen. Die beiden verstanden sich gut, und Ellen war froh, dass Kim ein bisschen abgelenkt war.

Die zwei grünen Lämpchen am Computer erloschen und Ellen schaltete die Steckdosenleiste aus. Dann streckte sie sich und warf einen Blick aus dem Fenster. Die Sonne schien immer noch und sandte warme goldene Strahlen in den verwilderten Park. Ganz in der Nähe war ein Rasenmäher zu hören.

Kam das Geräusch nicht sogar aus ihrem Garten?, dachte Ellen. Sie lehnte sich aus dem Fenster und traute ihren Augen kaum. Seefeld kämpfte sich mit einem mechanischen Ungetüm durch das Dickicht, das er bereits mit einem anderen Werkzeug auf Knöchelhöhe gestutzt hatte. Wo hatte er bloß die Geräte her? Ellen beschloss, der Sache auf den Grund zu gehen.

»Dort hinter dem Kirschlorbeer ist ein Schuppen mit Gartengeräten, Werkzeug, Möbeln und sonstigem Zeug«, erklärte Seefeld ihr auf Nachfragen. Er hatte seine Tätigkeit nur kurz unterbrochen und schob den Mäher sofort wieder an. Ein deutliches Zeichen, dass die Unterhaltung für ihn beendet war. Ellen schüttelte den Kopf, als sie zum Schuppen ging. Warum wohnte ein derartiger Misanthrop in dieser WG? Er hatte doch sicher andere Möglichkeiten. Zumindest sollte man meinen, dass er bis Ende des Monats eine andere Bleibe hatte, denn frühestens am nächsten Ersten wäre seine Wohnung im Kaiserstern fertig gewesen.

Die Schuppentür quietschte kein bisschen und Ellen entdeckte auch sofort den Grund: Jemand – wer anders als Seefeld? – hatte die rostigen Angeln bereits gefettet. Es dauerte einen Moment, bis Ellens Augen sich an das Dämmerlicht im Schuppen gewöhnt hatten, aber dann staunte sie nicht schlecht. Es gab eine Werkbank und ein Werkzeugregal, das, nach einem prüfenden Blick zu urteilen, so ziemlich alle Werkzeuge beherbergte, von denen Ellen je gehört hatte – und noch einige mehr. Ein großer Schraubstock war an der linken Hälfte der Werkbank angebracht, Regale voller Schrauben, Nägel und unterschiedlichste Beschläge hingen an der Wand daneben. Die Gartengeräte hatten einen eigenen Schrank, der ein bisschen an einen Garderobenschrank erinnerte, in robusten Regalen lagen Kissen und Auflagen für Terrassenmöbel und Liegestühle, die darunter gestapelt oder gegen die Wand gelehnt waren. Aber was Ellen am meisten lockte war das Fahrrad, das in der hintersten Ecke lehnte. Es sah aus wie ein altes Postfahrrad, war allerdings schwarz und nicht gelb lackiert. Über dem Vorderrad befand sich ein Gepäckkorb, der aus stabilen Rohren geschweißt war und aussah, als hätte mindestens eine Kiste Bier darin Platz. Ellen bahnte sich ihren Weg durch den Schuppen und zog das Fahrrad mühsam ins Freie. Dort bockte sie es auf dem stabil wirkenden Mittelständer auf und nahm es von allen Seiten in Augenschein. Die Reifen waren platt, die Bremsklötze abgefahren, die Räder drehten sich schwer und das Hinterrad hatte eine Acht, aber im Großen und Ganzen sah das Rad passabel aus. Ein paar Stunden Arbeit und es wäre wie neu. Ellen rieb sich die Hände. Gleich morgen früh würde sie im Fahrradladen die nötigen Teile kaufen und am Abend hätte sie ein erstklassiges Fahrrad für Einkäufe und Besorgungen.

»Schönes Stück«, sagte Seefeld hinter ihr. Wieder hatte sie ihn nicht kommen gehört.

»Es braucht eine Generalüberholung«, erwiderte Ellen.

»Und? Trauen Sie sich die Arbeit zu?«

Ellen blickte ihn verwundert an. Die Frage hatte weder spöttisch noch herablassend, sondern einfach interessiert geklungen.

»Absolut.«

»Wenn Sie eine dritte oder vierte Hand brauchen, sagen Sie Bescheid.«

Mit diesen Worten ging er an ihr vorbei in den Schuppen und bugsierte den Rasenmäher an die vorgesehene Stelle. Ellen stellte das Rad zurück in den Schuppen, wählte an der großen Wand eine ganze Reihe von Werkzeugen aus und ging zurück ins Haus.

Dort gab es genügend lose Türklinken, wackelnde Stuhlbeine, undichte Wasserhähne, nachtropfende Toilettenspülungen und quietschende Türen, um einen angenehmen Heimwerkerabend zu verbringen.

* * *

Schon wieder ein Samstag, der um sieben Uhr mit dem schrillen Läuten des Weckers begann. Ellen nahm sich zum hundertsten Mal vor, sich endlich einen Radiowecker zu kaufen. Oder noch besser: Einen dieser modernen Wecker mit einer Lampe, die über dreißig Minuten hinweg immer heller wird und dann mit einem freundlichen Vogelgezwitscher endgültig zum Aufstehen drängt. Diese Dinger sollten den natürlichen Aufwachprozess befördern und dafür sorgen, dass man gleich hellwach ist. Vielleicht, dachte Ellen und zog eine Grimasse vor dem Badezimmerspiegel, sollte ich einfach die Fensterläden offen lassen.

Im Haus war noch niemand auf, zumindest war die Küche leer, was Ellens Laune hob. Sie kochte sich einen Tee, denn der viele Kaffee der letzten Zeit hatte ihren Magen angegriffen. Galt das schon als Alterserscheinung? Sie seufzte.

Zwei Stunden später hatte sie Kopfschmerzen, einen verspannten Nacken und brüllenden Hunger, aber sie hatte auch das Arbeitspensum, das sie sich für diese Woche vorgenommen hatte, fast geschafft. Zufrieden trug sie das benutzte Teegeschirr in die Küche und suchte nach Brot. Seltsam, gestern hatte Schmitt doch einen ganzen Laib gekauft! Über die Organisation der Lebensmittelversorgung müssten sie dringend reden, denn bisher war es so, dass gelegentlich jemand einkaufte, alle anderen sich aber ungeniert bedienten. Vielleicht bis auf Seefeld, der nicht an gemeinschaftlichen Mahlzeiten teilgenommen hatte und seine eigenen Lebensmittel wegschloss. Komischer Kauz, dachte Ellen, aber gleichzeitig musste sie zugeben, dass sein Verhalten gar nicht mal so dumm war. Er würde jetzt nicht hungern, weil er kein Brot fand.

Im Kühlschrank fand Ellen eine schrumpelige Möhre, die sie heißhungrig verschlang, bevor sie sich auf den Weg in den Ort machte, um Fahrradzubehör und etwas Essbares aufzutreiben. Sie kaufte mehrere Croissants und Brötchen und wollte schon wieder nach Hause fahren, als ihr einfiel, dass es in der Stadtbibliothek einen öffentlichen Internetzugang gab. Endlich eine Möglichkeit, ihre Mails abzurufen!

Aus dem Wust von Nachrichten filterte sie zwei wichtige heraus: Die eine war von ihrem Verlag, der ihr die telefonisch vereinbarte Terminverschiebung noch einmal bestätigte und androhte, bei Nichteinhaltung das Vertragsverhältnis zu beenden. So viel zur Belastbarkeit der oft gelobten langjährigen, vertrauensvollen Zusammenarbeit, dachte Ellen. Dann las sie Andreas Mail, die auf ihr Angebot zurückkam und sie bat, ihr beim Ausräumen von Roberts Haus zu helfen. Und zwar heute. Na super, dachte Ellen, also keine Fahrradreparatur, aber eigentlich freute sie sich über die Abwechslung. Sie fand die Aussicht, einige Stunden mit ihrer alten Freundin Andrea zu verbringen, recht angenehm. Warum hatte sie eigentlich keine beste Freundin, mit der sie die Widrigkeiten des Lebens durchhecheln und sich gegenseitig trösten konnte, wenn es besonders dicke kam? Jede Frau hatte so jemanden, nur sie nicht. Okay, gestand sie sich ein, auch Rosa hatte niemanden, auf den diese Beschreibung passte. Ellen lächelte grimmig. Sie hatte endlich die erste Gemeinsamkeit mit ihrer Mutter entdeckt! Allerdings war das nicht unbedingt eine Eigenschaft, die ihr besonders gefiel. Sie notierte Andreas Telefonnummer und durfte sie von der Bibliothek aus anrufen. Sie brauchte wirklich dringend ein Handy!

»Ich weiß nicht, was ich ohne Nachbarn wie euch gemacht hätte«, sagte Ellen zwei Stunden später. Sie hatte Kim, die noch schlief, eine Notiz hinterlassen, wo sie zu finden sei, und sich in Arbeitsjeans und T-Shirt auf den Weg zu Roberts Haus gemacht. »Rosa war immer so chaotisch, ich war oft froh, dass ich bei euch etwas Warmes zu essen bekam.«

Andrea lachte. Sie hockten verschwitzt und schmutzig auf der Gartenbank in der Sonne und tranken Kaffee. Die Pause war nötig, denn ihre Arme waren bereits lahm.

»Und ich habe dich so beneidet, dass du machen konntest, was du wolltest. Fernsehen, die Nacht zum Tag machen ...«

»Aber das wollte ich ja gar nicht!«

Andrea verdrehte die Augen. »Eigentlich hättest du Buchhalterin werden müssen, bei deiner Vorliebe für Sitte, Anstand und Ordnung.«

»Ja, aber mein Verhältnis zu Zahlen ist nicht so innig wie mein Wunsch nach Präzision«, erwiderte Ellen seufzend. »Sonst wäre das vielleicht wirklich eine Option gewesen.«

»Zum Glück ist es nicht so gekommen. Buchhalter sind ja total langweilig ...«

»Lieber langweilig als kriminell.«

Andrea sah Ellen von der Seite an. »Sprichst du von Jens?«

Ellen nickte. »Vielleicht ist kriminell das falsche Wort, aber so richtig koscher sind seine Geschäfte nicht. Nie gewesen.«

»Wann hast du das kapiert?«

Ellen überlegte. Sie hatte Jens bei der Geburtstagsfeier einer

Bekannten kennengelernt. Sie war gerade von ihrem vorherigen Freund sitzen gelassen worden und Jens war aus Afrika zurückgekommen, wo er ein Jahr als Projektmanager für ein Unternehmen gearbeitet hatte, das Brunnen baute. Die beiden waren die einzigen Singles auf der Party gewesen und hatten sich von Anfang an sympathisch gefunden. Ellen erinnerte sich dunkel daran, mit achtundzwanzig eine akute Form der Torschlusspanik entwickelt zu haben, und Jens suchte eine Frau, die ihn umsorgte. Da Rosa und Jens sich vom ersten Moment an spinnefeind waren, heiratete Ellen ihn heimlich. Damals arbeitete er als freier Mitarbeiter für wechselnde Firmen, und es dauerte noch einige Jahre, genauer gesagt bis nach Kims Geburt, bis Ellen kapierte, dass es bei vielen dieser Geschäfte neben der offiziellen auch eine inoffizielle Ebene gab. Lange wollte sie nichts davon wissen, aber als eines Tages zwei Schläger vor ihrer Haustür standen, konnte sie die Augen nicht mehr vor den Tatsachen verschließen. Da war Kim schon drei oder vier Jahre alt.

»Viel zu spät jedenfalls«, räumte sie ein. »Rosa hingegen hat vom ersten Moment gewusst, dass dieser Mann es mit der Wahrheit nicht so genau nahm.«

Andrea lachte wieder. Rosas treffsichere Intuition hatte die beiden Teenager oft genug in Staunen versetzt. »Ich bin nur froh, dass ich jetzt keine Angst mehr haben muss, dass eines Tages die Polizei in meiner Küche steht und meinen Mann verhaftet.«

Andrea spielte die Entrüstete. »Ich hatte immer die Polizei zu Hause.«

Ellen boxte sie in die Seite. »Dein Vater war ein Schatz.«

»Ich hatte jahrelang keinen Freund, weil sich niemand traute, mit der Tochter von einem Bullen zu gehen.«

»Du Ärmste«, sagte Ellen grinsend. »Trotzdem warst du die Erste in unserer Clique, die mit ihrem Freund zusammengezogen ist.«

Andrea nickte grinsend. »Gegen den erklärten Willen meines Vaters im zarten Alter von achtzehn Jahren.«

»Und dann hast du eine Wahnsinnskarriere gemacht.«

»Ebenfalls gegen seinen Willen.«

»Das habe ich nicht gewusst!«, sagte Ellen erstaunt. Woher auch? Zu diesem Zeitpunkt hatte Andrea die alte Clique bereits mehr oder weniger verlassen.

Andrea wurde ernst. »Er wollte immer, dass ich einen vernünftigen Beruf ergreife und eine Familie gründe. Besonders *ich* bräuchte eine Familie, hat er mir einmal gesagt. Weil ich doch keine richtige Familie hatte.«

»Aber er und Marianne waren doch deine richtige Familie. Nicht leiblich, aber richtig, oder?«

»Natürlich«, bestätigte Andrea schnell. »Aber Robert wusste, dass es trotzdem etwas anderes ist. Hier drin.« Sie legte eine Hand auf die Brust. Dann lachte sie. »Aber das ist alles Schnee von gestern. Ich bin glücklich, so wie es ist. Und eine eigene Familie und Kinder habe ich nie gewollt.«

»Nun, wenn ich den Zeitschriften beim Friseur glauben darf, hast du es ja nicht schlecht getroffen. Du gehörst zu den gefragtesten Schauspielerinnen, reist für Dreharbeiten um die ganze Welt, machst schon mal ein Sabbatjahr in Indien und hast häufig wechselnde Affären mit den schönsten, wichtigsten und interessantesten Männern deiner Branche.«

Andrea schwieg lächelnd.

»Wie läuft es denn aktuell?«, stichelte Ellen. »Mit einem so viel jüngeren Mann.«

»Ich kann nicht klagen«, entgegnete Andrea. »Aber wenn du weitere Details erwartest, muss ich dich enttäuschen.« Schlagartig wirkte Andrea sehr verschlossen. Der Moment der unbeschwerten Vertrautheit zwischen den Freundinnen war wieder vorbei. »Und jetzt sollten wir noch etwas tun, damit wir heute fertig werden.«

Ellen hatte Roberts Bücher aus den Wohnzimmerregalen in Kartons geschichtet, die ein Antiquar abholen würde. Dann hatte sie Geschirr, Besteck, Töpfe und Pfannen verpackt, danach den ganzen Kleinkram, der an eine gemeinnützige Organisation ging.

Einige Möbel würden ebenfalls von dieser Organisation abgeholt werden und Gartengeräte gingen an eine Jugendhilfeeinrichtung, die über einen eigenen Garten verfügte. Ein Trödelhändler wollte die Kunstgegenstände aufkaufen, sofern er sich mit Andrea auf einen Preis einigen konnte, und einen Abnehmer für die Kleidung hatte Andrea auch gefunden. Innerhalb der nächsten acht Tage würden alle Spuren von Robert aus seinem Haus getilgt sein, damit die Übergabe pünktlich vonstatten gehen konnte. Ellen seufzte, als sie sich der Endgültigkeit bewusst wurde.

Das Einzige, was jetzt noch aufzuräumen blieb, war Roberts Arbeitszimmer.

»Ich helfe dir gern«, sagte Ellen, während sie mit Andrea mehr oder weniger andächtig vor der großen Regal- und Schrankwand stand. »Aber vielleicht ist es doch zu persönlich ...«

Andrea zuckte die Schultern. »Du gehörst zu dieser Familie fast so sehr wie ich.«

Sie einigten sich darauf, dass Ellen zunächst alles zusammensuchte, was mit dem Haus zu tun hatte, denn der Käufer würde diese Unterlagen benötigen. Sie fand säuberlich abgeheftete Korrespondenz mit dem Vorbesitzer, den Notarvertrag des Kaufs sowie den Verkaufsvertrag. Quittungen, Bedienungsanleitungen, Wartungshefte und alle weiteren wichtigen Unterlagen nahmen einen zweiten Ordner ein, Dokumente über Grundbesitzabgaben, Müllgebühren und sonstige Briefwechsel mit öffentlichen Stellen einen dritten, Versicherungen einen vierten. Robert hatte ein perfektes Ablagesystem, sorgfältig beschriftet und vorbildlich gepflegt. Wie Rosa ihre wichtigen Dokumente aufbewahrte, wollte Ellen lieber gar nicht wissen.

Im nächsten Schrank fand Ellen Unterlagen zu Roberts Mitgliedschaft im Polizeisportverein, in der Gewerkschaft, in der Armutskonferenz, im Migrationsausschuss und über diverse andere Ehrenämter, die Robert als Rentner übernommen hatte. Der Mann hatte ein ausgefülltes Leben gehabt, dachte Ellen. Was würde man dagegen bei ihrer Mutter finden? Einige Tütchen Gras, die sie irgendwo versteckt und dann vergessen hatte, Ordner mit

Presseausschnitten aus ihrer Zeit als beliebte Volksschauspielerin, aber das wäre dann vermutlich auch schon alles.

»Kannst du mal kurz den Schreibtisch frei machen?« Andrea hielt mehrere Ordner im Arm, die langsam zu einer Seite abrutschten.

Ellen kam ihr schnell zur Hilfe, räumte die Stiftebox, den Zettelkasten und die Lampe vom Tisch und stellte alles auf die Fensterbank.

»Die Unterlage auch, bitte.«

Ellen schob die Schreibunterlage aus braunem Leder über den Rand des Tisches und wollte sie locker zusammenrollen, als ihr ein großer, weißer Umschlag vor die Füße fiel. Sie hob ihn auf. Auf dem Umschlag stand nur ein Wort: Testament.

Andrea ließ gerade mit einem erleichterten Seufzer die Akten auf den Schreibtisch fallen und schaute Ellen dann fragend an.

»Hier. Das lag unter der Schreibtischauflage.« Ellen hielt ihr den Umschlag hin.

Nur zögernd griff Andrea danach.

»Seltsam«, sagte Ellen. »Dein Vater war doch so ordentlich, da hätte ich sein Testament entweder im Safe oder in einem der Ordner erwartet.«

»Scheiße.« Noch immer hielt Andrea den Umschlag in den Händen, als sei er ein gefährliches Insekt. Dann wischte sie sich mit dem Ärmel über die Augen. »Als ich gerade schreiben lernte, war das unser geheimer Briefkasten. Ich habe ›Papi, ich hab dich lieb‹ auf Zettelchen geschrieben, die ich ihm unter die Schreibunterlage legte. Und er antwortete entsprechend. Das ging einige Jahre so hin und her. Außer uns beiden wusste niemand davon.«

»Und du hast nach seinem Tod dort noch nicht nachgesehen?«, fragte Ellen erstaunt.

Andrea brach in Tränen aus. »Ich hatte es total vergessen.«

* * *

Kim las den Zettel ihrer Mutter und musste grinsen. Geil! Einen ganzen Tag frei! Natürlich war Ellen eigentlich in Ordnung, aber seit sie mit ihrer Arbeit so weit im Rückstand war, war sie gestresst. Und wenn sie gestresst war, wurde sie herrisch. Kim, tu dies, Kim, mach das. Als ob auch Kim hyperaktiv werden müsste, wenn Ma schuftete. Blödsinn! Kim wollte einfach mal abhängen. Vielleicht später noch mit Jenny shoppen gehen. Einfach ein bisschen bummeln, chillen, was man halt so machte an einem Samstag mit gutem Wetter. Um sechs Uhr sollte sie zu Hause sein, hatte Ellen geschrieben, und dass sie bitte nicht ohne Begleitung nach Hause gehen sollte. Entweder brachte Jennys Ma sie heim oder sie nahm ein Taxi. Ellen hatte zwanzig Euro Taxigeld dazugelegt. Kim grinste zufrieden. Zwanzig Euro konnte sie gut gebrauchen.

Der Blick in den Brotkorb ließ Kims Laune noch mehr steigen. Zur Feier des Samstags gab es Croissants und Rosinen-Mürbchen. Kim lauschte auf die Geräusche im Haus. Ellen war weg, Rosa schlief offenbar noch, Schmitt war einkaufen, nur Seefeld war in seinem Zimmer, sie hatte eben seine Dusche gehört. Gut. Sie steckte zwei Croissants und ein Mürbchen in den Baumwollbeutel und setzte Teewasser auf. Gestern hatte sie schon vor der Schule zwei Liter heißen Tee zu Mardi gebracht, der nach anfänglichem Zögern dann alles getrunken hatte. Nach dem Unterricht hatte sie Hustensaft besorgt und Halstabletten und Sprudeltabletten mit Vitamin C. Ihr Patient hatte zwar die Augen verdreht, aber den ersten Löffel Saft in ihrem Beisein genommen. Sein Husten klang schon etwas lockerer. Allerdings war der Kranke auch gleich übermütig geworden und hatte mindestens einen Becher Kaffee pro Tag gefordert. Kim warf einen Blick in die Kaffeekanne. Sie war voll. Sehr gut. Dann könnte sie Mardi gleich eine Tasse davon runterbringen.

Weil es früher oder später auffallen würde, wenn Kim ständig in den Keller ging, hatten sie sich auf eine Versorgung über den Lichtschacht geeinigt. Kim füllte also den Kaffee in den Thermobecher, den ihr Dad ihr zum letzten Geburtstag geschenkt hatte, setzte die Teekanne in einen leeren Karton, den sie im Keller gefunden hatte, und checkte an der Küchentür, dass keine Schritte im Treppenhaus zu hören waren. Dann huschte sie ums Haus zu dem Gebüsch, unter dem der Lichtschacht lag. Sie blickte sich noch einmal um, bückte sich und zwängte sich zwischen Kirschlorbeer und Rhododendron hindurch. Der Schacht lag gleich unter dem linken Ast des Rhododendrons. Sie hockte sich hin und gab das vereinbarte Klopfzeichen mit einem Steinchen auf dem Gitter: Dreimal schnell, Pause, dann wieder dreimal, Pause, zweimal und kurz danach ein Klopfen. Kompliziert, aber inzwischen hatte sie es kapiert. »Mein Leben hängt davon ab«, hatte Mardi ihr eingeschärft und sie mit seinen schwarzen Augen beschwörend angeschaut. Ganz schön dick aufgetragen.

Es dauerte ein paar Sekunden, bis das Antwortklopfen kam. Kim nahm das Gitter weg und beugte sich über den Schacht. Mardi hielt unten einen Spiegel in den Schacht und über den schauten sie sich geradewegs in die Augen.

»Frühstück«, rief Kim leise.

»Pssst!«

Sie ließ den ersten Beutel herunter, beobachtete, wie er durch das Kellerfenster entschwebte und wartete, bis Mardis Hände wieder im Schacht erschienen. Dann senkte sie den zweiten Beutel an der Kordel hinab. Sofort danach, so hatte er ihr eingeschärft, sollte sie das Gitter wieder auflegen, dann ganz, ganz aufmerksam lauschen, ob wirklich niemand sie beobachtet hatte, und erst danach aus dem Gebüsch kriechen. Kim musste grinsen, als sie so angestrengt lauschte. Genug jetzt, da war niemand. Sie kroch aus dem Gebüsch und klopfte sich die Hose ab. Als sie wieder aufsah, stand Seefeld direkt vor ihr.

»Mensch, haben Sie mich erschrocken!«

»Erschreckt. Es heißt erschreckt.«

»Von mir aus«, antwortete Kim betont gleichgültig und wollte an Seefeld vorbeigehen. Aber der schaute aufmerksam in Richtung Gebüsch. Kim konnte ihn unmöglich jetzt alleine hier stehen lassen. »Blöd, wenn einem der Ring aus dem Fenster fällt«, sagte sie, hielt ihre Hand hoch und drehte den silbernen Reif mit dem Daumen hin und her.

»Ihr Zimmer hat gar kein Fenster zu dieser Seite.«

Mist! Kim schaute an der Fassade hoch und bemühte sich, nicht so erschrocken auszusehen, wie sie sich fühlte. Über ihr wehte ein hellgrüner Schal aus dem Fenster im Erdgeschoss. »Äh, nein. Aber Rosas.« Sie wies auf den Schal und hoffte, dass sie Seefeld damit überzeugt hatte.

Er warf noch einen misstrauischen Blick auf das Gebüsch, aus dem Kim gerade gekrochen war, drehte sich dann aber um und ging zum Gartenschuppen. Kim fragte sich, was er dort zu suchen hatte, wollte aber keinesfalls länger als unbedingt nötig in Seefelds Nähe bleiben. Sie bemerkte erst jetzt, dass sie schon eine ganze Weile die Luft angehalten hatte und atmete tief durch. Das war ja gerade noch mal gut gegangen. Hoffentlich.

Wenige Minuten später saß Kim auf den Stufen vor dem Wintergarten und genoss zur Beruhigung ihrer flatternden Nerven einen Milchkaffee – ganz ohne mütterliches Quengeln über die Schädlichkeit von Koffein in der Pubertät. Die Sonne schien durch leichte Schleierwolken, es versprach wieder ein warmer Tag zu werden. Bestens!

Ob sie heute Nachmittag mit Jenny nach der geblümten Hose schauen sollte, die sie so gern hätte? Eigentlich war das Stück zu teuer, aber mit den zwanzig Euro ... Kim wurde abrupt in ihren Gedanken unterbrochen, als sie eine Spiegelung im kleinen Fenster des Gartenschuppens bemerkte. Als sie sich umdrehte, entdeckte sie Hans Seefeld, der in dunklem Anzug und mit einem riesigen Strauß roter Rosen unterm Arm gerade das Haus verließ.

Kim blieb der Mund offen stehen. Seefeld als Romeo? Die Vorstellung war ja abartig! Aber vielleicht war das die Antwort auf die Frage, warum er allein hier wohnte. Er hatte eine Affäre und seine Frau hat ihn rausgeworfen. Jetzt hing er hier herum, bis die neue ihn aufnahm. Oder die alte ihn zurücknahm. Oder wie auch immer. Spontan beschloss Kim, Seefeld zu folgen, um sich diese neue Frau mal anzusehen. Wahrscheinlich war sie jünger als die Vorgängerin. Aber ob sie auch besser aussah? Seefelds Opernsängerinnenfrau war ja wirklich nicht hässlich. Sie stellte rasch die Tasse auf die Stufen und wollte gerade aufstehen, als ihr Handy klingelte. Eine Minute später war klar, dass eine Verabredung mit Jenny erst mal wichtiger war als die Verfolgung eines liebeskranken Lehrers.

Sie waren zwei Stunden durch die Geschäfte in der Altstadt gezogen. Mit einer Pizza hatten sie sich dann am Rhein auf den Stufen niedergelassen und gönnten ihren Füßen eine Pause. Während sie in die Pizza biss, überlegte Kim zum tausendsten Mal, ob sie Jenny von Mardi erzählen sollte. Bisher hatte sie es nicht getan, weil ... ja, warum eigentlich nicht? Sie wusste es selbst nicht. Vielleicht, weil sie Jenny nicht Mardis Leben anvertrauen wollte. Das klang total melodramatisch, schon klar. Aber vielleicht war Mardi ja wirklich in Gefahr und das Versteck seine letzte Rettung? Jenny war ein netter Kerl, aber manchmal so ... naiv. Kim war sich nicht sicher, ob Jenny die Ernsthaftigkeit der Situation kapieren oder nur die Aufregung und das Abenteuer sehen würde. Womöglich verplapperte sie sich eines Tages und löste damit eine Katastrophe aus. Welche, wusste Kim auch nicht, schließlich hatte Mardi ihr immer noch nicht erzählt, vor wem er sich eigentlich versteckte, wo seine Eltern waren oder ob er überhaupt welche hatte, woher er kam, wo er vorher gelebt hatte und wie er sich seine Zukunft vorstellte. Eines war klar: Er konnte sich nicht bis an sein Lebensende im Keller der Villa Zucker verstecken.

»Erde an Kim!«, rief Jenny und fuchtelte mit der Hand vor Kims Augen herum. »Wo bist du mit deinen Gedanken? Gibt es etwas, das ich wissen sollte?«

Wenn ich das wüsste, dachte Kim und unterdrückte ein Seufzen. Es fiel ihr schwer, die Sache mit Mardi geheim zu halten, aber dann fiel ihr etwas anderes ein, was sie Jenny erzählen wollte: Seefelds Rosenspaziergang.

»Rote Rosen?«, fragte Jenny mit verklärtem Blick. »Wie romantisch.«

Kim schnaubte. »Kannst du dir das Wort romantisch in Zusammenhang mit Psycho Seefeld vorstellen?«

Jenny zog ein Gesicht, als hätte sie sich auf die Zunge gebissen. »Nee, uääääh! Voll eklig!« Sie schüttelte sich. »Hab ich dir überhaupt schon erzählt, was Seefeld früher gemacht hat, bevor er an unsere Schule kam?«

Wahnsinn! Jenny hatte etwas herausgefunden? Vor Aufregung fiel Kim das letzte Stück Pizza, das sie gerade aus dem Karton genommen hatte, aus der Hand und natürlich mit dem Belag nach unten auf ihre Hose. »O nein!«, rief sie entsetzt. Tomatensoße, Käse und eine schwarze Olive hinterließen einen riesigen, fetten Fleck auf der zitronengelben Jeans.

»Shit!«, rief Jenny aus. »Hoffentlich geht das überhaupt wieder raus.«

Kim stutzte. »Wir haben ja noch nicht mal eine Waschmaschine«, murmelte sie. Wie, zum Teufel, sollte sie ihre Klamotten waschen?

Da wurde ihr plötzlich ein großes weißes Stofftaschentuch hingehalten. Erstaunt schaute Kim hoch und blickte in ein Gesicht mit hellblauen Augen und einer großen Adlernase. Das war doch der Kerl, der sie vor der Schule fotografiert hatte!

»Kim, ich muss ein ernstes Wörtchen mit dir ...«

Schreiend sprang Kim auf, stieß den Mann von sich, katapultierte dabei den Pizzakarton auf die Beine ihres Sitznachbarn, dessen ärgerlichen Aufschrei sie ignorierte, und rannte los. Irgendwohin, egal, Hauptsache weg von dem Kerl, der ein Mörder war und nun auch sie verfolgte. Mit pfeifendem Atem kam Kim bei den Taxen am Burgplatz an, riss die erstbeste Autotür auf, ließ sich in den Sitz fallen und japste: »Los, fahren Sie sofort los, nach Kaiserswerth.«

Mit zitternden Fingern suchte sie in ihrer Hosentasche nach

dem Zwanzig-Euro-Schein, den sie Gott sei Dank doch nicht, wie eigentlich geplant, für die neue Jeans ausgegeben hatte. Aber der Schein war nicht da.

Natürlich nicht!, fiel ihr jetzt ein. Sie hatte das Geld in ihr Portemonnaie getan, das wiederum in ihrer Tasche steckte, die immer noch auf den Stufen am Rheinufer lag. Hoffentlich war Jenny so clever, die Tasche zu retten, sonst hatte Kim ein noch viel größeres Problem als nur die Frage, was passierte, wenn sie in Kaiserswerth ausstieg und das Taxi nicht bezahlen konnte.

»Danke«, murmelte Kim mit gesenktem Kopf und schlich wie ein geprügelter Hund auf das Haus zu.

»Bitte«, sagte Seefeld, während er sein Portemonnaie wieder einsteckte.

Warum musste gerade er es sein, der zeitgleich mit Kims Taxi vor dem Tor der Villa auftauchte? Er trug immer noch seinen dunklen Anzug, aber keine Rosen mehr unter dem Arm. Verdammt, sie hätte nur zu gern von Jenny erfahren, was sie über Seefeld herausgefunden hatte. Der Typ war echt gruselig!

»Was ist los mit dir, Kim?«, fragte Seefeld, der hinter ihr hergelaufen war.

Konnte der Kerl sie nicht einmal in Ruhe lassen? »Nichts. Hab mir nur die Hose versaut«, murmelte sie.

»Keine Tasche dabei?«, fragte Seefeld.

Kim zuckte die Schultern.

»Du siehst aus, als hättest du ein Gespenst gesehen.«

Kim schwieg eisern. Sie hatte die Haustür fast erreicht.

»Oder einen Stalker mit Adlernase.«

Sie blieb wie angewurzelt stehen, den einen Fuß bereits auf der Treppe. Woher, zum Teufel, konnte Seefeld das wissen?

»Es stimmt also. Hattest du dein Handy an? – Natürlich hattest du das.«

»Was hat das damit zu tun?«, fragte Kim.

»Handys kann man orten«, murmelte Seefeld leise. »Das solltest du eigentlich wissen.«

Kim verdrehte die Augen. Schon wieder dieses Thema! Vor drei Monaten war ein Polizist in der Schule gewesen, der sie davor gewarnt hatte, zu viele Informationen im Internet preiszugeben. Kim hatte sich gelangweilt. Das ging sie nichts an. Sie hatte natürlich ein Facebook-Profil, aber ihre Ma kontrollierte ständig, was sie dort veröffentlichte. Und ihre Handynummer hatte sie nur ihren Freundinnen mitgeteilt, ganz wie Ellen es verlangte. Sie trug ihre Telefonnummer in keine Newsletter oder Info-Listen ein und hatte der Gesichtserkennung im Internet widersprochen. Was sollte also passieren?

»Wie sollte er mein Handy orten können? Oder überhaupt meine Nummer wissen? Das ist doch alles Panikmache!«, stieß sie wütend hervor.

»Das werden wir sehen«, sagte Seefeld.

Kim war nicht sicher, ob sie das als Drohung auffassen sollte.

* * *

Ellen und Andrea saßen wieder auf der Bank in Roberts Garten und tranken Kaffee, aber dieses Mal war die Stimmung gedrückt.

»Es ist das alte Testament meiner Eltern«, sagte Andrea. Es klang entschuldigend.

»Ja. Komisch, dass er es nicht geändert hat«, fügte Ellen hinzu.

»Ich bin jetzt in einer blöden Situation«, sagte Andrea. »Wegen der Wohnung, die Papa gemeinsam mit Rosa gekauft hat.«

»Du wirst wohl nicht mit ihr gemeinsam dort einziehen wollen«, sagte Ellen, und es hätte wie ein Witz klingen sollen. Tat es aber nicht. Sie fühlte sich zu unbehaglich, um Witze zu machen.

Das Testament war ein Schock für Ellen gewesen. Es handelte sich um den gemeinschaftlichen letzten Willen der Eheleute Tetz, in dem sie ihren Nachlass regelten für den Fall, dass sie gemeinsam oder kurz hintereinander starben. Der Text klang genau wie diese Standardformulierungen, die man als Mustertexte aus dem Internet herunterladen oder aus entsprechenden Ratgebern abschreiben konnte. So ein Testament hatten Ellen und Jens auch damals gemacht. Nur hatten sie ihres zerrissen, als sich ihre

Lebenssituation geändert hatte. Robert hatte seins hingegen vor zwei Jahren neu datiert und unterschrieben. Vor zwei Jahren hatte es ja auch noch keinen Anlass gegeben, an der Begünstigung der einzigen Tochter etwas zu ändern.

Allerdings sah es Robert überhaupt nicht ähnlich, dass er sein Testament nicht geändert hatte, als Rosa und er die gemeinsame Wohnung gekauft hatten. Jetzt war der Fall eingetreten, der zwangsläufig eintreten musste: Rosa war nicht abgesichert.

Zugegeben, die Sache war noch komplizierter, weil die gemeinsame Wohnung nicht existierte, aber selbst wenn sie existiert hätte, wäre Rosa nur eine von zwei gleichberechtigten Eigentümerinnen der Wohnung, in der sie wohnte. Wenn die andere Eigentümerin, also Andrea, ihre Auszahlung verlangte, stand Rosa auf der Straße. Keine Bank der Welt würde einer über siebzigjährigen Rentnerin eine Hypothek geben.

»Zum Glück bist du weder auf die Wohnung noch auf das Erbe in Geldwert angewiesen«, sagte Ellen und unterdrückte einen Seufzer.

Andrea schwieg.

»Oder?«, fragte Ellen alarmiert.

»Natürlich nicht«, erwiderte Andrea schnell. »Und selbst wenn, würde es ja nichts nützen, denn es ist ja sowieso nichts mehr da, was zu verteilen wäre.«

Eine Weile tranken sie schweigend ihren Kaffee.

»Willst du Rosa von dem Testament erzählen?«, fragte Andrea.

»Vielleicht ist es besser, wenn sie es von dir erfährt.«

Unlustig zuckte Ellen die Schultern. »Von mir aus.« Dann fiel ihr etwas ein. »Sag mal, hättest du etwas dagegen, wenn Rosa noch mal hier durchs Haus geht, bevor all die Sachen abgeholt werden? Vielleicht möchte sie ein kleines, sentimentales Erinnerungsstück haben?«

»Nun ...«

Ellen wunderte sich über das Zögern ihrer Freundin. Freundin? Ja, irgendwie hatten Andrea und sie, obwohl sie sich viele Jahre praktisch nicht gesehen hatten, sofort wieder an ihre alte Freundschaft angeknüpft. Vielleicht hatte es mit der Situation zu tun, in der sie sich wiedergetroffen hatten, aber auf jeden Fall war die frühere Vertrautheit wieder da.

»Natürlich will ich Rosa diese Gelegenheit gern geben. Es müsste aber heute oder morgen sein, denn am Montag früh um acht stehen die ersten Leute hier, die die Sachen holen kommen.«

»Das ist wirklich lieb von dir«, sagte Ellen erleichtert. »Ich habe zwar keine Ahnung, ob Rosa überhaupt Interesse daran hat, aber das kann sie dann immerhin selbst entscheiden. Vielleicht tut es ihr gut, auf diese Art noch mal Abschied zu nehmen.«

* * *

Der Geruch nach trockenem Staub war das Erste, was Rosa auffiel, als sie – zum letzten Mal in ihrem Leben, wie ihr plötzlich klar wurde – Roberts Haus betrat. Und dann die Stille. Ihre Schritte hallten in den leeren Räumen. Selbst das Ticken der kitschigen, immer falsch gehenden Uhr, die Roberts Frau von ihrem Vater geerbt hatte, fehlte nun. Rosa hatte dieses hässliche Monstrum nie gemocht. Trotzdem wurde ihr auf einmal bewusst, dass es das Fehlen des unregelmäßigen Tickens war, das die Einsamkeit des Hauses unterstrich. Viel mehr als die vielen Kisten und Kartons, die überall gestapelt waren. Rosa schluckte schwer und kämpfte gegen die Tränen. Doch sie wollte Robert, der ihr sicherlich von seinem neuen Aufenthaltsort zusah, nicht mit ihrer Trauer belästigen, deshalb zwang sie ihre Lippen zu lächeln.

Das half tatsächlich und sie fühlte sich gleich besser. Sie straffte die Schultern und hob das Kinn. Dann flüsterte sie leise: »Zeig mir, was du mir als Erinnerungsstück schenken möchtest.«

Etwas später richtete Rosa sich mit schmerzendem Rücken auf. Dieses ewige Bücken und Herumräumen waren anstrengend auf Dauer. Seit Roberts Tod hatte sie ihre Yogaübungen vernachlässigt. Das tat ihren alten Knochen nicht gut. Warum nicht gleich ein paar Übungen machen? Sie ging ins Schlafzimmer und stellte sich auf den dicken Teppich. Die Füße hüftbreit auseinander, die

Arme über dem Kopf ausstrecken und tief einatmen. Langsam nach vorne beugen, bis die Fingerspitzen den Boden berühren. Rosa atmete aus, entspannte die Lendenwirbelmuskulatur und drückte die Handflächen ganz auf den Boden. Jetzt ließ sie den Kopf locker hängen und schloss die Augen. In dieser Position verharrte sie und spürte, wie Muskeln und Sehnen gedehnt und durchblutet wurden, wie die Spannung aus den Schultern wich und die Atmung sich vertiefte. Sie öffnete die Augen und richtete sich langsam, Wirbel für Wirbel, wieder auf. Da entdeckte sie die Ecke des Papiers, das hinter der Fußleiste steckte.

An dieser Stelle hatte Roberts Kommode gestanden, auf der er abends seine Taschen ausgeleert hatte. Kleingeld, abgefallene Knöpfe, Quittungen oder Eintrittskarten tauchten dabei auf und landeten in einer Schale aus Silber, die Rosa ihm vor einigen Jahren geschenkt hatte. Offenbar war ein Zettel hinter die Kommode gerutscht und steckte nun dort fest.

Rosa pulte ihn mühsam heraus.

Der Zettel enthielt eine Telefonnummer, sonst nichts, auch keinen Namen. Der Vorwahl nach zu urteilen, handelte es sich um eine Handynummer. Die Handschrift war nicht Roberts, das konnte Rosa leicht erkennen. Sie ärgerte sich, dass sie kein Telefon zur Verfügung hatte, denn sie wollte sofort wissen, wessen Nummer Robert da mit sich herumgetragen hatte. Vielleicht Weiterscheids private Handynummer? Rosa steckte den Zettel ein und wusste plötzlich, welches Erinnerungsstück sie von hier mitnehmen würde. Sie ging im Wohnzimmer zu den Kartons mit der Kleidung und suchte Roberts Lieblingsstrickjacke heraus. Obwohl er grundsätzlich keine innige Beziehung zu Kleidungsstücken entwickelt hatte, war diese Jacke die berühmte Ausnahme gewesen. Sie hatte Flicken an den Ellbogen und umhäkelte Ärmelbündchen. Am Hals war die dunkelgraue Wolle knotig und rau, aber Robert hatte sich nicht davon trennen wollen. Rosa zog die Jacke über und spürte das wohlige Kribbeln der groben Wolle auf den Unterarmen und am Hals. Der Duft von Roberts Rasierwasser, vermischt mit einem leichten Hauch von Minzbonbons, die er immer in der Tasche mit sich herumgetragen hatte, überwältigten sie für einen Augenblick. Rosa schloss die Augen, legte ihre Arme fest um den Körper und war sicher, Roberts Umarmung zu spüren. Dann hörte sie ihn sagen: »Du spinnst, Rosa. Es ist einfach nur eine alte Strickjacke.«

»Du hast ja recht«, murmelte sie. Oder auch nicht, fügte sie in Gedanken an.

13

Ellen wollte schon »Wie siehst du denn aus?« fragen, hielt dann aber doch den Mund, als sie die Strickjacke erkannte. Sie hatte Robert gehört. Das einzige Kleidungsstück, dem man ansah, dass sein Träger es trotz deutlicher Verschleißerscheinungen nicht hatte hergeben wollen. Ein oder zwei Mal hatte Ellen Robert in dieser Jacke gesehen, wenn sie unangemeldet bei ihrer Mutter vorbeigeschaut hatte. Nun trug Rosa das alte Ding über einem mintgrünen Kaftan. Die Zusammenstellung war abenteuerlich. Das fand wohl auch Konrad Schmitt, der sie mit dem Kartoffelschälmesser in der Hand verblüfft anstarrte.

»Um sieben können wir mit dem Salat beginnen«, sagte Ellen, um das unangenehme Schweigen zu brechen.

Schmitt erwachte aus seiner Trance und nickte. »Danach gibt es Gemüselasagne mit Schafskäse, und als Dessert...« Er nickte Kim zu, die mit einem Teigschaber die letzten Reste aus einer Rührschüssel kratzte. Mund und Nasenspitze waren mit Schokoladencreme verschmiert. »Mousse au Chocolat«, nuschelte sie.

»Ist das hier eine Selbsthilfegruppe?«, fragte Rosa, während sie zum Kühlschrank ging. »Therapeutisches Kochen für Obdachlose?« Sie nahm eine Flasche Weißwein, öffnete sie und ging wieder zur Tür.

»Willst du mitessen?«, fragte Kim.

»Natürlich!«

»Dann musst du was in die Lebensmittelkasse zahlen und beim Aufräumen helfen.«

Rosa drehte sich um und starrte ihre Enkelin an. Ellen verkniff sich ein Grinsen. Hätte sie ihre Mutter darauf hingewiesen, hätte

Rosa mit einer pampigen Bemerkung reagiert. Zum Glück hielt sie ihre spitze Zunge Kim gegenüber im Zaum.

Kim zuckte die Schultern. »Ich habe das Gesetz nicht beschlossen.« Sie deutete mit dem abgeleckten Schaber auf Ellen und Konrad, die einträchtig nebeneinander an der Arbeitsfläche standen und Gemüse schnitten.

»Darüber können wir ja gleich noch mal sprechen«, rief Konrad versöhnlich über die Schulter.

Ellen wunderte sich immer wieder, wie konfliktscheu der ehemalige Unternehmer war.

»Das werden wir!«

Ellen verdrehte die Augen. War ja klar, dass Rosa sich mit Händen und Füßen gegen Vorschriften oder Verpflichtungen wehren würde. Aber dieses Mal hatte Ellen Mitstreiter. Sie war optimistisch, dass das Zusammenleben in der Villa Wahnsinn, wie sie das Haus mittlerweile im Stillen nannte, mit jeder Gemeinschaftsregel nur besser werden konnte. Und auf ihrer Wunschliste standen noch einige Regeln, die sie so bald wie möglich durchsetzen würde.

Zwei Stunden später lehnte Ellen sich zurück und seufzte leise. Sie war satt und sie war, so unglaublich es klang, so zufrieden wie schon lange nicht mehr. Dabei hatte sie kein eigenes Heim mehr, musste sich eine illegal besetzte Immobilie mit ihrer Mutter und zwei fremden Männern teilen, von denen der eine ein unheimlicher Typ war, und war nach wie vor mit ihrer Arbeit im Rückstand. Immerhin hatte Seefeld gerade eben ihre Lasagne gelobt. So viel Sozialkompetenz hätte sie ihm gar nicht zugetraut, aber gegenüber positiven Überraschungen war sie immer aufgeschlossen. Sie lächelte Seefeld an.

»Freut mich, wenn es Ihnen geschmeckt hat. Trinken Sie auch noch einen Espresso mit?«

Seefeld schüttelte den Kopf. »Kein Koffein nach sechzehn Uhr.«

Kim verdrehte die Augen, Rosa ließ ein verächtliches Schnauben hören, nur Schmitt klopfte Seefeld auf die Schulter. »Ja, in unserem Alter ...«, sagte er.

Allein Seefelds Blick brachte sein Missfallen über diesen Verbrüderungsversuch so deutlich zum Ausdruck, dass Schmitt enttäuscht seine Hand wieder zurückzog und schwieg.

Kim begann, den Tisch abzuräumen und Ellen machte Espresso, während Rosa den restlichen Wein in ihr Glas füllte. Seefeld erhob sich.

»Wie steht es um Ihre Bereitschaft, das gestohlene Geld zurückzubekommen, meine Herren?«, fragte Rosa.

Seefeld stockte mitten in der Bewegung.

»Ich denke, dass wir unsere Bemühungen in diese Richtung bündeln sollten«, fuhr Rosa fort. »Immerhin sind wir alle in derselben Situation.« Sie machte eine Pause. »Bis auf Ellen, natürlich, die nie etwas besaß, nichts verloren hat und keinerlei Besitzansprüche geltend machen kann.«

Ellen beherrschte sich nur mühsam. Sie fragte sich, warum Rosa diese vollkommen unnötige Spitze losgelassen hatte. Die Antwort ließ nicht lang auf sich warten.

»Da sie also hier kein Wohnrecht hat, wäre es nur gerecht, wenn sie abwäscht und aufräumt, während wir über die Bereinigung unserer misslichen Lage sprechen.«

»Kannst du nicht gleichzeitig spülen und denken, Mutter?«, konterte Ellen und freute sich über das Aufblitzen von Ärger in Rosas Augen, als sie sie Mutter nannte.

Kim hatte den verbalen Schlagabtausch von der Spüle aus beobachtet. Ellen ging zu ihr, legte ihr den Arm um die Schultern und drückte sie. Sofort versteifte sich ihre Tochter. Typisch. Einmal mehr hielt Kim lieber zu Rosa als zu ihrer Mutter, dabei hatte eindeutig Rosa den Streit begonnen. War das ein echtes Mutter-Tochter-Problem oder nur ein weiteres Beispiel für die Hormonrebellion? Letzteres würde immerhin Hoffnung auf Besserung in einigen Jahren geben, sagte sich Ellen und stellte seufzend ihren Espresso auf den Tisch. Seefeld räumte die Auflaufform zum schmutzigen Geschirr.

»Sie führen hier das Argument unterschiedlicher Besitzansprüche ins Feld, um zu verschleiern, dass Sie faul sind«, sagte Seefeld leise.

Kim zuckte zusammen, als habe er sie geschlagen, und rückte ein Stück von ihm ab.

»Einen Versuch war es wert«, gab Rosa ungerührt zurück.

»Nun streitet euch doch nicht!«, warf Schmitt unglücklich ein. »Es war gerade so schön harmonisch. Wenn es hilft, dann spüle ich. Über eine mögliche Strategie, unser Geld zurückzubekommen, können wir nachher immer noch ...«

»Nein«, sagte Seefeld. »Damit fangen wir gar nicht an. Frau Liedke wird sich an der Hausarbeit beteiligen wie alle anderen auch. Herr Schmitt und die Damen Feldmann haben bereits gekocht, daher werden wir beide jetzt aufräumen. Wollen Sie spülen oder abtrocknen?«

Rosa trank ihren Wein auf ex und musterte Seefeld verärgert.

»Ich mag Ihren Ton nicht.«

»Spülen oder abtrocknen?«

»Weder noch.«

»Sie spülen.«

Rosa wollte protestierend die Küche verlassen, aber Seefeld war schneller als sie an der Tür, obwohl er den längeren Weg hatte. Er stellte sich Rosa in den Weg und rührte sich nicht vom Fleck. Ellen, Kim und Schmitt beobachteten das Kräftemessen mit einer Mischung aus Sensationslust und Unwohlsein. Ellen hätte nicht auf den Ausgang der Auseinandersetzung wetten mögen und war erstaunt, als Rosa nachgab. Sie hob den Kopf, rempelte Seefeld zur Seite und warf sich Schmittchens Schürze über. Mit Todesverachtung ließ sie Spülwasser ins Becken laufen und warf das Besteck hinein, das es nur so spritzte. Ellen, Kim und Schmitt verließen den Kampfplatz mit eingezogenen Köpfen, nur Seefeld war unbeeindruckt von dem kurz vor der Explosion stehenden Vulkan namens Rosa. Er griff lässig nach einem Handtuch und polierte penibel jedes einzelne Besteckteil, das Rosa geräuschvoll auf die Ablauffläche donnerte.

Ellen, Kim und Schmitt arrangierten die Möbel im Salon zu einer Sitzgruppe, Ellen reparierte einen wackelnden Stuhl mithilfe eines neuen Stahlgleiters, den sie unter das zu kurz geratene Bein nagelte, und fand außerdem im Gartenschuppen noch Polsternägel, mit denen sie die lockere Bespannung des kleinen Sofas fixierte. Kim schlich, wenn ihre Hilfe nicht gebraucht wurde, immer wieder feixend zur Küchentür, um Seefeld und Rosa bei ihrer schweigend verrichteten Hausarbeit zu beobachten. Als die beiden in den Salon kamen, verabschiedete Kim sich mit einem demonstrativen Gähnen. Ellen hörte sie noch kurz in der Küche rumoren, dann verklangen ihre Schritte im Treppenhaus. Rosa hatte eine Flasche Wein und ein Glas mitgebracht und schenkte sich ein, ohne zu fragen, ob noch jemand etwas trinken wollte. Ellen, Seefeld und Schmitt taten so, als bemerkten sie den Affront nicht, wenngleich Schmitt die Enttäuschung über Rosas Verhalten anzusehen war.

»Konrad, würdest du uns bitte deine neuesten Informationen netterweise noch einmal mitteilen?«

Schmitt sammelte sich und ließ sein gewohntes Lächeln sehen. Ellen wunderte sich wieder einmal über den Mann, der als Unternehmer in der ganzen Welt zu Hause gewesen war. Er wirkte so gar nicht souverän oder weltgewandt, geschweige denn abgebrüht, wie Ellen sich Unternehmer vorstellte. Im Gegenteil: Er war immer ein wenig unsicher, blühte aber auf, wenn er Beachtung fand wie jetzt. In welcher Branche Schmitt wohl gearbeitet hatte?

»Ich habe Beate Tersteegen kennengelernt, die Geliebte von Achim Weiterscheid.«

Ellen hatte eigentlich gar nicht mehr an dieser Besprechung teilnehmen wollen, da sie, wie Rosa mehr als deutlich gemacht hatte, nicht zu den geprellten Eigentümern gehörte. Aber Schmitt, der ihr inzwischen auch das Du angeboten hatte, hatte sie praktisch genötigt. Es könne nie schaden, wenn so viele kluge Köpfe wie möglich sich Gedanken über eine mögliche Strategie machten.

Ellen unterdrückte nun ein Gähnen und hörte sich die Geschichte von der vorsichtigen Kontaktaufnahme zwischen sitzengelassener Geliebter und betrogenem Investor mit mäßigem Interesse an.

»Und heute hat Frau Tersteegen mir nun verraten, dass sie mit Weiterscheid einmal eine Urlaubsreise unternommen hat.«

»Nach Zürich?«, fragte Rosa.

»Dubai.«

»Schade«, sagte Rosa. »Ich dachte, weil er doch einen Stadtplan von Zürich in seinem Schreibtisch ...«

Ellen brauchte einen Moment, bis ihr die ganze Bedeutung von Rosas Einwurf klar wurde. »Du hast den Stadtplan hoffentlich dort gelassen.«

Rosa zuckte die Schultern.

»Das darf doch wohl nicht wahr sein! Was hast du sonst noch mitgenommen?«

Rosa verschränkte die Arme vor der Brust und schwieg.

»Hat Frau Tersteegen dem Betrugsdezernat der Polizei von der Reise nach Dubai erzählt?«, fragte Ellen.

Schmitt nickte. »Natürlich. Das Amtshilfeersuchen ist unterwegs, gleichwohl ...«

»Die Scheichs sind wohl nicht besonders kooperativ«, sagte Rosa.

»Apropos nicht kooperativ«, warf Ellen bissig ein.

»Dubai ist ein Mekka für Offshore-Firmen«, sagte Schmitt. »Wer Geld am deutschen Fiskus vorbeischleusen will, eröffnet dort ein Beratungs- oder Ingenieurbüro und transferiert Geld dorthin. Das finden die Steuerbehörden nie.«

»War es das, was Sie in Dubai getan haben?«, fragte Rosa bissig. »Geld an deutschen Steuerbehörden vorbeigeschleust?«

Schmitt schaute, als habe sie ihm eine Ohrfeige verpasst, ging aber nicht näher auf Rosas provozierende Frage ein.

»Das sind ja tolle Aussichten«, murmelte Ellen.

Schmitt fing sich wieder »Eben. Deshalb müssen wir das Konto selbst finden.«

»Und wie stellst du dir das vor?«, fragte Ellen amüsiert.

»Weiterscheid leidet an einer Form von Dyskalkulie. Zahlen sind für ihn unverständlich. Er kann sich nicht einmal seine eigene Telefonnummer merken, sagt Frau Tersteegen. Daher ist sie sicher, dass sich Weiterscheid die Kontonummer notiert hat. Und zwar höchstwahrscheinlich in seinem Büro. Sie hat mir versprochen, danach zu suchen.«

»Würde man so etwas nicht eher zu Hause aufbewahren?«, fragte Ellen.

Schmitt zuckte die Schultern.

Es war still im Salon. Jeder hing seinen Gedanken nach.

»Vermutlich schützt die MultiLiving GmbH ihre Onlineverbindung mittels Verschlüsselung über Proxyserver«, sagte Seefeld nach einer Weile. »Damit bleibt Weiterscheid anonym, auch wenn er Bankgeschäfte online erledigt. Wenn er schlau ist, surft er zu Hause ohne diesen Algorithmus. Der Einsatz dieser Software erzeugt nämlich mehr Fragen, als einem Betrüger lieb sein kann. Unter diesen Umständen bräuchte er auch die Kontoinformationen dort, wo er seine Bankgeschäfte erledigt, also im Büro.«

Ellen warf einen verstohlenen Blick zu Rosa und Schmitt. Beiden sah man an, dass sie keine Ahnung hatten, wovon Seefeld gerade gesprochen hatte. Ellen war also nicht allein.

Rosa stand plötzlich auf und verließ die Küche, kam aber wenige Minuten später zurück und legte zwei Papiere auf den Tisch. Es handelte sich um ein Faltblatt des Düsseldorfer Schauspielhauses und einen Lottoschein.

»Was ist das?«, fragte Schmitt mit gerunzelter Stirn.

»Die Eselsbrücke zu Weiterscheids Kontonummer?«

* * *

Endlich wieder Montag! Kim konnte es kaum erwarten, Tarik wiederzusehen. Sie reckte schon auf dem Schulgelände den Hals, sah seinen schwarzen Lockenkopf aber nirgends. Kein Wunder. Nachdem er sich einige Tage um Pünktlichkeit bemüht hatte, kam er jetzt wieder regelmäßig zu spät. Selbst zu Seefelds Physikstunde, was unweigerlich zu einem Eintrag ins Klassenbuch führte. Aber das kratzte Tarik nicht, und Kim bewunderte ihn für diese Coolness.

»Wie war der Rest des Wochenendes?«, fragte Jenny auf dem Weg in den Physiksaal, als sie Kim ihre Tasche gab, die sie bei ihrer panischen Flucht vor der Adlernase auf den Stufen am Rhein vergessen hatte.

»Ganz okay.«

»Hast du deiner Ma gesagt, dass der Typ dich verfolgt hat?«

Kim schüttelte den Kopf. Sie hatte es nicht übers Herz gebracht, ihrer Mutter davon zu erzählen. Nicht, nachdem Seefeld ihr selbst die Schuld an diesem Zusammentreffen gegeben hatte. Nicht, nachdem ihre Mutter so niedergeschlagen vom Aufräumen in Roberts Haus nach Hause gekommen war, und erst recht nicht am Sonntag, als Ellen nach einigen Stunden Arbeit endlich mal entspannt aussah und sich mit Konrad ein fröhliches Kochduell geliefert hatte. Beim Gedanken an Konrad musste Kim grinsen. Er war zwar auch ein Gruftie, mit seinen sechsundsiebzig Jahren sogar noch älter als Rosa, und außerdem voll altmodisch mit seinen Handküssen und gezierten Manieren, aber auf jeden Fall nett. Und er hatte Kim das Du angeboten.

»Seefeld hat mich erwischt, als ich nach Hause kam. Er hat das Taxi bezahlt.«

»O Gott, wie peinlich!«

»Und er hat gesagt, ich sei selbst Schuld, dass der Typ mich verfolgt, weil er mein Handy orten kann.«

»Quatsch«, sagte Jenny, aber es klang nicht sehr überzeugt.

Kim wollte etwas erwidern, wurde aber von Seefeld unterbrochen, der den Physikraum betrat und die Tür hinter sich schloss. Kim war enttäuscht. Wo blieb Tarik? Hoffentlich kam er noch.

»Guten Morgen. Sie dürfen heute Ihre Mobiltelefone eingeschaltet lassen«, sagte Seefeld, während er seine Tasche auf dem Lehrerpult abstellte. Er nahm einen Laptop heraus und klappte ihn auf. »Ich bitte Sie sogar darum.«

Kim und Jenny blickten sich überrascht an. »Was ist denn jetzt los?«, flüsterte Jenny.

Kim schluckte. Sie erinnerte sich an ihren Wortwechsel mit Seefeld, in dem sie ihm Panikmache vorgeworfen und behauptet hatte, dass niemand ihr Handy orten könne. »Das werden wir ja sehen«, war Seefelds kryptische Antwort gewesen. War es jetzt so weit?

»Bitte schalten Sie alle Ihre Mobiltelefone ein«, sagte Seefeld, ohne von seinem Laptop hochzublicken.

Die Klassenkameraden nestelten unsicher die Geräte aus den Hosentaschen, während Kim noch unentschlossen war, ob sie der Aufforderung Folge leisten sollte. Sie hatte keine Lust, Seefeld wieder als Negativbeispiel zu dienen.

»Sie auch, Frau Feldmann.«

Kim wurde rot. »Äh, woher ...«

»Sie sind immer noch offline!«

Schnell schaltete Kim ihr Handy ein.

»Ach, Herr Alechin ist auch schon auf dem Weg zu uns, wie schön.«

Jenny kicherte. »Jetzt ist er eindeutig übergeschn...«

In dem Moment betrat Tarik den Klassenraum. Ein Raunen ging durch die Reihen.

»Lassen Sie Ihr Mobiltelefon angeschaltet, Herr Alechin, und setzen Sie sich. Ich brauche noch etwa drei Minuten, so lange bitte ich um Ruhe.«

In der Klasse wurde leise getuschelt, und auch Kim und Jenny überlegten, was hinter Seefelds seltsamem Benehmen stecken mochte. Aber bevor Seefeld etwas sagte, begannen plötzlich mehrere Handys zu klingeln. Weitere kamen dazu, und nach einigen Sekunden läutete jedes Gerät. Kim und Jenny starrten erst ihre Handys, dann einander an. Sie hatten eine SMS empfangen.

»Bitte lesen Sie Ihre Nachrichten«, sagte Seefeld.

Kim fühlte sich wie in einem geheimen Forschungsexperiment. Irgendetwas passierte hier mit ihr und den Klassenkameraden, aber sie hatte nicht den Schimmer einer Ahnung, was das sein sollte. Sie öffnete die SMS mit einem Gefühl unheilvoller Erwartung.

Zuerst verstand sie nicht, was sie sah. Dann kapierte sie, dass die Liste mit den Nummern, die auf ihrem Display erschien, der Verbindungsnachweis ihres Handys war. Telefonnummern, Uhrzeiten, Gesprächsdauer.

Es herrschte absolute Ruhe im Klassenraum. Dann klingelten die Handys erneut. Kim öffnete die SMS. Jetzt waren ihre neuesten Facebook-Einträge aufgelistet – obwohl ihr Profil nur für Freunde zugänglich war und Seefeld nicht dazu gehörte. Definitiv nicht!

Als Nächstes folgte eine Zahlenreihe, die Kim erst nach einigem Nachdenken zuordnen konnte: Die Umsätze, die sie mit ihrer Payback-Karte gemacht hatte. Die einzelnen Buchungen waren in Gruppen sortiert. Kosmetik, Hautpflege, Haarpflege, Hygieneartikel, Lebensmittel, Kleidung und so weiter. Kim war sich gar nicht bewusst gewesen, wie viel Geld sie für ihr Haar ausgab!

Die nächste SMS zeigte – Kim schnappte nach Luft – ihren Kontostand mit Umsatzanzeige der letzten dreißig Tage.

»Sag mal«, stammelte sie, während sie nach Jennys Arm tastete, »wolltest du mir am Samstag nicht erzählen, was Seefeld früher gemacht hat?«

Jenny nickte, löste aber den Blick nicht von ihrem Handy. »Du weißt doch, dass mein Dad Reserveoffizier der Bundeswehr ist, oder?«

Kim nickte. Das hatte Jenny ihr schon mindestens hundertmal erzählt.

»Daher kennt er Seefeld. Der war zwar in einer anderen Einheit, aber die beiden kennen sich schon ewig. Mein Dad hat Seefeld an diese Schule geholt.«

»Was?«

Jenny schaute Kim mit zusammengekniffenen Augen an. »Kannst du dir das vorstellen? Mein Dad fand die Idee gut, dass mal ein richtiger Mann diesen Haufen weichgespülter Pädagogen aufmischt. Die Jugend von heute müsse Kontakt zum echten Leben bekommen, meinte er.«

Inzwischen mussten sie nicht mehr flüstern, denn in der ganzen Klasse summten die Gespräche hin und her. Tarik war der Erste, der laut wurde.

»Machen Sie das etwa? Haben Sie meinen Account gehackt? Und mein Bankkonto?«

»Und Ihr polizeiliches Führungszeugnis kann ich Ihnen auch schicken, Herr Alechin«, sagte Seefeld, ohne aufzublicken. Die Handys klingelten wieder.

Kim schaute auf die SMS und stöhnte laut. Der Kartenausschnitt zeigte die Umgebung der Schule, ein roter Punkt befand sich genau im Gebäude. Nur stand in dem Infokästchen neben dem Punkt nicht der Name der Schule, sondern Kims Handynummer. Seefeld hatte sie geortet.

»Wie viel ist Ihnen Ihre Anonymität wert, Frau Feldmann«, fragte Seefeld. »Zehn Euro?«

Eine neue Nachricht erschien und zeigte eine Abbuchung von zehn Euro von Kims Konto.

»Hey, geben Sie mir mein Geld ...«

Seefeld hackte weiter auf seinem Laptop herum. Jetzt waren plötzlich zwanzig Euro mehr als vorher auf ihrem Konto. Da schrie Tarik auf.

»Ey, du klaust mein Geld, Alter?«

»Ich verteile um, wie Robin Hood. In diesem Fall handelt es sich um Schmerzensgeld, Herr Alechin. Jeder, der von Ihnen und Ihrem Scherz mit dem Kanonenschlag geschädigt wurde, erhält zwanzig Euro. Das ist nicht viel für sechs Wochen Kopfhörerverbot, oder?«

»Das ist viel zu wenig!«, rief Sabine, die schon vergangenen Montag über Tarik hergezogen war, als Seefeld ihm die Entschuldigung abgepresst hatte.

Plötzlich schrien alle durcheinander. Seefeld nahm die Hände von seinem Laptop, stand seelenruhig auf und betrachtete mit einem zufriedenen Gesichtsausdruck das Durcheinander, das sich ihm bot.

Kim zitterte vor Wut. Sie warf ihr Handy auf den Tisch, stützte ärgerlich den Kopf in die Hände. Seefeld hatte bewiesen, wie einfach es war, alles über sie zu erfahren, was jemals über ihr Handy gegangen war. Und das war praktisch alles. Ihre Aufenthaltsorte, ihre Anrufe, SMS, Mails, wofür sie wie viel Geld ausgab, welchen Film sie im Kino gesehen und wie er ihr gefallen hatte. Sogar der Belag der Pizza, die sie am Samstag auf den Stufen am Rhein gegessen hatte, war ein offenes Geheimnis. Natürlich hatte Kim immer gedacht, dass sie nichts zu verbergen habe. Hatte sie auch nicht, jeder durfte wissen, dass sie Oliven auf der Pizza liebte. Aber dass ihre Einkaufsgewohnheiten, ihr Bewegungsprofil und Ihre Kommunikationsdaten nun tatsächlich öffentlich zugänglich waren, das schockierte sie doch. Vom Zugang zu ihrem Bankkonto ganz zu schweigen.

Ihre Klassenkameraden waren mit ihrer wilden Diskussion gerade beim Thema Geld angekommen. Die Debatte wurde immer hitziger, und Tarik und seine Gang sahen sich einer ständig wachsenden, lautstark die zwanzig Euro fordernden Gruppe gegenüber. Kim schaute sich das Chaos eine Weile schweigend an, dann schüttelte sie langsam den Kopf.

»Es geht doch gar nicht um die zwanzig Euro«, brüllte sie plötzlich, so laut sie konnte.

Schlagartig wurde es still in der Klasse.

Seefeld nickte Kim zu, als wolle er sie auffordern, weiterzusprechen.

»Überwachen Sie uns schon länger?«, fragte Jenny trotzig.

Seefeld schüttelte den Kopf. »Das ist mir – bis auf wenige Ausnahmen – zu langweilig.«

Jenny wurde rot.

»Was soll der Scheiß?«, fragte Tarik. Er hatte zu seiner alten

Form zurückgefunden, sein Tonfall war wieder verächtlich-aggressiv.

»Ich wollte Ihnen demonstrieren, dass das Wort Privatsphäre im Internet keine Bedeutung hat.«

»Na, toll«, ätzte Tarik. »Alles, was Sie mir geschickt haben, wusste ich schon.«

»Ich hätte es aber auch jedem anderen schicken können.« Kim hatte den Eindruck, dass dieser Gedanke einigen in der Klasse tatsächlich noch nicht gekommen war.

»Außerdem kann ich Ihre Webcams zu Hause am PC oder Laptop aktivieren, auch wenn Sie sie ausgeschaltet haben. Ich kann Ihre Handys oder Laptops fernsteuern und über die Mikros alles mithören, was Sie sagen. Und wenn ich das kann, können viele andere das auch.«

»Das ist alles illegal, Mann!«

Seefeld hob die linke Augenbraue.

»Außerdem hat uns der Polizist das auch schon alles erzählt«, maulte Tarik weiter.

»Aber genützt hat es nichts. Sie haben nichts, aber rein gar nichts unternommen, um die Sicherheit zu erhöhen«, sagte Seefeld. »Sie, Herr Alechin, haben Ihr Passwort seit vierzehn Monaten nicht geändert. Und es ist so simpel, dass ich noch nicht mal eine Software benutzen musste, um es zu hacken.«

Tarik wurde rot.

»Das gilt für alle anderen übrigens auch«, fuhr Seefeld fort. Seine Stimme war weiterhin vollkommen neutral, als referiere er über den Brechungswinkel von Licht oder die Temperaturänderung von Gasen in Abhängigkeit von der Dichte. »Die Namen von Bands oder Fußballclubs, deren T-Shirts oder Schals Sie tragen, das eigene Geburtsdatum oder der Name der besten Freundin sind als Passwörter untauglich. Dasselbe gilt für Modemarken, Nationaltorhüter oder Disneyfiguren.«

Inzwischen lauschten alle, als hinge ihr Leben davon ab. Bei der Erwähnung der verschiedenen Passwort-Gattungen wurde mal hier und mal dort jemand rot, aber keiner sagte etwas.

»Und was schlagen Sie vor?«, fragte Kim nach einer Weile der Stille. »Sollen wir unsere Handys abschalten und Postkarten schreiben, wenn wir uns verabreden wollen?«

»Das wäre die beste Idee«, erklärte Seefeld mit einem – Kim traute ihren Augen kaum – winzigen Lächeln. »Aber unrealistisch, oder?«

Kim nickte.

»Also müssen Sie von Fall zu Fall entscheiden, ob Sie das, was Sie tun, für schützenswert halten. Wenn Sie Ihr Bankkonto checken müssen, machen Sie es nach Möglichkeit von einem Festnetzanschluss, keinesfalls über einen öffentlichen HotSpot. Überlegen Sie gut, ob Sie für die lächerlichen Prämienpunkte, die Sie bekommen, Ihre Konsumgewohnheiten preisgeben wollen. Denken Sie daran, dass alles, was Sie im Netz über sich verbreiten, gehackt werden kann. Und vergessen Sie nicht: Das Internet hat ein besseres Gedächtnis als Sie selbst. Stellen Sie keine Fotos ins Netz, von denen Sie nicht wollen, dass sie der Personalchef des Unternehmens, bei dem Sie sich um ein Praktikum, eine Ausbildung oder nach Ihrem Studium um eine Arbeitsstelle bewerben, noch finden kann. Und streichen Sie sogenannte Freunde aus Ihren virtuellen und realen Freundeskreisen, die solche Fotos von Ihnen veröffentlichen. Machen Sie sich die Konsequenzen Ihrer Handlungen bewusst und entscheiden Sie, ob Sie sie tragen wollen! Anders gesagt: Werden Sie erwachsen!«

14

»Es tut mir leid, Mutter.«

Rosa blickte von dem Schreiben auf, das sie in der Hand hielt, und versuchte, eine unbeeindruckte Miene aufzusetzen. In Wirklichkeit war sie zutiefst erschüttert. Seit Ellen den antiken Briefkasten im Gartenschuppen gefunden, ihn neben dem kleinen Tor an der Mauer angebracht und bei der Post einen Nachsendeantrag gestellt hatte, war dies die erste Sendung, die darin gelandet war. Und es war keine erfreuliche.

Nun hatte Rosa es schwarz auf weiß aus berufenem Munde, genauer gesagt von der Staatsanwaltschaft, die den Betroffenen in dürren Worten die Sachlage schilderte: Die Wahrscheinlichkeit, dass sie das Geld, um das Weiterscheid sie betrogen hatte, zurückbekommen würde, sei »in solchen Fällen sehr gering«. Falls doch noch etwas wiederzubeschaffen sei, dauere das »üblicherweise einige Jahre«. Man empfehle dem Betrogenen, sich an die weiter unten genannte Beratungsstelle zu wenden. Für Korrespondenz mit der Staatsanwaltschaft möge man bitte die folgende Adresse und das folgende Aktenzeichen nutzen, blablabla.

Rosa war jetzt also offiziell pleite.

Ellen hatte den Brief auch gelesen und ihr mit einem Gesichtsausdruck zurückgegeben, der Rosa gar nicht gefiel. So fühlte es sich also an, wenn sich die Beziehung zwischen Kindern und Eltern umkehrte. Wenn die Verantwortung die Seiten wechselte. Jahrelang war die Mutter für die Kinder verantwortlich, aber die Nachkommen wurden erwachsen. Das brachte Freiheit für beide Seiten. Und dann kam der Tag, an dem die Vorzeichen sich änderten und die Tochter so tat, als müsse sie nun die Rolle der Hüterin übernehmen. Mit einem Schlag fühlte Rosa sich um zwanzig Jahre gealtert. Sie schluckte, straffte die Schultern und legte eine gewisse Schärfe in ihre Stimme, als sie sagte: »Mach dir um mich keine Sorgen. Ich bin immer zurechtgekommen.«

Rosa kannte ihre Tochter gut genug, um zu wissen, was die steile Falte zwischen Ellens Augenbrauen zu bedeuten hatte. Eine ungewohnte Welle der Zuneigung erfasste Rosa. Ellen und sie waren so verschieden wie Feuer und Wasser, trotzdem liebte Rosa ihre Tochter von ganzem Herzen. Auch wenn sie sie oft nicht verstand, sich von ihr dauernd kritisiert fühlte und die Ernsthaftigkeit, mit der Ellen ihr Leben organisierte, sie ermüdete. So war es die letzten Jahre gewesen.

Die neue Situation hatte alles geändert, zumindest für Rosa. Sie hatte ›ihre Komfortzone verlassen‹ müssen, wie es in den einschlägigen Selbsterfahrungsseminaren immer hieß, und zum ersten Mal kapierte sie, was das bedeutete. Ihr bisheriges Leben hatte sich aufgelöst wie eine Rauchwolke. Robert war tot, ihr Haus weg, die finanzielle Sicherheit verloren. Sie hauste gegen jedes Gesetz in einer Wohngemeinschaft mit Menschen, die sie sich nicht ausgesucht hatte. Ob es nun ein Zufall war oder nicht – plötzlich konnte Rosa Ellens geradezu zwanghaften Wunsch nach Ordnung verstehen. Wie viel Unordnung man in seinem Leben ertrug, war eine Frage der Nervenstärke, und da war Ellen einfach nicht besonders belastbar. Unwillkürlich musste Rosa lächeln.

»Wie denn?«, fragte Ellen schlicht.
»Wie ich zurechtgekommen bin?«
»Ja.«

Rosa schaute ihre Tochter aufmerksam an. Sie hatten schon häufiger über das Thema gesprochen, aber nie hatte Rosa ihr die ganze Wahrheit erzählt. Ob es jetzt so weit war, wusste Rosa nicht, aber den Anfang kannte Ellen sowieso. Daher fiel der Einstieg erst mal leicht. »Die ersten Jahre als alleinerziehende Mutter und Schauspielerin waren recht karg, aber da wir in WGs lebten, ging es ganz gut. Immerhin konnte ich arbeiten, weil immer jemand da war, der auf dich aufpasste.«

Ellen nickte.

»Dann kam das Erbe von Onkel Viktor, der in Kanada auf der Bärenjagd starb. Als letzte lebende Angehörige bekam ich eine Viertelmillion Dollar.«

Auch das war nichts Neues für Ellen, denn bereits mit zwölf hatte das kluge Mädchen kapiert, dass eine teilzeitbeschäftigte Schauspielerin sich von ihrem Einkommen wohl kaum ein eigenes Haus hätte leisten können. Eigentlich war Rosa sogar ein bisschen stolz auf ihre Tochter, deren scharfer Verstand und kritisches Hinterfragen sie zwar oft zur Weißglut getrieben, Ellen selbst aber im Leben relativ weit gebracht hatte. Nun werd nur nicht sentimental, schimpfte Rosa sich in Gedanken und überlegte, wie viel Wahrheit ihre Tochter wohl heute vertragen würde.

»Ich habe also dieses Haus gekauft, damit du ein ordentliches Zuhause hattest.«

»Aber warum?«, fragte Ellen. »Warum dieses spießige Haus in dieser spießigen Straße? Du hättest doch auch in eine weniger bürgerliche Gegend ziehen können, in der du weniger aufgefallen wärst. Stattdessen bist du mitten hinein in diesen katholischen Siedlerverein gezogen, der all das verkörperte, was du immer abgelehnt hast. Klassische Rollenbilder, Streben nach Wohlstand, Anstand, Sitte und Ordnung. Damals gab es ja sogar eine Regel, wie die Vorgärten auszusehen haben.«

Gut, dann sollte es wohl so sein. Rosa atmete einmal tief aus und beschloss, diese Frage heute nicht mit dem üblichen Schulterzucken abzutun. »Wegen Robert.«

Ellen zwinkerte zweimal, öffnete den Mund und schloss ihn wieder. Es amüsierte Rosa zu sehen, wie viel Mühe sie hatte, ihre Fassung wiederzugewinnen.

»Du kanntest Robert schon, bevor du dieses Haus gekauft hast?«

»Er war der Grund, dass ich dort hingezogen bin.«

»Aber ...«

Ellens Weltbild war offenbar erheblich ins Wanken geraten. Kein Wunder, immerhin hatte Rosa zeit ihres Lebens klargemacht, was sie von der staatlichen Ordnungsmacht hielt.

»Du wolltest unbedingt neben einem ehrgeizigen Polizeibeamten wohnen? Das war doch der Feind!«

»Die Bullen waren die Feinde. Robert nicht. Robert war immer schon anders.«

Ellen fuhr sich mit den Fingern durch die Haare und strich einige Strähnen hinter die Ohren. Eine Geste, die zuverlässig auf inneren Aufruhr deutete, wie Rosa wusste.

»Wir haben uns kennengelernt, als einer seiner Kollegen von der Einsatzhundertschaft mich bei einer Demonstration beinahe krankenhausreif geschlagen hätte. Robert hielt den gewalttätigen Bullen davon ab, weiter auf mich einzuprügeln.« Rosa strich über die Narbe an ihrer linken Augenbraue und beschloss, das Thema abzukürzen. »Wir sind in Kontakt geblieben.«

Ihrem Gesichtsausdruck nach hatte Ellen Mühe, die Information zu verdauen. »War ich dabei? Ich kann mich gar nicht daran erinnern, dass eine Demo mal so gewaltsam geendet hätte....«

»Du warst nicht dabei.«

»Und dann hast du Robert... Ich meine... Er war dir so wichtig, dass du vierzig Jahre an seiner Seite gelebt hast?«, stammelte Ellen.

Rosa nickte.

»Hattet ihr ein Verhältnis?«

»Nicht während seiner Ehe«, sagte Rosa, faltete das Schreiben zusammen und steckte das Papier nachlässig in die Tasche ihrer Leinenhose. »Und damit ist das Thema beendet.«

* * *

Die Reisetasche, in der Kim ihre Klamotten herumschleppte, war verdammt sperrig, aber sie hatte Jennys Angebot, bei ihr zu waschen, ausschlagen müssen. Es befanden sich nämlich nicht nur Kims Klamotten in der Tasche, sondern auch die sieben

Teile, die Mardi sein Eigen nannte. Eine Jeans, ein T-Shirt, ein langärmeliges Hemd, ein Hoodie, ein Paar Socken und eine Unterhose.

Kim grinste in der Erinnerung an Mardis Gesicht, als sie ihn aufgefordert hatte, sich auszuziehen.

»Sehe ich aus wie ein Sexsklave?«, hatte er gefragt.

»Nein, und du riechst auch nicht wie einer.«

»Danke.«

Kim konnte nicht erkennen, ob Mardi beleidigt oder verletzt war, und sie beeilte sich, zu erklären, dass das ein Scherz gewesen sei.

»Sehr witzig.«

»Wenn du willst, kannst du bei mir duschen.«

Jetzt war sie sicher, einen Anflug von Interesse in seinen schwarzen Augen gesehen zu haben, aber er zuckte nur die Schultern.

»Wir passen auf, dass niemand dich sieht. Und jetzt los, runter mit den Klamotten. Ich gehe in den Waschsalon.«

»Okay. Aber du gehst raus. Wehe, du guckst.«

Kim hatte die Augen verdreht, war aber im Grunde erleichtert gewesen. Sie hielt sich nicht für verklemmt, hatte schon nackte Jungen gesehen, echte, nicht nur im Fernsehen, aber allein im Keller mit einem fremden Typen, von dem niemand etwas wusste, das war ihr dann vielleicht doch ein bisschen zu ... intim. Blödes Wort. Eins, das Mütter gern benutzten. Oder Bundesbeauftragte für den Schutz von Jugendlichen vor Missbrauch oder wie immer diese Tanten hießen. Aber hier passte es.

Kim hatte das Bündel, das Mardi ihr reichte, mit spitzen Fingern entgegengenommen. Eine Garnitur Klamotten. Wie konnte man damit auskommen? Unfassbar! Sie musste unbedingt Mardis Geschichte erfahren. Ihre Fantasie jedenfalls reichte nicht aus, sich vorzustellen, warum und wie jemand in eine derartige Situation geriet.

Der Waschsalon lag in der Nähe der Schule, Kim war mehrfach mit der Straßenbahn daran vorbeigefahren. Nun nutzte sie also eine Freistunde und die Mittagspause, um die Klamotten in eine der Maschinen zu stopfen, drückte auf Start und setzte sich. Mit etwas Glück käme sie gerade rechtzeitig zu Französisch wieder in die Schule. Sie holte das Französischbuch aus ihrer Tasche und schlug den Text über die französischen Überseegebiete auf. Mühsam las sie ihn durch, blätterte immer wieder zu den Vokabelangaben und kapierte immerhin, dass Frankreich auch heute noch, zu Beginn des dritten Jahrtausends, über alte Kolonialgebiete verfügte. Wahnsinn. Eine Insel im indischen Ozean gehörte zu Frankreich, man zahlte mit dem Euro und die Franzosen konnten ans andere Ende der Welt ziehen und trotzdem in ihrem Heimatland wohnen bleiben. Ob Mardi vielleicht von dort ...? Aber die Menschen auf Réunion waren eigentlich keine Schwarzafrikaner, sondern Mischlinge mit hellerer Haut, wenn sie das richtig verstanden hatte. Kim seufzte. Ihre Wäsche war fertig, sie stand auf, legte das Buch auf den Stuhl, holte Stück für Stück aus der Maschine und schlug die Wäsche aus. So hatte Ellen es ihr beigebracht, dann kamen die Sachen nachher auch recht ordentlich aus dem Trockner. Wenn man allerdings die verdrehten und verknubbelten Sachen als dicken Knoten in den Trockener steckte, bekam man auch nur Knubbel heraus. Sorgfältig wählte Kim das Trockenprogramm und setzte sich wieder auf ihren Stuhl. Dann erschrak sie. Seefeld stand keine zwei Meter von ihr entfernt und nickte ihr zu.

»Wie ich sehe, haben Sie den richtigen Umgang mit der Kleidung gelernt. Sehr gut.«

Kim wurde rot. Nicht nur wegen des völlig unerwarteten Kompliments, sondern vor allem, weil sie sich fragte, ob Seefeld beobachtet hatte, dass sie Mardis Männerslip besonders ordentlich ausgeschüttelt und sich dabei genau angesehen hatte. Aber fragen konnte sie schlecht.

Seefeld hatte inzwischen seine Maschine angeschaltet und nahm auf einem Stuhl im hinteren Bereich des Salons Platz. Kim wartete ungeduldig auf das Piepsen, das das Ende des Trockenprogramms signalisierte, packte die Wäsche in ihre Tasche und verschwand aus dem Waschsalon so schnell es ging.

* * *

Nur langsam kam Sandra wieder zu Atem. Sie wischte sich die Tränen aus dem Gesicht und schob die Tür des Gewächshauses auf. Natürlich war es ungewöhnlich, als Landschaftsarchitektin eine eigene Gärtnerei zu betreiben, aber Sandra hatte keine Angst vor der körperlichen Arbeit. Im Gegenteil. Neben den Gesprächen und Planungen für die Auftraggeber, die sie viel Kraft kosteten, tat ihr die Beschäftigung mit den Pflanzen gut. Sie hatte sich auf heimische Stauden spezialisiert und genoss die Freude, die ihr die manchmal recht herben Schönheiten bereiteten. Nur heute konnte sie keine Befriedigung empfinden. Thomas hatte sie nicht einmal angehört!

Auf seine Mutter hörte er, auf sein Herz nicht. Und auf ihre Erklärung schon gar nicht. Das machte ihr am meisten zu schaffen. Hätte er sie zurückgewiesen, weil er ihre Gefühle nicht erwiderte, wäre sie zwar traurig aber nicht so abgrundtief verletzt gewesen. Der Betrugsvorwurf hingegen hatte Sandra wie ein Fausthieb in den Magen getroffen. Auch damit hätte sie leben können, wenn er ihr die Gelegenheit gegeben hätte, die Situation zu erklären. Aber nein, daran hinderte ihn wohl sein adeliger Betonkopf. Wie hatte sie auch nur auf die Idee kommen können, in diesen Kreisen auf einen normalen Menschen zu treffen?

»Sandra, da ist jemand am Telefon für dich!«

Schnell wischte Sandra die letzten Tränen weg und drehte sich zu ihrer Auszubildenden um, die ihr den Telefonhörer entgegenhielt. »Danke, Ina. Ich komme.«

Wie gut ihr der Anblick der pausbäckigen jungen Frau tat. Sie war nicht die Cleverste, aber fleißig, fröhlich und eine leidenschaftliche Gärtnerin. Sandra lächelte ihr zu, eilte an ihr vorbei und betrat das kleine, unaufgeräumte Büro.

»Bienefeld.«

»Guten Tag, Fräulein Bienefeld. Hier spricht Hubert Granig, ich bin ...«

Schon beim Wort Fräulein erkannte Sandra das Faktotum derer zu Gerlingstein. Niemand sonst benutzte dieses vollkommen veraltete Wort mit einer derart charmanten Selbstverständlichkeit.

»Ich weiß, wer Sie sind«, sagte Sandra eine Spur zu barsch. Sie korrigierte sich und fragte betont freundlich: »Was verschafft mir die Ehre?«

»Ich würde gern etwas Persönliches mit Ihnen besprechen, mein Fräulein. Und zwar unter vier Augen.«

»Wenn Sie mir auch noch Betrug vorwerfen möchten, müssen Sie sich hinten anstellen«, erwiderte Sandra. »Nach dem gnädigen Herrn, seinem Vater und der Frau Baronin kann ich derzeit keine weiteren Termine vergeben.«

Ein leises Lachen erklang aus dem Hörer. Ein Lachen? Sandra traute ihren Ohren nicht.

»Ich habe Kenntnis von einer Machenschaft erhalten, die man wohl mit Fug und Recht als Intrige bezeichnen könnte. Und eines der Opfer, liebes Fräulein, wenn auch bei Weitem nicht das einzige, sind Sie.«

Ellen lehnte sich zurück und lächelte. Obwohl das Schreiben von Heftromanen ein knallhartes Geschäft war, das strikten Regeln folgte und eine sehr detaillierte Planung erforderte, war beim Schreiben doch auch immer ihr Herz mit dabei. Das hätte es nicht gebraucht, denn den Verlauf und die Wendepunkte der Handlung hatte sie bereits minutiös geplant. Schreiben war Handwerk und Routine. Sie wusste, wie sie ihren Leserinnen die Tränen der Rührung, die Atemlosigkeit der Empörung und die wohlige Erleichterung des Happy Ends entlockte, ohne selbst mitleiden zu müssen. Trotzdem litt sie mit. Immer wieder. Und sie tat es gern. Sie hinderte ihre Fantasie nicht daran, sich den konsequent loyalen Diener vorzustellen, wie er lange mit sich rang, dann aber entschlossen zum Hörer griff und dem Schicksal des von ihm hoch verehrten Familienerben einen Schubs in die richtige Richtung gab. Ohne Not hätte er sich diese Impertinenz niemals angemaßt, aber da es jemanden gab, der das Glück des jungen Herrn sabotieren wollte, brauchte es auf der anderen, der guten Seite einen Gegenspieler. Diese Rolle hatte Ellen nun Hubert zugeschrieben und er füllte sie perfekt aus. Ganz nach Vorgabe. Schade, dass es so jemandem in ihrem eigenen Leben nicht gab.

Ein Klopfen an ihrer Tür riss Ellen unvermittelt in die Wirklichkeit zurück.

»Besuch für dich!«, rief Schmitt und klopfte noch einmal.

Ellen sah zur Uhr. Sechs Uhr schon! Der Vormittag war nicht sehr ergiebig gewesen. Denn nach dem langen Gespräch mit ihrer Mutter hatte sie sich um den Wasserspülkasten in ihrem Bad gekümmert, der wieder undicht gewesen war. Eigentlich nichts kompliziertes, aber sie hatte mal wieder ein paar therapeutische Reparatur-Einheiten gebraucht. Die Erkenntnis, dass ihre Mutter Robert offenbar über vierzig Jahre lang geliebt hatte, hatte Ellen aus den Schuhen gehauen. An konzentrierte Arbeit wäre da sowieso nicht zu denken gewesen.

Zum Glück war Kim heute nach der Schule bei Jenny, wo sie auch ihre Wäsche waschen wollte, sodass Ellen auch am Nachmittag arbeiten konnte. Aber der war nun auch schon wieder vorbei. Sie seufzte.

»Ich komme!«

Konrad Schmitt stand in seiner Küchenschürze vor ihrer Tür und strahlte sie an. »Ich habe einen Kuchen gebacken, er muss nur noch etwas abkühlen. Käsekuchen mit Rhabarber und Zimtstreuseln.«

»Das klingt ja hervorragend«, sagte Ellen und spürte, wie hungrig sie war. Dieses Gefühl verging allerdings sofort, als sie sah, wer in der Küche gerade einen Streusel von dem dampfenden Kuchen stibitzte: Kommissar Patrick Mittmann.

»Was ist passiert?« Die Worte waren heraus, bevor Ellen sie zurückhalten konnte.

»Wir haben eine Vermisstenanzeige vorliegen«, nuschelte Mittmann, während er den Streusel im Mund hin und her schob, um sich nicht den Gaumen zu verbrennen.

»Wer wird vermisst?«, fragte Ellen alarmiert.

»Sie.«

Ellen, die sich auch einen Streusel hatte mopsen wollen, hielt mitten in der Bewegung inne.

»Ebenso wie Ihre Tochter und Ihre Mutter.«

»Wollen Sie mich veralbern?«

Mittmann schluckte und atmete erleichtert auf. »Leo Dietjes ist offenbar über Ihren aktuellen Aufenthaltsort nicht informiert.«

Ellen fiel plötzlich auf, dass Mittmann eine frappierende Ähnlichkeit mit ihrem Romanhelden Thomas zu Gerlingstein aufwies. Verlegen steckte sie die Hände in die Hosentaschen.

»Sie sollten sich ein Handy anschaffen«, schlug Mittmann vor. »Es ist ziemlich unpraktisch, dass ich jedes Mal kommen muss, wenn ich mit Ihnen sprechen will.«

»Sie wollten aber nicht mit mir über Leos Vermisstenanzeige sprechen.«

»Nein.« Mittmanns Magen knurrte. »Eigentlich bin ich gar nicht Ihretwegen hier, sondern wegen Ihrer Mutter.«

Ellen spürte zu ihrer eigenen Verblüffung einen kleinen Stich der Enttäuschung, obwohl er mit Sicherheit rein berufliche Gründe meinte. Schnell überlegte sie, ob Mittmann eigentlich wusste, dass Rosa auch in der Villa wohnte, und kam zu dem Schluss, dass die beiden sich in der Villa zwar noch nicht persönlich begegnet waren, es ihm aber trotzdem nicht verborgen geblieben sein konnte. Trotzdem blieb sie lieber vage.

»Rosa habe ich schon seit Stunden nicht mehr gesehen«, sagte Ellen, die sich der Tatsache bewusst war, dass Konrad Schmitt wenige Schritte neben ihnen die Arbeitsplatte der Küche zum dritten Mal abwischte. »Sie murmelte etwas von einem Kochbuch, das sie suchen müsse.«

»Aha.«
Eine Pause entstand, in der nur Magenknurren zu hören war – inzwischen schon zweistimmig.

»Lassen Sie uns doch in der Zwischenzeit eine Pizza essen gehen«, schlug Ellen vor. »Dann müssen Sie wenigstens nicht verhungern, während Sie auf Rosas Rückkehr warten.«

* * *

Ein öffentliches Telefon war inzwischen schwieriger zu finden als jemand, der einem fünf Euro schenkte, dachte Rosa, als sie endlich auflegte. Sie musste Leo unbedingt Beine machen. Es konnte doch nicht so lange dauern, ihr ein Handy zu besorgen. An jeder Ecke gab es diese Telefonläden, da ging man hinein und kaufte so ein Ding.

Den Zettel mit der Telefonnummer, den sie in Roberts Wohnung gefunden hatte, faltete Rosa wieder zusammen und steckte ihn ein. Ihr Anruf war auf eine Mailbox geleitet worden, aber sie hatte keine Nachricht hinterlassen. Welche auch? Sie wusste ja noch immer nicht, wem die Nummer gehörte, daher wollte sie weder ihren Namen sagen noch, wo sie zu finden war. Wenn sie ein Handy gehabt hätte, hätte der Angerufene sie leicht zurückrufen können, aber so ... Wenigstens der zweite Anruf war erfolgreich gewesen. Andrea hatte ihr den Namen und die Telefonnummer des Antiquars genannt, der die Bücher aus Roberts Haus geholt hatte. Sein Geschäft war in der Innenstadt, und er hatte auf ihren Anruf hin versprochen, die Kochbücher im Karton zu lassen, bis Rosa sie durchgesehen hatte. Es machte ihr zwar keinen Spaß, mit der Straßenbahn in die Innenstadt zu fahren, um staubige Bücher durchzublättern, aber sie hatte nun einmal die fixe Idee, dass Robert einen Hinweis auf seine Fallanalyse dort versteckt hatte.

Das Testament unter der Schreibunterlage hatte Rosa auf die Idee gebracht. Vor Jahren hatte Robert ihr einmal erzählt, dass er wirklich wichtige Dokumente immer doppelt aufbewahrte.

»Wenn hier jemand einbricht, der sein Handwerk versteht«, hatte er gesagt, »dann macht der doch als Erstes den Tresor leer. Profis nehmen alles mit, um später in Ruhe auszusortieren, was Gewinn bringt und was nicht. In so einem Fall sind alle wichtigen Unterlagen weg.« Deshalb habe er immer Kopien im Haus versteckt, wo niemand sie suche.

»Wo soll das sein?«, hatte Rosa gefragt.

Robert hatte sie angegrinst mit einem spitzbübischen Ausdruck und sie hatte die Aufforderung sofort verstanden und war aufgesprungen, um die Stelle zu finden, die Robert meinte. Sie hatte auf die Bücher im Wohnzimmerregal gezeigt, die Schubladen des Büffetschranks, den Korb für das Altpapier und die Tiefkühltruhe. Dann hatte sie Roberts Sockenschublade und andere Fächer seines Kleiderschranks inspiziert, aber nichts gefunden.

»Quod erat demonstrandum«, hatte Robert gesagt und auf seine Kochbuchsammlung auf dem Regal über den Küchenhandtüchern gezeigt.

Im Grundlagenbuch Vollwertküche steckten, in einer ganz hinten eingeklebten Klarsichtfolie, Kopien der wichtigsten persönlichen Dokumente wie Geburts-, Heirats- und Andreas Adoptionsurkunde. Die Weihnachtsbäckerei enthielt Versicherungsunterlagen, und bei den Desserts war »Platz für Spezielles«, wie Robert sich ausgedrückt hatte. Dieses Buch suchte Rosa.

* * *

»Was genau hat Sie denn nun zu uns geführt?«, fragte Ellen, während sie die Speisekarte der Pizzeria zuklappte.

»Meine Mutter ist Französin«, sagte Mittmann. »Von ihr habe ich gelernt, bei Tisch nicht über das Geschäft zu sprechen.«

»Noch ist das Essen nicht da, Sie könnten mir also wenigstens einen Hinweis geben, damit ich mir nicht den ganzen Abend Gedanken darum machen muss, ob nach dem Dessert noch irgendetwas Schreckliches auf mich wartet.«

Mittmann lächelte. »Sie planen schon ein Dessert?«
Ellen verdrehte die Augen.
»Ich habe etwas mit Ihrer Mutter zu besprechen. Leider scheint auch sie telefonisch nicht erreichbar zu sein – zumindest hat sie bei mir keine Kontaktdaten hinterlassen.«
»Tja, da kann ich Ihnen leider auch nicht …«, begann Ellen. »Damit ist das Thema erledigt, und wir können uns ganz auf das Essen konzentrieren.«
Der Kellner kam und Mittmann bestellte für beide Pizza und Wein. Ellen spürte, wie die Anspannung des Tages langsam nachließ. Gleichzeitig wurde sie sich bewusst, dass sie ihre ältesten Jeans und ein fleckiges Hemd trug, nicht geschminkt war und die seit zwei Tagen ungewaschenen Haare zu einem zwar praktischen, aber vollkommen langweiligen Pferdeschwanz gebunden hatte. Genau jetzt hätte sie in der viel zu wuchtigen Badewanne stehen wollen, mit dem Brausekopf in der Hand und vorsichtig darauf bedacht, nicht das ganze Badezimmer unter Wasser zu setzen, denn einen Duschvorhang gab es nicht. Danach wäre sie präsentabel gewesen. Mittmann war definitiv eine halbe Stunde zu früh aufgetaucht.

»Ist es angemessen, zu fragen, wie es sich in diesem Haus lebt, oder möchten Sie mit einem Polizisten lieber nicht darüber sprechen?«, fragte Mittmann mit einem Lächeln, das vielleicht ein bisschen spöttisch war.

»Inwieweit wäre meine Aussage strafrechtlich von Belang?«
»Eigentumsdelikte sind nicht mein Fachgebiet und außerdem bin ich, wie eben erwähnt, außer Dienst.«
»In dem Fall gestatte ich mir die Bemerkung, dass es sich überraschend wenig kriminell anfühlt.«
Mittmann lachte laut auf. »Was hatten Sie denn erwartet? Dass eine Hundertschaft mit Schild und Schlagstock einen Kordon um das Gelände zieht und Sie über Megafon auffordert, herauszukommen, die Bude sei umstellt?«
Auch Ellen musste lachen. Der Wein wurde gebracht, und sie trank einen großen Schluck, der ihr sofort zu Kopf stieg. Ein deut-

liches Zeichen dafür, dass sie zu viel gearbeitet und zu wenig gegessen hatte.

»Nun, wir haben alle möglichen Annehmlichkeiten, wollte ich damit sagen. Fließend warmes und kaltes Wasser, wobei die Temperatur leider oft selbsttätig zwischen warm und kalt wechselt. Wir haben Strom und neuerdings sogar einen Briefkasten.«

»Wie haben Sie das geschafft?«

Ellen stutzte. »Bei Wasser und Strom habe ich keine Ahnung, da haben sich andere darum gekümmert, den Briefkasten habe ich im Schuppen gefunden und aufgehängt.« Sie lächelte und Mittmann lächelte zurück.

Der Wein auf leeren Magen, die angenehme Atmosphäre und ihr attraktives Gegenüber ließen Ellen locker werden, und noch bevor die Pizza serviert wurde, erzählte sie Mittmann von ihrem Exmann und seinen krummen Geschäften, von der Erpressung mit den sechzigtausend Euro, auf die sie sich eingelassen hatte und von Konrad Schmitt und Hans Seefeld, mit denen sie das Haus teilte.

»Jetzt will ich etwas über Sie wissen«, forderte Ellen, als das Essen serviert wurde. »Nein, nicht etwas, sondern alles. Ihr ganzes Leben. Dann müssen Sie reden und ich kann essen.« Sie stürzte sich heißhungrig und schon leicht beschwipst auf die Pizza mit Peperoni, Spinat und Crème fraîche.

»Das ist ausgesprochen unfair«, bemerkte Mittmann trocken.

»Stimmt.«

Mittmann nahm sich Zeit, die Pizza mit rohem Schinken und Rucola zu probieren, bevor er weitersprach.

»Ich bin zur Kripo gekommen, weil ich kein Psychiater werden wollte.«

»Häh?« Mehr brachte Ellen mit vollem Mund nicht heraus, was ihr peinlich war, sich aber auf die Schnelle nicht ändern ließ.

»Mich interessiert die Natur des Menschen und die Frage, an welchem Punkt er ausrastet.«

»Und?«

Mittmann aß einige Bissen Pizza, während er Ellen beobachtete. »Sie essen, als hätten Sie seit Monaten nichts bekommen.«
Ellen spürte, dass sie rot wurde.
»Ich finde das toll«, beeilte sich Mittmann zu erklären. »Frauen, die sich einen grünen Salat bestellen und selbst davon die Hälfte auf dem Teller lassen, sind nicht sehr appetitanregend.«
»Danke, sehr charmant. Das Kompliment, appetitanregend zu sein, hört man ja nicht so häufig in meinem Alter.«
Mittmann grinste. »Originalität in der Gesprächsführung wird oft unterschätzt.«
»Sie wollten mir erklären, an welchem Punkt der Mensch ausrastet«, mahnte Ellen.
»Die Kripo ist ein schlechter Ort, um diese Fragen zu beantworten.«
»Sind Sie frustriert von Ihrem Job?«
Mittmann schüttelte den Kopf. »Nein. Es ist nur anders, als ich erwartet hatte. Aber auch gut. Manchmal deprimierend, manchmal befriedigend.«
Ellen nickte. »Sind Sie gut?«
»Ich habe meine Strategien.«
»Originalität, ich weiß.«
Mittmann ließ wieder dieses feine Lächeln um seine Lippen spielen, das Ellen von Anfang an verunsichert hatte.
Eine Zeit lang aßen sie schweigend. In Ellens Kopf allerdings redeten mehrere Stimmen durcheinander. Die eine fand, dass Mittmann zum Anbeißen aussah mit seinen lässigen Klamotten, der entspannten Haltung, dem nicht zu übersehenden maskulinen Körperbau und dem sympathisch wuscheligen Haarschopf. Eine andere erklärte Ellen, dass Frauen über fünfundvierzig sich lächerlich machten, wenn sie Männer, die zehn Jahre jünger waren und zwanzig Jahre jünger wirkten, anschmachteten. Eine dritte Stimme, die eindeutig Kims Tonfall hatte, fand es absolut endpeinlich, dass Ellen sich einbildete, in ihrem Alter noch Männer beeindrucken zu können (zumal in *den* Klamotten und mit ungewaschenen Haaren), und wieder eine andere Stimme fragte, was

eigentlich die ganze Panikmache solle, schließlich zeige Mittmann keinerlei Interesse an Ellen, daher entbehre die Überlegung, ob aus ihnen beiden etwas werden könne, jeglicher Grundlage.

Diese Stimme allerdings brachte Ellen mit einer einzigen kurzen Frage ins Stottern: Wirklich?

Zeigte Mittmann Interesse an ihr, oder kam es ihr nur so vor? War sein Lächeln tatsächlich spöttisch oder doch eher – sie suchte das passende Wort – werbend?

»Schmeckt die Pizza nicht, oder warum schauen Sie so böse?«, fragte Mittmann.

»Sind Sie verheiratet, geschieden, liiert oder echter Single?«, platzte es aus Ellen heraus, bevor sie sich bremsen konnte. War sie verrückt geworden?

Mittmann verschluckte sich.

Mist, dachte Ellen. Ich bin blau, von dem bisschen Wein. Sie linste zur Flasche. Leer. Also doch nicht nur ein bisschen, denn Mittmann hatte ihr fleißig nachgeschenkt, während der Pegel in seinem Glas fast konstant geblieben war. Immerhin hatte sie also eine Entschuldigung.

»Von Ihrer Mutter hätte ich diese Frage erwartet, aber von Ihnen ...«

Ellen verzog das Gesicht, als habe sie auf einen Olivenkern gebissen. »Falsche Antwort.«

»Sie stehen sich nicht besonders nahe?«

»Einer Frage durch eine Gegenfrage auszuweichen ist nicht sehr originell.«

»Erwischt.«

»Also?«, fragte Ellen nach. Da sie sich mit ihrer Frage nun schon blamiert hatte, konnte sie auch auf einer Antwort bestehen.

»Neuerdings wieder Single.«

»Kommen Sie mir nicht mit der Geschichte von der Unvereinbarkeit des Berufs mit einer guten Beziehung«, winkte Ellen ab. Um ein Haar hätte sie ihr Glas dabei vom Tisch gewischt.

»Daran hat es wohl nicht gelegen«, gab Mittmann zu. Er legte die Papierserviette auf den Teller und trank seinen Wein aus.

»Sondern?«
»Ich stehe mehr auf die reiferen Frauen.«
Ellen presste sich die Hand vor den Mund, um nicht albern loszukichern. »Sie haben sich in meine Mutter verknallt?«
»Das wäre wenigstens originell«, murmelte Mittmann. »Wollen Sie noch ein Dessert?«
Ellen unterdrückte ein Aufstoßen und schüttelte den Kopf. »Ich will nur noch ins Bett.«
Mittmann zog eine Augenbraue hoch, und Ellen wurde rot. Sie wusste selbst nicht, ob sie das als Abschied oder Einladung gemeint hatte.

15

»Weißt du, wo meine Ma ist?«, fragte der Star der Kochshow, während seine Senfsauce blubbernd überkochte. Rosa glotzte in den Saucentopf, wo sich auf der Sauce eine dicke Blase gebildet hatte, die mit einem lauten Knall platzte und einen Funkenregen wie aus einer Silvesterrakete durch das Studio schoss. Jemand zog an ihrem Arm.

»Meine Ma! Sie antwortet nicht, hat mir keinen Zettel hingelegt, und Konrad hat sie auch noch nicht gesehen.«

Rosa kam langsam zu sich. Sie lag in ihrem Zimmer im Bett. Es war stockdunkel und jemand rüttelte an ihrer Schulter.

»Na endlich! Ich dachte schon, du lägst im Koma.«

»Wie spät ist es denn?«, nuschelte Rosa und drehte sich auf den Rücken. Kim beugte sich über sie.

»Halb acht. Ich muss jetzt los.«

»Schönen Tag«, murmelte Rosa und wollte sich wieder umdrehen, aber Kim rüttelte weiter.

»Ich komme nicht in ihr Zimmer. Was soll ich denn jetzt machen?«

»In die Schule gehen.« Rosa versuchte erfolglos, Kims Hand abzuwehren.

»Ich will erst wissen, was mit meiner Ma los ist.«

Rosa gab ihren Widerstand auf. Kims Stimme klang verzweifelt. Die Kleine tat ihr leid. Ganz offenbar hatte sie von ihrer Mutter das Sorgen-Gen vererbt bekommen, und obwohl Rosa immer wieder versuchte, ihr ein bisschen Lässigkeit beizubringen, war gerade in den letzten Tagen in dieser Hinsicht eher ein Rückschritt festzustellen. Die Tatsache, dass ihr nichtsnutziger Vater sie aus ihrem Zuhause geworfen hatte, dass sie mit ihrem verhassten Lehrer zusammenwohnte und dass Ellen sie kaum noch wahrnahm, weil sie unter diesem bescheuerten Termindruck stand, hatte ihre Enkelin offenbar mehr mitgenommen, als Rosa bisher bemerkt hatte. Jetzt würde Kim keine Ruhe geben, bis sie wusste, dass es ihrer Mutter gut ging und Ellen einfach mal etwas ganz normales tat, nämlich verschlafen.

Rosa kämpfte sich aus dem Bett, bemerkte Kims verlegenen Blick, als diese feststellte, dass Rosa nackt schlief, und zog sich einen Kaftan über. Dann streckte sie die Hand aus.

»Hast du eine EC-Karte, Kundenkarte oder so was?«

Kim starrte sie an, gehorchte aber, kramte ihr Portemonnaie aus der Tasche und hielt Rosa ihre Payback-Karte hin.

»Die Dinger sind sowieso Teufelszeug«, knurrte Rosa, verließ ihr Zimmer und ging in den zweiten Stock hinauf. Da das Haus früher ein kleines Hotel gewesen war, war jede Tür von außen mit einem Türknauf ausgestattet gewesen. Unpraktisch, wie Rosa fand, da man jedes Mal aufschließen musste, wenn man das Zimmer betreten wollte. Ellen hatte daher auf ihre Bitte hin an Rosas Tür eine normale Klinke angebracht. Selbst nachts schloss Rosa ihr Zimmer nicht ab. Immerhin wohnte sie nicht in einem anonymen Mietshaus. Schmitt, Seefeld und Ellen hingegen waren sich nicht zu blöd dafür, ständig mit dem Schlüssel herumzuhantieren. Rosa seufzte. Als hätten sie etwas zu verbergen. Und als ob das irgendetwas nützen würde.

Sie führte die Karte vorsichtig zwischen die Tür und den Rahmen. Kim, die ihr gefolgt war, schnappte nach Luft.

»Das funktioniert doch nur im Kino«, flüsterte Kim.

»Irrtum«, sagte Rosa. »Es funktioniert nicht, wenn eine Tür abgeschlossen ist. Und bei modernen Türen klappt es auch nur sehr selten. Aber bei diesen verzogenen, alten Dingern ...«

Mit einem Schnappen sprang die Tür auf. Rosa trat zur Seite, um Kim den Vortritt zu lassen. Nur eine Sekunde später sprang Kim mit einem lauten Schrei zurück und landete auf Rosas linkem Fuß.

»Was ist denn …?«, fuhr Rosa auf, vor Schreck und Schmerz lauter als gewollt.

Kim drängte sich an ihr vorbei und lief die Treppe hinunter.

»Ah, da steht ja gerade die Richtige«, nuschelte der Mann, der nackt aus Ellens Bett stieg und nach seinen blau-weiß gestreiften Boxershorts angelte. »Rosa Liedke, ich verhafte Sie wegen Mordes an Achim Weiterscheid.«

* * *

Ellen hatte sich noch im Halbschlaf befunden, aber jetzt war sie wach. Hatte sie da eben das Wort Verhaftung gehört? Sie drehte sich auf den Rücken und blickte zur Tür. Ihr Kopf dröhnte und ihr war schwindelig wie bei der Karussellfahrt auf der letzten Kirmes. Sie schloss die Augen und wartete, bis die Welt sich nicht mehr drehte.

Hatten sie tatsächlich gestern Abend noch eine Flasche Rotwein aus der Küche geholt und weitergetrunken? Hatte Mittmann wenigstens davon seinen Anteil gehabt, oder war der gesamte Alkohol in Ellens Blutkreislauf gelandet? Sie war sich nicht mehr sicher.

Mittmanns knackiger Hintern hüpfte vor ihr auf und ab, während er auf einem Bein versuchte, seine Jeans anzuziehen. Rosa stand in einem halb durchsichtigen Kaftan, der nicht verhüllte, dass sie darunter nackt war, in der Tür und hatte die Hände in die Hüften gestemmt.

»Das ist aber selbstlos von Ihnen, junger Mann, dass Sie die ganze Nacht hier gewacht haben, um die gefährliche Verbrecherin im Morgengrauen vom Fleck weg verhaften zu können.«

»Den Haftbefehl zeige ich Ihnen gleich, Frau Liedke. Vorerst machen wir mal mit den rechtlichen Hinweisen weiter.«

Er schloss den Gürtel und ging barfuß zum Schreibtisch, wo sein Hemd über dem Computerbildschirm hing. »Sie haben das Recht zu schweigen …«

»Und meine staatstreue Tochter war so freundlich, Ihnen Asyl zu gewähren, während Sie mir aufgelauert haben.«

Mittmann schloss den letzten Hemdknopf und blickte sich suchend um. Er entdeckte seine Jacke auf Ellens Ohrensessel und zog ein Schreiben heraus, das er Rosa in die Hand drückte. »Lesen Sie das aufmerksam durch, ziehen Sie sich etwas an und dann begleiten Sie mich aufs Präsidium.«

Ein Traum, hatte Ellen zuerst gedacht. Oder eine Inszenierung meiner Mutter, um mich zu verspotten. Beide Möglichkeiten verloren auch den letzten Rest ihrer Glaubwürdigkeit, als Mittmann sich zu Ellen umdrehte und ihr kurz zunickte. »Nimm ein Aspirin, bevor du irgendwas sagst.«

»Arschloch«, krächzte Ellen.

»Genau das wollte ich vermeiden«, sagte Mittmann und hob die Hände in einer hilflosen Geste. »Es war wirklich nicht ...«

»Raus.«

Er fuhr sich mit den Händen durch die Haare.

»Raus!«, brüllte Ellen so laut sie konnte.

Mittmann suchte seine restlichen Sachen zusammen, ließ Rosa mit einer angedeuteten Verbeugung den Vortritt, verließ Ellens Zimmer und schloss leise die Tür hinter sich.

* * *

»Ich dachte, ich spinne«, sagte Kim leise zu Jenny.

Frau Stegmann-Biegelow warf ihr einen mahnenden Blick zu.

»Und du bist sicher, dass das der Polizist war?«, flüsterte Jenny.

»Absolut! Der ist nämlich ...« Kim biss sich auf die Lippen. Echt süß, hatte sie sagen wollen. Aber diesen Gedanken wollte sie nicht denken. Nie wieder. Jetzt war Mittmann kein cooler Typ mehr. Nach dieser Nacht war der Typ völlig unten durch. Mit einer Frau, die fast seine Mutter sein konnte, ins Bett zu gehen!

»So alt ist deine Ma doch gar nicht«, protestierte Jenny, als Kim einfach nicht aufhören konnte, sich über dieses Thema aufzuregen.

»Kim, Jenny, wenn ihr nicht sofort ruhig seid, muss ich euch auseinandersetzen«, meckerte die Stegmann-Biegelow.

Kim nickte ihr mit einem süßlichen Lächeln zu.
»Meine Ma ist sechsundvierzig. Und der Kommissar ... keine Ahnung. Aber auf jeden Fall jünger. Viel jünger!«
»Ich habe eine Idee«, sagte Jenny. »Wir fragen meine Mutter, ob du eine Zeit lang bei uns wohnen kannst!«
Kim strahlte. »Das wäre super. Und außerdem ...«
»Jetzt ist Schluss!«, kreischte die Französischlehrerin. »Kim, setz dich neben Christian.«
Kim stöhnte. Der Klassenstreber roch dermaßen nach Weichspüler, dass ihr in seinem Dunstkreis regelmäßig schlecht wurde.
»Außerdem rufe ich gleich nach der Schule Andrea Tetz an«, raunte Kim Jenny noch schnell zu. »Die muss mir einfach helfen. Wenn ich beim Fernsehen mein eigenes Geld verdienen kann, wohne ich, wo ich will!«

* * *

»Was ist hier los?«, fragte Leo, noch bevor er die Tür des Vernehmungszimmers hinter sich geschlossen hatte. Er trug eine dunkelgraue Hose, ein weißes Hemd und einen beigen Blouson. Mit dem hektisch hin und her zuckenden Kopf erinnerte er Rosa an ein Erdmännchen. Nur dass dieses Erdmännchen ziemlich böse schaute.

Mittmann seufzte.

Der junge Kommissar tat Rosa fast leid. Er war übernächtigt, hatte einen Fleck auf dem Hemd und roch durchdringend nach Knoblauch und Sex. Wenn der Geschmack in seinem Mund nur halb so schlecht war wie sein Atem, der bei gelegentlichem Aufstoßen auf Rosas Seite des Tisches herüberwehte, musste er leiden wie ein Tier. Und der Kaffee, den Mittmann für sich selbst und seine Gefangene geholt hatte, war sicher nicht hilfreich. Diese Brühe ätzte wahre Löcher in die Eingeweide ...

»Rosa, die Sache ist ernst, also erkläre mir bitte, warum du so albern kicherst«, fuhr Leo sie an. Erdmännchens Nerven lagen offenbar blank. Rosa bedauerte, ihn angerufen zu haben. Aber an wen hätte sie sich sonst wenden sollen? Einen Anwalt kannte sie nicht, und sie lehnte es auch ab, zu glauben, dass sie einen bräuchte. Also war Leo die logische Wahl gewesen.

»Hier ist gar nichts ernst, mein lieber Leo. Hier wird eine Volksposse aufgeführt, die an Lächerlichkeit nicht zu überbieten ist.« Mittmann verdrehte die Augen und schüttelte den Kopf.

»Hast du mich angerufen, damit wir uns gemeinsam amüsieren?«

Mein Gott, er ist wirklich überfordert, dachte Rosa. Wenn er schon in diesem Ton mit mir spricht.

»Herr Dietjes, bitte verlassen Sie den Raum.« Mittmann unterdrückte ein Aufstoßen.

»Ich ...«, wandte Leo ein.

»Geh«, bat Rosa in dem verbindlichsten Tonfall, den sie in dieser Situation zustande brachte. »Warte draußen auf mich. Wir werden das sicherlich bald geklärt haben.«

»Nur, wenn Sie endlich kooperieren«, knurrte Mittmann.

Leo warf Rosa noch einen Blick zu, der sich nicht zwischen Angst und Ärger entscheiden konnte, dann verließ er den Raum. Rosa atmete auf.

»Also noch mal, Frau Liedke, wie kommt Ihr Lippenstift in Achim Weiterscheids Auto?«

Rosa hatte inzwischen kapiert, dass die Leiche von Achim Weiterscheid in der Nähe von Xanten aus dem Rhein gefischt worden war. Dem Zustand der Leiche nach zu urteilen, hatte sie mehrere Tage im Wasser verbracht. Der Schädel wies schwere Verletzungen auf, von denen ihn mindestens eine vor dem Tod zugefügt worden war. Die anderen ... nun, Schiffsschrauben hinterließen hässliche Spuren. Auch der Kontakt mit Buhnensteinen hatte der Leiche nicht gut getan. Die Kripo ging von einem Gewaltverbrechen aus. Die Tatsache, dass Rosas Lippenstift in Weiterscheids Auto gefunden worden war, gewann durch den Fund seiner Leiche erheblich an Brisanz.

»Ich kann es mir nicht erklären, aber meine Lippenstifte haben die Angewohnheit, an den ungewöhnlichsten Orten aufzutauchen. In Roberts Haus, bei meiner Tochter, selbst in der Yogaschule habe ich erst kürzlich einen im Kursraum wiedergefunden, der mir dort aus der Tasche gefallen sein muss.«

»Sie hatten ein Motiv.«

»Ich halte nichts von Rache. Sie macht Robert nicht wieder lebendig.«

»Es geht auch um eine Menge Geld.«

Rosa schüttelte den Kopf. »Ich weiß nicht, wie ich es Ihnen erklären soll, aber Geld ist nicht das Wichtigste im Leben.«

»Wenn es stimmt, was die Kollegen vom Betrug erst noch beweisen müssen, dann hat Weiterscheid Sie um all Ihre Ersparnisse betrogen. Ihren gesamten Besitz. Selbst wenn Geld für Sie nicht wichtig ist, wird Ihnen bewusst sein, dass Sie ganz ohne Kapital Ihren Lebensunterhalt nicht mehr bestreiten können. Sie haben Ihr Haus verloren, bekommen eine winzige Rente...«

Rosa zuckte die Schultern. »Finden Sie nicht, dass die Villa ein sehr angenehmes Zuhause ist?«

Sie sah Mittmann an, dass er mit sich selbst rang. Der Mann war ja nicht dumm. Die alte Villa war sicherlich nicht die schlechteste Art zu leben. Trotzdem musste Rosa widerwillig zugeben, dass Mittmanns Fragen ihre Berechtigung hatten. Die Vorstellung, dass sie die nächsten zehn oder fünfzehn Jahre in der Villa verbringen würde, kam selbst ihr unglaubwürdig vor.

»Trotzdem hat er Sie betrogen.«

»Nun reden Sie wie ein trotziges Kind, das starrsinnig weiter etwas behauptet, von dem es bereits weiß, dass es nicht stimmt«, rügte Rosa. »Akzeptieren Sie doch endlich, dass ich kein Motiv habe. Rache ist mit meiner Weltsicht nicht vereinbar. Rache ist ein Kreislauf ohne Ende und stört das Karma. Das können Sie gern für esoterischen Quatsch halten, aber es ist meine Lebenseinstellung. Ich würde niemals jemanden aus Rache umbringen.«

Mittmann unterdrückte ein Aufstoßen.

»Wenn ich töten würde, dann spontan und aus Leidenschaft. Aber sicher nicht hinterrücks und geplant.«

»Vielleicht war der Mord an Weiterscheid ja nicht geplant. Sie haben sich mit ihm getroffen, es gab Streit und dann...«

»Ich habe von Leidenschaft gesprochen, guter Mann, nicht von einem Streitgespräch. Und Leidenschaft bringe ich aus wenigen Gründen und für wenige Menschen auf. Liebe und Hass erzeugen Leidenschaft. Geldbetrug nicht.«

»Haben Sie in den letzten Wochen die Stadt verlassen?«

»Nein. Nicht, seit ich zum Lachyoga in Haltern war.«

»Dass Sie dort waren, haben wir schon überprüft.«

Rosa lachte sarkastisch auf. »Wie gut, dass ich dem Impuls, einen Nachmittag zu schwänzen, nicht nachgegeben habe.«

»Bitte entschuldigen Sie mich«, sagte Mittmann und verließ den Raum. Rosa trank noch einen Schluck von dem Kaffee, aber er war wirklich zu schlecht, als dass sie die Tasse hätte leeren wollen. Sie lehnte sich zurück, verschränkte die Arme vor der Brust, ließ den Kopf nach vorn sinken und schloss die Augen. Eigentlich war sie um diese Uhrzeit noch gar nicht wach.

Zehn Minuten später kam Mittmann zurück. Die Tür hinter sich ließ er offen.

»Sie haben jetzt noch ein kurzes Gespräch mit dem Haftrichter, aber dann dürfen Sie wohl gehen. Ich werde jedenfalls nicht auf den Vollzug des Haftbefehls bestehen.«

Rosa war hochgeschreckt und musste sich erst wieder orientieren. Sie war doch tatsächlich kurz eingenickt.

»Nanu! Woher der Sinneswandel?«

»Sie sind weiterhin verdächtig, Achim Weiterscheid getötet zu haben. Aber ich sehe keine akute Fluchtgefahr mehr bei Ihnen. Wir wissen ja nun, wo Sie wohnen. Und die Durchsuchung Ihres Zimmers hat keinen gegen Sie sprechenden Beweis erbracht.«

»Ach«, sagte Rosa leichthin. »Wenn Sie mir gesagt hätten, dass Profis meine Sachen durchsuchen, hätte ich sie gebeten, nach dem magentafarbenen Lippenstift zu suchen. Der ist nämlich schon länger verschwunden, und die Farbe ist leider nicht mehr erhältlich.«

* * *

»Wenn Sie sich an unsere Planungen halten, kann eigentlich nichts schiefgehen«, flüsterte Hubert mit einem nervösen Blick auf die Zufahrt.

»Auf jeden Fall ist es den Versuch wert«, gab Sandra zurück. Sie fühlte sich der Konfrontation gewachsen.

»Da kommt er!«

»Gehen Sie, damit niemand Sie verdächtigen kann, dieses Zusammentreffen arrangiert zu haben«, sagte Sandra. Aus einem spontanen Impuls heraus beugte sie sich vor und gab Hubert einen Kuss auf die Wange. »Ich bin Ihnen zutiefst dankbar. Egal wie es ausgeht: Sie haben mehr als Ihr Bestes getan.«

Die kleinen, von unzähligen winzigen Fältchen umgebenen Augen des alten Mannes strahlten. »Ich wünsche Ihnen von ganzem Herzen Glück.«

Mit der Lautlosigkeit, die er in den Jahrzehnten seiner Dienstzeit perfektioniert hatte, betrat Hubert das Haus und schloss die Seitentür hinter sich. Sandra war allein.

Der Kies knirschte, als der große Wagen vor dem Hauptportal hielt. Thomas stieg aus und ging um den Wagen herum. Noch bevor Hubert, der in tadelloser Haltung die Treppe herunterschritt, um seinen Dienstherrn zu begrüßen, das Auto erreichte, öffnete Thomas die Beifahrertür. Lange, wohl geformte Beine in Seidenstrümpfen mit atemberaubend hohen, roten Pumps wurden sichtbar.

Sandra kam langsam aus dem Schatten hervor und ging auf Thomas und seine Begleiterin zu. Die Frau stieg mit einer Eleganz aus dem Auto, die Sandra gegen ihren Willen bewunderte. Sie war so groß wie Thomas und trug ihr auf Figur geschnittenes Kleid wie ein Model.

»Stellen Sie den Wagen nur in den Schatten, wir brauchen ihn gleich noch.«

Dieses Bild könnte man unretouchiert als Werbefoto für das Auto, eine sündhaft teure Uhrenmarke oder den Couturier der Dame verwenden, ging Sandra durch den Kopf. Sie hingegen würde auf jedem Foto dieser Art als Störfaktor erscheinen. Sie war weder schön noch elegant genug für diese Umgebung. Ihr Mut sank. Jetzt erst bemerkte Thomas Sandra. Sein eben noch freundlicher Blick verfinsterte sich.

»Was suchen Sie hier?« Seine Stimme klang rauer als sonst.

»Die Wahrheit«, antwortete sie. »Und diese Dame wird mir dabei helfen.«

Ellen tauchte aus ihrer Geschichte auf und wollte einen Schluck Tee nehmen, aber die Kanne war leer. Sie stand auf und ging in die Küche, um neuen Tee zu kochen. Ihre Kopfschmerzen waren nicht weniger geworden, aber wenn sie irgendetwas mehr hasste als Kopfschmerzen, dann waren es Kopfschmerztabletten. Sie vertrug sie einfach nicht. Zum Dröhnen im Kopf gesellte sich üblicherweise ein saurer Magen dazu, damit fühlte sie sich nachher schlimmer als vorher. Da musste sie jetzt also durch.

Dabei war der Schädel gar nicht das Schlimmste. Die Demütigung schmerzte mehr. Mittmann hatte sie benutzt, um Rosa zu verhaften. Sehr engagiert, der Herr Kommissar, dachte sie nicht zum ersten Mal. Da vögelte er sogar mit einer alten Frau, um an eine noch ältere heranzukommen. Ob er es umgekehrt genau so gemacht hätte? Mit Rosa in die Kiste, um Ellen zu verknacken?

An diesem Punkt ihrer Gedankengänge war sie Stunden zuvor schon einmal angelangt. Daraufhin hatte sie sämtliche lockeren Griffe und Knöpfe an den Schranktüren und Schubladen in der Küche nachgezogen. Die äußere Welt war wieder ein Stück mehr in Ordnung, ihre innere aber immer noch in Aufruhr.

Sie hatte zu viel getrunken und Mittmanns Ermittlungstaktik als persönliches Interesse interpretiert. Der Mann war ein gefährlicher Gegner, den sie unterschätzt hatte. Leo hatte unrecht, wenn er die »weichen« Methoden seiner jungen Kollegen kritisierte. Sie lullten den Delinquenten ein und veranlassten ihn, sämtliche Alarmsysteme herunterzufahren. Damit waren sie viel erfolgreicher als die lächerliche Demonstration von Staatsmacht, die Leo so pries.

Und Ellen hatte sich bis auf die Knochen blamiert. Gab es etwas Würdeloseres als eine Frau von fast fünfzig, die erst Mut tankte und sich dann einem zehn Jahre jüngeren Mann an den Hals warf? Nicht zuletzt Kims Reaktion war eine eindeutige Antwort gewesen.

»Ich hörte, Achim Weiterscheid sei tot?«

Schmitts Frage riss Ellen aus ihren Gedanken. Sie drehte sich zu schnell um, griff sich stöhnend an den Kopf und verkniff sich ein Nicken.

»Richtig. Und Rosa wurde wegen Tatverdachts verhaftet.«

Schmitt wurde blass. »Das ist doch völliger Unsinn!«

Ellen zuckte die Schultern.

»Kannst du dir etwa vorstellen, dass Rosa ihn ermordet haben soll?«

Auch wenn Ellen auf ihre Mutter nicht gut zu sprechen war, brachte sie es nicht übers Herz, Rosa vor Schmitt unnötig schlechtzumachen. »Ich traue meiner Mutter eine Menge Rechtsbrüche zu, von etlichen weiß ich sogar und andere vermute ich, aber ein hinterrücks geplanter Mord gehört nicht dazu. Ich weiß nicht, ob es vom Yoga kommt oder vom Kiffen, aber sie braucht eine erstaunlich lange Anlaufzeit, bevor sie sich wirklich über etwas aufregt. Totschlag im Affekt scheidet also auch aus. Ich glaube, Rosa ist in diesem Fall tatsächlich unschuldig.«

»Das wird hoffentlich auch der Kommissar bald einsehen«, sagte Schmitt, während er Ellen den Teefilter abnahm, den Inhalt ordnungsgemäß in die Biotonne leerte und den Dauerfilter ausspülte.

Ellen gestattete sich ein winziges Lächeln. »Vielleicht haben wir Glück und Rosa bringt den Kommissar auf ihre unnachahmliche Art so auf die Palme, dass er sie trotzdem noch ein paar Tage in Haft hält.«

Schmitt stockte mitten in der Bewegung, mit der er die Spüle wischte, und blickte Ellen fassungslos nach, als sie mit der Teekanne in der Hand die Küche verließ.

* * *

»Warum hast du mir nicht gesagt, dass Ellen auch ihr Haus aufgibt? Warum bist du überhaupt in letzter Zeit so abweisend? Wenn du mich brauchst, pfeifst du. Ansonsten ist Funkstille.«

Rosa ließ Leos Gejammer über sich ergehen, während er sie durch die Flure des Präsidiums führte. Sie fragte sich, was die neueste Entwicklung für die Möglichkeit bedeutete, das veruntreute Geld wiederzubekommen.

Sie ging im Kopf noch einmal die Fakten durch, die sich aus Mittmanns Befragung ergeben hatten: Weiterscheids Leiche war etwa hundert Kilometer rheinabwärts vom Stellplatz seines Autos gefunden worden. Es handelte sich höchstwahrscheinlich nicht um einen Unfall oder Selbstmord, sondern um Mord.

Was bedeutete das? Wurde ein Körper wirklich so weit vom Wasser mitgerissen? Oder war Weiterscheid gar nicht bei seinem Auto ermordet worden, sondern an einer Stelle weiter rheinabwärts? Und wenn ja, wie war er dort hingekommen, wo doch sein Auto in Zons stand?

Und natürlich stellte sich die alles entscheidende Frage: Wer hätte Weiterscheid umbringen sollen? Und warum? Sie selbst war es nicht gewesen. Aber wer dann? Wenn Weiterscheid wirklich der Mörder von Robert war, lag das Motiv der Rache eigentlich auf der Hand. Hatte jemand Robert gerächt? Oder hatte ein betrogener Immobilienkäufer Weiterscheid ermordet? Aber zu welchem Zweck? Das Geld bekam er deshalb noch lange nicht zurück. Aber vielleicht war es tatsächlich ein Totschlag gewesen, kein geplanter Mord. Dann war der Betrogene nachher selbst der Dumme, denn ohne Weiterscheid würde das gestohlene Geld vielleicht nie wieder auftauchen. Das erinnerte sie daran, dass Schmitt das Bankkonto herausfinden wollte, auf das Weiterscheid das gestohlene Geld transferiert hatte. Sie würde ihn gleich danach fragen.

»... und du hörst mir noch nicht einmal zu.«

»Leo, ich bin gerade erst aus der Haft entlassen, nachdem man mich mitten in der Nacht aus dem Bett gezerrt und zur Mörderin gestempelt hat. Sei bitte nachsichtig mit mir!«

Rosa unterdrückte ein zufriedenes Lächeln, als sie sah, dass Leos Gesichtsausdruck von Wut zu Bestürzung wechselte.

»Du hast natürlich recht, entschuldige! Ich bin sehr egoistisch. Kann ich dich zum Essen einladen?«

»Das ist sehr lieb von dir.« Rosa legte ihre Hand auf Leos Arm. Auch die letzte Zornesfalte verschwand von seiner Stirn, während sich gleichzeitig ein beinah stolzes Lächeln auf seinen Zügen ausbreitete. Gab man Leo das Gefühl, als Freund und Helfer gebraucht zu werden, konnte man ihn um den Finger wickeln, ohne dass er es überhaupt merkte. Typisch Mann. Robert hingegen war der einzige Mann in ihrem Leben gewesen, den sie nie hatte manipulieren können. Vielleicht hatte sie ihn deshalb so geliebt, dachte Rosa wehmütig.

»Ich habe dir ein Handy mitgebracht«, sagte Leo in Rosas Überlegungen hinein. »Eins zum Wischen.«

»Na also. Dankeschön.«

»Ich bringe dich nach Hause und erkläre es dir in Ruhe.«

Rosa räusperte ein Seufzen weg. »Das ist lieb von dir, Leo. Wir können beim Frühstück über alles sprechen.«

»Frühstück? Es ist kurz nach zwei.«

»Eben.«

»... und hier schaltest du das Gerät aus. Aber das würde ich dir gar nicht raten. Dann könnte ich dich ja nicht erreichen«, stellte Leo abschließend klar.

Rosas Kopf war zum Bersten gefüllt mit Dingen, die sie dort nicht haben wollte. Icons, Mailboxen, eigene oder andere Netze, Proweider (was auch immer das sein sollte!), Flatrates und Datenraten tummelten sich zwischen ihren Synapsen und verstopften ihr Gehirn. Lächerlich, eine technologische Entwicklung von mehreren Jahrzehnten in dreißig Minuten nachholen zu wollen. Alles, was sie wollte, war telefonieren!

»Leo, ich habe nichts von dem, was du mir gerade erklärt hast, verstanden. Zeig mir, wie ich telefonieren kann. Alles andere ergibt sich dann später.«

Leo, dessen Lesebrille während der Erläuterungen immer wieder beschlagen war, weil sein Blutdruck parallel zur geistigen Anstrengung gestiegen war, holte tief Luft.

»Die Kurzform, Leo«, mahnte Rosa.

Zehn Minuten später hatte sie ihre Feuertaufe bestanden. Kommissar Mittmann war überrascht, aber erfreut gewesen, als sie ihm, auf Leos Drängen hin, ihre Handynummer mitgeteilt hatte. Rosa seufzte erleichtert und trank den inzwischen kalten Kaffee auf Ex. Sie würde das Handy immer ausschalten, wenn sie es nicht selbst nutzen wollte, da schadete es auch nicht, wenn Mittmann ihre Nummer hatte.

»Willkommen im dritten Jahrtausend«, scherzte Leo, der sich mit einem gestärkten Taschentuch die Schweißtropfen von der Stirn wischte.

»Woher kennst du dich mit diesen Sachen eigentlich aus?«, fragte Rosa.

Leo zuckte in gespielter Bescheidenheit die Schultern. »Ich habe doch den Handyführerschein bei der Volkshochschule gemacht.«

Rosa erinnerte sich dunkel, dass Leo bei Roberts letzter Geburtstagsfeier darüber berichtet und sie ihn den Rest des Abends damit aufgezogen hatte.

»Besuch, wie schön! Bleiben Sie zum Essen?« Konrad Schmitts Stimme ließ Rosa zusammenzucken. Der Mitbewohner ging an Rosa und Leo vorbei zur Arbeitsplatte und stellte eine große Einkaufstasche ab.

»Nein«, sagte Rosa.

»Gern«, sagte Leo.

Schmitt blickte von einem zum anderen.

»Macht das unter euch aus«, sagte Rosa. »Ich gehe schlafen. Mir fehlen noch mindestens vier Stunden von heute Vormittag.« Sie stand auf, ließ ihre Tasse auf dem Tisch und einen verdutzten Leo zurück, und ging in ihr Zimmer.

Diese ständige Gesellschaft! Leo baggerte sie an und Konrad Schmitt wollte offenbar mit den Hausbesetzern eine Familie gründen. Beides ging Rosa gegen den Strich. Ständig sollte sie sich nach fremden Menschen richten. Zu festgelegten Zeiten essen, sogar anderer Leute schmutziges Geschirr spülen! Das würde ihr nicht wieder passieren, das hatte sie sich geschworen, als Seefeld, dieser Diktator, sie herumkommandiert hatte. Eine Wohngemeinschaft alter Schule war das hier jedenfalls nicht. In einer echten WG machte jeder sein Ding und ließ den anderen die nötigen Freiheiten. Jedenfalls war es in Rosas Erinnerungen so, die allerdings auch schon über vierzig Jahre alt waren. Der Gruppendruck in dieser Villa jedenfalls war ihr zu viel. Dauernd erwartete jemand etwas von ihr. Zum Kotzen. Und überwacht wurde sie auch. Ellen sog prüfend die Luft ein, wenn Rosa in die Küche kam. Als ob ihre Tochter neuerdings die offizielle Drogenbeauftragte sei. Schmitt schaute, wie viel und was genau sie aß, um beim nächsten Einkauf noch besser auf die Wünsche der Mitbewohner eingehen zu können. Und Seefeld ordnete Spüldienst an. Vielleicht hätte sie sich von Mittmann in den Knast stecken lassen sollen. Aber dann fiel ihr ein, dass sie in Haft auf ihre Joints hätte verzichten müssen, und schüttelte den Kopf. Sie musste den anderen einfach nur beibringen, dass sie sich nicht herumkommandieren ließ.

16

»Was ist?«, fragte Jenny.

Kim hielt das Handy ans Ohr gepresst und antwortete nicht. Inzwischen war sie gar nicht mehr so sicher, dass sie überhaupt den Mut hatte, Andrea um Hilfe zu bitten. Aber sie musste aus diesem grässlichen Haus raus, in dem nur noch völlig Irre wohnten. Ihre Mutter landete mit der Polizei im Bett, Rosa war einerseits lässig, auf der anderen Seite aber auch ziemlich egoistisch, Schmittchen wollte ständig heile Welt spielen, und über Seefeld musste man ja kein Wort mehr verlieren. Um Mardi war es schade, aber er hatte ihr noch nicht einmal seinen richtigen Namen genannt. Freundschaft sah anders aus, dachte Kim. Um da wegzukommen, brauchte sie Geld. Sie brauchte einen Job, der ihr nicht nur eine gewisse Unabhängigkeit garantierte, sondern auch Ansehen. Einem Fernsehstar würde man ein eigenes Leben deutlich eher zubilligen als einem beliebigen Teenie, der zu Hause Stress hatte.

Sie wollte also wirklich zum Film. Außerdem hatte sie Jenny gegenüber damit geprahlt, dass sie die berühmte Schauspielerin persönlich kannte. Schicksal allerdings, wenn Andrea nicht ranging. Kim wollte gerade die rote Taste drücken, als die berühmte tiefe Stimme aus dem Handy klang.

»Hallo?«

»Hi, Andrea, hier ist Kim.«

Kim hörte selbst, dass ihre Stimme aufgesetzt fröhlich klang, also schluckte sie und bemühte sich um einen cooleren Tonfall, als sie weitersprach. »Hast du gerade Zeit?«

»Was gibt's denn?«

Nun, immerhin war das kein klares Nein. »Du weißt, wie wichtig mir das mit dem Fernsehen ist«, platzte Kim heraus. »Das habe ich dir ja schon bei unserem letzten Treffen erzählt.«

»Aber deine Mutter ...«

»Wir haben einen Deal«, unterbrach Kim schnell. »Sie wird mir keine Steine in den Weg legen.«

Jenny machte große Augen.

»So schnell geht das nicht«, sagte Andrea.

Täuschte Kim sich oder klang Andrea genervt? »Das weiß ich doch, ich bin ja nicht doof. Ich will nur eine Chance.«

Eine Weile war es still.

»Was hast du dir denn vorgestellt?«, fragte Andrea, jetzt schon weniger ablehnend.

»Dass du mich mal mitnimmst«, schlug Kim vor.

»Ich habe Drehpause.«

»Dann könntest du mich vielleicht bei deiner Agentur ...«

»Du bist eigentlich noch zu jung.«

»Ihr habt immer wieder Jugendliche in der Serie. Und der Sender ...«

»Meine Agentur vertritt keine Jugendlichen.«

»Aber du kennst doch sicher auch andere Agenten.«

Andrea schwieg.

»Bitte, Andrea, du musst mir helfen, von hier wegzukommen! Ich halte das auf Dauer nicht aus. Ich lebe mit einer durchgeknallten Oma, einer endpeinlichen Mutter und einem Massenmörder zusammen unter einem ...«

»Was sagst du da?«

Na bitte, dachte Kim, jetzt hört sie wenigstens zu!

»Der Typ, von dem ich spreche, war Soldat und ist jetzt mein Physiklehrer. Er ist total unheimlich, kein Mensch weiß, was er beim Militär gemacht hat, vielleicht war er ein Killer oder so was. Und er überwacht mich. Ich brauche Geld, um mir eine eigene Wohnung zu nehmen, und dafür brauche ich einen Job. Und ich will zum Fernsehen, seit ich denken kann.« Das war gelogen, aber egal, jetzt zählte nur der Erfolg. »Also, hilfst du mir?«

Durch das Telefon hörte Kim, dass jemand Andreas Namen rief. »Tut mir leid, Kim«, sagte Andrea schnell. »Ich habe jetzt einen wichtigen Termin, aber wir reden noch mal darüber.«

»Ich kann dich ja morgen wieder ...«, sagte Kim noch, aber Andrea hatte bereits aufgelegt.

Enttäuscht ließ Kim das Handy sinken.

»Die klang ja nicht sehr hilfsbereit«, sagte Jenny mit einem Naserümpfen.

Kim schluckte schwer. Tatsächlich war sie enttäuscht. Aber was hatte sie auch erwartet? Dass Andrea alles stehen und liegen lassen würde, um ihr zu helfen? Nein, Andrea würde natürlich erst mal wissen wollen, ob es Kim tatsächlich ernst war mit ihrem Wunsch und ob sie hartnäckig und konsequent sein könnte. Daran sollte es nicht scheitern, beschloss Kim.

»Sie ist eben viel beschäftigt.« Kim reckte entschlossen das Kinn. »Aber das ist ja auch gut so. Wenn man da rein will, hilft es nicht, einen Statisten zu kennen. Da muss man schon vom Star höchstpersönlich empfohlen werden.«

* * *

Mit einem Joint, der der Situation angemessen war, hockte Rosa im Schneidersitz auf ihrem Bett und starrte den Rauchkringeln hinterher. Vor ihr lagen die drei Kochbücher aus Roberts Besitz, die sie am Vorabend aus dem Antiquariat gerettet hatte. Grundlagenbuch Vollwertküche, Weihnachtsbäckerei und Desserts.

Die Versicherungsunterlagen aus der Weihnachtsbäckerei waren für Rosa nicht von Interesse, sie hatte sie in einer Schale, in der sie sonst Räuchersalbei abbrannte, den Flammen überlassen. Auf die Desserts hatte sie ihre Hoffnung gesetzt, aber die Klarsichttasche am hinteren Einband war leer. Womit sie gar nicht gerechnet hatte, war die Überraschung in der Vollwertküche. Daran, das gestand sie sich ehrlich ein, hatte sie zu knabbern.

Es waren nur drei DIN A4 Seiten, aber die hatten es in sich. Nach mehrmaligem Studium hatte Rosa endlich kapiert, worum es in dem Schreiben ging. Die Information selbst war ihr nicht neu. Die Tatsache allerdings, dass Robert diese Papiere versteckt hatte, hatte Rosa regelrecht schockiert. Eines war jedenfalls klar: Robert hatte sie jahrelang ebenso belogen wie sie ihn.

* * *

»Wo wart ihr denn gestern Abend alle?«

Es war neun Uhr morgens, eine Zeit, in der Rosa üblicherweise noch nicht einmal über das Aufstehen nachdachte. Aber heute hatte sie es im Bett nicht mehr ausgehalten. Die Aufregungen des vergangenen Tages hatten ihr die Nachtruhe geraubt. Schlecht geträumt hatte sie auch. Und ab acht Uhr hatte sie sich nur noch von einer Seite zur anderen gewälzt, aber kein Auge mehr zugetan. Daher saß sie zu unsittlich früher Stunde in der Küche und wollte einfach in Ruhe einen Kaffee trinken. Stattdessen wurde sie gleich von Konrad Schmitt überfallen. Ob er traurig oder anklagend klang, konnte sie so früh am Tag nicht erkennen, aber diese Feinheiten zwischenmenschlicher Kommunikation scherten sie vor Mittag auch nicht.

»Hatten wir eine Verabredung?«, brummte sie.

»Äh, nein, natürlich nicht!«

»Na also.«

Kein Saft im Kühlschrank. Schade. Sie hatte sich daran gewöhnt, morgens als Erstes einen Schluck Orangensaft zu trinken. Wer auch immer diesen Kühlschrank bestückt, ist ziemlich unzuverlässig, dachte Rosa enttäuscht.

»Aber Herr Dietjes war doch etwas verstimmt, dass du ihn einfach so sitzen gelassen hast. Und dann ist niemand zum Essen heruntergekommen…«

»Wer ist ›niemand‹?«

»Ellen und du.«

Rosa konnte ein breites Grinsen nicht unterdrücken. Ellen hatte wohl die Episode mit dem netten Kommissar noch nicht überwunden, oder kämpfte immer noch gegen den Kater an. Endlich war ihre Tochter mal nicht die personifizierte Perfektion. Rosa war nicht schadenfroh – okay, ein bisschen wahrscheinlich doch, gestand sie sich ein –, aber vor allem hegte sie die Hoffnung, dass Ellen ein bisschen lockerer werden würde, nachdem sie erfahren hatte, dass die Welt nicht unterging, nur weil man sich mal gehen ließ.

»Es war etwas mühsam mit Herrn Dietjes. Man merkt seiner investigativen Gesprächsführung schon noch an, dass er mal bei der Polizei war«, sagte Schmitt.

»War denn Kim nicht da?«

»Sie durfte bei ihrer Freundin übernachten, Jenny, wenn mich nicht alles täuscht. Aber heute muss sie zum Abendessen wieder hier sein. Sie war gar nicht glücklich darüber.«

Wie praktisch, dass Schmitt sie über die familiären und sonstigen Verwicklungen der WG auf dem Laufenden hielt, dachte Rosa amüsiert.

»Ich hätte dir jedenfalls schon gestern Abend gern erzählt, dass ich das Rätsel von Weiterscheids Kontonummer gelöst habe.«

Für diese Nachricht wäre Rosa gern wacher gewesen, aber immerhin wurde jetzt ihre Adrenalinproduktion angekurbelt. Es war daher nur noch eine Frage der Zeit, bis sie geistig voll da sein würde.

»Zumindest glaube ich das«, schob Schmitt hinterher. »Die Bestätigung steht ja noch aus.«

»Ich brauche einen Kaffee, eigentlich am liebsten einen Espresso, und irgendetwas zu beißen. Dann bin ich ganz Ohr«, brachte Rosa mühsam hervor. Sowohl Wortwahl als auch Tonfall waren sozialkompatibler, als sie sich fühlte. Sie war richtig stolz auf sich.

»Hier, siehst du?«

Nein, dachte Rosa, ich sehe gar nichts. Außer ein paar angekreuzten Terminen aus einer ganzen Liste von Daten, die man als Abonnent des Düsseldorfer Schauspielhauses zur Wahl hatte, und seltsamen Rauten und Dreiecken, die auf dem Faltblatt verteilt waren. Aber sie war sich der Tatsache bewusst, dass Konrad in den letzten zehn Minuten versucht hatte, ihr die Zusammenhänge zu erklären, und wollte weder sich selbst blamieren noch Konrad vor den Kopf stoßen. Komisch, diese Rücksichtnahme kannte sie sonst gar nicht an sich.

»Konrad, ich muss gestehen, dass ich dir nicht ganz folgen kann«, sagte sie also so geduldig sie konnte.

Schmitt wurde fast ein bisschen rot. Sie hatte also den richtigen Ton getroffen.

»In dieser Spalte sind die Titel der Schauspiele, in der nächsten Spalte die möglichen Abotermine, und hier habe ich die angekreuzten Termine markiert. Sortiert man nun die Daten nach den Anfangsbuchstaben der Vornamen der Autoren der Stücke, ergibt sich das.«

»Warum sortierst du nach den Autoren?«, fragte Rosa nach einer Weile, in der sie vergeblich versucht hatte, Schmitts Gedankengang nachzuvollziehen. »Warum nicht nach den Terminen?«

»Wir suchen eine Zahl, also können wir die Zahl nicht als Ausgangspunkt nehmen. Ausgangspunkt muss ein Buchstabe sein, damit das Ergebnis eine Zahl ist.«

Mehr als ein lahmes »Aha« brachte Rosa nicht heraus.

»Auf die Vornamen bin ich gekommen, weil nur sie eine ausreichende Anzahl an Wahlmöglichkeiten bieten. Die Nachnamen von drei Autoren, nämlich Shakespeare, Schiller und Stein beginnen ja mit demselben Buchstaben. Wie sollte ich sie also sortieren?«

»Wie im Telefonbuch, natürlich«, sagte Rosa.

Schmitt stutzte. »Hm, das wäre auch eine Möglichkeit.«

»Noch dazu eine ziemlich nahe liegende.«

Schmitt zog den Spielplan und seinen Notizzettel zu sich und begann erneut zu tüfteln.

»Ich glaube, dass das zu einfach ist«, murmelte er zwischendurch.

»Ich nicht«, hielt Rosa dagegen. »Das Einfachste ist immer das Beste.«

»Aber doch nicht, wenn man einen Millionenbetrag schützen muss.«

»Was nützt ihm das ausgefeilteste Zahlenrätsel, wenn er es nachher selbst nicht mehr kapiert? Zumal er doch seine Probleme mit Zahlen hat. Hat dir das nicht seine Geliebte, diese Beate, erzählt?«
»Deswegen wird er es mit Buchstaben versucht haben. Da bin ich mir absolut sicher.«
Rosa verlor die Lust daran, Schmitt bei seinen Kritzeleien zu beobachten. Sie setzte sich mit ihrer Kaffeetasse und einem Croissant auf die Stufen in die Sonne und überlegte, welche Möglichkeiten es noch gab, den geheimen Bericht von Robert zu finden. Die Kochbücher waren ja leider – zumindest in dieser Hinsicht – ein Fehlschlag gewesen. Aufgeben wollte sie noch nicht, immerhin hielt sie das Papier für Roberts Vermächtnis, aber tatsächlich hatte sie momentan nicht den Schimmer einer Ahnung, wo sie als Nächstes suchen sollte. Und wie sie mit dem stattdessen aufgetauchten Dokument weiter verfahren wollte, wusste sie auch noch nicht.

* * *

»Sie sind ein egoistisches Miststück!«, spie Sandra der Schönheit im roten Kleid ins Gesicht.

Ellen löschte den Satz sofort wieder. Natürlich würde Sandra, die Heldin ihres Liebesromans, niemals solche Sätze sagen. Ellen hatte an ihre Mutter gedacht, als sie der Figur die Worte in den Mund gelegt hatte.
»Egoistisches Miststück«, sagte Ellen laut. Und noch einmal: »Egoistisches Miststück!«

Sie kam nicht richtig weiter. Das Personal der Liebesschmonzette trug den Zwist aus, der zwischen Rosa, Ellen und Mittmann stand. So war das nicht gedacht, schließlich hatten die Liebenden und die Intrigantin des Heftromans ihre eigenen Probleme. Und sie können meine nicht lösen, dachte Ellen. Das müsste ich schon selbst tun, wenn ich nur wüsste, wie. Oder wenn ich die Zeit dafür hätte. Oder den Mut, flüsterte die Stimme der Wahrheit ihr ins Ohr. Ellen speicherte die Datei und fuhr den Rechner herunter. Sie brauchte dringend eine Pause, wollte aber niemandem im Haus begegnen, weil sie sich immer noch schämte. Selbst das Abendessen hatte sie gestern ausfallen lassen, obwohl etwas Anständiges zu essen ihrem Magen bestimmt gutgetan hätte.

Auf dem Weg nach draußen traf sie ausgerechnet Rosa, die in der Sonne saß und Kaffee trank.

»Kommst du endlich aus deiner Jammerhöhle heraus?«, begrüßte ihre Mutter sie.

Ellen spürte, wie ihre Pulsfrequenz sportlich zulegte. »Deine Empathie ist immer wieder tröstlich.«

»Setz dich zu mir.«

Ellen wollte an Rosa vorbei, aber ein fester Griff um ihr Fußgelenk brachte sie fast zum Straucheln.

»Setz dich, habe ich gesagt!«

»Willst du, dass ich mir den Hals breche?«, fuhr Ellen ihre Mutter an.

»Ich will, dass du dich setzt, das habe ich jetzt bereits dreimal gesagt.«

»Warum soll immer alles nach deiner Pfeife tanzen?«

»Warum lässt du deinen Frust über das missglückte Liebesabenteuer an mir aus?«

»Weil du der Grund dafür bist!«, schrie Ellen.

»Blödsinn!«, entgegnete Rosa ärgerlich. Dann atmete sie aus und sagte ruhiger: »Ellen, ich möchte dir etwas sagen.«

»Ich will dir auch schon lange etwas sagen, Mutter. Ich hasse dich!«

Ellen befreite ihren Fuß aus der mütterlichen Umklammerung und stürmte den Weg entlang Richtung Tor.

Bis sie im Ort war, hatte sie sich wieder beruhigt und bereute, was sie gesagt hatte. Allerdings war sie nicht sicher, ob es vielleicht doch stimmte. Hasste sie ihre Mutter wirklich? Oder beneidete sie sie um die Selbstverständlichkeit, mit der Rosa die Erwartungen und Wünsche anderer Menschen an sich abperlen ließ. Irgendwann sollte sie sich darüber klar werden, dachte Ellen, aber im Moment fehlte ihr dafür die Kraft. Oder die Lust. Genau, das war es. Ihr fehlte die Lust, das Problem Rosa vordringlich anzugehen. Das war ein Schritt in die richtige Richtung, lobte Ellen sich selbst. Ich entscheide, wann ich mich mit der Beziehung zu meiner Mutter beschäftige, nicht sie. Ihre Schritte wurden leichter.

Im Ort ging sie erst in die Stadtbibliothek, um ihre Mails zu checken, und dann in den Telefonladen. Sie dachte an die sechzigtausend Euro auf ihrem Konto und kaufte sich ein Smartphone. Der Verkäufer war so nett, es gleich für sie einzurichten, und als sie nach über einer Stunde wieder auf der Straße stand, fühlte Ellen sich zum ersten Mal seit dem Anruf, mit dem Jens sie aus ihrem gemeinsamen Haus geworfen hatte, wieder als Herrin über ihr eigenes Leben. Sie genoss das Gefühl, vielleicht gerade weil sie ahnte, dass es nicht lang anhalten würde. Sie setzte sich in ein Café und rief Andrea an.

»Super, dass du dich meldest, Ellen. Ich bin auf dem Weg nach Düsseldorf.«

»Musst du im Haus noch etwas tun? Soll ich dir helfen?«

»Nein, danke. Ich wollte zu dir und hören, was du über den Mordfall an Weiterscheid weißt? Die Polizei hat mir mitgeteilt, dass sie seine Leiche gefunden haben.«

Eine halbe Stunde später saßen Andrea und Ellen einander im Gartencafé Burghof gegenüber. Ellen freute sich, Andrea wiederzusehen, aber insgeheim ärgerte sie sich über ihr eigenes Äußeres. Sie trug Jeans und T-Shirt, wie immer. Die Haare hatte sie zwar inzwischen gewaschen, aber auch das verbarg nicht die Tatsache, dass von einer Frisur keine Rede sein konnte. Formlos fielen die Haare auf ihre Schultern, die Spitzen waren dünn und splissig und die grauen Haare schienen sich in den letzten Tagen verdoppelt zu haben. Ungeschminkt sah sie vermutlich genau so alt und grässlich aus, wie sie sich fühlte. Dagegen schien Andrea mit ihrem roten Kleid, der sonnengebräunten Haut, dem professionellen Make-up und der gestylten Frisur aus einem anderen Universum zu kommen. Die Bedienung jedenfalls hatte nur Augen für Andrea.

»Ich weiß nur, dass Rosa die Hauptverdächtige ist, weil man ihren Lippenstift in Weiterscheids Auto gefunden hat«, sagte Ellen, wobei sie sich bemühte, ihren Frust nicht durchklingen zu lassen. »Aber das ist natürlich Quatsch.«

»Natürlich«, entgegnete Andrea. »Rosa würde so etwas niemals tun. Die Hemmschwelle, jemanden zu töten, ist für normale Menschen praktisch unüberwindbar hoch.«

Ellen nickte. Genau das hatte Robert immer gepredigt – wenn auch in den letzten Jahren zunehmend mit dem Hinweis, dass diese Hemmschwelle auch in Deutschland sinke.

»Wenn nun allerdings jemand von Weiterscheid betrogen wurde, für den das Töten eine normale Sache ist ...«

Ellen blickte Andrea unsicher an. »Das Töten eine normale Sache?« Sie dachte an den Stalker, der Kim mehrfach aufgelauert hatte. Er war ein verurteilter Mörder, aber was hatte er mit Weiterscheid zu tun?

»Gehört König etwa auch dazu? Sein Name stand nicht auf der Liste ...«, murmelte sie verwirrt.

»König? Sagt mir nichts.«

Ellen beobachtete ungeduldig, wie Andrea in aller Seelenruhe Zucker in ihren Cappuccino rührte und den Milchschaum dann mit dem Keks löffelte. »Also, wenn du nicht von diesem König sprichst, von wem dann?«

»Ich spreche von jemandem, der nach einer Menge Blutvergießen einen ruhigen Lebensabend erwartete und von Weiterscheid darum betrogen wurde. Was sollte so jemanden davon abhalten, noch ein Mal zu morden? Vielleicht in der Hoffnung, sein Geld wiederzubekommen, vielleicht einfach aus Frust.«

Ellen musste sich beherrschen, um ruhig zu bleiben. »Jetzt sag endlich, von wem du sprichst!«

»Vom Physiklehrer deiner Tochter, der bei euch in dieser Villa

lebt. Hans Seefeld. Ehemaliger Major der Bundeswehr und ausgezeichnet mit dem Ehrenkreuz für Tapferkeit, der Einsatzmedaille Gefecht, der europäischen ESDP-Medaille, der UN-Medaille und der NATO Meritorious Service Medal.«
Ellen starrte Andrea fassungslos an. »Woher weißt du das alles? Sind solche Sachen nicht geheim?«
Andrea schaute Ellen mitleidig an. »Ich habe Kontakte, Ellen.«
Ellen fühlte sich erniedrigt. Aber vor allem war sie starr vor Angst.

»Ob er die Truppe aus freien Stücken verließ oder wegen einer traumatischen Störung gehen musste, konnte ich nicht in Erfahrung bringen«, fuhr Andrea fort. »Das wäre aber für die Beurteilung, ob der Typ ein Held oder ein mordender Psychopath ist, sicherlich interessant, oder?«

Ellen hatte sich von Andrea verabschiedet und war gegangen. Sie konnte nicht gemütlich in einem Gartencafé sitzen und plaudern, während die Gedanken in ihrem Kopf Karussell fuhren. Seefeld ein Psychopath? Der Lehrer ihrer Tochter? Ein Mann, der im selben Haushalt wohnte? Aber stimmte das auch? Er war ein hochdekorierter Offizier gewesen. Ellen kannte niemanden bei der Bundeswehr persönlich, aber sie war bereit zu glauben, dass ein Mann, der es zum Offizier brachte, zuverlässig und vertrauenswürdig sein musste. Blieb allerdings die Frage, warum solch ein Mann plötzlich seine militärische Laufbahn beendete. Das konnte viele Gründe haben – unter anderem natürlich auch den, dass er entlassen worden war, weil er nicht mehr zuverlässig und vertrauenswürdig war. Vielleicht sogar unzurechnungsfähig. Aber wer würde so jemanden als Lehrer einstellen? Einen Moment war Ellen beruhigt, aber dann fiel ihr ein, wie umfassend der Datenschutz gerade in Gesundheitsfragen war. Das ging ja so weit, dass die viel gerühmte Gesundheitskarte kaum mehr Informationen als den Namen enthielt. Also würde auch Seefelds Unzurechnungsfähigkeit sein Geheimnis bleiben – bis er vielleicht eines Tages austickte.

Wie in Trance ging sie Richtung Rhein und konnte die Villa bereits sehen, als sie einen Entschluss fasste: Sie brauchte professionelle Hilfe.

Die Polizei, dein Freund und Helfer, war jetzt gefragt. Aber an wen sollte sie sich wenden? Sie konnte schlecht die Eins Eins Null wählen. Ihr einziger Ansprechpartner bei der Kripo Düsseldorf war Patrick Mittmann – und den würde sie mit Sicherheit nicht anrufen.

Entnervt ließ sich Ellen auf eine Bank am Deich sinken. Unglaublich, wie kompliziert ihr Leben geworden war. Wieso eigentlich? Und was sie noch dringender interessierte: Würde es irgendwann wieder besser? Sie beschloss, dem Verlag eine Absage für den nächsten Roman zu erteilen und mit Hochdruck nach einer Wohnung zu suchen. Die Wohnsituation mit ihrer Mutter und den undurchsichtigen Hausgenossen war vollkommen untragbar.

»Entschuldigung, ich habe Ihren Namen nicht richtig verstanden«, sagte die nette Dame an der Zentralen Vermittlung der Düsseldorfer Polizei.

Ellen wiederholte ihren Namen und holte Luft, um der Frau den Grund ihres Anrufes zu erklären, als das Gespräch in eine Warteschleife gelegt wurde. Gut, sie hatte nicht den Notruf gewählt, aber trotzdem kam ihr diese Vorgehensweise wenig bürgerfreundlich vor. War es nicht sinnvoller, erst nach dem Anliegen zu fragen und dann gleich zum richtigen Ansprechpartner durchzustellen? Oder wurde sie gar nicht verbunden, sondern nur in eine weitere Warteschleife gelegt? Ellen hasste das Callcenter-Gedudel, das aus dem Hörer drang, und hielt ihn etwas weiter vom Ohr weg.

»Ellen, wie gut, dass du dich meldest!«

Mittmann? Oder hatte sie sich verhört? Das Handy war schließlich fast einen halben Meter vom Ohr entfernt gewesen. Hektisch versuchte Ellen, das Gespräch zu beenden, aber das war bei diesem modernen Ding gar nicht so einfach. Man konnte nicht einfach den Hörer auf die Gabel werfen. Sie wischte hier und drückte da, aber Mittmanns Stimme tönte weiter aus dem Lautprecher.

»Ich will nicht mit dir sprechen«, unterbrach Ellen ihn und wischte wieder. Diesmal hatte sie Glück. Die Verbindung wurde getrennt.

Wenige Sekunden später klingelte das Handy. Sie wusste genau, wer mit ihr sprechen wollte, ignorierte aber das Geräusch. Nach einer halben Minute, in der sie vergeblich versucht hatte, das Gerät auszuschalten, nahm sie das Gespräch entnervt an.

»Bitte leg nicht wieder auf«, sagte Mittmann, bevor sie sich gemeldet hatte.

»Warum?«

Er antwortete nicht sofort. Stattdessen hörte es sich an, als würde er in ein anderes Zimmer gehen.

»Warum legst du sofort wieder auf, obwohl du doch gerade angerufen hast?«

»Ich habe nicht dich angerufen, sondern die Telefonzentrale.«

»Ich habe Bescheid gesagt, dass man dich sofort zu mir durchstellt.«

»Woher wusstest du, dass ich anrufen würde?«, fragte Ellen verwirrt.

»Wusste ich ja gar nicht.« Mittmann lachte leise. »Aber erfahrungsgemäß brauchen Leute, die in einen Mordfall verstrickt sind, gelegentlich polizeiliche Hilfe.«

»Ich bin nicht...«

»Ich weiß. Entschuldige.«

Eine Weile schwiegen beide.

»Ich rufe wegen Hans Seefeld an.«

»Was ist mit ihm?«

»Das würde ich gern von dir wissen. Ist er ein Verdächtiger im Mordfall Weiterscheid?«

»Warum sollte er?«

Ellen hatte den Eindruck, dass echte Überraschung aus Mittmanns Stimme klang.

»Du hast Rosa einen Mord aus Rache unterstellt. Das gleiche gilt für Seefeld.«

»Wie kommst du gerade auf Seefeld? Immerhin ist der Dritte im Bunde, dieser Herr Schmitz ...«

»Schmitt.«

»Genau. Der ist doch dann auch verdächtig. Warum fragst du also nach Seefeld?«

»Weil er unheimlich ist. Und weil er das Töten gewöhnt ist.« Ellen hörte, wie Mittmann scharf Luft holte. »Der Mann war Soldat. Und ich teile Tucholskys Ansichten in vielen Belangen, aber ...«

»Ach«, fragte Ellen schnippisch, »das weißt du schon?«

»Ich bin bei der Kripo, Ellen. So etwas zu wissen, gehört zu meinem Job.«

»Ich habe am eigenen Leibe erfahren müssen, wie außerordentlich vielfältig dein Job ist«, sagte Ellen mit beißendem Spott.

»Dein Sarkasmus ist völlig unangebracht«, erwiderte Mittmann leise. »Das hatte nichts mit meinem Job ...«

»Vergiss es.« Ellen unterstrich ihren Ausruf mit einer Geste, die Mittmann natürlich nicht sehen konnte. »Das Einzige, was ich von dir will, ist eine Antwort auf die Frage, ob ich mir wegen Seefeld Sorgen machen müsste?«

Mittmann zögerte.

»Scheiße«, sagte Ellen, legte auf und schaffte es endlich, das Handy auszuschalten. Keine Antwort war auch eine Antwort.

17

Rosa hatte sich eine weitere Tasse Kaffee und noch ein Croissant geholt und sich wieder auf die Stufen in die Sonne gesetzt. Schmitt hatte sie nur kurz angelächelt, den Kopf aber gleich wieder über seine seltsame Dechiffrierarbeit gesenkt.

Ellens Worte hatten Rosa getroffen. Natürlich hatten sie immer Schwierigkeiten miteinander gehabt, aber von Hass hatte Ellen nie gesprochen. Nicht einmal während der Pubertät. Damals hatte sie höchstens gefragt, warum sie nicht eine normale Mutter haben könne. Normal! Als ob das etwas Gutes wäre! Was war denn die Norm? Durchschnitt. Langeweile. Leute wie diese Frauen, die sich auf die Zettel, die Rosa und Leo in ihre Briefkästen geworfen hatten, gemeldet hatten, um ihr elendes, einsames, langweiliges Leben dadurch aufzupeppen, dass sie Lügenmärchen erzählten, damit überhaupt jemand Notiz von ihnen nahm. Und jetzt hasste ihre Tochter sie sogar. Oder hatte es zumindest gesagt. Rosa seufzte. Sie brauchte einen Joint, war aber zu faul, in ihr Zimmer zu gehen, um einen zu holen. So saß sie immer noch auf der Treppe, als Schmitt sich neben sie setzte – nicht ohne die Hose über dem Knie zu raffen, damit die Bügelfalte nicht ausleierte. Genau wie Leo, dachte Rosa. Warum müssen die Männer alle so spießig sein? Zugegeben, alle außer Mittmann. Der könnte ihr gefallen. Nachdem Ellen mit dem Kerl nichts mehr am Hut hatte, war sie fast in Versuchung ...

»Jetzt habe ich es. Ganz sicher.«

Schmitt hielt ihr einen Zettel mit ein paar Buchstaben und einer sehr langen Zahl vor die Nase.

»Aha«, sagte Rosa.

»Kontonummer und Bankleitzahl. Oder IBAN, wie es mittlerweile im internationalen Bankgeschäft heißt..«

So viel wusste Rosa auch, trotzdem verstand sie nicht, was Schmitt ihr damit sagen wollte. Was hatte sie davon, wenn sie die Bankverbindung kannte? Die Bank würde wohl kaum auf einen freundlichen Anruf hin den gesamten Kontobestand an sie überweisen.

»Allerdings kann ich hier an den beiden Buchstaben AE nur sehen, dass es eine Bank in den Arabischen Emiraten ist. Welche genau, weiß ich nicht. Um das herauszufinden, brauche ich das Internet. Oder mindestens ein Telefon. Und sobald ich die Details kenne, fliege ich hin.«

Rosa glaubte, sich verhört zu haben.

»Ich habe nur leider …« Schmitt räusperte sich. »Also momentan bin ich etwas knapp bei Kasse.«

Na toll, dachte Rosa. Schmitt macht Urlaub in Dubai und ich soll zahlen.

* * *

Kim wusch sich die Hände, fluchte, weil mal wieder keine Papierhandtücher da waren, und wischte sich die nassen Finger notdürftig am unteren Drittel ihrer Hosenbeine ab. Dann lehnte sie sich gegen die Tür, um nicht die Klinke anfassen zu müssen, und trat auf den Schulhof. Jenny hatte versprochen, auf sie zu warten, aber sie stand nicht vor der Klotür. Logo. Kein Mensch hielt sich freiwillig in der Nähe der Schultoiletten auf. Im Gebäude war es ja nicht ganz so schlimm, aber die Außenklos müssten eigentlich für immer mit einem Betonsarkophag versiegelt werden. Wie der Reaktor in Tschernobyl. Ein fettes Warnzeichen drauf, wie dieses Symbol mit dem Dreifachkreis für Biogefährdung und dann hoffen, dass die nachfolgenden Generationen nicht nur das Warnsymbol für radioaktive Strahlung in ihrem kollektiven Gedächtnis behielten.

Den Zynismus hast du von deiner Mutter, hatte Rosa ihr kürzlich noch gesagt und dabei mit dem Kopf geschüttelt. Gut, hatte Kim gedacht. Wenigstens etwas Nützliches geerbt.

Ah, da vorn am Tor war Jenny. Kim würde wieder mit zu Jenny fahren, dort essen – was man dort essen nannte, meist gab es irgendein aufgewärmtes Fertigmenü oder Convenience Food aus dem Delikatessengeschäft – und den Nachmittag mit Jenny verbringen. Um sechs musste sie zu Hause sein. Grässlich.
Auf dem Weg über den Schulhof wurden Kims Schritte langsamer. Jenny war offenbar nicht nur durch die Geruchsbelästigung vom Schulklo vertrieben worden. Sie hatte dort, wo sie stand, auch interessantere Gesellschaft gefunden. Nämlich Tarik. Kim blieb stehen und beobachtete die beiden. Jenny lachte total übertrieben laut über etwas, das Tarik gesagt hatte. Dabei tat sie so, als würde es sie vor Begeisterung glatt von den Füßen hauen. Sie fiel natürlich nicht nach rechts, sondern nach links – geradewegs gegen Tarik, an den sie sich klammerte, als wäre er ihr letzter Halt vor dem endgültigen Untergang. Kim beobachtete, wie Jenny ihren Busen extra rausstreckte. Davon hatte sie deutlich mehr als Kim. Und Kim konnte unschwer erkennen, dass Tarik die große Oberweite durchaus gefiel. Jedenfalls wurden seine Augen größer und die Hände, die zugriffen, um die labile Jenny aufzufangen, fassten deutlich höher als um die Taille. Kim bebte vor Wut. Ihre beste Freundin schmiss sich an Tarik ran, obwohl sie wusste, dass Kim ihn anhimmelte! Dabei hatte Jenny sich bisher nicht besonders positiv über Tarik geäußert. Seine Haare waren ihr zu schwarz und zu lockig, die Haut zu dunkel und die Klamotten zu *gangsta*. Aber kaum bot sich die Gelegenheit ...
Kim drehte sich um und ging, nein, rannte um das Schulgebäude herum. Auf der Rückseite war der Ausgang zum Fahrradständer, von dort kam sie auch auf die Straße. Auf Jenny jedenfalls hatte sie definitiv keinen Bock mehr.

Blind vor Tränen hetzte Kim den inzwischen menschenleeren Weg zur Querstraße entlang. Natürlich heulte sie auch wegen

Tarik, aber vor allem war sie wütend über den Verrat von Jenny. Immer wieder sah sie vor ihrem geistigen Auge, wie sich ihre beste Freundin – ehemals beste Freundin, korrigierte sie – Tarik an den Hals warf. Sie war so in ihren Gedanken gefangen, dass sie aufschreckte, als eine leise Stimme neben ihr sagte: »Kim, wie schön, dass wir endlich mal in Ruhe miteinander reden können.«

Der Mann, der seine Hand auf ihren Oberarm legte, war der Kerl mit der Adlernase. Und außer ihm war weit und breit kein Mensch zu sehen.

* * *

»Was gibt es denn Leckeres?«, fragte Rosa um fünf nach sechs.

»Schön, dass du es auch schon einrichten konntest«, ätzte Ellen.

Natürlich kam Rosa, wann es ihr passte, dachte Ellen. Sie ärgerte sich darüber, dass sie sich immer noch darüber ärgerte, obwohl sie die Eigenheiten ihrer Mutter seit über vierzig Jahren kannte. Aber keiner kann aus seiner Haut, sagte sie sich vor. Dass ihre Mutter diesen Spruch gern für sich reklamierte, ärgerte Ellen nur noch mehr, denn Rosa entschuldigte damit auch ihre Unpünktlichkeit. Die allerdings war nicht in den Genen angelegt, sondern das Ergebnis egoistischen Verhaltens.

Ellen atmete tief durch und konzentrierte sich wieder auf ihre Aufgabe. Sie hatte Schmitt beim Kräuterhacken geholfen, den Tisch gedeckt und einen Krug Leitungswasser auf den Tisch gestellt, weil niemand im Haus ein Auto besaß und daher auch niemand Lust hatte, Mineralwasserflaschen zu schleppen. Seefeld saß am Tisch und las in einem E-Book, während er auf das Essen wartete. Ellen hatte ihn mehrfach unauffällig aus dem Augenwinkel beobachtet, aber keine verdächtigen Verhaltensweisen entdeckt. Weder glotzte er mit irrem Blick umher noch drohte er Schmitt, ihn mit dem Messer abzuschlachten, wenn das Essen nicht bald auf den Tisch käme. Er wirkte vollkommen ruhig und von seiner Lektüre gefesselt. Aber vielleicht waren die Unauffälligen ja die gefährlichsten Psychopathen.

»Couscous mit scharfem Gemüse und buntem Salat«, erklärte Schmitt. Seine Wangen waren gerötet und seine Brille beschlug, als er den Topf mit dem Gemüse öffnete, um eine Handvoll Kräuter einzurühren. »Fertig.«
»Von wegen zu spät. Gerade rechtzeitig«, erklärte Rosa zufrieden.
Ellen stellte die Salatschüssel auf den Tisch, während Schmitt den heißen Topf auf den Untersetzer wuchtete. Rosa, Ellen und Schmitt setzten sich, dann schaute Ellen sich um. »Nanu, wenn es ums Essen geht, ist Kim doch normalerweise pünktlich.«
»Iss einen Happen, bevor du die Polizei rufst, das stärkt die Nerven«, spottete Rosa.
»Warum müsst ihr euch nur immer streiten?«, fragte Schmitt unglücklich.
»Guten Appetit«, sagte Seefeld.
»Zehn Minuten«, erklärte Ellen. »Dann ist Kim fällig.«

Ellen aß mit wachsendem Appetit. Sie musste gestehen, dass Schmitt mindestens ebenso gut kochte wie sie selbst. Mit großem Vergnügen blätterte er stundenlang in den drei Kochbüchern, die er besaß, und wählte besonders gern exotische Gerichte mit kräftigen Gewürzen. Ellen freute sich über die Abwechslung von ihren eigenen Lieblingsrezepten und genoss es, sich mal nicht um das Einkaufen und die Zubereitung kümmern zu müssen. Wenn sie auch vom Leben in einer WG mit ihrer Mutter und einem fremden Mann von zweifelhafter geistiger Gesundheit insgesamt wenig angetan war, gehörte die Verpflegung auf jeden Fall auf die Aktivseite der Bilanz.

Um halb sieben sah Ellen zum dritten Mal auf die Uhr. »Entschuldigt mich, ich muss mal schauen, wo Kim steckt.«
Sie stieg die Treppe hoch bis unters Dach, um dann an Kims verschlossene Zimmertür zu klopfen. Aber weder Klopfen noch Rufen brachte eine Reaktion und aus dem Zimmer war kein

Geräusch zu hören. Also doch anrufen. Sie holte ihr Handy und wählte Kims Nummer. Die Mailbox sprang an. Seltsam. Normalerweise schaltete Kim ihr Handy nie aus. Vielleicht war der Akku leer? Ellen wählte Jennys Nummer und hatte Glück. Kims Freundin meldete sich sofort.

»Jenny, ist Kim noch bei dir?«

»Ist sie etwa nicht zu Hause?«

Ellen war sicher, dass Jennys Stimme leicht hysterisch klang. Hysterischer als normal, korrigierte Ellen, denn das Mädchen war ziemlich überdreht. Kein Wunder bei der Mutter.

»Nein, sie ist nicht hier. Und sie geht auch nicht an ihr Telefon.«

»Scheiße!«

Das war eindeutig hysterisch. Ellen spürte, wie sich ihre Nackenhaare aufstellten, aber im Umgang mit hysterischen Menschen half nur eins, nämlich ein ruhiges und entschiedenes Auftreten. Sie schloss die Augen und konzentrierte sich darauf, ihre nächste Frage nicht herauszubrüllen. »Wann ist Kim denn von dir weg?«

»Sie war gar nicht hier.«

Ellen war sprachlos.

»Sie war nach der Schule plötzlich weg.«

»Weg?«, fragte Ellen so ruhig wie möglich, obwohl sie am liebsten durchs Telefon gegriffen und Jenny geschüttelt hätte.

»Na ja, sie ist abgehauen, weil sie sauer war.«

»Habt ihr euch gestritten?«

»Hm...«

Inzwischen klang die Stimme des Mädchens nach Tränen, daher sparte sich Ellen die Frage nach dem Inhalt des Streits. »Wann genau hast du sie zuletzt gesehen?«

»Zehn Minuten nach Schulschluss.«

»Wo war sie da?«

»Sie ging den kleinen Fußweg entlang, auf dem man zum Fahrradständer kommt.«

»Was hat sie denn dort gemacht?«

»Ich nehme an, sie ist da hinten lang, um mir aus dem Weg zu gehen. Ich stand vorn am Tor.«

»Konntest du sehen, in welche Richtung sie ging? Zur Bushaltestelle? Oder ...«

»Sie war nicht allein. Der Stalker war bei ihr. Er hatte sie untergehakt und ist mit ihr in Richtung Innenstadt gegangen.« Ellen schlug sich die Hand vor den Mund und konnte dadurch gerade noch einen Aufschrei verhindern. Ärger und Angst schnürten ihre Kehle zu. Sie atmete tief durch. »Und du bist nicht hinterhergegangen?«

»Ich habe gerufen, aber sie hat sich nicht einmal umgedreht. Sie hat mir nur über die Schulter hinweg den Mittelfinger gezeigt.«

Jenny brach in lautes Schluchzen aus. Ellen fühlte sich nicht in der Lage, das Mädchen zu trösten und beendete das Gespräch. Mit zitternden Fingern versuchte sie dann, Mittmann zu erreichen, aber die ersten Versuche schlugen fehl. In ihrer Aufregung landete sie immer wieder in unbekannten Menüs. Sie war kurz davor, das Gerät an die Wand zu werfen. Immer zwei Stufen auf einmal nehmend jagte sie hinunter in die Küche, hielt dem verdutzten Schmitt das Gerät vor das Gesicht und befahl: »Ruf Mittmann an. Gero König hat Kim gekidnappt.«

Während Schmitt mit zitternden Fingern sein Glück mit dem Handy versuchte, verließ Seefeld wortlos die Küche. Auch eine Art, mit einer gemeinsamen Krise umzugehen, dachte Ellen. Dann hatte sie endlich Mittmann am Ohr.

Eine halbe Stunde später wimmelte es in der Küche von Leuten. Mittmann war mit zwei Kollegen gekommen, ebenso wie Leo, der von Rosa informiert worden war. Außerdem war ein Techniker erschienen, der Telefonanrufe mitschneiden sollte und enttäuscht feststellen musste, dass es keinen Festnetzanschluss gab. Eine Psychologin vervollständigte das Team.

Schmitt kochte Kaffee für alle, Seefeld war kurz zuvor wieder aufgetaucht und stand nun schweigend und mit vor der Brust verschränkten Armen herum. Ellen, Rosa, Leo, Mittmann und die

Psychologin saßen am Tisch, der notdürftig von den Resten des Abendessens befreit worden war.

»Zunächst möchte ich Sie bitten, im Falle eines Anrufes auf jeden Fall ruhig zu bleiben«, sagte die Psychologin, deren Namen Ellen sich nicht gemerkt hatte. Sie war groß und schlank, hatte streng zurückgebundene, blonde Haare, umwerfend feine Haut und wirkte eher wie eine Pfarrerin. Außerdem war sie Ellen von Anfang an unsympathisch gewesen. Vielleicht auch, weil sie mit Mittmann sehr vertraut umging.

»Sollte der Kidnapper sich melden, bitten Sie ganz sachlich darum, mit Ihrer Tochter sprechen zu dürfen.«

Ellen nickte. Die Situation fühlte sich vollkommen irreal an. Wie in einem Theaterstück, in das sie versehentlich hineingeraten war. Ständig erwartete sie die Stimme des Regisseurs, der aus dem Hintergrund rief, dass die Probe vorbei sei und man jetzt Pause machen könne, der Kaffee sei ja schon fertig.

»Machen Sie ihm keinesfalls Vorwürfe.«

»Keine Sorge. Ich werde nett sein und ihn mit vollendeter Höflichkeit fragen, ob er meine Tochter nur kidnappen oder auch gleich umbringen will.«

»Ich verstehe Ihre Gefühle, aber Zynismus ist in solch einer Situation keine gute Strategie.«

»Amen.«

Mittmann legte eine Hand auf Ellens Arm. Sie wünschte sich jemanden an ihrer Seite, der ihr jetzt beistehen könnte, so wie Leo Rosa beistand. Leider kam in ihrem Fall ausgerechnet Mittmann natürlich überhaupt nicht in Frage. Und Seefeld, der wie ein Eiszapfen am Kühlschrank lehnte, auch nicht. Fast hätte Ellen laut gelacht. War sie denn nur noch von Irren umgeben?

»Was ist, wenn er sich nicht meldet?«, fragte Rosa.

Sie war kalkweiß und ließ ihre gewohnte Lässigkeit vermissen, wie Ellen mit grimmiger Genugtuung feststellte. Endlich einmal faselte sie nicht über die Notwendigkeit, das Schicksal zu akzeptieren, über irgendein beschissenes Karma oder sonstigen pseudophilosophischen Schwachsinn, der darauf hinauslief, dass man das Leben so annehmen musste, wie es kam und dass auch alles sein Gutes hatte. Mit einem lauten Knall war Rosa auf dem Boden der Tatsachen gelandet: Ihre Enkelin war entführt worden. Nichts war gut. Willkommen in der Wirklichkeit, dachte Ellen. Dann brach sie in Tränen aus.

Seefeld löste die verschränkten Arme, stieß sich vom Kühlschrank ab und zwängte sich lautlos an Mittmanns peinlich berührt herumstehenden Kollegen vorbei zum Kopfende des Tisches, wo Ellen saß. Er blickte mit unergründlichem Gesichtsausdruck auf sie herab, dann legte er seine Hand wie einen Schraubstockgriff um ihren Oberarm, zog sie hoch und dann an seine Brust. Ellens verzweifeltes Schluchzen verlor jedes Maß. Vollkommen aufgelöst lehnte sie an der Brust des Mannes, den sie verdächtigte, ein gefährlicher Psychopath zu sein. Rotz und Tränen befleckten Seefelds hellblaues Hemd, das schon ganz durchweicht war. Sie hatte keine Kraft mehr, sich aufrecht zu halten, sondern ließ sich einfach gegen ihn fallen. Sie spürte seine Arme auf ihrem Rücken und klammerte sich an seinem Hemd fest. Eine ganze Weile stand sie so und heulte ihr ganzes Elend heraus.

Ihre Mutter und Mittmann starrten sie hilflos an, Mittmanns Kollegen schauten verlegen auf ihre Fußspitzen. Die Psychologin lächelte ein gütiges, nachsichtiges Lächeln, das Ellen ihr am liebsten aus dem Gesicht geprügelt hätte. Ein großer Kochlöffel wäre dafür ideal, dachte sie.

»Besser?«, hörte sie Seefelds Stimme leise an ihrem Ohr.

Sie nickte.

Seefeld gab sie frei, trat einen Schritt zurück, reichte ihr sein blütenreines, gebügeltes Stofftaschentuch und verließ die Küche ohne ein weiteres Wort. Ellen fühlte sich in mehrerer Hinsicht befreit.

»Ein paar Tränen können manchmal Wunder wirken«, salbaderte die Psychologin los, wurde aber von Schmitt unterbrochen, der zur Küchentür zeigte, durch die Seefeld eben verschwunden war.

Dort stand jetzt ein Mann, der die Anwesenden schweigend beobachtete. Er war klein, schmächtig und hatte eine vollkommen überdimensionierte Nase in Form eines Adlerschnabels.

»Entschuldigen Sie die Störung«, begann der Neuankömmling. Weiter kam er nicht, da sich drei Polizeibeamte aus der Küche und Seefeld von hinten auf ihn stürzten und zu Boden warfen.

Der Mann ließ das wortlos über sich ergehen und machte auch keinen Befreiungsversuch, als Mittmann ihn festhielt, während einer seiner Kollegen ein Paar Handschellen aus dem Auto holte.

»Nur die Kollegen in Uniform tragen die Dinger am Gürtel«, flüsterte Leo Rosa zu, obwohl niemand nach einer Erklärung verlangt hatte. Wenige Minuten später saß Gero König gefesselt auf dem Stuhl am Kopfende des Tisches, auf dem kurz zuvor noch Ellen gesessen hatte. An seinem Kinn bildete sich ein kleiner Bluterguss und sein Hemdkragen war verrutscht, aber er blickte ungerührt in die Runde.

»Wo ist Kim?«, fragte Kommissar Mittmann, der König am anderen Tischende gegenübersaß.

König hob die Augenbrauen und blickte überrascht. »Keine Ahnung. Ist sie nicht da?«

Rosa stürzte sich auf König und schüttelte ihn so sehr, dass er fast vom Stuhl fiel. Leo und einer von Mittmanns Kollegen hatten Schwierigkeiten, sie von dem wehrlosen Mann zu trennen und festzuhalten.

»Wo ist sie?«, schrie Rosa immer wieder, bis Ellen auf sie zustürzte und ihr eine Ohrfeige gab. Die plötzliche Stille empfand Ellen als noch schlimmer.

»Ich schlage vor, dass Sie alle uns allein lassen«, sagte Mittmann ruhig.

»Nein«, sagte Ellen. »Ich bleibe.«

»Sie können alle bleiben«, sagte König. »Ich habe nichts zu verbergen.«

»Dann sagen Sie mir, wo meine Tochter ist«, sagte Ellen. Sie fühlte sich seltsam ruhig nach der Heulorgie und nahm sich vor,

Seefeld eines Tages dafür zu danken. Im Moment allerdings interessierte sie nur die Frage, wo Kim war und ob es ihr gut ging.

»Ich habe Kim vor der Schule getroffen und ungefähr eine halbe Stunde mit ihr geredet. Dabei haben wir in dem Stehcafé ein Stück die Straße rauf einen Kakao getrunken. Dann haben wir uns getrennt. Kim wollte zum Bus, ich bin nach Hause gegangen. Das ist alles, was ich Ihnen sagen kann.«

Einen Moment war es totenstill. Die Versammelten starrten König fassungslos an. Dann redeten alle durcheinander.

»Was wollen Sie dann hier?«

»Was hatten Sie mit Kim zu besprechen?«

»Warum haben Sie Kim hinterherspioniert?«

»Sie haben im Knast die Wände mit Fotos von Rosa Liedtke und Andrea Tetz zugeklebt, weil Sie der Familie von Robert Tetz Rache geschworen haben – und da sollen wir Ihnen glauben, dass Sie Rosas Enkelin auf einen freundlichen Kakao einladen?«

König schüttelte den Kopf und verrenkte sich dann den Hals, um Rosa in die Augen zu schauen. »Ich bin hergekommen, weil ich Ihnen etwas geben wollte. Ich vermute, dass der Umschlag noch vor der Tür liegt. Ich habe ihn verloren, als die drei Musketiere mich angefallen haben.«

Schmitt, der am nächsten zur Tür stand, ging auf den Flur und kam mit einem großen, braunen Umschlag zurück in die Küche. Er wollte ihn König geben, aber dessen Hände waren immer noch hinter dem Rücken gefesselt. König machte eine Kopfbewegung zu Rosa. Schmitt reichte ihr den Umschlag.

»Das ist die Fallanalyse, an der Robert im letzten Jahr gearbeitet hat. Er hatte mir versprochen, dass ich den Bericht als Erster lesen darf.«

Ellen hatte keine Ahnung, wovon König sprach, und wenn sie die Gesichter von Mittmann und den anderen richtig deutete, war sie damit nicht allein. Nur Leo und Rosa schienen zu wissen, worum es ging.

»Warum gerade Sie ...?«, stammelte Rosa, während sie mit zitternder Hand von Schmitt den Umschlag entgegennahm.

»Dies ist der Fall meiner Tochter Melanie, die von ihrem Stiefvater missbraucht wurde. Sie war vierzehn, als sie daran zerbrach. Die Polizei hat sie damals im Stich gelassen. Sie hat ihre Aussage nicht ernst genommen und sie zu dem Schwein nach Hause zurückgeschickt. Als meiner Tochter klar wurde, dass selbst die Vertreter von Recht und Ordnung ihr nicht helfen würden, nahm sie sich das Leben.«

»Mein Gott«, flüsterte Leo, der bis dahin still und unauffällig in der Ecke gestanden hatte, und öffnete den obersten Knopf seines Hemdes.

Einen Moment herrschte betroffenes Schweigen. Ellen sah trotzdem die Zusammenhänge noch nicht. »Was hat das alles mit Kim ...?«

König sah sie mit einem Blick an, der zugleich freundlich und unendlich traurig war. »Robert war der Polizist, der mich festgenommen hat, nachdem ich Melanies Stiefvater umgebracht habe. Damals war ich wirklich außer mir. Einem Vergewaltiger und Kinderschänder geschah nichts, aber mich haben sie wie ein Tier eingesperrt. Dabei habe ich der Gesellschaft einen Gefallen getan. Wer weiß, wie viele Kinder ...« König machte eine kurze Pause und schluckte schwer. »Damals habe ich Robert Rache angedroht. Völliger Schwachsinn, heute weiß ich das, aber damals war ich nicht zurechnungsfähig. Im Gefängnis hatte ich reichlich Zeit, mich zu beruhigen. Und dann stand eines Tages Robert im Besuchsraum. Er erzählte mir, dass er den Fall wieder aufrollte und wollte meine Sicht der Dinge hören. Ich habe ihm erzählt, dass ich nicht den Mord am Vergewaltiger meiner Tochter bereue, sondern nur die Tatsache, dass ich sie nicht vor ihm habe schützen können. Er verstand mich. Im Laufe seiner Arbeit haben wir uns, man könnte sagen, freundschaftlich angenähert. Seine einzige Angst im Leben galt den Menschen, die er liebte, allen voran seiner Enkelin. Nun, da Robert tot ist, wollte ich an ihr wiedergutmachen, was ich an meiner Tochter versäumt habe. Ich habe Fotos von ihr und ihren Freunden gemacht, um zu sehen, ob ihr Umgang eine Gefahr darstellt. Und tatsächlich bin ich fündig gewor-

den. Ich wollte sie davor bewahren, sich in den falschen Kerl zu verlieben und mit ihm in die Drogenszene abzurutschen. Deshalb habe ich Kim vor Tarik gewarnt. Der Junge ist kriminell.«
Man hätte eine Stecknadel fallen hören können, so still war es in der Küche.
»Sie haben sich geirrt«, sagte Ellen in die Stille hinein. Sie war hin- und hergerissen zwischen Mitleid und Ärger. »Robert hat keine Enkelin. Kim ist meine Tochter.«
König suchte Rosas Blick. »Sie haben es ihr nicht gesagt?«

18

»Kein Mensch vermisst mich«, sagte Kim seufzend.
»Woher willst du das wissen?«, fragte Mardi. »Du hast dein Handy ausgeschaltet.«
»Stimmt. Aber ...«
»Nichts aber. Du hast jetzt lang genug geschmollt. Und außerdem hast du alle Schokokekse aufgefuttert, die du mir mitgebracht hast.«
»Ich hatte halt Hunger!«
Mardi stöhnte. »Du hast eine Mutter, die sich um dich kümmert und sich Sorgen macht. Du hast Leute, die für dich kochen. Und statt mit diesen Menschen zusammen zu Abend zu essen, hängst du hier mit mir herum!«
»Womit wir wieder bei der Ausgangsfrage wären: Warum hältst du dich hier versteckt?«
»Kein Kommentar«, antworteten Mardi und Kim im Chor.
»Gähn!«, fügte Kim hinzu, obwohl sie es überhaupt nicht langweilig fand. Im Gegenteil. Schon seit zwei Stunden versuchte sie, hinter Mardis Geheimnis zu kommen. Aber er war verschlossen wie eine Auster. Dabei hatte ihn Kim geradezu mit Fragen bombardiert: Wer er war, woher er kam, warum er – zumindest schien es ja so – mutterseelenallein auf der Welt war, wie alt er war und woher die grässliche Narbe quer über seinen Bauch stammte, die Kim zufällig gesehen hatte, als sein T-Shirt mal hochrutschte. Wurde er von der Polizei gesucht? Oder von jemand anderem? War er auf der Flucht vor deutschen Behörden, Landsleuten, oder Mitgliedern eines verfeindeten Clans? War er ein Warlord, Kindersoldat oder der rechtmäßige Thronfolger eines afrikanischen

Stammes, der die Unabhängigkeit anstrebte? Er könnte alles sein oder auch nichts davon. Vielleicht war er einfach ein Ausreißer, der Stress mit seinen Eltern und sich eine ruhige Bleibe gesucht hatte. Ruhig zumindest, bis Rosa mit ihrer Gang hier aufgetaucht war, dachte Kim grinsend.

»Nun schleich dich, Kimmie, ich bin sicher, dass deine Mutter inzwischen vor Sorge ganz grün ist. Vielleicht hat sie sogar schon die Polizei ...«

»Uäh!«, sagte Kim, als sie an den nackten Mittmann in Ellens Schlafzimmer dachte.

»Psst!«, zischte Mardi. »Das Licht!«

Kim hatte das charakteristische Drehschalterklicken des Kellerlichts nicht gehört. Jetzt war sie ganz starr vor Schreck.

»Geh!«, drängte Mardi, der bereits lautlos aufgesprungen war, in einer fließenden Bewegung seinen Schlafsack in den Karton gestopft hatte und nach den am Boden liegenden Verpackungen griff.

Kim stellte sich schnell vor eines der deckenhohen Regale an der Tür, bemühte sich um einen unbeteiligten Gesichtsausdruck und tat, als inspiziere sie den Inhalt eines Kartons mit Weihnachtsdeko. Damit versperrte sie jedem Besucher weitere Blicke in den Kellerraum.

»Ich dachte, Sie hätten in meinem Unterricht aufgepasst«, sagte plötzlich Seefelds Stimme direkt hinter Kim. Wieder hatte sie ihn nicht gehört. Stattdessen vernahm sie das leise Geräusch des sich öffnenden Kellerfensters.

»Wenn Sie Ihren Aufenthaltsort verschleiern möchten, müssen Sie den Akku aus dem Handy nehmen.«

»Ich hatte nicht vor, mich zu verstecken«, sagte Kim.

»Natürlich hatten Sie das«, erwiderte Seefeld. »Und Sie waren damit sehr erfolgreich. Ihre Mutter steht Todesängste um Sie aus. Die Polizei ist im Haus und verhört den Mann, den sie für Ihren Kidnapper hielt.«

»Kidnapper?«, stammelte Kim. Sie drehte sich zu Seefeld um und glaubte beinahe Wut in seinem Blick zu erkennen.

»Leider ist die Mobilfunkverbindung hier im Keller ziemlich schlecht, deshalb hat es so lang gedauert, bis die Handyortung funktionierte.«

Kim hätte gern eine flotte Erwiderung losgelassen, aber ihr Kopf war komplett leer.

»Nun geh schon!«, sagte Seefeld.

»Kommen Sie nicht mit hoch?«, fragte Kim in dem verzweifelten Bemühen, ihn von Mardi wegzulotsen.

»Abmarsch«, bellte Seefeld plötzlich so laut, dass Kim fast über ihre eigenen Füße stolperte, als sie an Seefeld vorbei in Richtung Treppe rannte. Sie konnte nur hoffen, dass Mardi es noch in den Schacht geschafft hatte.

Schon auf der Treppe hörte Kim, dass in der Küche irgendeine größere Zusammenkunft stattfand. Es klang nach deutlich mehr als den üblichen vier Leuten, die sich meistens anschwiegen, wenn sie nicht gerade Schmittchens Erzählungen von seinen Auslandsaufenthalten in Hongkong, San Francisco oder Buenos Aires lauschten. Kim taumelte die restlichen Stufen hoch und ging zur Küche. Dort war ein Riesenaufgebot an Leuten, darunter Mittmann und König. Und alle Blicke waren auf Rosa gerichtet.

* * *

»Mutter?«, fragte Ellen in die allgemeine Stille.

»Kim!«, rief Schmitt neben ihr und zeigte mit zitternder Hand zur Tür.

Ellen fuhr herum und sah ihre Tochter unversehrt, aber mit verstörtem Blick in der Tür stehen. Einen Moment wusste sie nicht, was sie zuerst tun sollte: ihre Mutter schütteln oder ihre Tochter umarmen. Aber dann stürzte sie auf Kim zu und schloss sie in die Arme. Schon wieder liefen ihr Tränen über die Wangen, diesmal allerdings vor Erleichterung. Auch Kims Augen waren nass, wie Ellen feststellte, als sie ihre Tochter von sich schob, um sie genau zu betrachten. Kim blickte sie schuldbewusst an.

»Geht es dir gut? Wo warst du denn? Warum konnte ich dich nicht erreichen?«

»Ich, äh, ... Es tut mir leid, Ma. Ich hatte keine Ahnung, dass ...«

»Wir haben uns solche Sorgen gemacht«, sagte Ellen vorwurfsvoll.

»Warum ist denn Herr König gefesselt?«, fragte Kim.

»Weil wir dachten, dass er dich entführt hätte«, antwortete Mittmann, während er sich zu dem Gefangenen schob und die Handschellen öffnete.

Ellen war Mittmann dankbar, dass er sie nicht als hysterische Glucke darstellte, sondern so tat, als sei der Verdacht gegen König aus nachvollziehbarem Grund erhoben worden. Erst langsam wurde Ellen die gute Nachricht von Kims unversehrter Heimkehr so richtig bewusst, und sie spürte eine unglaubliche Last von sich abfallen. Sie atmete tief durch und hätte beinahe laut gelacht. Die Nerven!

Aus dem Augenwinkel bemerkte Ellen, wie Rosa sich Richtung Tür bewegte. O nein, dachte sie, drängte sich an Kim vorbei und stellte sich Rosa in den Weg. »Du bleibst hier, Mutter. Und dann erwarte ich eine Erklärung von dir!«

Mittmann bedeutete seinen Kollegen mit einem Kopfnicken, den Raum zu verlassen und ließ ihnen den Vortritt. Als er an Ellen vorbei zur Tür ging, berührte er kurz ihren Arm. »Ruf mich an! So bald wie möglich. Bitte!«

Ellen nickte unverbindlich. Mit dem Problem Mittmann würde sie sich später beschäftigen.

»Ich wüsste nicht, warum ich mich hier vor allen Leuten rechtfertigen sollte«, sagte Rosa patzig.

»Da hat sie recht«, stimmte Schmitt ihr zu, machte aber keine Anstalten, den Raum zu verlassen. Auch Leo blieb, wo er war.

»Rosa, wenn ich Sie so nennen darf«, sagte König mit einem kurzen Seitenblick, der mit einem gnädigen Nicken belohnt wurde, »hatte keine Ahnung davon, dass Robert von seiner Vaterschaft wusste. Er hat den Test heimlich machen lassen.«

Ellen schwirrte der Kopf.

»Braucht man dazu nicht die DNA von beiden Personen?«, warf Schmitt ein.

König lächelte. »Die ist nicht schwer zu bekommen, wenn das Kind einem im zarten Alter von zehn Jahren eine Haarlocke zu Weihnachten schenkt.«

Ellen wurde rot, als sie sich daran erinnerte. »Aber wie ist er denn überhaupt auf die Idee gekommen ...«, murmelte sie.

»Könnte ich ein Glas Wasser haben?«, fragte König.

Schmitt beeilte sich, ihm seinen Wunsch zu erfüllen.

»Robert hat eine auffällige Ähnlichkeit zwischen Kinderfotos seiner Mutter und Ellen festgestellt. Damit fing es wohl an. Dann war er für das Thema sensibilisiert und hat über mehrere Jahre weitere Indizien gesammelt – wie das ein Kriminalbeamter eben tut. Und als die Genetik sichere Aussagen erlaubte, wollte er es genau wissen.«

Ellen kramte in ihrer Erinnerung. Hatte es einen Zeitpunkt gegeben, ab dem Robert sie plötzlich anders behandelt hatte? Freundlicher? Vertrauter? Liebevoller? Sie konnte sich nicht erinnern. Allerdings war Robert immer sehr freundlich, sogar liebevoll gewesen. Hatte er es damals schon gewusst? Oder geahnt? Oder mochte er einfach Kinder? Und in den letzten Jahren? Ja, er war sehr herzlich zu ihr und zu Kim gewesen. Herzlicher als Rosa. Ellen überlegte, ob sie seine Herzlichkeit erwidert hatte, war mit dieser Überlegung im Moment aber überfordert. Aber das wohlige Gefühl der Wärme, das ihr bei Roberts Namen durch den Körper lief, war doch ein gutes Zeichen, oder?

»Ich verstehe nicht, warum er mit Ihnen darüber gesprochen hat und nicht mit mir«, flüsterte Ellen.

König nickte. »Als Robert mich im Knast besuchte, hatte ich bereits dreizehn Jahre gesessen. Ich hatte meine Wut überwunden, meinen Frieden mit dem Schicksal gemacht und einen neuen Glauben gefunden. Und dann stand plötzlich der Mann vor mir, dem ich gedroht hatte, ihn umzubringen. Im Gerichtssaal, vor hundert Zeugen. Er hatte sich in den Fall vertieft und konnte meinen Schmerz nachempfinden. Sein Mitgefühl für mich und sein privates Dilemma, ob er sich Ihnen gegenüber als Vater zu erkennen geben sollte, haben ein starkes Band zwischen uns geknüpft. So wie man einem Fremden viel leichter die geheimsten Gedanken und Wünsche verrät, hat er mir von dem großen Geheimnis seines Lebens berichtet. Nicht in der ersten Woche, aber er kam ja jeden Mittwoch, und nach ein paar Monaten hat er es dann plötzlich erzählt.«

»Seit wann wusste er es?«, flüsterte Ellen.

»Seit zweitausendsieben«, schaltete Rosa sich ein. »Allerdings hatte ich keine Ahnung. Er hat mir nichts davon gesagt. Ich habe die Kopie des Vaterschaftstests erst vor zwei Tagen bei seinen Büchern gefunden.«

In diesem Moment wurde Leo ohnmächtig.

Seefeld war als Erster bei Leo, obwohl Ellen geschworen hätte, dass der Exsoldat gar nicht mehr in der Küche gewesen war. Oder war er weg gewesen und zurückgekehrt? Der Mann bewegte sich wie ein Geist, aber Ellen konnte ihm gerade jetzt nicht böse sein. Zumal er der Einzige war, der offenbar wusste, was zu tun war. Seefeld zog Leo aus der Ecke, in der er zusammengesunken war, legte ihn auf den Rücken und hielt seine Beine hoch. Langsam kam Leo wieder zu sich.

Schmitt hatte inzwischen ein Glas mit Wasser gefüllt und hielt es Seefeld hin, der aber den Kopf schüttelte. Ellen stand mit hängenden Armen reglos in der Küche und fühlte sich unfähig, einen klaren Gedanken zu fassen. Kim drängte sich an ihre Seite und umarmte sie fest. Rosa ließ sich auf einen Stuhl sinken, König half Seefeld, Leo vorsichtig aufzusetzen.

»Sie haben Glück gehabt«, sagte Seefeld, »dass Sie am Schrank entlanggerutscht sind, anstatt mit dem Kopf auf dem Boden aufzuschlagen. Eine Gehirnerschütterung bleibt Ihnen also erspart.«

Leo krächzte.

»Jetzt das Wasser«, orderte Seefeld.

Leo trank vorsichtig zwei Schlucke. Langsam kehrte die Farbe in sein Gesicht zurück.

»Helfen Sie mir, ihn in den Sessel zu setzen«, kommandierte Seefeld und bugsierte Leo gemeinsam mit König in den Salon. Dort legten sie seine Füße hoch, fühlten den Puls und waren sich dann einig, bis auf Weiteres auf den Notarzt verzichten zu können. Ellen, Kim und Rosa standen inzwischen um Leo herum, wurden aber von Seefeld wieder in die Küche gescheucht. König schloss sich ihnen an.

Rosa ging zielstrebig zum Schrank, nahm eine Flasche Rotwein heraus und verließ wortlos die Küche. Ellen schaute ihr teilnahmslos hinterher. Ihre Kräfte waren verbraucht, auch emotional hatte sie sich verausgabt. Vorerst konnte sie die Tatsache, dass sie jetzt wusste, wer ihr Vater war, einfach nur akzeptieren. Verarbeiten würde sie die Neuigkeit später. Momentan verspürte sie nur eine einzige Regung in sich, nämlich die unendliche Erleichterung darüber, dass Kim nichts geschehen war. Kim schien es ähnlich zu gehen. Sie hielt Ellens Hand so fest umklammert, dass es wehtat. Ellen konnte sich nicht dazu durchringen, den Griff zu lösen. König stand hinter dem Stuhl, auf dem er eben noch als vermeintlicher Kidnapper gesessen hatte, und blickte nachdenklich auf Ellen und Kim.

»Kann ich Sie beide allein lassen? Werden Sie damit fertig?«

Ellen nickte.

König ging zögernd Richtung Tür, drehte sich dann aber noch einmal um. »Als seine Frau noch lebte, hat Robert geschwiegen, weil er sie nicht verletzen wollte. Und später hat er sich nicht getraut, Ihnen die Wahrheit zu sagen, aus Angst, dass Sie ihm sein jahrelanges Schweigen nicht verzeihen könnten. Aber er hat Sie beide sehr geliebt. Bitte seien Sie ihm nicht böse. Er hätte es nicht verdient.«

19

Rosa hatte den Umschlag mit Roberts Fallanalyse ungesehen zur Seite gelegt, sich zwei Joints genehmigt, die Flasche Rotwein geleert und trotzdem eine unruhige Nacht verbracht. Kein Wunder nach den Geschehnissen des vergangenen Tages, die sie doch ziemlich aus ihrem seelischen Gleichgewicht gebracht hatten.

Tatsächlich war Rosa von sich selbst überrascht. Nie hätte sie geglaubt, dass sie angesichts einer Bedrohung ihrer Enkelin derartig ihre Fassung verlieren würde. Nicht einmal Roberts Tod hatte sie so mitgenommen. Er hatte sie überrascht, erschüttert und über alle Maßen traurig gemacht, aber er hatte sie nicht aus der Bahn geworfen. Das lag vermutlich daran, dass sie – nicht immer freiwillig und selten schmerzfrei – gelernt hatte, Schicksalsschläge und Dinge, die nicht zu ändern waren, zu akzeptieren. Ein Todesfall besaß eine solche Endgültigkeit, die keinen Spielraum mehr ließ.

Bei einer Entführung aber waren die Dinge noch im Fluss, der Verlauf der Ereignisse noch nicht festgeschrieben, noch beeinflussbar, nur eben nicht von ihr. Hilflos zu sein, während man annehmen muss, dass zur gleichen Zeit einem geliebten Menschen Gewalt angetan wird, war die schlimmste Folter, die man sich vorstellen konnte. Und es war eine Erfahrung, auf die sie gern verzichtet hätte.

Dann die Erleichterung darüber, dass Kim nichts passiert war, dass das Ganze nur ein Missverständnis gewesen und ihre Enkelin völlig unversehrt war. Und praktisch im gleichen Atemzug Königs Eröffnung, dass Robert das größte Geheimnis seines Lebens einem Mörder anvertraut hatte.

Warum hatte er das getan? Warum hatte Robert, der immer still und verschlossen gewesen war, diesem Mann sein Herz ausgeschüttet? Wenn er über die Vaterschaft hätte sprechen wollen, hätte er doch zu Rosa kommen können. Sie hätte ihm gern erklärt, warum sie ihm nie die Wahrheit gesagt hatte!

»Hadere nicht mit dem Schicksal«, sagte Rosa sich zum x-ten Mal selbst vor, während sie nun, nach viel zu wenig Schlaf, ihr Spiegelbild betrachtete, das ihr auf einmal um Jahre gealtert erschien. Sie wusste, dass ihr noch eine unangenehme Konfrontation mit Ellen bevorstand und verwandte ganz besonders große Sorgfalt darauf, sich zurechtzumachen. Sie tönte die Haare, legte eine Gesichtsmaske auf, feilte die Fingernägel und lackierte sie in mädchenhaftem Pink. Dann schminkte sie sich mit dramatischem Kajal, viel Mascara und einem blutroten Lippenstift. Sie wollte einen großen Auftritt, bevor sie sich von ihrer Tochter wieder einmal anhören musste, was sie als Mutter und Großmutter alles falsch gemacht hatte. Dabei hatte sie die meisten Entscheidungen aus einem einzigen Grund getroffen: aus Rücksicht auf den Mann, den sie liebte.

Die Küche war leer, als Rosa gegen elf Uhr den großen Umschlag, den König ihr gestern überreicht hatte, auf den Tisch legte und sich nach Kaffee und etwas zu essen umsah. Die Kaffeekanne war leer, immerhin fand sie zwei Croissants. Kurz darauf nahm sie den ersten Schluck von dem selbst angesetzten Gebräu, das ihr wieder mal zu stark geraten war, und zog die bedruckten Seiten aus der Hülle.
Roberts Stil war sachlich und klar, aber auch schonungslos offen und direkt. Rosa standen die Haare zu Berge, als sie las, wie inkompetente Polizeibeamte das vierzehnjährige Mädchen behandelt hatten, das die Schule schwänzte, in Parks schlief und sich weigerte, nach Hause zu gehen. Zwar lag der Fall etwa fünfzehn Jahre zurück, und Rosa wusste, dass sich vieles zum Besseren gewendet hatte, aber trotzdem war sie schockiert über den wenig sensiblen Umgang mit der kleinen Punkerin. Natürlich hatte sie alle Klischees erfüllt, die man sich vorstellen konnte. Sie wurde

betrunken oder bekifft aufgegriffen, kratzte und biss die Polizisten, die sie nach Hause bringen wollten, beschimpfte sie als Schläger und kotzte den Polizeiwagen voll. Absichtlich. Finger in den Hals und raus mit dem Zeug, das hatten schon zu Rosas wilderen Zeiten einige Gesinnungsgenossinnen praktiziert. Rosa selbst war diese Art des Widerstands immer zu eklig gewesen.

Melanies Mutter wurde zur regelmäßigen Besucherin auf der Wache und weinte, weil sie sich nicht erklären konnte, warum aus ihrem netten, kleinen Mädchen plötzlich so ein rebellischer Teenager geworden war. Der Name des Stiefvaters fiel, nach Aktenlage, kein einziges Mal.

Bis Melanie eines Tages wegen eines Diebstahls festgenommen und auf die Wache gebracht wurde, wo sie zu bluten begann. Man brachte sie zum Frauenarzt, der einen Spontanabort in der achten Schwangerschaftswoche feststellte. Das Mädchen selbst behauptete, von der Schwangerschaft nichts gewusst zu haben, was ihre Mutter nicht glaubte. Daraufhin erklärte Melanie, die Mutter solle doch den Stiefvater mal fragen, was der dazu zu sagen hätte. Zeugen dieser Auseinandersetzung waren der Arzt und die beiden Polizeibeamten, die das Mädchen zur Praxis gefahren und dort auf sie gewartet hatten, um sie nach Hause zu bringen. Der eine war heute Polizeipräsident. Der Name des anderen war Leo Dietjes.

Rosa verschluckte sich und spuckte den Kaffee, den sie gerade im Mund hatte, quer über die Tischplatte. Leo war in diesen Fall verwickelt gewesen? Das also war der Grund für seinen Schwächeanfall, als König gestern die Geschichte erzählt hatte. Ausgerechnet der korrekte Leo hatte in diesem Fall Dreck am Stecken. Rosa wischte den Tisch notdürftig sauber und griff wieder nach dem Papier. Jetzt wollte sie endlich wissen, wie die Sache so hatte eskalieren können, dass am Schluss zwei Tote zu beklagen waren.

Es folgte eine Anhäufung klassischer Versäumnisse und Missverständnisse. Die Liste der Verfehlungen, die Robert mit zahlreichen Bemerkungen versehen hatte, war lang, aber die Zusammenfassung lief auf einige wesentliche Punkte hinaus:

Niemand fragte genau nach, was das Mädchen mit dem Hinweis auf den Stiefvater meinte, obwohl sicher alle eine Ahnung hatten, was sie damit sagen wollte. Niemand ordnete eine Gewebeprobe des abgegangenen Fötus an, die eine Vaterschaft hätte beweisen können. Niemand nahm die Aussage des Arztes auf, und kein Sozialarbeiter wurde geschickt, um mit Melanie zu sprechen. Es wurden überhaupt keine weiteren Fragen gestellt. Melanie wurde noch zwei Mal wegen Diebstahls aufgegriffen, aber niemand sprach sie mehr auf ihre Aussage an. Beim zweiten Mal kamen ihre Mutter und ihr Stiefvater gemeinsam, um sie abzuholen. Melanie weigerte sich lautstark, mit »dem Mann da, diesem Schwein« mitzugehen, und auch das ließ der Beamte Dietjes ihr durchgehen, ohne das Thema noch einmal aufzugreifen. Immerhin war die Mutter als Erziehungsberechtigte dabei, sie machte einen vernünftigen Eindruck, und sie war diejenige, die die nötigen Unterschriften leistete, alles andere ging ihn nichts an.

Am selben Abend schlitzte Melanie sich die Pulsadern auf.

Rosa war schockiert. Natürlich kannte sie weder die Paragraphen des Strafgesetzbuches noch die Verordnungen oder Regelwerke, auf die Robert sich in seinen Kommentaren bezog, aber selbst ohne diese Vorschriften hätte ein sensibler Beamter das Mädchen ernst nehmen müssen. Auch damals galten Vergewaltigung und Missbrauch als Offizialdelikte, mussten also ohne Anzeige der Geschädigten verfolgt werden. Über etliche Absätze hinweg erörterte Robert die Frage, inwieweit die Bemerkungen des Mädchens bezüglich ihres Stiefvaters automatisch zur Strafverfolgung hätten führen müssen, und ob sich die Beamten, die nichts unternommen hatten, durch die Unterlassung der Strafvereitelung im Amt schuldig gemacht hatten oder ob sie einfach dämlich gewesen waren.

Robert vertrat die Auffassung, dass sie sich strafbar gemacht hatten. Alle beide, sowohl Leo als auch der Kollege, der heute Polizeipräsident war. Und genau dieser Polizeipräsident führte sich in der Öffentlichkeit seit Jahren als Retter der Schwachen auf. Er war es, der Selbstverteidigungskurse an den Schulen eingeführt hatte, sodass praktisch jedes Kind mindestens einmal im Leben an einem derartigen Schnellkurs teilnahm. Er hatte die Mobile Jugendwache erfunden, mit der speziell geschulte Beamte die Plätze aufsuchten, wo Ausreißer herumhingen. Wenn Melanies Geschichte herauskäme, wäre sein Ruf nachhaltig geschädigt. Wahrscheinlich würde das seinen sofortigen Rücktritt nach sich ziehen – obwohl er wegen der Verjährungsfrist strafrechtlich nicht mehr belangt werden könnte.

Und Leo! Für den Pensionär stand natürlich kein Posten mehr auf dem Spiel, aber seine Reputation war ihm immens wichtig. Er würde es nicht verkraften, wenn dieser Bericht bekannt würde und sich die Presse auf ihn stürzte.

Dieses Dokument war hochexplosiv, und Rosa fragte sich plötzlich, ob Robert vorgehabt hatte, es zu veröffentlichen. War das das Mordmotiv gewesen? Und da Robert nun tot war – plante König, die Sache publik zu machen?

»Ich habe Besuch mitgebracht!«, schallte Schmitts Stimme durch den Salon.

Die Schritte von zwei Personen näherten sich, dann betrat Konrad Schmitt die Küche und stellte seine Einkäufe auf der Arbeitsfläche ab.

»Trari Trara die Post ist da«, sagte er und legte einen von Hand beschrifteten Umschlag auf den Tisch vor Rosa. Sie nickte ihm zerstreut zu und blickte zur Tür, um den Besucher in Augenschein zu nehmen. Es war Leo.

»Ich sehe, du bist informiert«, murmelte er.

Leos Augen brannten rot im grauen Gesicht, die Arme hingen kraftlos herab. Auch er wirkte um Jahre gealtert. Mit zitternder Hand griff er zur Stuhllehne.

»Setz dich, Leo«, forderte Rosa ihn auf. »Du siehst schlecht aus.«

Er ließ sich schwer auf den Stuhl fallen und stützte die Ellenbogen auf den Tisch. »Ich hatte es nicht vergessen, aber verdrängt.

Jetzt habe ich das Bild wieder vor Augen, wie sie da lag, in der Badewanne. All das Blut!«

Schmitt hatte sich umgedreht und starrte Leo an.

»Königs Tochter«, erklärte Rosa.

Schmitt machte ein Gesicht, als würde er »Oh« sagen, aber es kam kein Laut über seine Lippen. Dann tippte er auf den Brief, den er mit hereingebracht hatte. »Schau mal, ist das nicht Roberts Tochter, die dir da schreibt?«

Seine aufgesetzte Fröhlichkeit war lächerlich, aber Rosa nickte. Wenn sie zwischen zwei unangemessenen Gefühlen wählen musste, war ihr Schmitts Heiterkeit lieber als Leos Selbstmitleid. »Richtig.«

Leo hatte das Gesicht in die Hände gelegt und schwieg.

»Ich habe übrigens einen Last-Minute-Flug erwischt«, raunte Schmitt Rosa zu.

Sie riss den Umschlag auf und holte die Kopie des Testaments heraus. Ellen hatte sie bereits darüber informiert, das Schreiben enthielt also keine Überraschung mehr.

»Sehr günstig«, fuhr Schmitt fort. »Jetzt habe ich nur nicht mehr genug Geld flüssig, um vor Ort ... « Er bemühte sich, unauffällig das Schreiben in Rosas Hand lesen zu können. Er zog sogar die Lesebrille aus der Hemdentasche und setzte sie auf.

Rosa nickte. »Ich kann dir zweihundert leihen, mehr habe ich gerade selbst nicht.«

Da hob Leo den Kopf und starrte Rosa an. »Du willst diesem Mann Geld leihen?«

Rosa wunderte sich über Leos feindseligen Tonfall.

Schmitt nahm Rosa das Schreiben aus der Hand und überflog es.

»Das ist Roberts Testament?«, fragte er leise.

»Rosa, wie oft habe ich dir gesagt, dass du nicht immer so gutgläubig sein sollst? Diesem Mann ...«, Leo machte eine dramatische Pause, »... solltest du keinen Cent leihen.«

Schmitt tat so, als habe er Leos Worte überhört, und hob das Blatt Papier ins Licht.

Rosa war von der Entwicklung dieses Gesprächs mehr als nur überrascht. Eben noch war Leo ein Häuflein Elend gewesen, jetzt zeigte er mit einem zitternden Finger auf Schmitt und fragte: »Was hat er dir über sich erzählt?«

Rosa mochte dieses inquisitorische Auftreten generell nicht und fand es gerade im Moment vollkommen unangebracht. Leo versuchte doch nur, von seinen eigenen Verfehlungen abzulenken.

»Dieser Ton ist in meinem Haus unerwünscht«, sagte sie daher etwas schärfer als beabsichtigt.

Leo zuckte zusammen wie ein getretener Hund. »Aber er ist …«

»Feg vor deiner eigenen Tür, Leo!«

Rosa erhob sich und streckte fordernd die Hand aus.

Schmitt reichte ihr die Kopie des Testaments, nahm die Lesebrille ab, steckte sie in seine Hemdtasche und sah Rosa an. »Rosa, dieses Testament …«

»Ich gehe dir das Geld holen«, unterbrach Rosa ihn. »Leo, du findest ja allein hinaus.«

Leo schob seinen Stuhl zurück. »So einfach kommen Sie mir nicht davon«, murmelte er gerade so laut, dass Rosa es hören konnte. Doch sie war jetzt nicht in der Stimmung, länger darauf einzugehen. Sie nahm Roberts Bericht vom Tisch, legte das Testament dazu und verließ hoch erhobenen Hauptes die Küche.

* * *

Ellen konnte sich einfach nicht konzentrieren. Mehrfach schon war ihr plötzlich bewusst geworden, dass sie minutenlang auf ihren Bildschirm gestarrt hatte, ohne wirklich etwas zu sehen. Geschweige denn zu schreiben. Jetzt hörte sie, wie Rosa zum zweiten Mal innerhalb kürzester Zeit die Treppe zum ersten Stock hinaufstürmte und die Tür hinter sich zuknallte. Niemand sonst im Haus bewegte sich derartig laut wie ihre Mutter, deren Clogs auf der Holztreppe einen Trommelwirbel – treppauf langsamer, treppab schneller – veranstalteten, der durch jede Wand und jede Tür drang. Rücksichtslos, wie üblich. Ellen seufzte.

Wenn sie schon nicht vernünftig arbeiten konnte, könnte sie wenigstens zu Rosa gehen und endlich ein paar Antworten verlangen. Das war ja wohl ihr gutes Recht, nachdem sie fast zwanzig Jahre lang neben ihrem Vater gewohnt hatte, ohne von dieser Verwandtschaft zu wissen.

»Darf ich hereinkommen?«, fragte Ellen, auf deren Klopfen ein unfreundliches »Was denn jetzt noch?« durch Rosas Tür gedrungen war.

»Ach, du bist es.«

Rosa lächelte sie an! Das brachte Ellen kurzzeitig aus dem Konzept. Ebenso wie ihr dramatisches Aussehen. Leuchtendes Haar, das mit einem bunten Schal gebändigt wurde, schwarz umrandete Augen, mehr als nur ein Hauch Parfüm ... Rosa hatte sich gewappnet. Ganz die alte Schauspielerin. Sie wollte nicht die Rolle der Sünderin spielen und hatte sich stattdessen als starke Frau zurechtgemacht. Insgeheim beneidete Ellen ihre Mutter. Wäre sie selbst an Rosas Stelle gewesen, hätte sie wie das personifizierte schlechte Gewissen ausgesehen. Aber vielleicht hatte Rosa gar kein schlechtes Gewissen. Vielleicht fand sie es vollkommen normal, ihre Tochter und deren Vater über vierzig Jahre lang nebeneinander her leben zu lassen, ohne jemals die Wahrheit auch nur anzudeuten.

»Ich habe mich schon gefragt, wann du kommen würdest. Ehrlich gesagt hatte ich gedacht, dass du erst noch ein bisschen schmollen würdest.«

Das war natürlich genau der richtige Spruch, um Ellen wieder auf die Palme zu bringen. Aber Rosas Tonfall war liebevoll – fast zärtlich. Ellen setzte sich ungefragt auf den kleinen Bistrostuhl und schlug die Beine übereinander. Ihre Mutter war in einer seltsamen Stimmung, die galt es zu nutzen.

»Stopp!«, sagte Rosa. »Bevor du dich häuslich niederlässt, besorg mir noch einen Kaffee. Ich möchte die Küche im Moment lieber meiden.«

Ellen seufzte und stand auf. Nicht, weil ihre Mutter es ihr

befohlen hatte, sondern weil ein Kaffee wirklich eine gute Idee war.

In der Küche hörte sie streitende Männerstimmen, eine laut, die andere fast gar nicht zu verstehen. Noch während sie die Treppe hinunterstieg, stürmte Leo aus der Küche und verließ das Haus. Eine Irrenanstalt, dachte Ellen und fragte sich kurz darauf, welcher Umstand Schmitt in einen derartig aufgelösten Zustand versetzt hatte. Sogar seine sorgfältig über den Schädel gekämmte Haarsträhne stand an der Seite waagerecht ab.

»Hat es sich schon herumgesprochen?«, fragte er matt.

Ellen stutzte, entschied sich gegen eine Nachfrage und schüttelte den Kopf. »Ist Kaffee da?«

Schmitts Miene hellte sich auf, als er die Kanne aus der Maschine riss und rief: »Ich mache welchen!«

Zehn Minuten später stand Ellen mit zwei großen Kaffeebechern vor Rosas Tür. Klopfen konnte sie nicht, deshalb rief sie laut: »Mama, mach die Tür auf.«

Rosa öffnete lächelnd. »So hast du mich schon ewig nicht genannt.«

Stimmt, dachte Ellen, weil du mich aufgefordert hast, dich Rosa zu nennen, als ich zehn wurde. Damit du dich nicht so alt fühltest. Sie schluckte eine entsprechende Bemerkung herunter und fragte stattdessen: »Hast du gewusst, dass Konrad heute noch nach Dubai fliegt?«

Rosa nickte und winkte gleichzeitig ab. »Egal. Lass uns über deinen Vater sprechen. Deshalb bist du doch hier, oder?«

Sie setzten sich und schwiegen. Ellen wartete darauf, dass Rosa anfing. Rosa starrte in ihre Kaffeetasse, stellte sie dann ab und stand auf.

»Da wir jetzt die Stunde der Wahrheit eingeläutet haben, kann ich mir auch gleich einen Joint machen.«

Ellen holte schon Luft, um zu protestieren, aber dann stellte sie überrascht fest, dass sie keine Lust dazu hatte. Sie wusste längst, dass ihre Mutter regelmäßig kiffte und spürte plötzlich eine große

Erleichterung angesichts der Tatsache, dass Rosa die Heuchelei für beide Seiten beendete.

»Du sagst ja gar nichts«, stellte Rosa fest, während sie den Joint anzündete.

Ellen unterdrückte ein Grinsen und setzte eine ernste Miene auf: »Ich glaube immer noch, dass Kiffen doof macht, aber du bist alt genug, selbst zu entscheiden, was du mit deinen grauen Zellen anstellst.«

»Danke für die Blumen.«

Rosa nahm einen tiefen Zug und entspannte sich unmittelbar. Darum beneidete Ellen sie, um die Sucht beneidete sie sie nicht.

»Ich habe Robert bei der Demo kennengelernt, von der ich bereits erzählt habe«, begann Rosa schließlich. »Er rettete mich vor seinem völlig ausgerasteten Kollegen, der mich sonst vielleicht sogar totgeprügelt hätte. Robert besuchte mich im Krankenhaus, dann gab es noch eine Anhörung wegen der Disziplinarstrafe für den Schläger … Wir trafen uns also mehrmals, ohne dass wir selbst es so geplant hätten. Aber mit jedem Treffen wurde deutlicher, dass wir einander mochten. Und dann kam dieser Wal.«

Ellen schwieg, obwohl sie tausend Fragen auf der Zunge hatte. Wie war eine Obrigkeitsgegnerin wie Rosa in diesen Anhörungen wohl aufgetreten? Hatte sie Parolen gebrüllt? Hatte sie eine vernünftige Aussage gemacht oder pauschal gegen Machtmissbrauch, staatliche Willkür oder sonst was gewettert, was halt damals in ihren Kreisen als Schlagwort die Runde machte? Sie konnte es sich nicht vorstellen.

»Im Sommer muss es gewesen sein, Juni oder Juli, als im Rhein ein Wal gesichtet wurde. Ich bin mit mehreren Freunden hin, um ihn zu sehen. Dabei habe ich Robert wiedergetroffen. Wir sind am Rhein entlanggegangen, es wurde dunkel und wir blieben am Wasser. Es gab etliche Grüppchen, die ich kannte, und die Lagerfeuer machten, aber wir blieben für uns. Wir waren hungrig. So hungrig, dass wir befürchten mussten, unsere knurrenden Mägen würden Leute anlocken, die schauen wollten, ob sich dort streunende Hunde im Gebüsch verbargen.«

Rosa lächelte.

»Und in dieser Nacht ...«, murmelte Ellen.

»... wurdest du gezeugt. Du bist ein pedantischer Mensch und wüsstest vermutlich gern, bei welchem Stromkilometer es passierte, aber das kann ich dir leider nicht sagen.«

Ellen überging die Spitze, weil sie etwas in Rosas Stimme gehört hatte, das noch nie zuvor darin gewesen war: ein Zittern. In Rosas fester, kraftvoller Bühnenstimme.

Rosa paffte an ihrem Joint und vergaß den Kaffee, Ellen nippte an ihrem Becher und versuchte, sich in das Jahr neunzehnhundertsechsundsechzig und in zwei verliebte junge Menschen zu versetzen. Erstaunlich, dass Rosa noch keine Kinder hatte, damals, dachte Ellen. Immerhin war es die Zeit der freien Liebe unter den Hippies, und Rosa war bereits vierundzwanzig, als sie Robert traf. Die Pille gab es, soweit Ellen wusste, damals noch nicht für unverheiratete Frauen. Im Grunde waren in den frühen Sechzigern die herrschenden Konventionen das effektivste Verhütungsmittel – und denen hatte Rosa sich nicht gebeugt.

»Zwei Wochen später wurde Robert versetzt«, fuhr Rosa fort. »Als ich kapierte, dass ich schwanger war, habe ich kurz überlegt, es ihm zu sagen, aber ich wollte keinesfalls eine spießige Familie mit einem Polizeibeamten gründen. Also habe ich geschwiegen und es alleine durchgezogen.«

Ellen schluckte. Weil ihre Mutter Angst vor Blümchentapeten und Raffgardinen gehabt hatte, war sie vaterlos geblieben und mit einer Lüge abgespeist worden. Einer sehr grausamen Lüge, denn auf die Frage nach ihrem Vater hatte Rosa einst geantwortet, dass sie nicht wisse, wer Ellens Vater sei. In Frage kämen viele. Ellen hatte lange darunter gelitten, das Zufallsprodukt eines beliebigen Sexualkontakts zu sein.

»Und wie habt ihr euch dann wiedergetroffen?«

»Erinnerst du dich an die Hausbesetzung damals in dem Winter, als du fünf warst?«

Ellen nickte. Niemals vorher oder nachher in ihrem Leben hatte sie so gefroren.

»Robert war schon wieder in Düsseldorf. Er war einer der Bullen, die das Haus räumen sollten. Zu dem Zeitpunkt hatte ich meine Meinung über spießige Familien geändert und wäre bereit gewesen, ihn zu heiraten, aber es war zu spät. Er hatte Marianne geheiratet und Andrea adoptiert.«

»Aber du wolltest ihm trotzdem nahe sein ...«

»Als ich das Geld erbte, wusste ich erst nichts rechtes damit anzufangen. Dann hörte ich, dass das Haus neben Robert verkauft würde. Ich fragte ihn, ob er etwas dagegen hätte, wenn ich seine Nachbarin würde.«

»Wusste Marianne, dass ihr euch bereits kanntet?«

Rosa schüttelte den Kopf und drückte den Rest des Joints aus. In ihren Augen standen Tränen. »Ich habe ihm geschworen, dass ich ihn niemals kompromittieren würde. Er kannte mich gut genug, um mir zu glauben.«

Ellen war erschüttert. Fünfunddreißig Jahre lang hatte Rosa sich an ihr Versprechen gehalten, so lange, bis Roberts Frau gestorben war. Das hätte sie ihrer Mutter nicht zugetraut. Niemals! So viel Selbstbeherrschung, so viel Rücksicht. Sie hatte sich vollkommen in Rosa getäuscht. Nur eines verstand sie immer noch nicht.

»Warum hast du es ihm nach Mariannes Tod nicht erzählt?«

»Ich hatte Angst, dass er sich von mir abwendet, weil ich es ihm all die Jahre vorenthalten habe«, sagte Rosa leise.

»Angst?«, fragte Ellen viel zu laut und schob ein aufgesetztes Lachen hinterher, um nicht weinen zu müssen. »Du hast doch nie Angst! Ich bin diejenige, der du immer vorgeworfen hast, dass sie viel zu viel über die Konsequenzen nachdenkt und nie bereit ist, etwas zu wagen.«

»Ja«, sagte Rosa. »Weil ich wusste, wie das ist. Und weil ich wollte, dass du es besser machst.«

Während die Tränen nun doch über ihre Wangen liefen, griff Ellen nach Rosas Hand und drückte sie fest.

Rosa erwiderte kurz den Händedruck, blinzelte mehrmals und sprang auf. Sie stellte sich vor ihrem großen Standspiegel in Positur und betrachtete sich von allen Seiten. »Gut. So viel zur Vergangenheit. Konzentrieren wir uns auf die Zukunft. Hast du dich entschieden, ob du den schnuckeligen Kommissar haben willst? Wenn nicht, werde nämlich ich mein Glück bei ihm versuchen.«

* * *

Das Leben war ziemlich zum Kotzen, fand Kim. Immer noch Kopfhörerverbot. Immer noch Stress mit Jenny, also keine samstäglichen Shoppingtouren in der Stadt, kein nachmittägliches Herumlümmeln in Jennys riesigem Zimmer oder im Pool ihrer Eltern, wenn die nicht da waren. Stattdessen endlose Ödnis in der Schule, nachmittags und vor allem abends beim gemeinsamen Essen. Seit Konrad weg war, machte das Abendessen keinen Spaß mehr. Zwar kochte Ellen gut, und manchmal half Kim ihr beim Gemüseschneiden oder Salatwaschen, aber die Atmosphäre bei Tisch war unsäglich. Es wurde kaum gesprochen. Nach dem Essen spülte Seefeld allein ab, weil Rosa sich jedes Mal weigerte. Dann hatte Kim ein schlechtes Gewissen, wenn sie den Lehrer einsam und verlassen über die Spüle gebeugt stehen sah. Aber helfen wollte sie ihm auch nicht. Eine grottige Situation.

Wäre sie doch mit Ellen joggen gegangen! Vielleicht hätte sie das auf andere Gedanken gebracht. Zumindest hätte sie Ellen fragen können, woher der ungewohnte sportliche Ehrgeiz rührte. Hatte sie schlichtweg die Zeit, weil sie keinen Haushalt im klassischen Sinn mehr führen musste, oder erlebte Ellen einen zweiten Frühling? Von manch anderer Mitschülerin wusste Kim, dass sich deren Mutter plötzlich aufbrezelte, Diäten ausprobierte oder auf einmal wieder Sport trieb, dauernd zum Friseur latschte und haufenweise neue Klamotten kaufte. Meist steckte ein Typ dahinter. Kim hoffte nur, dass sie nicht häufiger nackte Männer in Ellens Bett sehen musste – wobei Mittmann wenigstens einen ziemlich knackigen Hintern hatte. Natürlich hätten sie darüber sprechen können beim Laufen, vorausgesetzt, Ellen hatte genug Puste zum Quatschen. Aber wie uncool war es, mit der eigenen Mutter joggen zu gehen? Jetzt hockte Kim hier und wünschte sich, sie hätte Ellens Angebot angenommen.

Dann würde sie eben noch mal zu Mardi gehen, um ihn mal wieder mit ihren Fragen zu nerven. Vor allem eine brannte ihr auf der Seele. Irgendwann würde er ihr eine Antwort geben, schon allein, damit sie endlich Ruhe gab, da war sie sich sicher.

»Hat Seefeld dich entdeckt?«

Mardi verdrehte die Augen, was im Halbdunkel des Kellers spektakulär war, denn das Weiße war inzwischen strahlend weiß. Auch seine Erkältung war so weit abgeklungen, dass seine Stimme nicht mehr wie das Räuspern eines Krokodils, sondern ganz samtig klang.

»Das geht dich nichts an!«

»Ich will ja nur wissen, ob er dich jetzt versorgt«, entgegnete Kim.

Mardi schaute erschrocken. »Nein! Es wäre echt toll, wenn du mir weiter zu essen und zu trinken bringen könntest. Aber wenn nicht ... Kein Problem. Ich bin ja schon fast wieder gesund und kann mich selbst ...«

»Von welchem Geld?«, fragte Kim spitz. »Du willst ja wohl nicht klauen gehen!«

Mardi senkte den Kopf. Kim verwünschte sich selbst für ihre blöde Bemerkung. »Sorry, war nicht so gemeint. Natürlich versorge ich dich.«

Er nickte mit gesenktem Kopf.

»Sag mal, liest du eigentlich gern?«

Mardis Augen leuchteten, als er sie ansah. »Hast du Bücher, die du mir leihen kannst? Ich lese alles! Auf Deutsch oder Französisch, Englisch geht zur Not auch.«

Er verzog das Gesicht, indem er die Nase kräuselte und den Mund in die Breite zog. Den Ausdruck kannte Kim schon, sie interpretierte ihn als verlegenes Lächeln. Sie fand es schwierig, in diesem Gesicht zu lesen, zumal Mardi ziemlich verschlossen war.

»Ich schaue mal, was ich finden kann«, sagte Kim und seufzte. »Meine Fragen beantwortest du mir ja sowieso nicht.«

Jetzt war es eindeutig ein Grinsen, das sie auf Mardis Gesicht sah. »Du bist neugierig, kleine Gazelle. Aber das seid ihr ja alle.« Wen er mit »ihr alle« meinte, wollte er dann aber keinesfalls erläutern.

Kim setzte sich auf das Fahrrad, das Ellen in einen fahrbaren Zustand versetzt hatte, und radelte in den Ort. In der Bibliothek suchte sie Bücher, die sie für geeignet hielt, einem ungefähr dreizehn- bis fünfzehnjährigen, von Einsamkeit geplagten Jungen, vermutlich schwarzafrikanischer Herkunft, die Zeit zu vertreiben. Robinson Crusoe war leider nicht da, aber dafür nahm sie Kapitän Hornblower, Harry Potter, Romane von Andreas Eschbach über Cyborgs, über das Ende des Erdöls und über einen Jungen, der gegen die Upgraders kämpft. Ein paar Thriller, etwas Fantasy, Science-Fiction. Auf Französisch gab es nur den ›Kleinen Prinzen‹, den nahm Kim auch mit. Eine gute Mischung, da sollte Mardi wohl die passende Lektüre finden können.

Auf dem Rückweg hatte Kim schon fast den Schuppen erreicht, als sie die Haustür ins Schloss schnappen hörte. Wer konnte jetzt das Haus verlassen? Ellen war noch Joggen, Rosa warf die Tür üblicherweise laut zu, Schmittchen war immer noch auf Reisen.

Blieb also nur Seefeld! Um die Hausecke erhaschte Kim einen Blick auf rote Rosen. Natürlich, es war ja wieder Samstag. Seltsam zwar, dass Seefeld seine Geliebte an einem Samstagvormittag aufsuchte, aber vielleicht war sie verheiratet und verbrachte die Abende mit ihrem Mann auf der Couch.

Kim zögerte keine Sekunde. Sie raste an den Lichtschacht von Mardis Kellerraum, warf die Bücher hinunter, hoffte, dass sie durch die ruppige Behandlung nicht beschädigt wurden und folgte Seefeld, der das Gartentor bereits passiert hatte.

Seefeld lief am Rhein entlang bis zum Fähranleger und stellte sich an die Wartelinie neben zwei Autos. Die Fähre war bereits auf ihrem Rückweg von der anderen Rheinseite und näherte sich dem diesseitigen Ufer. Mist! So konnte Kim ihm nicht folgen, ohne entdeckt zu werden. Sie drückte sich unschlüssig hinter dem letzten Baum der Allee herum, von wo sie die ins Wasser führende Rampe gut im Blick hatte. Sie seufzte. Da war ihre Verfolgungsjagd wohl ziemlich schnell zu Ende. Sie trat einen Schritt zur Seite und sprang im nächsten Moment wieder hinter den Baum. Eine Gruppe Radler hätte sie fast umgefahren. Fünf, sieben, elf, noch mehr ältere Herrschaften in Ausflugslaune und steingrauen oder hellblauen Westen radelten in Schlangenlinien auf die Rampe zu. Die schickte der Himmel, dachte Kim. Sie mischte sich unter ein Grüppchen von drei Frauen, die groß genug waren, um Kim in ihrer Mitte verstecken zu können.

»Wohin geht es denn?«, fragte Kim in die Runde.

Die Antwort fiel weitschweifig und euphorisch aus. Es schien jedenfalls eine Deichtour zu werden. Ebenerdig und immer geradeaus. Genau das richtige für die Leutchen, aus deren Fahrradkörben Brötchentüten und Getränkeflaschen lugten.

Weitere Autos kamen, und als die Fähre endlich ablegte, waren so viele Menschen an Bord, dass Kim keine Angst haben musste, entdeckt zu werden. Sie beobachtete Seefeld unauffällig. Er stand abseits des Trubels, blickte ins Wasser und war am gegenüberliegenden Ufer der Erste, der die Fähre verließ. Kim folgte ihm in einigem Abstand.

Dann passierte etwas, mit dem sie nie im Leben gerechnet hatte. Seefeld steuerte gegen ihre Erwartung nicht auf das Hotel mit Ausflugslokal zu, das sich für ein Treffen mit der Geliebten angeboten hätte, sondern ging zielstrebig geradeaus, überquerte die Hauptstraße und marschierte auf dem Feldweg weiter – ins Nichts. Unter der sengenden Sonne schritt er zügig aus, ließ die Felder mit kniehohen Maispflanzen und irgendwelchem anderen Grünzeug, das Kim nicht erkannte, links und rechts liegen. Kim kam sich vor wie in einem dieser Autorenfilme, die sie in der Schule gesehen hatte. Surreal war das Wort gewesen, das die Kunstlehrerin gern und entsprechend häufig verwendet hatte. Surreal war auch das hier. Der Mann im Anzug mit den roten Rosen im Arm auf einem staubigen Feldweg. Hätte er sich umgeschaut, hätte er Kim sofort gesehen. Sie zuckte die Schultern. Jetzt war sie so weit hinter ihm her gedackelt, dass es auf noch ein paar Hundert Meter auch nicht mehr ankam. Und da vorn standen Häuser, da wollte er hoffentlich hin. Kim schloss mit sich selbst einen Deal: Zehn Minuten würde sie Seefeld noch folgen. Wenn dann kein Ziel oder Zweck seiner Reise erkennbar war, würde sie umdrehen und die Latscherei durch die Hitze als blödsinnigste Samstagsbeschäftigung seit einem Angelausflug mit ihrem Dad verbuchen. Und der lag schon sechs oder sieben Jahre zurück.

Nach achteinhalb Minuten war Seefelds Ziel klar. Er hatte ein Friedhofstor erreicht und ging hindurch. Kim schluckte. Ein Friedhof war ein seltsamer Ort für ein Rendez-vous. Sie schaute vorsichtig den Hauptweg entlang und sah Seefeld nach links verschwinden. Wenigstens gab es hier Bäume, die Schatten warfen, und Gebüsch, hinter dem man sich verstecken konnte. Kim beobachtete Seefeld, der den Weg entlangging, und folgte ihm auf einem Weg, der parallel verlief. Sie blieb auf gleicher Höhe, gut verborgen hinter einer blickdichten Hecke aus graugrünem Gestrüpp. Plötzlich blieb Seefeld stehen und drehte sich zu ihr um. Kims Atem stockte. Aber Seefeld schaute nicht sie an, sondern den Grabstein, den sie durch die Hecke schimmern sah. Lesen konnte sie die Inschrift nicht, aber das musste sie auch nicht, denn plötzlich ergab alles einen Sinn.

»Hallo, Anna«, hörte Kim Seefelds Stimme. Tatsache. Das war das Grab von Seefelds Frau.

Er stand jetzt unmittelbar neben dem Grab und damit nur wenig entfernt von Kim, die sich hinter die Hecke duckte und mit angehaltenem Atem hoffte, dass ihr Lehrer sie nicht entdeckte. Doch Seefeld hatte nur Augen für das Grab und sprach leise weiter.

»Du wirst es nicht glauben, Anna, aber ich wohne immer noch in dieser Villa. Und ich staune selbst, wenn ich sage: Diese seltsame WG ist vermutlich das Beste, was mir passieren konnte. Im Grunde ist es wie in einer Kaserne oder einem Camp. Es ist immer etwas los, man ist nicht allein. Es gibt Leute, die reden, lachen, sich streiten, … die um einen herum leben, auch wenn man sich selbst tot fühlt. Ich zwinge mich, mit ihnen zu essen, obwohl ich lieber auf meinem Zimmer bliebe. Aber du hast mir gesagt, dass ich unter Leute gehen soll. Also gehe ich unter Leute, ich habe es dir versprochen.«

Seefeld zog eines seiner großen Taschentücher hervor und schnäuzte sich die Nase.

»Vergangene Woche jedenfalls habe ich etwas Unglaubliches entdeckt: Ich glaube, dass im Keller der Villa ein Junge haust. Ein Schwarzafrikaner, wenn mich nicht alles täuscht, aber sicher bin ich mir nicht. Ich konnte nicht allzu viel erkennen, weil ich nicht wollte, dass er mitbekommt, dass ich ihn gesehen habe.«

Seefeld machte eine Pause und Kim wurde schwindelig. Ganz langsam und vorsichtig ließ sie die Luft, die sie angehalten hatte, entweichen und sog dann gierig neuen Sauerstoff ein. Verdammt, hatte sie doch recht gehabt: Seefeld wusste von Mardi.

»Weißt du, Anna, es ist schon komisch, ich habe mein Leben damit verbracht, Recht und Gesetz zu verteidigen, und ich weiß, dass ich den Jungen den Behörden übergeben müsste. Aber …«

Kim wagte nicht zu atmen. Auch das noch! Sie musste Mardi warnen!

»Wir beide wollten nie Kinder. Du hattest deine Karriere, ich war dauernd weit weg, unterwegs in Auslandseinsätzen, von denen jeder mein letzter hätte sein können. Versteh mich nicht falsch, Anna, ich war damit zufrieden.«

Kim lugte vorsichtig durch die Hecke. Seefeld zupfte gerade ein paar Blätter vom Grab.

»Erinnerst du dich an den Jungen bei meinem letzten Einsatz, von dem ich dir erzählt habe? Der uns Ziegenkäse verkauft hat. Ich träume immer noch von ihm. Wenn er nicht gerade im Moment des Anschlags …«

Seefeld schnäuzte sich erneut.

»Das eine hat mit dem anderen natürlich nichts zu tun, das weiß ich selbst. Der Junge im Keller ist vielleicht einfach ein Ausreißer. Und vielleicht wird ihm das Leben in einem dunklen Keller schon bald zu öde und er geht zurück nach Hause in die schicke Villa nach Oberkassel oder in eine Sozialwohnung am Stadtrand, was weiß ich. Aber wenn nicht? Wenn er ein Illegaler ist? Dann wird er abgeschoben, sobald ich ihn der Polizei ausliefere. Zurück in ein Land, in dem vielleicht Krieg herrscht, in dem er um sein Leben fürchten muss, in dem er keinerlei Chancen hat.« Seefelds Stimme war immer leiser geworden, dann machte er eine Pause, bevor er flüsterte: »Er sieht noch so jung aus. So jung wie der Junge mit dem Ziegenkäse.«

Kim blinzelte noch mal vorsichtig durch die Hecke. Sie hörte Seefeld nicht mehr. War er weggegangen? Nein, jetzt sah sie ihn. Er kauerte am Grab, knüllte das Taschentuch in den Händen zusammen und wischte sich über die Augen. Kim stockte der Atem. Hans Seefeld weinte! Seine Schultern zuckten, das Tuch wischte unablässig und die freie Hand umklammerte den Grabstein so fest, dass die Handknochen weiß hervortraten. Plötzlich sprach er wieder.

»Ich hatte immer zwei Fixpunkte in meinem Leben: Dich und meinen bedingungslosen Glauben an Recht und Ordnung. Du bist nicht mehr bei mir. Wenn ich jetzt auch noch Recht und Ordnung verrate ... Was bleibt dann noch von mir?«

Seefeld fuhr sich mehrfach mit dem Tuch über die Augen. Dann straffte er die Schultern, hob den Kopf und steckte das Taschentuch weg. »Ich werde darüber nachdenken müssen«, flüsterte er. »Danke fürs Zuhören, meine Nachtigall. Das konntest du schon immer gut.«

20

Ellen rannte die letzten hundert Meter auf dem Deich so schnell sie konnte, dann bog sie zur Villa ab und lief langsam aus. Wie gut ihr die körperliche Bewegung tat! Warum hatte sie sich so gehen lassen? Früher hatte sie mehr Sport getrieben, war gelaufen, viel mehr Rad gefahren, spazieren gegangen. Aber dann hatte Jens das alles für lächerlich gehalten. Hatte sie gefragt, ob sie am Hausfrauen-Triathlon teilnehmen wollte: watscheln, strampeln, Wasser treten. Was er mache, sei Sport, was sie mache, sei Selbstbetrug. Und nach der Scheidung hatte sie nicht wieder mit dem Sport begonnen, weil sie immer überlastet war. Aber jetzt stand ihr Entschluss fest: Nie wieder faul und fett werden.

An der Grundstücksmauer hockte jemand, der Ellen bekannt vorkam. Sie kniff die Augen zusammen und seufzte. Mittmann. Langsam ging sie auf ihn zu. Ihr Kopf glühte, ihre Haare waren nicht nur verschwitzt, sondern auch fettig, von den alten Klamotten ganz zu schweigen. Natürlich sah Mittmann frisch geduscht und verdammt knackig aus. Das ärgerte sie nur noch mehr.
»Warum kommen Sie immer unangemeldet?«
Mittmann betrachtete sie ungeniert von Kopf bis Fuß. »Ich hatte gehofft, du rufst an.«
»Es ist mir unangenehm, immer verschwitzt und mit fettigen Haaren vor Ihnen zu stehen.«
Er grinste breit. »Übertriebene Eitelkeit steht dir nicht.«
»Warten Sie schon lang?«
»Seit wann siezen wir uns eigentlich wieder?«

Ellen blies sich eine Haarsträhne aus dem rechten Auge und ging an ihm vorbei. »Ich gehe jetzt duschen.«

»Ich käme gern mit.«

Ellen drehte sich um und blickte direkt in seine Augen. Keine Spur von seinem üblicherweise leicht spöttischen Grinsen, noch nicht einmal das kleinste Lächeln. Stattdessen ... Begehren wäre das Wort, das sie in einem ihrer Romane verwenden würde, dachte Ellen. *In seinen Augen, die sie unverwandt anblickten, las sie ein nur mühsam gezähmtes Verlangen.* Auch schön, das mit dem Verlangen. Ellen spürte eine Mischung aus angenehmer Entspannung und Erregung. Unter Mittmanns Blick wurden Frisur und Dresscode völlig unwichtig.

»Muss ich betteln?«, fragte Mittmann leise.

»Ja«, erklärte Ellen lächelnd. »Ich will, dass du bettelst. Und die ersten zwei Minuten unter der Dusche gehören mir allein.«

»Ich bin vierunddreißig Jahre alt, heiße Patrick, weil meine Mutter Irland toll fand, mit zweitem Vornamen Andreas nach meinem Opa, mit drittem Maria nach meiner Oma und habe einen Bruder, der in Braunschweig lebt und, jetzt halte dich fest, Finn heißt. Er ist verheiratet, hat zwei Kinder, deren Patenonkel ich bin. Ja, von beiden, weil es Zwillinge sind. Und nein, ich stehe nicht schon immer auf ältere Frauen, autsch!« Er versuchte, den Schlag von Ellens Hand abzuwehren. »Und ich liebe die Art, wie du mit deiner Mutter umgehst.«

»Also doch alles wegen meiner Mutter«, murmelte Ellen. Sie wusste nicht recht, ob sie dem Schlaf nachgeben oder lieber wach bleiben und Mittmann weiter zuhören wollte.

»Wenn du jetzt einschläfst, muss ich annehmen, dass die Leistungsfähigkeit älterer Frauen doch geringer ist, als ich dachte.«

Sie gab Mittmann noch einen Klaps, diesmal auf den nackten Hintern. Im Zimmer war es warm, sie hatten die Bettdecke weggestrampelt und genossen den leichten Luftzug, der den Schweiß auf der Haut trocknen ließ.

»Jetzt kennst du die dunkelsten Geheimnisse meiner Familie.«

»Lebt deine Mutter noch?«

»In Braunschweig. Dort wird sie als Babysitter gebraucht. Finn und seine Frau sind Ärzte am Krankenhaus.«

»Und wie sieht deine Funktion als Patenonkel aus?«

»Ich überweise regelmäßig Geld auf ein Sparkonto und habe ihnen im Schießkeller des Polizeipräsidiums den Gebrauch von Schusswaffen beigebracht.«

Ellen stützte sich auf den rechten Arm. »Wie alt sind denn die beiden?«

»Sieben.«

Ellen hob die Hand.

»Wenn du mich noch einmal schlägst, flüchte ich zu deiner Mutter und schau mal, ob sie ihren Pazifismus über die Jahrzehnte gerettet hat.«

Es klopfte an der Tür, dann erklang Rosas Stimme. »Ellen! Bist du da?«

Ellen und Mittmann brachen in albernes Kichern aus.

»Ach so. Lasst euch nicht stören!«

Eine halbe Stunde später saßen Ellen und Mittmann in der Küche, aßen Marmeladenbrote und tranken Kaffee. Ellen diktierte Mittmann die Dinge, die sie einkaufen wollte, und er kritzelte die Rückseite eines Briefumschlags voll, den Ellen aus dem Altpapier geholt hatte.

»Was ist das denn?«, fragte sie, als Mittmann ihr das fertige Werk zeigte. »Du wolltest doch meine Einkaufsliste …« Dann erkannte sie einzelne Kritzeleien. Sie seufzte. »Die Weinflasche hast du gut getroffen, aber was ist das?«

Mittmann lehnte sich herüber, deutlich weiter als nötig. Er warf einen Blick auf den Umschlag, dann in den Ausschnitt ihres Hemdes.

»Butter«, murmelte er.

»Und diese Pistolenmündung mit Rauchfahne?«

»Klopapier natürlich. Eine Rauchfahne müsste nach oben steigen. Man merkt, dass du keine Jerry Cotton schreibst!«

Ein Räuspern von der Tür unterbrach ihr Gelächter.

»Eine kleine Stärkung danach – oder zwischendurch?«, fragte Rosa.

»Ich hatte dich gar nicht hereinkommen hören«, murmelte Ellen wenig begeistert.

»Ich bin gleich wieder weg«, sagte Rosa, unbeeindruckt von Ellens zurückhaltender Begrüßung und nahm gegenüber von Mittmann Platz. »Ich möchte Kommissar Mittmann etwas fragen.«

»Soll ich euch allein lassen?«, spottete Ellen.

»Muss nicht sein.«

Mittmann hatte dem verbalen Schlagabtausch mit teils amüsiertem, teils ungläubigem Blick gelauscht und grinste nun über das ganze Gesicht. »Eine tolle Situation, so von Mutter und Tochter begehrt zu werden.«

»Der Stoff, aus dem klassische Tragödien gemacht werden«, sagte Rosa.

»Mit viel Blut«, ergänzte Ellen.

Mittmann lachte. »Also, Frau Liedke, worum geht es? Wenn es den aktuellen Fall betrifft ...«

Rosa winkte ab. »Es geht um den Fall Gero König, besser gesagt um seine Tochter.«

Mittmann war schlagartig ernst geworden. »Schlimme Sache.«

»Kennen Sie die Details?«

»Nur das, was König erzählt hat.«

»Königs Tochter, Melanie, hat zwei Polizeibeamten gegenüber sehr vage Andeutungen darüber gemacht, dass sie missbraucht wurde. Die beiden Polizisten haben jeglichen Hinweis in diese Richtung ignoriert. Robert kam zu dem Schluss, dass sie sich der Strafvereitelung im Amt schuldig gemacht haben. Das ist natürlich längst verjährt. Trotzdem würde es zumindest einem der beiden erheblich schaden, weil er noch im aktiven Dienst ist.«

Mittmann hörte aufmerksam zu und nickte ab und zu.

»Ich weiß nicht, ob Robert den Bericht veröffentlichen wollte, aber ich frage mich nun, ob ich es tun soll.«

Mittmann lehnte sich zurück und starrte mit verschränkten Armen vor sich hin. Eine ganze Weile war es still im Raum.

Ellen wunderte sich über ihre Mutter. Normalerweise holte sie keine Ratschläge von anderen Leuten ein. Ebenso wenig kümmerten sie die Konsequenzen ihres Verhaltens. Warum also jetzt?

»Was könnte man durch die Veröffentlichung gewinnen?«, fragte Mittmann.

»Dass die Wahrheit ans Licht käme.«

»Gibt es denn eine konkrete Wahrheit?«

»Die Polizisten haben die Andeutungen ignoriert, das Mädchen hat sich selbst getötet, ihr Vater hat den Vergewaltiger umgebracht.«

»Wird die Welt besser dadurch, dass diese Wahrheit ans Licht kommt?«

Ellen war empört. Diese Frage hätte von ihrer Mutter stammen können, aber von einem Polizeibeamten? »Müsstest du nicht als Vertreter des Gesetzes unbedingt dafür plädieren?«

Mittmann zuckte die Schultern und fuhr sich mit der Hand durch das verstrubbelte Haar. Ellen fand ihn mit ernstem Gesicht genauso attraktiv wie mit dem sonst so häufigen jungenhaften Grinsen. »Falls das Fehlverhalten der Polizisten eine Straftat war und diese verjährt ist, dann hat die Veröffentlichung kein juristisches Nachspiel, keinen Prozess, kein Urteil, keine Strafe. Also keinen Nutzen nach dem Buchstaben des Gesetzes.«

Rosa nickte.

Mittmann blickte Rosa aufmerksam an. »Irgendeine Auswirkung wird es aber haben, wenn ich das richtig verstanden habe, weil eine Person kompromittiert wird.«

Rosa nickte wieder.

»Eine hochrangige Persönlichkeit?«

»Ja.«

»Dann stelle ich die Frage noch einmal: Wird die Welt besser, wenn diese Person ihr Ansehen und vielleicht ihren Posten verliert?«

»Das können Sie sicher besser beurteilen. Es ist der Polizeipräsident.«

Mittmann schluckte. »Heilige Scheiße!«

»Schön gesagt«, erwiderte Rosa.

Eine Weile schwiegen alle. Ellen versuchte sich vorzustellen, wie sie sich an Mittmanns Stelle fühlen würde. Er hatte offenbar gerade die Zukunft seines obersten Chefs in der Hand. Eine gewaltige Verantwortung, die auf seinen Schultern lastete. Daher drängte sie auch nicht auf eine Antwort, sondern wartete geduldig, bis Mittmann den Mund aufmachte.

»Ich finde, dass er seinen Job gut macht. Und ich habe keine Lust darauf, dass diverse einschlägig bekannte Zeitungen die Polizei mal wieder zum kollektiven Feindbild aufbauen. Genau das wird dann nämlich passieren. Abgesehen davon, dass man nicht weiß, ob der, der nach ihm kommen wird, besser auf diesen Posten passt.« Er schwieg einen Moment, dann schüttelte Mittmann den Kopf. »Ich hasse es, das sagen zu müssen, aber eine Veröffentlichung würde wahrscheinlich mehr Schaden als Nutzen bringen.«

Rosa erhob sich und lächelte Mittmann an. »Danke. Mehr wollte ich gar nicht von Ihnen hören.«

»Du wirst die Sache also auf sich beruhen lassen?«, fragte Ellen ihre Mutter. Sie war überrascht, aber auch erleichtert, dass Rosa offenbar einmal in ihrem Leben einen Konflikt vermeiden wollte.

»Noch habe ich nichts entschieden. Aber ich werde Mittmanns Argumente bedenken, wenn ich mir meine Meinung bilde.«

»Wäre ja auch zu schön gewesen«, murmelte Ellen.

Mittmann beobachtete, wie Rosa aufstand und zur Tür ging. Dann rief er hinter ihr her: »Wer ist der andere?«

Rosa drehte sich um und lächelte ihn an. »Eine Frau braucht Geheimnisse, Romeo. Und das hier ist ein besonders pikantes.«

* * *

Kim nahm zwei Brötchen aus dem Korb, den Mittmann gut gefüllt hatte, und beschmierte eins mit Honig, eins mit Käse. Dann zwei Croissants, wovon sie eins aufschnitt und mit Butter und Marmelade bestrich. Bitterorangenmarmelade.

»Seit wann nimmst du so viel zu essen mit in die Schule?«, nuschelte Ellen. Sie sah verpennt aus, im Gegensatz zu Mittmann, der auf die Uhr schaute, voller Elan aufsprang, ihr einen Kuss auf den Scheitel drückte und sich mit einem allgemeinen »Tschüss« verabschiedete.

»Die Brötchen am Schulkiosk sind in letzter Zeit total pappig«, erklärte Kim. Ein schneller Seitenblick zu Seefeld, ob dieser sie durchschaut hatte, blieb ohne Erwiderung. Mist. Kim wusste immer noch nicht, ob Seefeld eine Gefahr für Mardi war oder nicht. Eigentlich hätte sie den heimlichen Mitbewohner warnen müssen, aber sie wollte, dass er blieb.

»Nimm noch Obst«, sagte Ellen und zeigte auf eine gut gefüllte Schale auf der Anrichte. Kim nickte, griff im Rausgehen noch einen Apfel und eine Banane und huschte aus der Küche. Dass Seefeld genau wusste, wohin das ganze Futter gehen würde, passte ihr nicht. Wenn sie ihre Ma schon anlog, dann lieber unentdeckt.

Wieder fühlte Kim sich unwohl, als sie sich der Schule näherte. Die frühere Vorfreude, Tarik zu sehen, war weg. Tarik war ein Krimineller, hatte König gesagt. Ein Dealer, wie er ihr in ihrem Vier-Augen-Gespräch erklärt hatte. Einer, der alle möglichen Designerdrogen vertickte. In Discos, auf Schulhöfen, an der Uni. Kim glaubte ihm. Aber das war ja gar nicht das Schlimmste. Viel grässlicher war, dass Jenny sauer auf Kim war, weil Kim auf Jenny sauer gewesen war, weil die sich an Tarik herangeschmissen hatte. Und wie immer, wenn Jenny sauer war, übertrieb sie maßlos.

Auch heute war Jenny schon da, als Kim auf dem Schulhof ankam. Sie stand mit Tarik vor dem Hauptportal und ließ den Blick über den Schulhof wandern. Sobald Kim in ihr Sichtfeld geriet, fing Jenny an mit Tarik herumzuknutschen, als wollte sie ihm mit ihrer Zunge die Mandeln aus dem Hals lutschen. Eklig!

Im Klassenzimmer setzte sich Kim auf den rechten Platz in der letzten Reihe. Hier hatte sie ihre Ruhe. Oder doch nicht? Denn offenbar war Jenny heute auf Krawall gebürstet.

»Diese Andrea Tetz ist wirklich die blödeste Kuh im deutschen

Fernsehen«, erklärte Jenny laut. Die beiden Tussen aus der Reihe vor ihr hatten sich umgedreht und hörten gebannt zu. Jennys Eltern hatten Kohle, Jenny hatte eine große Klappe, und sicherlich hatte ihr Ansehen auch durch die Knutscherei mit Tarik noch gewonnen. Jenny genoss ihren Status. Und heute wollte sie offenbar noch einen draufsetzen und ihren Streit mit Kim öffentlich austragen.

»Ich habe gehört, dass sie aus der Serie raus ist.«

Kim spitzte die Ohren. War das nur dummes Gerede oder eine Tatsache? Aber woher wollte Jenny das wissen?

»Ich weiß es von meiner Mutter, die den Produzenten kennt. Er hat bei ihr Bilder gekauft für einen Film, den er demnächst dreht. Vielleicht dreht er sogar in der Galerie meiner Mom, er findet die Location total abgefahren.«

Kim verdrehte innerlich die Augen. Die Galerie war eine ehemalige Werkzeugmaschinenfabrik, die Jennys Vater gekauft und seiner Frau überlassen hatte. Als besonderen Gag waren die alten Maschinen stehen geblieben. Es mochte Leute geben, die das abgefahren fanden, Kim fand es nur fies. Die Schrotthaufen stanken nach Schmieröl.

»Aber sie ist doch der Star der Serie«, piepste Lizzy. Eigentlich hieß sie Elisabeth-Laura, aber so nannten sie nur die Lehrer.

»Sie war der Star der Serie, aber die Zeiten sind vorbei. Sie ist doch viel zu alt für die weibliche Hauptrolle, ich bitte dich. Über vierzig!«

»Ja, aber ...«, begann Nina, die Kim bisher eigentlich immer ganz nett gefunden hatte. Jetzt gehörte sie zu Jennys Fanclub, also zu den Bösen.

»Die Frau ist abserviert, das könnt ihr mir glauben«, beharrte Jenny auf ihrem Standpunkt.

Zum Glück unterbrach die Ankunft von Frau Stegmann-Biegelow das Gespräch. Im Laufe des Unterrichts erntete Kim einen anerkennenden Blick der Französischlehrerin, als sie auf dem Weg nach vorn zur Tafel ganz selbstverständlich »*j'arrive*« murmelte. Die Stegmann-Biegelow wies dann zum hundertsten

Mal begeistert darauf hin, dass das völlige Eintauchen in die Sprache zu den besten Lernergebnissen führen würde. Da wurde Kim bewusst, dass das französische »ich komme« genau das war, was Mardi immer durch den Lichtschacht rief, wenn sie ihm durch Klopfzeichen zu verstehen gab, dass sie ihm etwas herunterreichen wollte. »*Merci, Mardi*«, murmelte Kim grinsend.

Nach der Schule hatte Kim Zeit. Während sie früher, als sie noch mit ihrer Ma allein lebte, sofort nach Hause gefahren war und mit Ellen gegessen hatte, blieb sie jetzt meist bis zum allgemeinen Abendessen um sechs in der Stadt. Heute wollte sie es wissen. Hatte Jenny nur Blödsinn geredet oder war Andrea wirklich aus der Serie raus? Hatte sie eine neue Rolle? Und was bedeutete das für Kim?

Kim wählte Andreas Nummer. Andrea meldete sich sofort.
»Hi, hier ist Kim. Ich wollte …«
»Kim, tut mir leid, es ist gerade ganz schlecht, aber ich rufe dich zurück. In zwei, drei Tagen weiß ich mehr, okay?« Andrea legte auf.

Kim war irritiert. Andrea hatte genuschelt. Oder gelallt. Als sei sie betrunken. Nachmittags um zwei. Andrea, eine Alkoholikerin? War das vielleicht der Grund, warum sie aus der Serie geflogen war? Oder feierte sie gerade den Abschluss eines neuen Vertrags? Kim beschloss, der Sache auf den Grund zu gehen.

* * *

»Endlich zu Hause!«
Ellen hörte den Ausruf durch ihre aufstehende Zimmertür. Der Durchzug tat gut nach den letzten Tagen, die viel zu heiß gewesen waren. Immerhin war erst Mai. Das Gewitter hatte die ersehnte Abkühlung gebracht, die frische Luft vertrieb die Müdigkeit und spornte Ellen an. Heute wollte sie den Roman beenden, morgen konnte sie das ganze Werk noch einmal lesen, und dann war dieser Auftrag geschafft. So lange hatte sie noch nie für ein Heft gebraucht. Sie war aber auch noch nie innerhalb eines

Projekts aus dem eigenen Haus geworfen worden, hatte sich einer Hausbesetzer-WG angeschlossen, hatte Todesängste um ihre mutmaßlich entführte Tochter ausgestanden und war mit dem Kommissar im Bett gelandet, der ihre Mutter wegen Mordverdachts verhaftete.

Bei dem Gedanken an Mittmann musste sie unwillkürlich lächeln. Nichts da, schalt sie sich, Endspurt!

Aber dann hörte sie, wie Konrad Schmitt die Treppe hinaufkam und beschloss, ihm mit dem Koffer zu helfen. Das war allerdings gar nicht nötig, denn Rosa hatte den Rückkehrer offenbar auch gehört und fing Schmitt auf dem Treppenabsatz im ersten Stock ab.

»Warst du erfolgreich?«, fragte sie ihn ohne Umschweife.

Die Antwort konnte Ellen nicht verstehen.

»Gib her, ich helfe dir.«

Rosas Clogs übertönten Schmittchens Ledersohlen, als sie zu Schmitts Zimmer hinaufstiegen. Ellen konzentrierte sich wieder auf ihren Computer.

Sandra schaute sich im Zimmer um. Hier gab es nichts, das sie vermissen würde. Nur die Nachbarin aus dem Stockwerk unter ihr würde ihr fehlen. Sandra schloss die Fenster, kontrollierte, ob die Wasserhähne fest zugedreht waren, zog den Stecker des Heißwasserboilers aus der Steckdose und verschloss die Tür hinter sich. Sie verabschiedete sich von der Nachbarin, gab ihr ihre neue Telefonnummer und versprach, während des nächsten Deutschlandbesuchs vorbeizukommen und von ihrem neuen Leben zu berichten. Dann ging sie die Treppen hinab und trat auf die Straße.

Rosa und Schmitt waren inzwischen in seinem Zimmer verschwunden. Die Tür hatten sie hinter sich geschlossen. »Konspirativ« fiel Ellen als Beschreibung für das Verhalten der beiden ein. Sie steckten die Köpfe zusammen wie Gauner, die einen Coup planten. Oder wie Gauner, die Beute zu verteilen haben, war

Ellens nächster Gedanke. Aber konnte das sein? War Schmitt wirklich in Dubai gewesen? Hatte Rosa ihr nicht etwas von einem Urlaub in Spanien erzählt?

Ellen schaute auf ihren Bildschirm und legte die Hände auf die Tastatur, aber dann entschied sie sich um. Wenn Schmitt wirklich in Dubai gewesen und das Konto von Weiterscheid ausfindig gemacht hatte, dann wollte sie es wissen. Auch wenn sie selbst, wie Rosa ja immer wieder gern betonte, keine Ansprüche auf irgendetwas hatte. Sie sicherte die Datei, verließ ihr Zimmer und klopfte an der gegenüberliegenden Zimmertür. Sie hörte, wie Rosa drinnen »Nein« rief, aber Schmitt öffnete schon die Tür – zumindest einen Spalt breit. Das reichte aus, damit Ellen einen Blick auf das Bett erhaschen konnte, wo Rosa neben einem offenen Koffer saß und Geld zählte. Viel Geld, wie es aussah, denn das, was sie auf einen Stapel neben sich häufte, waren keine Münzen oder einzelne Scheine, sondern Bündel. Geldbündel. Und zwar eine ganze Menge.

»Ellen, wie nett, dass du vorbeischaust«, sagte Schmitt. Er sah erschreckend schlecht aus. Ellens Ärger über die Heimlichtuerei verpuffte.

»Geht es dir nicht gut?«

»Müde, meine Liebe, nur müde. Ich habe wenig geschlafen und den Rückflug neben einer Frau verbracht, die mir alle Katastrophen ihres Lebens vorjammerte. Außerdem kaute sie Gewürznelken. Sehr unangenehm.«

»Aber du warst tatsächlich in Dubai und hast das unterschlagene Geld, äh, sichergestellt?«

»Nicht alles, leider, aber immerhin ...«

»Mach die Tür zu, Konrad, und komm her«, kommandierte Rosa aus dem Hintergrund.

Schmitt setzte eine übertriebene Leidensmiene auf. Ellen lachte. Sie griff nach Schmitts Handgelenk und zog ihn ins Treppenhaus. »Ich mache dir einen Kaffee. Lass sie allein zählen, ich bin sicher, du kennst die Summe auswendig.«

Schmitt druckste herum. »Nun, wie sagt man so schön: Beim Geld hört die Freundschaft auf ...«

»Wie gut, dass ich mittellos bin.«

Schmitt zwinkerte ihr zu und ging zurück in sein Zimmer. Na gut, dann würde sie wenigstens für sich einen Kaffee machen, beschloss Ellen. Sie war mit ihrem Roman auf der Zielgeraden und würde diese kleine Pause verkraften können.

Noch bevor der Kaffee fertig war, klopfte es an der Haustür. Den altmodischen Türklopfer hatte Ellen im Gartenhaus gefunden, poliert und angebracht. Ein Blick zur Uhr machte Ellen klar, dass der Besucher nicht Mittmann sein konnte. Sie öffnete. Vor der Tür stand Leo.

»Komm herein, ich habe gerade Kaffee gemacht.« Ellen bemühte sich, freundlich zu klingen, obwohl sie sich beim Anblick des abgespannten Gesichts gleich selbst müde und verbraucht fühlte. Ob Leo ernsthaft krank war? Seit seinem Zusammenbruch bei dem denkwürdigen Auftritt von Gero König war er nicht mehr so richtig auf die Beine gekommen.

»Danke sehr.«

* * *

»Eine Millionen zweihunderttausend«, wiederholte Rosa nun schon zum dritten Mal.

»Dafür könnten wir dieses Haus kaufen«, murmelte Schmitt. »Dann wären wir eine richtige, offizielle Wohngemeinschaft. Nicht eine Gruppe von Kriminellen in einem besetzten Haus, das uns nicht gehört.«

»Es gehört uns«, korrigierte Rosa.

Noch nie in ihrem Leben hatte sie so viel Geld gesehen, obwohl der Berg kleiner war, als sie erwartet hatte. Neun Komma drei Kilo wogen die Scheine, je zur Hälfte Fünfziger und Hunderter. In dem Pilotentrolley, in dem Schmitt das Papier transportiert hatte, war sogar noch ein bisschen Platz gewesen. Ziemlich unspektakulär.

Weitaus beeindruckender waren allerdings die Möglichkeiten,

die sich durch das Geld eröffneten. Soweit Rosa wusste, waren insgesamt acht Investoren des Projekts Kaiserstern von Weiterscheid betrogen worden. Von denen lebten drei in diesem Haus. Eins Komma zwei Millionen dividiert durch acht wären hundertfünfzigtausend für jeden. Zu wenig für eine schöne Eigentumswohnung mit Balkon in akzeptabler Lage. Aber dividiert durch drei ... Dann könnte sie sich eine Wohnung nach ihrem Geschmack suchen und das ganze Projekt Kaiserstern, das sie sowieso nur Roberts Liebe zum Rhein wegen mitgetragen hatte, wäre endgültig vorbei.

Die Vorstellung hatte einen gewissen Reiz. Sie hätte wieder ihre Ruhe, niemand würde sie zum Spülen zwingen oder blöd ansehen, wenn sie sich weigerte. Andererseits begann ihr das Zusammenleben mit den anderen gerade zu gefallen. Solange sie ihr Gras rauchen, lang schlafen und sich aus einem vollen Kühlschrank bedienen konnte, hatte sie doch alles, was sie brauchte. Zumal sie hier erst mal kostenfrei wohnte. Wenn eines Tages die MultiLiving GmbH für den Betrug ihres Geschäftsführers einstand und den Betrogenen ihr Geld oder zumindest einen Anteil zurückzahlte, bekäme sie sogar noch mehr Geld. Denn die Million, die jetzt vor ihr lag, existierte ja offiziell gar nicht. Es war reiner Zufall gewesen, dass Rosa das Faltblatt des Theaters aus Weiterscheids Büro hatte mitgehen lassen, auf dem die Kontonummer chiffriert vermerkt war. Und es war ein Wunder, dass Schmitt diesen Code geknackt hatte, und erst recht eines, dass er das Geld tatsächlich von diesem Konto hatte abheben und nach Deutschland bringen können. Rosa hatte immer noch nicht kapiert, wie er das angestellt hatte, und er hatte ihr auch die Details bisher vorenthalten.

Sowieso war Schmitt ein seltsamer Vogel, der ihr nie erzählt hatte, was genau er eigentlich beruflich gemacht hatte. Immerhin schien ihm seine Berufserfahrung bei den diversen Herausforderungen der letzten Zeit eine Hilfe gewesen zu sein. Außerdem hatte er ihr gesagt, dass er »inkognito« nach Dubai gereist sei. Was immer das nun wieder heißen sollte. Jedenfalls wusste niemand, dass das unterschlagene Geld von Weiterscheids Konto sich jetzt in der Villa Zucker befand, und das würde auch niemand je erfahren. Nur Ellen wusste es – leider. Dummerweise hatte sie den Geldkoffer gesehen. Mit einem Seufzer des Bedauerns, dass ihr Joint noch warten musste, stand Rosa auf und verließ ihr Zimmer, um ihrer Tochter ins Gewissen zu reden.

Im Treppenhaus wäre Rosa beinahe mit Ellen zusammengestoßen.

»Leo ist da.«

Rosa packte Ellens Arm mit festem Griff. »Was hast du ihm erzählt?«

Ellen zog eine Grimasse, massierte sich den Arm und schaute Rosa genervt an. »Glaubst du, ich erzähle jedem, der sich zufällig in unsere Küche verirrt, dass hier geheime Geldkoffer ins Haus geschleppt werden?«

»Gut.« Rosa sammelte sich. Leo gegenüberzutreten war kein Problem, nur lästig. Hoffentlich suhlte er sich nicht immer noch in Selbstmitleid wegen Königs Tochter. Sie musste versuchen, ihn möglichst schnell wieder loszuwerden.

* * *

Ellen folgte Rosa, die Leo knapp grüßte, in die Küche und inspizierte den Küchenschrank. Schon wieder keine Kekse da. Dabei hatte sie selbst gesehen, wie Schmitt nach seinem letzten Einkauf mindestens vier Pakete in den Schrank geräumt hatte. Aber auf geheimnisvolle Art und Weise verschwanden sie schneller, als man gemeinhin annehmen konnte. Sehr ärgerlich, fand Ellen, denn ein Nachmittagskaffee ohne Keks oder Plätzchen war einfach nur der halbe Spaß. Seufzend nahm sie einen Apfel und ein Schälmesser und setzte sich zu Rosa und Leo an den Tisch.

»Ich muss mit dir über Konrad Schmitt sprechen«, begann Leo.

Rosa winkte ab. »Ich möchte nichts darüber hören.«

Ellen wunderte sich über den scharfen Tonfall.

»Aber Rosa, du lebst hier mit Menschen, von denen du nichts weißt ...«

»Manchmal weiß man auch nichts über Menschen, die man seit Jahren zu kennen glaubt.«

Leo sackte in sich zusammen. »Aber er ist ...«

»Still!«

Leo und Ellen zuckten gleichzeitig zusammen.

»Das Thema ist beendet, Leo. Wenn das der einzige Grund deines Besuchs war, dann wünsche ich dir noch einen schönen Tag.«

Rosa erhob sich.

Nanu, so kannte Ellen ihre Mutter gar nicht. Sie war unkonventionell, oft kurz angebunden, egoistisch, dickköpfig und manches andere mehr, aber dass sie gerade Leo derartig abkanzelte, musste einen Grund haben. Aber welchen?

»Ich habe noch etwas anderes mit dir zu besprechen«, sagte Leo.

Rosa setzte sich wieder.

Ellen bewunderte Leo in diesem Moment für den Versuch, seine Würde wiederzuerlangen. Es glückte ihm leidlich.

»Robert ist seit viereinhalb Wochen tot und der Mörder ist immer noch nicht gefasst. Ich habe keine heiße Spur, ebenso wenig wie die Kripo.«

Ellen errötete. Dass die Kripo ebenso im Dunkeln tappte wie Leo, glaubte sie nicht. Mittmann jedenfalls hatte auf ihre gleichlautende Frage ausweichend geantwortet und Ellen damit das Gefühl vermittelt, dass er sehr wohl einer konkreten Spur folge. Allerdings hatte er das Gespräch an dieser Stelle abrupt beendet. Für Ellen war klar geworden, dass er um keinen Preis der Welt über seinen Verdacht sprechen wollte.

Leo war ganz auf Rosa konzentriert. »Was wir aber sehr wohl haben, ist eine Zeugin, die auf deinen Anrufbeantworter gesprochen hat und die ich nun endlich genauer befragen möchte. Wenn man diese Anrufe nicht ernst nimmt, muss man sich die ganze Arbeit mit dem Aufruf nicht machen.«

Leos Stimme war mit jedem Wort fester geworden.

»Um ehrlich zu sein habe ich die Aktion von Anfang an nicht

ernst genommen«, sagte Rosa. Leo zuckte zusammen. »Aber ich gebe dir die Nummer, damit du mit der Frau sprechen kannst. Bist du dann zufrieden?«

Schon wieder hatte Leo den Schlag weggesteckt wie ein Profiboxer und nickte nun würdevoll. »Ich wäre dir sehr dankbar, Rosa. Ich habe nämlich ein großes Interesse daran, den Mörder meines besten Freundes hinter Schloss und Riegel zu bringen.«

Rosa nickte und verließ die Küche, um kurz darauf mit einem Zettel wiederzukehren, den sie Leo gab. »Übrigens, in deinem Zimmer klingelt ein Handy«, ließ Rosa nebenbei in Ellens Richtung fallen und begleitete Leo dann aus der Küche.

Ellen jagte die Treppe hinauf, aber das Gerät war stumm. Immerhin wurde ein entgangener Anruf angezeigt. Von Andrea. Wie schön! Ellen rief sie sofort zurück.

Andrea meldete sich nach dem ersten Klingeln. Ihre Halbschwester, wie Ellen plötzlich klar wurde. Oder nicht? Andrea war adoptiert, also war sie eigentlich ... Die Situation überforderte Ellen. Wie sollte sie Andrea jetzt am Telefon begegnen? Ihr die Wahrheit über Robert am Handy mitzuteilen, hielt sie für geschmacklos. Aber so zu tun, als ob nichts wäre, war auch falsch, oder?

»Wie schön, dass ich dich doch erreiche!«, tönte die tiefe Stimme aus dem Handy. Ellen hatte den Eindruck, dass Andrea total aufgekratzt war. »Kim hat mich eben angerufen.«

Ellen schüttelte die Gedanken über Roberts Vaterschaft ab und konzentrierte sich auf das Gespräch. Kim war jetzt wichtiger. Ellen hatte sich im Stillen schon gefragt, ob ihre sture Tochter ihren Plan, zum Fernsehen zu gehen, tatsächlich irgendwann in Angriff nehmen würde, daher war sie nicht allzu erstaunt. Glücklich war sie allerdings nicht. Immerhin hatte Ellen sich bereits vorsorglich erkundigt, wie oft und wie lang Kim in ihrem Alter überhaupt vor der Kamera stehen dürfte, und war überrascht gewesen, dass mehrere Stunden täglich erlaubt waren. Natürlich war dazu Ellens Einwilligung nötig, die sie keinesfalls für eine regelmäßige Tätigkeit, sondern ausschließlich für die Schulferien geben würde. Aber selbst dass es dazu käme, konnte sie sich einfach nicht vorstellen. Kim war gar nicht der Typ, der sich selbst so in den Vordergrund drängte, wie es wahrscheinlich im Film- und Fernsehgeschäft nötig war. Daher war sie relativ entspannt und fragte: »Und, kannst du ihr helfen?«

Am anderen Ende war es einen Moment still.

»Bist du noch dran?«, fragte Ellen verunsichert.

»Du bist nicht dagegen? Du willst tatsächlich, dass Kim sich in diese Schlangengrube begibt, sich den Hyänen zum Fraß hinwirft, der öffentlichen Kritik aussetzt, Pillen schluckt, um achtundvierzig Stunden lang zu drehen, weil es zu teuer wäre, die Location noch länger zu mieten ...«

»Wir reden über ein paar Stunden am Tag in den Ferien. Höchstens.«

»Dabei bleibt es doch nicht«, rief Andrea in schrillem Tonfall.

»Andrea, was ist los mit dir?«, fragte Ellen schockiert.

Andreas Lachen klang überdreht, fast hysterisch. »Ach, keine Sorge, heute ist einfach nicht mein Tag. Aber tatsächlich ist die Schauspielerei ein ziemlich hartes Geschäft. Ob du deiner Tochter das wirklich antun willst...?«

Ellen schüttelte den Kopf, obwohl Andrea das natürlich nicht sehen konnte. »Ich glaube nicht, dass Kim bereit ist, all das auf sich zu nehmen. Aber das soll sie selbst herausfinden.«

»Ja, bitte, wenn du es für richtig hältst, werde ich sehen, was sich machen lässt.«

Andreas Tonfall war schnippisch. Ellen hatte den Eindruck, dass der Spruch eher ein Abwimmeln als ein Versprechen war.

»Sag mal, wie geht es denn eigentlich mit dieser Betrugssache weiter?«, wechselte Andrea das Thema. »Habt ihr etwas gehört?«

Ellen seufzte. »Es ist ja nicht mein Geld, aber auch Rosa hat vom Betrugsdezernat nichts mehr gehört. Wenn es Neuigkeiten gibt, musst du sie als Roberts Erbin doch auch erfahren, oder?«

»Ja, ja.« Andrea seufzte. »Hör mal, ich habe mir Gedanken gemacht, wie man diese leidige Geschichte beschleunigen kann. Also: Warum verpflichten wir nicht die MultiLiving GmbH dazu, den betrogenen Investoren die Villa zu überschreiben? Das Haus ist bestimmt eine Million wert. Wir verkaufen es so schnell wie möglich und alle bekommen wenigstens einen Teil ...«

»Nein!«, rief Ellen spontan. Sie atmete tief durch, versuchte sich zu beruhigen und ihre Stimme entspannt klingen zu lassen. »Ich meine, das ist natürlich eine Idee, wie man die Sache klären könnte. Aber immerhin wohnen wir ja zurzeit hier und ...«

»In einer Bruchbude! Aber auch der schönste Sommer geht irgendwann zu Ende, meine Liebe. Ihr wollt doch wohl nicht den Winter dort verbringen! Abgesehen davon, dass die MultiLiving sich diese Hausbesetzung nicht ewig gefallen lassen wird.«

Andrea sprach die Bedenken aus, die Ellen bisher konsequent ignoriert hatte. Sie wusste, dass diese Probleme irgendwann auf sie zukommen würden. Aber bis dahin ...

»Ich habe ja hier gar keine Stimmrechte, weil ich keine Anteilseignerin bin«, wiegelte Ellen ab. »Und wie Rosa und die anderen die Sache sehen, wird man abwarten müssen. Du weißt, dass Rosa ihren eigenen Kopf hat.«

Und einen Koffer voll Geld, setzte Ellen in Gedanken hinzu. Und von diesem Geld gehörte Andrea ein Anteil. Darüber würde sie mit Rosa sprechen müssen. Aber zuerst musste sie ihre Arbeit beenden. Sie hatte sich schon wieder viel zu lange davon abhalten lassen.

* * *

Von der gegenüberliegenden Straßenseite aus betrachtete Kim das würfelförmige Gebäude, das so vollkommen unspektakulär aussah. Nicht viel anders als die Spedition nebenan oder das riesige Fotolabor schräg dahinter. Eine Fernsehproduktion hatte sie sich irgendwie ... hipper vorgestellt. Immerhin linderte die langweilige Fassade ihre Aufregung ein bisschen. Trotzdem fragte sich Kim, wie sie auf die Idee gekommen war, persönlich nach Hürth zu fahren, um im Studio nach Andrea zu fragen. Jetzt stand sie hier und hatte Schiss.

Aber größer als die Angst war das Bedürfnis, die Wahrheit zu erfahren. Hatte Andrea eine Drehpause oder war sie raus aus der Serie? Hatte Jenny recht? Konnte Andrea Kim gar nicht zum Fernsehen bringen, weil sie selbst abserviert worden war?

Kim atmete tief durch, rieb sich die feuchten Handinnenflächen an der Jeans trocken und überquerte die Straße. Der Empfang war ein spartanischer Glaskasten, der sie an das Aquarium von Jennys Vater erinnerte. Nur dass in diesem Anbau keine Piranhas schwammen, sondern ein Typ hockte, den man nicht im Traum mit dem Bild eines Pförtners in Verbindung bringen konnte. Er hatte Rastalocken, die er zum Zopf gebunden trug, war mit einem löchrigen Shirt bekleidet und fummelte an einem Nasenring herum, während er konzentriert in einem Buch las. Kim klopfte vorsichtig an die Scheibe.

»Ja?«, ertönte eine blecherne Stimme über ihrem Kopf.

Kim suchte das Mikro, in das sie sprechen musste, konnte aber in der perforierten Glasscheibe vor sich nichts erkennen.

»Sag einfach, was du willst, ich kann dich hören, solange du nicht flüsterst.«

Der Typ schaute sie aus seltsam farblosen Augen desinteressiert an. Sein Zeigefinger hielt eine Stelle im Buch markiert.

»Ich möchte zu Andrea Tetz. Ich bin ihre Nichte.«

»Moment.« Er griff zu einem Telefonhörer, sagte etwas hinein, hörte kurz zu und legte wieder auf. »Kommt«, sagte er dann, während er den Blick schon wieder auf das Buch konzentrierte.

Kim war verblüfft. So einfach war es, in eine Fernsehproduktion zu kommen? Da konnte ja jeder behaupten, er sei Nichte, Neffe oder sonst was von einem Star und zack!, wurde man vorgelassen. Irgendwie hatte sie sich das anders vorgestellt.

Zehn Minuten später war Kim sich nicht mehr sicher, ob sie den Typen richtig verstanden hatte. Sie stand immer noch vor der Pförtnerloge. Die Tür für Fußgänger neben dem Glaskasten blieb geschlossen, nur ein Auto war durch das automatische Tor gefahren. Der Pförtner las konzentriert, ohne aufzusehen. Kim wollte gerade die Hand heben, um noch einmal an die Scheibe zu klopfen, als sie schnelle Schritte näher kommen hörte. Dann öffnete sich das Fußgängertor und Kim glaubte, eine Erscheinung zu haben.

»Du bist Andreas Nichte?«

Kim war einen Moment so gebannt, dass sie keinen Ton herausbrachte. Die Frau trug eine Hose und Tunika aus weißem Leinen, mehrere Ketten mit dicken, schwarzen Kugeln daran, schwarze Stiefel und einen breiten, schwarzen Gürtel. Das Auffallendste an ihr aber waren ihre Haare, die bis über den Gürtel hingen und in demselben leuchtendem Hellblau strahlten wie die Augen. Sie war mindestens zwei Meter groß.

»Hi, ich bin Kim. Ja, Andrea ist meine Tante.«

Nenntante, dachte Kim, aber so genau musste man es sicher nicht nehmen.

»Also, Kim, Andrea arbeitet nicht mehr hier.«

Kim schlug sich theatralisch vor den Kopf. »Mist. Drehpause, richtig?«

Die Blauhaarige schüttelte den Kopf. »Nein, sie ist nicht nur raus aus der Serie, sondern nach ihrem Auftritt letzte Woche, bei dem sie das halbe Büro zerlegt hat, sicher auch aus allen unseren zukünftigen Produktionen. Und ich persönlich würde mich freuen, wenn sie endlich ihre Kartons und Koffer und diesen blöden Sessel wieder abholt. Ich habe ihr gern spontan geholfen, nachdem Karsten sie rausgeworfen hat, aber meine Bude ist kein Lagerhaus. Sag ihr das doch bitte, ja? Spätestens nächsten Montag landet der ganze Kram auf dem Müll.«

Die Blauhaarige nickte Kim noch einmal zu, drehte sich um und stöckelte mit schwingenden Hüften und wehender Mähne zurück durch das Tor, das sie hinter sich zufallen ließ. Kim starrte noch einige Sekunden benommen darauf, bevor sie sich auf den Rückweg machte.

21

Thomas blickte der Frau entgegen, mit der er sein Leben teilen wollte. Ihre Bewegungen waren geschmeidig und kraftvoll, selbst wenn sie so profane Dinge tat wie die Haustür hinter sich schließen und den Schlüssel in den Briefkasten werfen. Dass sie daneben auch noch Rückgrat besaß, Humor und eine unbändige Lust am Leben, sah man ihr zwar nicht an, aber Thomas hatte all diese Eigenschaften an ihr schätzen und lieben gelernt. Und wie er sie liebte! Und sie ihn offenbar auch, denn sonst würde sie nicht ihre hart erarbeitete Existenz aufgeben und mit ihm das Abenteuer eines beruflichen Neuanfangs eingehen. In Singapur, wo die Gärten bisher nur repräsentativ und wenig ökologisch waren. Aber wenn jemand es schaffte, eine neue Lust am Biogarten in Asien zu etablieren, dann sie. Sandra. Die Frau, die er morgen heiraten und übermorgen in ihr neues Leben entführen würde.

Noch nie in seinem Leben hatte er ein derartig großes Glück gefühlt wie in dem Moment, in dem sie die Autotür öffnete, sich zu ihm herunterbeugte und fragte: »Hallo, Taxi, sind Sie frei? Dann bringen Sie mich bitte in den Himmel!«

Ellen wusste, dass sie ein glückseliges Grinsen auf dem Gesicht hatte, aber es war ihr egal. Erstens sah sie niemand und zweitens glaubte sie fest daran, dass ihre Romane deshalb so gut waren, weil sie nun einmal mitfühlte. Und dass ihre Romane gut waren, sagte ihr die Lektorin in regelmäßigen Abständen. Immer dann, wenn sie das Thema Honorarerhöhung umgehen wollte. Ellen seufzte. Über Geld wollte sie sich heute nicht den Kopf zerbrechen. Mittmann hatte sein Kommen angekündigt, sie hatte den Roman, an dem sie sich dieses Mal derartig die Zähne ausgebissen hatte, endlich fertig und die Sonne lachte vom Himmel. Vielleicht sollte sie noch joggen gehen, bevor Mittmann ...

Der Türklopfer riss sie aus ihren Gedanken. Mit großer Befriedigung fuhr sie den Computer herunter und stand auf. Unangekündigter Besuch war in diesem Haus eine Seltenheit. Sie war neugierig, ob die Überraschung positiver oder negativer Natur war.

Positiv, dachte Ellen, als sie Andrea vor der Tür stehen sah. Aber durchaus überraschend, nachdem sie doch eben noch miteinander telefoniert hatten. Vielleicht würden sie tatsächlich heute noch auf das heikle Vater-Thema zu sprechen kommen. Sie öffnete die Tür.

»Hallo, meine Liebe, ich war sowieso in der Stadt beim Notar, und da dachte ich mir, ich schaue mal, ob ich den Hausbesetzern zurück in ein gesetzestreues Leben helfen kann«, sagte Andrea nach der Umarmung. »Stellst du mich deinen Komplizen vor?«

Ellen wunderte sich, dass Andrea deswegen extra nach Kaiserswerth gekommen war, aber Andrea sprach bereits weiter.

»Ich muss dauernd über eure Situation nachdenken. Und ich habe einfach kein gutes Gefühl dabei, dass ihr hier so rechtswidrig haust. Früher oder später steht ein Räumkommando auf der Matte, und wenn ihr dann spontan ausziehen müsst, wisst ihr nicht, wohin. Da ist es doch besser, sich rechtzeitig ...«

»Hallo, wen haben wir denn da? Ich kenne Sie doch aus dem Fernsehen!«

Ellen grinste über Schmittchens begeisterte Charmeoffensive.

Andrea strahlte ihren Fan an. »Das ist aber schön, dass ich Sie persönlich kennenlerne, Ellen hat mir ja schon erzählt, was für liebenswürdige Mitbewohner sie hier hat.«

Ellen wunderte sich. Von der Herablassung, mit der Andrea gelegentlich über ihre Fans sprach, war in ihrer Stimme nichts zu hören. Im Gegenteil. Ihr Tonfall war herzlich und, soweit es ihre tiefe Stimme zuließ, hell vor Freude.

»Sie müssen Herr Schmitt sein. Der geheimnisvolle Unternehmer, der so hervorragend kochen kann. Und wenn Ellen jemandes Kochkünste lobt, dann will das etwas heißen!«

Schmitt wurde tatsächlich rot.

»Umso wichtiger ist es doch, dass Sie in einem legalen Rahmen kochen. Ich mache mir Sorgen um Sie!«

Schmitt runzelte die Augenbrauen. »Mögen Sie einen Kaffee? Ich wollte mir gerade einen machen.«

»Gern. Aber von meinen Bemühungen, Sie auf den Pfad der Tugend zurückzubringen, lasse ich mich dadurch nicht ablenken.«

Andrea und Schmitt lachten gemeinsam.

Ellen fühlte sich auf angenehme Art von Andreas Bemühungen berührt. Wie lange war es her, dass jemand um sie besorgt gewesen war und das auch so deutlich gesagt hatte? Jens jedenfalls hatte sich immer auf Ellen verlassen. Er hatte, wenn wieder mal ein Geschäft in die Hose gegangen war, all seine Sorgen in Ellens Hände gelegt und gehofft, dass sie ihm aus der Misere heraushalf. Auch Kim verließ sich auf sie, was allerdings angesichts ihres jugendlichen Alters vollkommen in Ordnung war. Aber wer entlastete denn sie? Wem konnte sie mal etwas überlassen? Immer war Ellen für sich selbst verantwortlich gewesen, schon als Kind. Später war die Verantwortung für andere dazugekommen. Und plötzlich tauchte Andrea auf und – nun ja, sie nahm ihr die Verantwortung für ihr eigenes Leben nicht ab, aber sie machte sich Gedanken um sie und wollte helfen.

Ellen wurde von einem herrlichen Gefühl ungekannter Entspannung überrollt. Fast hätte sie es Erlösung genannt. Sie ließ sich auf einen Stuhl sinken, stützte das Kinn in die Handflächen und beobachtete Schmitt, der Tassen, Löffel, Milch und Zucker auf den Tisch stellte und dann noch ein paar Plätzchen aus dem Schrank zauberte. Sieh an, offenbar hatte in dieser Küche jeder ein Geheimversteck! Während er Andrea bediente, bombardierte er sie mit Fragen über ihre Karriere, über die Fernsehserie und die

Vor- und Nachteile des Schauspielerberufs. Andrea antwortete ihm geduldig und freundlich.

Ellen lehnte sich zurück, schloss für einen kurzen Moment die Augen und spürte, dass sie genau jetzt zu Hause angekommen war.

»Und Sie müssen Herr Seefeld sein«, waren die nächsten Worte, die Ellen bewusst wahrnahm. Offenbar hatte sie den Faden verloren, hatte einfach neben Schmitt und Andrea am Tisch gesessen, Kaffee getrunken und das Hirn abgeschaltet. Aber bei dem Namen Seefeld fuhr ihr System selbsttätig wieder hoch. Zwar hatte sie kein mulmiges Gefühl mehr in seiner Gegenwart, aber so entspannt wie mit Schmitt war der Umgang mit ihm noch lange nicht. Falls er je so würde, dachte Ellen zweifelnd.

Seefeld schüttelte Andreas ausgestreckte Hand, begrüßte sie höflich und lehnte Schmitts Einladung zum Kaffeetrinken dankend ab.

»Keinen Kaffee nach vier«, murmelte er, blieb aber in der Küche. Er setzte Wasser auf und hängte einen Teebeutel in den Porzellanbecher, den er immer benutzte.

»Herr Seefeld«, sagte Andrea lächelnd. »Oder muss man Sie mit einem Dienstrang anreden? Herr Oberst? Herr Major? Oder ...«

»Nein.«

Ellen beobachtete amüsiert, wie Andreas Lächeln an Strahlkraft verlor. War Schmitt ein ebenso charmanter wie engagierter Gesprächspartner gewesen, hatte sie jetzt ein Exemplar vor sich, an dem sie sich die Zähne ausbeißen würde. Ellen war bereit zu wetten, dass es Andrea nicht gelingen würde, Seefeld in ein Gespräch zu verwickeln.

»Wie schön, dass ich nun gleich mehrere Bewohner beisammen habe«, sagte Andrea jedoch sehr direkt und übergangslos.

Aha, die leichten Themen waren offenbar beendet, das Geplänkel vorbei.

»Ich mache mir Sorgen um Sie alle. Sie sind in einer rechtlich unhaltbaren Situation und laufen Gefahr, jederzeit von der Polizei geräumt zu werden. Das wollen Sie doch nicht, oder?«

»Aber warum sollte sich jemand darüber aufregen, dass wir hier wohnen?«, fragte Schmitt lächelnd. »Wir tun doch niemandem etwas zuleide.«

»Sie besetzen nun einmal fremdes Eigentum«, hielt Andrea ihm entgegen. »Sie sind sich dieser Tatsache doch zumindest bewusst, nicht wahr?« Die letzten Worte waren an Seefeld gerichtet.

Seefeld nickte.

»Und? Passt das etwa in ihren Lebensentwurf? Erst stellen Sie sich in den Dienst des Vaterlandes und dann brechen Sie seine Gesetze?«

Ellen wunderte sich über die drastischen Formulierungen, die Andrea wählte. Sie tat gerade so, als seien sie eine Bande hochkrimineller Gangster, die Autos abfackelten und Banken ausraubten.

Seefeld goss Wasser in seinen Becher und schaute Andrea ausdruckslos an.

»Ich bin sicher, dass Sie noch nie in Konflikt mit der Obrigkeit gekommen sind. Wollen Sie wirklich kriminell werden? Wie sieht das in Ihrem Lebenslauf aus?«

Seefeld trug den Becher zum Tisch und setzte sich. »Hausfriedensbruch ist nach Paragraph hundertdreiundzwanzig Strafgesetzbuch ein Antragsdelikt. Es wird verfolgt ausschließlich auf Antrag des Geschädigten, in diesem Fall also die MultiLiving GmbH. Ich sehe aktuell keinerlei Veranlassung für die Gesellschaft, eine derartige Verfolgung einzuleiten, zumal man sicher nicht davon ausgehen kann, dass hier eine Tateinheit mit Sachbeschädigung vorliegt. Eher im Gegenteil. Sollte die Gesellschaft auf den Bau der auf diesem Grundstücksteil geplanten Eigentumswohnungen verzichten, könnte sie, nach unserer Instandsetzung des Gebäudes, im Fall eines Verkaufs der Immobilie mit einem deutlich höheren Preis rechnen. Insofern sehe ich keine Gefahr einer Räumung.«

Andrea, Ellen und Schmitt starrten Seefeld an.

Andrea räusperte sich. »Sie haben sich ja ausführlich informiert.«

»Natürlich.«

Beinahe hätte Ellen laut gelacht. Selbst Rechtsbrüche beging Seefeld militärisch präzise vorbereitet.

»Aber...«

»Es würde sowieso nichts nützen, wenn wir das Haus verlassen, denn Rosa zieht bestimmt nicht aus«, sagte Schmitt achselzuckend. »Und dann ist es doch besser, wir sind zu mehreren.«

»Dann werde ich wohl ein ernstes Wörtchen mit Rosa sprechen müssen«, erklärte Andrea und stand auf. »Ist sie da? Zeigst du mir, wo ich sie finde?«

Ellen erhob sich bereitwillig, auch wenn sie auf keinen Fall bei dem Gespräch zwischen Andrea und Rosa dabei sein wollte. Heute war sie so ungewohnt entspannt, dass sie sich das beschwingte Gefühl nicht durch einen möglichen Streit vermiesen lassen wollte.

* * *

Zufrieden drückte Rosa den Rest des Joints im Aschenbecher aus. Den hatte sie sich wirklich verdient! Das war auch so eine Sache, die sie an Robert geliebt hatte. Er selbst hätte niemals zu illegalen Drogen gegriffen, aber ihr hatte er diese kleine private Kriminalität lächelnd gestattet.

»Nur bring mir das Zeug nie ins Haus«, hatte er ihr eingeschärft, und das war natürlich, besonders während seiner Dienstjahre, verständlich gewesen. Sie hatte sich immer daran gehalten.

»In einer gemeinsamen Wohnung hättest du mit einigen Gramm leben müssen«, murmelte Rosa mit geschlossenen Augen. »Aber ich hatte schon ein kleines, abschließbares Kästchen gekauft, dessen Schlüssel ich mir an einer Kette um den Hals gehängt hätte. Du wärst, selbst im Falle einer Razzia, fein raus gewesen.«

Auch mit dem Geld, das unter meinem Bett liegt, hättest du ein Problem gehabt, dachte Rosa. Schmitt und sie hatten geteilt. Risikostreuung hatten sie die Strategie genannt, aber zumindest von Rosas Seite war schlichtes, archaisches Misstrauen der Grund für die Teilung gewesen. Von Schmitt vermutete sie Gleiches. Um einander vorbehaltlos zu vertrauen, kannten sie sich noch nicht lange genug. Und selbst wenn, ... Rosa dachte an Leo und daran, dass sie sich in ihm auch geirrt hatte. Faul war er damals gewesen. Oder genervt, gelangweilt, desinteressiert, was auch immer. Jedenfalls nicht so, wie man sich den professionellen Freund und Helfer vorstellte, der einem offenbar in großer Not befindlichen Mädchen zur Seite steht. Nie hatte er ihr von dieser schwarzen Stunde erzählt, sondern sich im Lauf der Jahre eine selbstgerechte Überheblichkeit zugelegt, die vermutlich aus einer konsequenten Verdrängung resultierte. Er hatte sich eingeredet, so zu sein, wie er gern gewesen wäre. Und von dem hohen Ross konnte er gut auf andere herabblicken.

Rosa freute sich mal wieder darüber, wie klarsichtig sie nach einem guten Joint wurde. Zumindest kurzzeitig, bevor die Schläfrigkeit kam. Sie gähnte. Ein Nickerchen würde ihr guttun. Vielleicht vorher noch schnell ein kleiner Blick auf die Geldbündel, die sie als ausgesprochen tröstlich empfand. Nicht, dass sie auf ihre alten Tage materialistisch geworden wäre, aber die Scheine gaben ihr eine gewisse Sicherheit, die sie seit Aufdeckung des Betrugs bereits verloren geglaubt hatte. Mit einem Bündel Hundert-Euro-Scheine neben sich auf dem Kopfkissen schlief Rosa ein.

Sie wurde durch ein lautes Klopfen an der Tür geweckt. »Rosa!« Was war denn schon wieder? Konnte man nicht mal in Ruhe ... »Rosa! Was ist los mit dir? Geht es dir nicht gut?«

Langsam kam Rosa ganz zu sich. Sie hatte auf etwas Hartem gelegen, zumindest fühlte sich ihre Wange so an. Sie rollte sich an den Bettrand, schwang die Beine auf den Boden und öffnete die Augen. Lang konnte sie nicht geschlafen haben, denn die Sonne schien noch durchs Fenster. Ein Glas Wasser wäre jetzt gut, dann ein Kaffee, ein paar Kekse und vielleicht etwas Obst. Also aufstehen und ab in die Küche. Rosa blickte an sich herunter, stellte fest, dass ihr Kaftan gesellschaftskompatibel genug war, und schlurfte zur Tür. In dem Moment, als sie sie öffnete, knallte ihr die Faust ins Gesicht.

»Um Himmels willen, entschuldige, das tut mir aber leid«, rief diese Frauenstimme wieder. Rosa taumelte zurück. Die Faust hatte sie nicht fest getroffen, der Schreck war schlimmer gewesen als der Schlag. Trotzdem musste sie sich am Türrahmen abstützen. Zwei Hände griffen nach ihren Oberarmen und schoben sie zurück ins Zimmer. Andrea, wie Rosa jetzt erkannte. Was machte die denn hier?

»Da hast du die Tür aber gerade in dem Moment aufgerissen, als ich noch mal klopfen wollte«, plapperte Andrea, während sie Rosa ins Badezimmer schob. »So, jetzt kühlen wir dir erst mal die Wange.«

Rosa war jetzt definitiv wach und genügend Herrin ihrer Sinne, um Andrea beiseitezuschieben, aus der hohlen Hand ein paar Schlucke Wasser zu trinken und das Handtuch, das Andrea in Händen hielt, wieder auf die Stange zu hängen.

»Mir geht es gut. Ich möchte jetzt gern aufs Klo und dann brauche ich einen Kaffee und ein paar Kohlenhydrate. Danach kannst du mir erzählen, was es denn so Dringendes gibt.«

»Prima«, sagte Andrea und verließ das Bad. »Ich geh dann schon mal ...«

Wohin sie gehen wollte, hörte Rosa nicht mehr, denn sie schloss die Tür hinter ihrer Besucherin und atmete kurz durch. Was für ein grässliches Erwachen nach so einem angenehmen kleinen Rausch.

Als Rosa aus dem Bad trat, saß Andrea neben ihrem Bett und zählte Geldbündel. Rosa stockte der Atem. Wenn sie eines überhaupt nicht leiden konnte, dann waren es Leute, die ungefragt in ihren persönlichen Sachen herumspionierten. Und dass es sich in diesem Fall bei den persönlichen Sachen um gestohlenes Geld handelte, machte die Sache nicht besser. Was Andrea aber nicht wusste, wie Rosa blitzschnell klar wurde.

»Was machst du da?«, fragte sie scharf. Andrea ließ sich nicht unterbrechen, zählte die restlichen Päckchen und richtete sich dann langsam auf. Ihr Blick war hart und kalt als sie fragte: »Was ist das?«

Rosa unterdrückte ein Seufzen. Jetzt nur nicht einknicken. Andrea war nicht blöd und konnte sich ihren Teil sicherlich denken. Trotzdem blieb Rosa bei ihrer Strategie. »Das geht dich nichts an. Kommst du mit nach unten?«

Andrea stand auf, ging zur Tür und lehnte sich mit dem Rücken dagegen. »Bevor wir zwei nicht geklärt haben, was das für Geld ist, geht hier niemand irgendwohin.«

* * *

Kim schnupperte schon an der Haustür, konnte aber keinen Essensduft feststellen.

»Was gibt es denn zu essen?«, brüllte sie durchs Treppenhaus.

»Ach, du liebe Güte, ist es schon so spät?«, hörte sie Schmittchen ausrufen.

Na, das waren ja tolle Aussichten. Sie hatte einen Höllentrip hinter sich – den nächsten Lautsprecher, durch den das Wort »Streckensperrung« oder »Schienenersatzverkehr« schepperte, würde sie eigenhändig mit einer Eisenstange zerlegen, – und dann gab es nicht einmal etwas zu essen!

»Ich habe völlig die Zeit vergessen, mit dem netten Besuch, den wir hier ...«

»Wer ist denn da?«, fragte Kim. Sie musste sich zusammenreißen, um nicht laut loszulachen, als sie Schmitt sah. Seine Haarsträhne, die er immer quer über den Kopf kämmte, stand auf einer Seite schräg hoch, als habe jemand sie hochgenommen, in seinen Schädel geschaut und den Deckel dann nicht ordentlich geschlossen.

»Stell dir vor, ein echter Fernsehstar! Du kommst nie drauf!«

Kim war bei dem Wort Fernsehstar zusammengezuckt. »Doch nicht etwa Andrea Tetz?«

Schmittchens Mundwinkel sackten nach unten. »Woher ...?«

»Tut mir leid, dich enttäuschen zu müssen, aber erstens kenne ich Andrea Tetz schon, und zwar persönlich, und zweitens ist sie kein Fernsehstar mehr.«

»Wer ist kein Fernsehstar mehr?«, fragte Ellen, die hinter Kim das Haus betreten hatte. Aha, sie war wieder joggen gewesen. Wenigstens trug sie endlich mal ein vernünftiges Shirt und nicht wieder eines dieser labberigen ...

»Hey, du trägst mein Shirt!«, rief Kim verärgert aus. »Kannst du nicht wenigstens fragen?«

»Sorry«, schnaufte Ellen. Sie war außer Atem. Wahrscheinlich war sie wieder bis zum Haus gerannt. Dabei hatte Kim ihrer Mutter schon hundert Mal erklärt, dass das nicht gut war. Die letzten zweihundert Meter sollte man locker gehen und dann stretchen. Aber Ellen hatte natürlich wieder ihren eigenen Kopf. Typisch!

»Also, um wen geht's?«, fragte Ellen noch mal.

»Um deine alte Freundin Andrea. Konrad hält sie immer noch für einen Fernsehstar. Dabei ist sie raus aus der Serie. Und ihr Lover hat sie aus seiner Wohnung geworfen. Andreas Klamotten stehen jetzt bei einer Produktionsassistentin oder Sekretärin oder was weiß ich, wer die Tussi ist, und fliegen am Montag auf den Müll, wenn Andrea ihren Scheiß nicht endlich abholt.« Kim holte tief Luft, nachdem sie ihr gesamtes Wissen über Andrea Tetz in einem Rutsch losgeworden war. Sie wusste selbst, dass sie wütend klang, obwohl ihr nicht ganz klar war, warum eigentlich? Ärgerte sie sich über Andreas Lügen? Oder war es nur der Frust, dass sie nun keine Beziehung mehr zum Fernsehen hatte? Egal. Der Tag war scheiße gelaufen, Ellen klaute ihre Klamotten, es gab nichts zu essen und das reichte weiß Gott aus, um sauer zu sein.

»Aber es ist doch ihre gemeinsame Wohnung ...?«, sagte Ellen mehr zu sich. Sie war auf einmal ganz blass. Dann fuhr sie ihre Tochter an: »Woher hast du eigentlich diese Behauptungen?«

Jetzt wurde Kim richtig sauer. »Von wegen Behauptung. Wenn hier jemand Schwachsinn behauptet, dann ist es die liebe Andrea. Ich war persönlich in Hürth und weiß es aus erster Hand. Also zumindest von dieser Blauhaarigen.«

»Was könnte ich denn jetzt mal so ganz auf die Schnelle ...«, murmelte Schmittchen, der an der Arbeitsfläche lehnte und hektisch in einem Kochbuch blätterte. »Die Ravioli, die ich geplant hatte, kann ich ja jetzt nicht mehr falten, das würde viel zu lange dauern.«

Kim glaubte, sich verhört zu haben. »Du wolltest Ravioli selber machen? Ist das hier 'ne Bastelstunde?«

Schmittchen reagierte gar nicht und schien auf einmal die Lösung für sein Problem gefunden zu haben. »Aber Tagliatelle gehen schnell. Ich rolle den Teig und dann schneidest du die Nudeln in Streifen, Kim. Und das, was die Füllung werden sollte, nehmen wir als Sauce. Das geht!«

»Darf ich vielleicht erst mal aufs Klo, bevor du mich hier schon wieder zum Küchendienst einteilst?«, maulte Kim und ging zur Treppe.

»Es ist gar nicht ihre Wohnung? Aber wo …? Jedenfalls verstehe ich jetzt, warum Andrea unbedingt die Villa verkaufen und den Anteil ihres Vaters haben will«, murmelte Ellen, die immer noch vor der Küchentür stand und nachdachte.

»Eures Vaters«, sagte Konrad leise.

Der Türklopfer hallte durch den Flur.

»Wer ist das denn jetzt noch?«, fragte Kim genervt. »Schmittchen, du lässt dich nicht vom Kochen abhalten, okay? Egal, wer es ist!«

Schmitt zwinkerte und nickte ihr zu. »Alles klar. Ich brauche dich in fünfzehn Minuten zum Nudelschneiden. In einer halben Stunde steht das Essen auf dem Tisch. Einverstanden?«

»Was gibt es denn Leckeres?«, ertönte Leos Stimme von der Tür.

Kim seufzte heimlich und bekam auf dem Weg zum Klo noch mit, wie Leo nach Rosa fragte. »Ist sie da? Ich habe eine sehr wichtige Information, die ihr nicht gefallen wird.«

Als Kim kurz darauf wieder in die Küche kam, saß Leo vor einem Glas Wasser und starrte Ellen beschwörend an.

»Erinnerst du dich, dass wir per Handzettel Zeugen gesucht haben, die Weiterscheid bei Robert gesehen haben?«

Kim bemerkte, dass Schmitt seine Essensvorbereitungen unterbrach und dem Gespräch lauschte. Genau so hatte sie sich das vorgestellt, aber auf diese Art bekam sie nie etwas zu essen. Sie räusperte sich laut und deutete, als Schmitt sie ansah, auf die getrockneten Tomaten und die Kapern. Er machte eine entschuldigende Geste und nahm das große Messer wieder zur Hand, mit dem er die Zutaten für die Sauce hackte.

»Eine Frau hat sich gemeldet, die Weiterscheid mehrere Tage nach Roberts Tod gesehen hat. Und zwar mit Andrea.«

Na und?, dachte Kim. Kann doch sein, dass die beiden sich kannten. Warum wurde Ellen auf einmal so blass?

»Wo?«, krächzte Ellen.

»In Dormagen. Dort, wo sein Auto gefunden wurde.«

Kim versuchte angestrengt, die Bedeutung dieser Information zu erfassen, kapierte aber immer noch nicht. Dafür dachte ihre Ma mit entsetztem Gesichtsausdruck laut: »Andrea hat Weiterscheid in Dormagen getroffen – dort, wo er vermutlich getötet und in den Rhein geworfen wurde. Außerdem lag in Weiterscheids Auto ein Lippenstift von Rosa, die sie überall herumliegen lässt, aber, wie sie selbst sagt, nicht in diesem Auto verloren haben konnte. Andrea hingegen hatte durchaus die Gelegenheit gehabt, Rosas Lippenstift aus Roberts Haus mitzunehmen und in Weiterscheids Auto zu legen.«

Ellen verstummte. Im nächsten Moment begannen ihre Zähne zu klappern.

»Mama?«, flüsterte Kim.

Ellens Hände zitterten im selben Rhythmus wie die Zähne. Sie sagte etwas, das Kim nach einigem Nachdenken als »Ist sie noch oben?« interpretierte.

»Wer?«

Schmitt wusste offenbar, von wem die Rede war, denn er war ebenfalls gespenstisch bleich geworden und flüsterte: »Ich habe sie nicht herunterkommen gehört.«

Ellen sprang auf und stieß dabei ihren Stuhl um. Leo, dessen Blick hektisch zwischen Ellen und Schmitt hin- und hergegangen war, kam ebenfalls auf die Füße. »Was ist los?«

»Andrea ist bei Rosa«, flüsterte Ellen.

Ellen drehte sich um und rannte Richtung Tür, wo sie mit voller Wucht gegen Seefeld prallte.

»Mir scheint, das Abendessen ist abgesagt«, murmelte er.

»Kommen Sie mit«, rief Ellen und zog ihn am Arm, »kann sein, dass wir Ihre Fähigkeiten brauchen.«

Seefeld war ruhig und unbeeindruckt von Ellens Aufregung an der Tür stehen geblieben und blickte sie mit gerunzelter Stirn an.

»Welche Fähigkeiten?«

Bei Kim war inzwischen der Groschen gefallen und sie versuchte krampfhaft, ihre Panik zu unterdrücken. Ihre Großmutter in den Händen einer Mörderin! Hektisch suchte sie in der Küche nach etwas, das sich als Waffe eignete und griff nach dem großen Messer, mit dem Schmitt gerade die Tomaten gehackt hatte.

»Leg das Messer weg«, sagte Schmitt und nahm es ihr aus der Hand. Stattdessen reichte er ihr einen Holzlöffel. Er hatte sich das Nudelholz geschnappt.

»Macht euch nicht lächerlich«, herrschte Leo die beiden an, wobei sein Blick auf Schmitt ruhte.

»Wir müssen Rosa aus der Hand einer Mörderin retten«, erklärte Ellen mit fester Stimme. Sie drängelte an Seefeld vorbei. »Es ist Andrea Tetz.«

»Ist das gesichert?«, fragte Seefeld ruhig.

»Nein«, sagte Kim schnell, die plötzlich Zweifel bekam. Grenzte das, was hier gerade ablief, nicht schon an Massenhysterie?

»Dann sollten wir uns entsprechend verhalten«, sagte Seefeld. »Niemand tut etwas ohne mein Kommando.«

Er straffte die Schultern, zog Armbanduhr, Schuhe und Socken aus, deponierte die Sachen ordentlich hinter der Küchentür und befahl Ellen, Leo, Schmitt und Kim, in der Küche auf seine Rückkehr zu warten oder, falls er das Kommando dazu gäbe, ihm zu Hilfe zu eilen.

Alle nickten zustimmend – und schlichen unmittelbar hinter Seefeld her. Am Fuß der Treppe drehte er sich noch einmal um, riss angesichts seiner Verfolger ungläubig die Augen auf und bedeutete ihnen mit einer energischen Handbewegung, an Ort und Stelle zu bleiben. Dann sprintete er lautlos die Stufen zu Rosas Tür hinauf. Kim und ihre Mitstreiter blieben wie angewurzelt stehen. Kim konnte sehen, wie Seefeld seine Hand auf die Klinke zu Rosas Zimmer legte, mit einer kreisenden Bewegung noch schnell die Schultern lockerte und hineinstürmte.

* * *

Unter Andreas Gewicht ging Rosa langsam, aber sicher die Luft aus. Eigentlich ein Unding! Andrea war körperlich noch nie fit gewesen. Rosa war diejenige, die regelmäßig Yoga übte, aber Andrea war deutlich größer und außerdem erheblich schwerer als Rosa. Außerdem hatte Andrea die Kraft der Verzweiflung. Rosas Muskeln hingegen spürten noch die Nachwirkungen des Joints. Die Entspannung, die Rosa üblicherweise genoss, war in dieser Situation leider von erheblichem Nachteil.

»Du hast mich bestohlen!«, heulte Andrea zum wiederholten Mal. »Und jetzt belügst du mich auch noch!«

Stimmt, dachte Rosa. Und wenn du noch länger auf meinem Rücken sitzt, werde ich Schmittchens Geld leider opfern müssen.

In dem Moment flog die Tür auf.

Plötzlich war Andreas Gewicht von Rosas Rücken verschwunden. Dafür erschien ihr Gesicht unmittelbar neben Rosa auf dem Boden. Die beiden Frauen blickten sich einen Augenblick verdutzt an, dann schloss Rosa die Augen und Andrea kreischte los.

»Geht es Ihnen gut?«, hörte Rosa irgendwo über sich Seefelds Stimme. »Machen Sie die Augen auf!«

Rosa öffnete die Augen und rollte sich langsam zur Seite. Sie japste nach Luft, ihre Arme und Schultern schmerzten. Die linke Hand war taub, aber ein unangenehmes Kribbeln verriet ihr, dass die Blutzirkulation wieder in Gang kam.

Seefeld saß auf Andreas Rücken, hielt ihre Handgelenke fest und hatte – Rosa konnte sich ein amüsiertes Grinsen nicht verkneifen – seine nackten Füße über ihre Kniekehlen gehakt. Er hatte die Situation zweifellos unter Kontrolle, musste allerdings trotzdem Rosa um Hilfe bitten.

»Würden Sie mir einen Schal geben, damit ich die Hände der Dame fixieren kann?«, Rosa rappelte sich auf und suchte einen reißfesten Schal aus Seide, den sie nach Seefelds Anweisungen fest um Andreas Hände knotete. Dann fesselte Seefeld mit einem zweiten Tuch Andreas Füße, was nicht so einfach war, denn Andrea wehrte sich nach Leibeskräften und stieß wüste Beleidigungen gegen Rosa und Seefeld aus.

In der Zwischenzeit hatten sich Leo, Ellen, Kim und Schmitt in der offenen Zimmertür versammelt und beobachteten die Szenerie sprachlos.

»Können Sie sie nicht zum Schweigen bringen!?«, rief Rosa genervt. »Mit einem festen Hieb gegen die Halsschlagader? So etwas lernt man doch beim Militär, oder?«

Andrea schrie lauter.

»Zu gefährlich«, antwortete Seefeld. »Knebeln ginge. Aber schauen Sie sich ihre Gesichtsfarbe an. Sie wird sowieso gleich ohnmächtig von der Anstrengung.«

Andrea war auf der Stelle still, schoss aber weiterhin wütende Blicke auf Rosa ab.

»Willst du einen Joint?«, fragte Rosa sie.

Andrea schüttelte den Kopf.

»Nehmen Sie einen«, riet Seefeld Andrea. »Der beruhigt. Aber nur einen kleinen«, fügte er, an Rosa gewandt, hinzu.

»Andrea«, stammelte Ellen, die als erste die Sprache wiedergefunden hatte, »was hat das alles zu bedeuten?«

Andrea schwieg verstockt.

»Und jetzt muss ich etwas essen«, erklärte Seefeld. »Den Rest kriegen Sie ohne mich geregelt.«

* * *

»Lecker«, sagte Andrea zwischen zwei Bissen. Da ihre linke Hand noch auf dem Rücken gefesselt war, musste sie zwischen Gabel und Löffel wechseln, konnte aber nicht beides gleichzeitig benutzen. Daher lief ihr Nudelsauce am Kinn herunter und tropfte auf das Handtuch, das Rosa ihr um den Hals gelegt hatte. »Vielleicht kann ich ja auch hier einziehen?«

Ihre Augen glänzten immer noch und ihre Aussprache war verwaschen. Rosa hatte nach Seefelds Abgang alle anderen Hausbewohner aus ihrem Zimmer hinauskomplimentiert und erst mal für Andrea einen anständigen Joint gedreht. Nach anfänglichem Sträuben fand Andrea Gefallen daran und wurde von Zug zu Zug ruhiger. Schließlich hatte sie Hunger bekommen. Rosa hatte der kichernden Andrea die Fußfesseln gelöst und sie in die Küche begleitet.

Dort hatten Kim und Schmitt ihre Koch-Anstrengungen intensiviert, und nun saßen alle um den großen Küchentisch herum und griffen beherzt zu. Selbst Ellen hatte sich von dem Schock einigermaßen erholt und verschlang, frisch geduscht, aber in einem alten T-Shirt, auf dem ein paar Nudelsaucenspritzer mehr oder weniger keinen Unterschied machten, hungrig eine große Portion Tagliatelle.

»Das wird wohl nichts«, sagte Rosa und tätschelte Andreas linke Schulter. »Ich fürchte, du wirst für ein paar Jahre ins Gefängnis müssen.«

Leo zeigte sein verkniffenstes Gesicht und betrachtete Andrea mit offensichtlichem Abscheu. »Den eigenen Vater...«, murmelte er.

»Es war ein Unfall, wie oft soll ich das noch sagen?«, lallte Andrea. »Wir standen an der Treppe, ich habe nach seinem Arm gegriffen, und dann hat er plötzlich das Gleichgewicht verloren. Ich bin dann auf die Idee mit dem vorgetäuschten Einbruch gekommen. Alles wäre wunderbar gelaufen, wenn ihr nicht gewesen wärt.«

»Aus Gier«, blaffte Leo. »Aus Gier hast du deinen eigenen Vater erschlagen.«

»Er wollte mir kein Geld mehr geben und«, sie hob den Löffel, von dem Sauce heruntertropfte, um das letzte Wort zu unterstreichen, »und hat in seinem Testament all seinen Besitz Rosa und ihrer Brut vermacht.«

»Du hast an dem Abend, als Robert starb, seinen Safe geleert und das aktuelle Testament mitgehen lassen, richtig?«, fragte Rosa. »Aber warum warst du noch mal in Roberts Haus? An dem Tag, als du mich niedergeschlagen und an den Füßen in den Garten geschleift hast?«

»Du bist ganz schön schwer, hat dir das mal jemand gesagt?«, antwortete Andrea grinsend. »Da habe ich das olle Testament, von dem ich natürlich ein Exemplar zu Hause hatte, neu datiert und unter die Schreibtischunterlage gelegt, damit Ellen es später finden konnte.«

Ellen musste Andrea gegen ihren Willen bewundern. Der Tod ihres Vaters war vielleicht ein Unfall gewesen, aber danach hatte sie konsequent Beweise manipuliert und falsche Spuren gelegt. Erschreckend kaltblütig!

Wie konnte Ellen sich nur dermaßen in ihrer einstmals besten Freundin getäuscht haben? Sie hatte in den vergangenen Wochen die wiedergefundene Vertraute als einen der wenigen Lichtblicke in ihrem chaotischen Leben empfunden, dabei hatte sie die ganze Zeit mit einer Mörderin zu tun gehabt.

»Aber du hast doch immer so viel Geld verdient«, murmelte Ellen fassungslos.

»Pah!«, machte Andrea und spuckte beinahe die Nudelsauce über den Tisch. »Für dich wäre das vielleicht viel Geld gewesen, Ellen-Mäuschen, aber in meiner Welt …« Ihre Augen blickten ins Leere. »Da muss man Eindruck schinden! Nur wer erfolgreich aussieht, wird Erfolg haben. Du musst immer protzen, die teuersten Kleider haben und tolle Reisen machen. Dann bist du interessant, dann kommen sie an und wollen Geschäfte mit dir machen. Hier eine erfolgreiche Serie, die dann leider doch keiner sehen will, dort ein super Filmprojekt, an dem du dich beteiligen kannst. Garantiert ein Preisträger der nächsten Berlinale, vielleicht sogar Cannes. Blablabla. Und zack!, hast du ein Jahreseinkommen verloren. Dann muss man dem jungen Lover noch ein schönes Auto kaufen, sonst wird man, wenn man Pech hat, ganz schnell uninteressant. Oder hast du geglaubt, die fänden mich so wahnsinnig sexy und begehrenswert?« Andrea stieß ein dreckiges Lachen aus. »In meinem Alter ist doch das Beste längst vorbei.«

»Aber es gibt doch tolle Rollen für reifere Frauen ...«, schaltete Schmitt sich ein.

»Natürlich. Aber da sitzen seit Jahren immer dieselben Weiber drauf. Die Hannelore, die Iris, die Christine. Und Senta-Schätzchen nicht zu vergessen, natürlich.« Sie lachte hysterisch. »Wenn ich nur eine von denen sehe, kriege ich Herpes!«

»Und Weiterscheid?«, fragte Leo in ätzendem Ton. »War das auch ein Unfall?«

Andrea rülpste laut und hielt sich dann theatralisch die Hand vor den Mund. »Hoppla!« Sie kicherte. »Nee, das war, weil er den Spieß umdrehen wollte.«

»Welchen Spieß?«, fragte Rosa.

»Na, Papa hat mir doch von der Veruntreuung erzählt und dass er mir sowieso kein Geld geben könnte, selbst wenn er wollte. Also habe ich den Weiterscheid erpresst. Er hat mir zweimal je zehntausend gegeben. Beim dritten Mal war er bereit, in den Knast zu gehen, aber dann würde er mich gleich mitnehmen, hat er gesagt. Da hatte er sich aber ge ... hicks ... schnitten!«

In Ellens Hosentasche klingelte das Handy. Sie zuckte zusammen, legte das Besteck weg und nahm das Gespräch an. Es war Mittmann.

»Ich habe gerade gesehen, dass du mehrfach versucht hast, mich zu erreichen. Tut mir leid, aber ich habe noch ein Problem zu lösen. Es wird wohl später werden.«

Ellen hatte eigentlich gleich mit der Tür ins Haus fallen wollen, aber nun war sie beunruhigt. »Was ist denn los?«

»Wir haben einen Haftbefehl für den Mörder von Robert Tetz und Achim Weiterscheid, aber die Person ist momentan nicht auffindbar.«

Ellen atmete auf und gestattete sich ein zufriedenes Grinsen. »Falls die Person Andrea Tetz heißt, kannst du sie hier abholen«, erklärte sie so lässig wie nur irgend möglich. »Deshalb habe ich ja versucht, dich anzurufen. Sie sitzt mir gerade gegenüber und schaufelt selbst gemachte Tagliatelle in sich hinein. Einhändig. Die andere Hand mussten wir ihr auf den Rücken binden, damit sie uns nicht mit dem Küchenmesser abschlachtet.«

Ellen bemerkte die entsetzten Blicke der anderen am Tisch. Nun, eine kleine Übertreibung war ja wohl erlaubt.

* * *

»Also deshalb die Polizeiwagen«, sagte Mardi, nachdem Kim ihm die ganze Geschichte in allen Einzelheiten erzählt hatte. »Ich hatte schon Angst, die kämen wegen mir.«

»Bist du ein Krimineller, oder was?«

»Natürlich nicht!«, brauste Mardi auf.

»Hey, ist ja gut. War nicht böse gemeint«, sagte Kim.

Eine Weile aßen sie schweigend den letzten Schoko-Hafer-Keks, den Mardi unbedingt mit ihr hatte teilen wollen.

»Hättest du im Ernstfall Gewalt angewendet?«, fragte Mardi, nachdem er auch den letzten Krümel aus der Packung gepickt hatte.

Kim wunderte sich. Jeder Klassenkamerad hätte gefragt, ob Andrea in Handschellen abgeführt worden war (ja), ob Rosa Ärger wegen des offensichtlichen Drogenkonsums bekäme (vermutlich nicht), oder ob Seefeld wirklich gestopfte Socken trug (definitiv). Fragen, die die Sensationsgier befriedigten. Mardi interessierten diese Details offenbar nicht. Das unterschied ihn von allen anderen Menschen, die sie kannte. Sie konnte diesen Jungen einfach nicht einschätzen. Sie hätte nicht im Voraus sagen können, wie er die ganze Sache beurteilen würde. Insgeheim war sie froh darüber, dass er den Ernst der Sache erkannte und sichtlich betroffen von ihrer Erzählung war.

Kim überlegte und versuchte, sich noch einmal die aufregenden Minuten im Treppenhaus zu vergegenwärtigen. »Ich hoffe nicht«, flüsterte sie.

Mardi legte ihr kurz die Hand auf ein Knie. »Hoffen wir, dass du es nie herausfinden musst.«

Scheiße, dachte Kim. Er hat es schon herausgefunden. Aber sie hatte keinen Mut, weiter zu fragen.

»Hey, ich muss wieder hoch. Meine Ma legt Wert darauf, dass wir dieses schreckliche Erlebnis gemeinsam verarbeiten. Ich komme morgen wieder. Bist du bis dahin versorgt?«

Mardi nickte. Und dann – Kim konnte es kaum glauben – lächelte er sie an. »Du hast alles richtig gemacht, kleine Gazelle. Und danke, dass du mich selbst an so einem aufregenden Tag nicht vergessen hast.«

Als Kim die Kellertreppe nach oben in die Küche ging, wusste sie, dass sie in dieser Nacht kein Auge zumachen würde. Und wenn doch, würde sie von Mardis Lächeln träumen.

* * *

Rosa blickte sich gähnend am Küchentisch um. Es sah aus wie nach einem Gelage – und der Anschein trog nicht. Die Weinvorräte waren schon fast erschöpft gewesen, als Mittmann gegen elf Uhr wiedergekommen war und für reichlich Nachschub gesorgt hatte. Bier, Wein, Sekt, drei Kartons Pizza und Unmengen an ungesundem Knabberzeug. Rosa wunderte sich. So etwas fand sonst nie den Weg in den ökologisch korrekten und ernährungsbewussten Haushalt ihrer Tochter. Aber dieser Abend war kein Abend wie andere, deshalb schien jeder am Tisch bereit zu sein, seine Grenzen zu überschreiten. Selbst Ellen hatte einen Joint geraucht! Gut, es war mehr normaler Tabak als Gras gewesen und sie hatte auch nur zweimal dran gezogen, aber sie hatte es getan!

Kim schien verliebt zu sein, und einige bange Minuten hatte Rosa befürchtet, Mittmann sei das Ziel ihrer jugendlichen Sehnsüchte, aber dann hatte sich diese Sorge verflüchtigt. Es musste jemanden geben, der in Kims Herzen die kürzlich erst frei gewordene Stelle des auf Abwege geratenen Klassenkameraden eingenommen hatte. Rosa nahm sich vor, bei nächster Gelegenheit mehr darüber in Erfahrung zu bringen.

Ellen, von dem winzigen Joint an der Grenze zur Hemmungslosigkeit, knutschte wie ein Teenager vor der Küchentür mit Mittmann, bevor die beiden wieder hereinkamen und sich auf ihre Plätze setzten. Als wüsste nicht jeder im Raum, dass das gemeinsame Saufen für die beiden nur das Vorspiel ersetzte. Aber bitte, ihre Tochter war eben sehr korrekt, Joint hin oder her. Und Mittmann war kein Typ, der sein Ego stärken musste, indem er eine Frau im Beisein anderer befummelte. Angenehm, der Mann, obwohl er ein Bulle war. Schon der zweite nette Polizist in dieser Familie, dachte Rosa, und prostete Robert, wo immer er auch gerade sein mochte, heimlich zu.

Auch Kim gähnte jetzt im Duett mit Rosa und einen Moment grinsten sie sich verschwörerisch zu. Das Kind würde keine Alpträume von den heutigen Geschehnissen haben, davon war Rosa überzeugt. Nicht zuletzt die zwei Gläser Wein, die Rosa ihrer Enkelin unter dem leicht verschwommenen, aber trotzdem kritischen Blick ihrer Mutter eingeschenkt hatte, würden das ihre dazu beitragen, sie in einen tiefen, traumlosen Schlaf zu verfrachten. Und das hatte die Kleine, die sich inzwischen schon fast wie eine Große benahm, auch redlich verdient.

Schmitt war in dieser Runde ganz in seinem Element. Er hatte ordentlich getrunken, aber immer wieder Pausen gemacht, in denen er den Wein durch Wasser ersetzt hatte. So war er gelöster als sonst, was man auch von seinen Haarsträhnen sagen konnte, aber betrunken war er nicht. Der Mann war schlauer, als er gemeinhin tat und verbarg etwas vor ihr und den anderen Mitbewohnern. Da war sich Rosa sicher. Und wer ein Geheimnis bewahren will, sollte sich nicht besaufen. Deshalb hatte auch sie sich heute eher zurückgehalten.

»Was genau meinte Andrea, als sie von dem Haufen Geld sprach, das sie in deinem Zimmer gefunden hat?«, fragte Leo zum wiederholten Mal. Er hatte dem Alkohol am meisten zugesprochen. Seine Aussprache war undeutlich, sein Gesicht gerötet.

»Ich habe dir doch schon mehrmals gesagt, dass ich es nicht

weiß, Leo. Ich würde nicht so viel auf Andreas Gerede geben. Manche Leute bekommen Halluzinationen, wenn sie Gras rauchen.«

Als Andrea irgendwann an diesem Abend von der Polizei abgeholt worden war und alle dem Polizeiautokorso hinterhergeschaut hatten, hatten Rosa und Schmitt sich auf diese Version verständigt. Noch hatten die beiden nicht entschieden, was sie mit dem Geld machen wollten. Das hing auch davon ab, welche Fortschritte die Polizei bei der Aufklärung des Betrugs machte und wie sich die MultiLiving GmbH weiter verhalten würde. Von Mittmann jedenfalls ging keine Gefahr aus. So etwas spürte Rosa. Auch wenn er sie gerade mit einem sehr zweifelnden Blick bedacht hatte, als sie Leo abwimmelte.

»Was passiert denn nun, nachdem Andrea auch noch die Fälschung der neueren Unterschrift auf dem Testament gestanden hat?«, fragte Konrad.

»Das hast du übrigens gut erkannt«, lobte Rosa ihn. »Letzten Endes ist es egal. Ellen ist Roberts nächste Verwandte. Als verurteilte Mörderin ist Andrea aus der Erbfolge ausgeschlossen. Ellen erbt also sowieso alles.«

»Dann bist du jetzt auch offiziell Anteilseignerin an unserer Villa«, rief Schmitt mit strahlendem Lächeln. »Willkommen im Club!«

Ellen lachte verlegen und sah tatsächlich etwas überrascht aus. Dann prostete sie Schmitt zu.

»Sie ...«, sagte Leo undeutlich zu Schmitt, wobei sein Blick zunächst am Ziel vorbeirutschte. Mit Mühe fokussierte er aber dann den Mann, der ihm genau gegenübersaß. »Ich weiß genau, wer Sie sind!« Er drohte Schmitt mit dem Zeigefinger.

»Kim, jetzt ist es aber wirklich Zeit für dich«, unterbrach Ellen den beginnenden Streit. »Leo, du solltest jetzt auch besser nach Hause gehen. Soll ich dir ein Taxi rufen?«

Sie wartete die Antwort gar nicht ab, sondern zog ihr Handy aus der Hosentasche und wählte eine Nummer, die Mittmann ihr vorsagte.

»Und Kim, wie oft muss ich dir noch sagen, dass jetzt Schluss ist? Geh ins Bett, du hast morgen früh Schule.«

Kim machte plötzlich große Augen und schaute mit einem hektischen Blick zu Seefeld.

»Ich schreibe dir eine Entschuldigung«, sagte Rosa grinsend.

Kim rollte die Augen und deutete mit ruckartigen Bewegungen des Kopfes zu Seefeld.

»Wegen Migräne«, legte Rosa nach.

»Ich bin ziemlich sicher, dass das morgen früh den Tatsachen entsprechen wird«, murmelte Seefeld. »Wahrscheinlich wirst du dir sogar wünschen, statt mit Kopfschmerzen im Bett lieber mit mir im Physiksaal zu sein. Also nimm das Angebot deiner Oma an und lass dir eine Entschuldigung schreiben. Ich hingegen muss leider um acht Uhr Präsenz zeigen, daher ziehe ich mich jetzt zurück. Gute Nacht, zusammen.«

Kim starrte ihrem Physiklehrer entgeistert hinterher. In dem Moment fiel Leo vom Stuhl, grunzte ein bisschen, rollte sich zusammen wie ein kleines Kind und blieb schnarchend auf dem Boden liegen.

»Bestell das Taxi ab«, sagte Rosa und stieg mit Kim an der Hand über Leo hinweg. »Er kann ja hier schlafen.«

»Sag ehrlich«, flüsterte Mittmann im Bett wenig später an Ellens Hals. »Was hat es mit Andreas Gerede von einem Koffer voll Geld auf sich?«

»Du kannst Schlaf oder Sex haben«, flüsterte Ellen zurück. »Aber kein Geständnis.«

»Ich werde es schon noch herausfinden.«

»Das werden wir ja sehen«, murmelte Ellen, schmiegte sich mit einem zufriedenen Lächeln in die Arme des Gesetzes und war wenige Sekunden später eingeschlafen.